EEN VREEMDE IN DE WERELD

W0204849

ANDER WERK VAN SIMON STRANGER

Blijf hun namen noemen

EEN VREEMDE IN DE WERELD

Simon Stranger

Vertaling Janke Klok en Lucy Pijttersen

HarperCollins

MIX
Papier van verantwoorde herkomst
FSC® C083411

Voor het papieren boek is papier gebruikt dat onafhankelijk is gecertificeerd door FSC®
om verantwoord bosbeheer te waarborgen.
Kijk voor meer informatie op www.harpercollins.co.uk/green.

HarperCollins is een imprint van Uitgeverij HarperCollins Holland, Amsterdam.

Copyright © 2012 Tiden Norsk Forlag
Oorspronkelijke titel: *En fremmed i verden*
Copyright Nederlandse vertaling: © 2020 HarperCollins Holland
Vertaling: Janke Klok en Lucy Pijttersen
Omslagontwerp: Marion Rosendahl
Omslagbeeld: © Neil Bradfield/Shutterstock; prent door Jan van Braam, getiteld 'Gezicht van Kaap der Goede Hope als men op de Reede legt'
Foto auteur: Andre Løyning
Zetwerk: Mat-Zet B.V., Huizen
Druk: CPI Books GmbH, Germany

ISBN 978 94 027 0588 1
ISBN 978 94 027 6005 7 (e-book)
NUR 302
Eerste druk september 2020

Originele uitgave verschenen bij Tiden Norsk Forlag, Oslo, Noorwegen.

HarperCollins Holland is een divisie van Harlequin Enterprises ULC.
® en ™ zijn handelsmerken die eigendom zijn van en gebruikt worden door de eigenaar van het handelsmerk en/of de licentienemer. Handelsmerken met ® zijn geregistreerd bij het United States Patent & Trademark Office en/of in andere landen.

www.harpercollins.nl

Niets uit deze uitgave mag openbaar worden gemaakt door middel van druk, fotokopie, internet of op welke andere wijze dan ook zonder voorafgaande schriftelijke toestemming van de uitgever. Het e-book is beveiligd met zichtbare en onzichtbare watermerken en mag niet worden gekopieerd en/of verspreid.

Alle in dit verhaal voorkomende personages zijn ontleend aan de fantasie van de schrijver. Elke gelijkenis met bestaande personen berust op toeval.

I

I

Het verleden bestaat nog steeds. Als schaduwen en afdrukken leeft het voort in alles wat ons omringt. In onze manier van praten, in gebaren en in de verhalen die we elkaar vertellen. Het zit in een litteken op een gezicht, in een houw in de deur van een slotpoort en in de tekeningen van herten en jagers die in grotten bij de Afrikaanse kust zijn aangetroffen: de sporen van mensen die ooit gehurkt rond een kampvuur bij elkaar zaten, hun gezicht verlicht door de vlammen. Ze hadden met scherpe stenen speren geslepen, in oude schelpen rode verfstof gemengd en in hun armen baby's gewiegd, waarna ze bij het geluid van de zee in slaap vielen. Golven die tegen het land sloegen, dag in, dag uit, jaar in, jaar uit. Mettertijd heeft het water de steen zijn vorm gegeven. Een trage verandering van het landschap en de mensen voordat de zeilschepen kwamen en op de flanken van de berg een stad verrees: Kaapstad.

In het centrum van die stad zit een litteken. Een stadsdeel werd weggevaagd om alle mensen met een verkeerde huidskleur te verjagen. District Six.

Een paar jaar geleden heb ik daar rondgelopen, tussen hoog vergeeld gras en gescheurde plastic zakken terwijl ik me de woningen probeerde voor te stellen die daar ooit gestaan hadden. Ik raapte een stukje baksteen op ter grootte van een kinderhand en besefte dat ik me waarschijnlijk in iemands woonkamer of slaapkamer bevond. Ik zag een meisje voor me, helemaal alleen in een van de lege kamers. Een bulldozer die op de muur afreed. Hier moet ik beginnen, dacht ik.

Voordat ik deuren kan openen waarvan ik heb geweten dat ik er ooit, vroeg of laat, doorheen moet, moet ik hier beginnen. Op de verdieping van een huis dat nu is verdwenen:

Het is ochtend. Het is zomer. Het is 1973. In Kaapstad doet de zesjarige Adele voorzichtig de deur van de slaapkamer open die ze met haar broer en zus heeft gedeeld. Ze stapt naar binnen. De kamer ziet er anders uit nu hij is leeggehaald. Het bed, het schrijfbureau en het speelgoed, het is allemaal weg en alleen aan de lichte plekken op het behang is nog te zien waar de kasten hebben gestaan. Zelfs het glas in de ruiten is verdwenen. Ze luistert naar het zware gebrom van een motor buiten en wil naar de vensterbank lopen, maar dat haalt ze niet meer. Het geluid komt naderbij. Zware wielen. Gegier van metaal en hydrauliek, gevolgd door de klap wanneer de bulldozer de muur raakt. Het behang scheurt, het plafond splijt open en wit betonstof daalt neer op haar zwarte krullen. Wolken gipsstof wervelen door de kamer. De metalen arm trekt zich terug, maakt weer vaart. Adele opent haar mond om te schreeuwen, maar haar stem verdwijnt in het lawaai van de motor. Nu pas beseft ze dat haar plannetje niet gaat werken. Dat ze niet zullen stoppen. En dat niemand weet dat ze hier is.

*

Hoe heetten deze straten en steegjes? Ze droegen namen als Hamington Street en Shephard Street. Er waren scholen, een openbaar zwembad en een theater waar regelmatig een pantomimespeler optrad. Er waren straathoeken waar honden liepen te snuffelen om vervolgens hun achterpoot op te tillen en een druipende vlag te planten. Er waren kozijndorpels waarop mannen en vrouwen in het gouden avondlicht zaten, hun ogen gesloten terwijl de zon hun wangen verwarmde. Op de daken fladderende schaduwen van duiven. Handen die naar handen tastten. In de steegjes monden die elkaar zochten. Er klonk gelach, trompetgeschal van iemand die oefende, soms woedende scheldpartijen achter de muren.

En er was een meisje dat Adele heette.

Een zesjarig meisje met lange armen en donkere, glinsterende ogen dat van lezen en tekenen hield en insecten bestudeerde die in het park langs grassprietjes kropen. Een meisje dat kon fluiten en elastieken en helemaal zelf brooddeeg kon maken. Ze had lievelingsjurken, een dikke laag eelt onder haar voeten en donker kroeshaar dat alle kanten op stond, omdat niemand de tijd nam om er vlechtjes in te maken. Adele vond het fijn om in haar eentje te tekenen. Ze vond het fijn om kleren in een teil rond te roeren en de buurman klarinet te horen spelen. Op een vreemde, hypnotiserende manier trok het beeld van in elkaar stortende huizen haar aan. Elke keer dat Adele het gebrom van de bulldozer hoorde, zette ze de wasteil op de grond of legde ze haar tekenboek neer en holde ze weg, op zoek naar de bron van het geluid om te zien waar de machine nu was, welk gebouw er aan de beurt was. Het was als een besmettelijke ziekte, een bode van de dood die haar zowel afstootte als naar zich toe lokte, want niets was spannender dan dat. Thuis sprak niemand erover. Sipho, haar broer, niet. Haar zus niet. Haar vader en moeder niet. Ze rende erheen met vriendinnetjes of jongens van haar school, sloop de hoek om en zag het ene huis na het andere verdwijnen in een brullend gekrijs van metaal, hout en stenen.

Op een dag zou het hun beurt zijn. Dat wist ze, maar tegelijkertijd ook weer niet. Ze hoopte dat degenen die dat besluit hadden genomen op magische wijze van mening zouden veranderen, en terwijl ze achter het huis de was ophing of in de klas zat, stelde ze zich scènes voor waarin alles goed zou gaan. Ze bedacht hoe haar moeder de kamer in zou komen met in haar hand een brief en een grote, gelukkige glimlach op haar gezicht, of hoe een stem op de radio zou zeggen dat het slopen was afgelopen en dat iedereen er toch kon blijven wonen, maar dat gebeurde nooit. De bulldozers gaven niet op en omsingelden hen langzaam maar zeker. Ze slokten de huizenblokken op en kwamen steeds dichterbij.

Toen gebeurde het. Het was een doodgewone dag. Vanuit de verte had Adele de postbode gezien en ze holde naar beneden, pakte de witte brief, zag de getypte naam van haar vader staan en rende de trap weer op. Ze trof haar moeder aan in de keuken, bij het fornuis achter een stoofpot met groente. Haar vader was net thuis van zijn werk en lag te rusten. Hij had tegenwoordig alleen nog maar losse baantjes, nu het gebouw waar hij had gewerkt, was afgebroken. Dat was een boekhandel in District Six. Adele had slechts een paar herinneringen aan de keren dat ze er was geweest en haar vader achter de toonbank had zien staan, voor stapels boeken en een boekenkast die helemaal tot aan het plafond reikte. Ze herinnerde zich dat ze daar alleen maar mocht zijn als ze zichzelf onzichtbaar maakte. Als ze geen lawaai maakte en hem niet stoorde terwijl hij met een klant over een boek stond te praten. Als beloning pakte hij dan soms een boek voor haar dat hij aan haar gaf met de woorden dat ze dat moest lezen. *Twintigduizend mijlen onder zee*, in een vereenvoudigde uitgave, was er een van. In een oude oorfauteuil die in een hoek van de boekhandel stond, bladerde ze erin en keek naar plaatjes van gigantische inktvissen en onderzeese bergketens, ze droomde erin weg en schrok pas uit het verhaal op als de bel boven de deur klonk en er een nieuwe klant binnenkwam. Haar vader was een goede verkoper. Dat merkte ze aan de manier waarop hij met de klanten omging. Adele zag bijna nooit dat iemand het pand verliet zonder iets gekocht te hebben, ook al was het maar een nieuwe set potloden. In het jaar dat Adele vijf werd, werd de boekhandel gesloopt. Het enige wat haar vader had meegenomen, was een oude leren koffer met boeken die hij de moeite waard vond.

Om hen te kunnen onderhouden had haar vader nu allemaal losse baantjes. Hij sjouwde met zakken cement, haalde vuilnis op of stond lange avonden bij de benzinepomp van het Shellstation in de buurt. Het werk putte hem uit. Hij werd gespannen en geïrriteerd, zodat Adele en haar broer en zus leerden stil te zijn, vooral als hij rustte. Ze leerden hun stem en hun voetstappen op de vloer te beheersen. Hun voeten mochten niet hollen of springen, hun mond niet roepen of zingen. Hun handen mochten niet trommelen op de keukentafel of kinderliedjes klappen, maar die ochtend, toen Adele met de brief de trap op rende, die ochtend was ze dat vergeten, ze was te opgewonden en ze riep bijna naar haar moeder dat er een brief was gekomen. Haar moeder maande haar tot stilte, nam de brief aan en roerde afwezig in de pan. Toen stopte ze de brief onder een krant, alsof de inhoud zou verdwijnen als je de envelop maar niet opende en niet las wat er stond. 'Ga buiten spelen,' zei moeder zacht, met dode ogen. Adele keek haar verward aan, liep naar buiten zonder gegeten te hebben en zonder antwoord te hebben gekregen op haar vraag; dat gebeurde pas uren later.

Adele zat op het bed naast haar zus een inktvis te tekenen toen haar moeder binnenkwam. Ze hield de brief in haar hand. Haar ogen waren rood; ze had gehuild. Moeder ging op de rand van het bed zitten en liet met gebogen hoofd de brief zien. Het was een getypte brief, in het Afrikaans. Die hoekige, harde taal die haar op school werd opgedrongen en die ze gedwongen was te gebruiken alsof het een jurk was in een verkeerde maat, met giftige kleuren en gemaakt van stof die voortdurend kriebelde en prikte.

'We moeten verhuizen,' zei moeder.

'Wanneer?' vroeg haar zus rustig.

'Volgende maandag,' antwoordde moeder.

Adele knikte en keek naar de vloer. Ze wilde niet huilen. Ze wilde zich sterk houden voor haar moeder.

'Is het echt zeker?' vroeg ze.

'Ja. Het is echt zeker. Helaas.'

'Ach, het komt vast wel goed, denk je niet?' antwoordde Adele monter terwijl ze probeerde te glimlachen.

Haar moeder keek haar verbaasd aan, een paar seconden was ze sprakeloos, maar toen begreep ze wat Adele probeerde te doen. Ze trok haar tegen zich aan, drukte het kleine meisjeslijfje tegen zich aan en zei: 'Ach, meiske toch. Ach, arm, dapper meiske toch.' En door dat gebaar, door het begrip dat haar moeder toonde, verdween haar weerstand. Adele begroef haar gezicht in haar moeders hals, sloot haar ogen en liet alles los.

*

Het huis veranderde. Het raakte vol van iets anders, van iets wat meer was dan zichzelf en zijn functie. Dingen die ze nooit eerder had opgemerkt, kwamen haar plotseling als belangrijk voor, als essentiële stukjes die ze probeerde te onthouden. De echo in het portiek. De stilte op zolder. De ronde brandplek op het aanrecht, van een pan die Sipho daar een keer per ongeluk had neergezet. Ze liet haar vinger over de bruine cirkel glijden. Ze wreef met haar vingers over de bobbels in het behang, volgde de lijnen van de gestileerde bloemen. Ze raakte de lantaarnpalen aan, de buitenmuur en de deuren van alle woningen waar ze ooit binnen was geweest. Ze sloeg de herinneringen aan dat alles op. Een innerlijk museum.

Ze hadden hulp gekregen van buren en vrienden om zoveel mogelijk te kunnen redden. De stoelen. De borden. De zitbank.

Adele hielp niet met dragen. Tegen de wand gedrukt zag ze hoe alles door de deur naar buiten naar een laadbak werd gedragen. Ze kregen te horen dat ze weg moesten gaan zodat het gebied kon worden geruimd en klaargemaakt voor de machines. Haar vader zei dat ze naar een vriendinnetje moest gaan die in een andere wijk woonde, en daar een paar uur moest blijven wachten. Korte, snauwende bevelen. Ze knikte en slenterde de hoek om, maar binnen in haar schreeuwde iets dat ze moest blijven staan, dat ze zich moest omdraaien, en ze luisterde, ze volgde de stem die haar vertelde terug te sluipen, van hoek naar hoek. De straat was vol mensen. Meubels. Vrachtwagens.

Voor het huis was een versperring van houten planken geplaatst.

Adele stopte en dacht na.

Toen sloop ze voorzichtig langs de muur van het huis, keek om zich heen en glipte de deur door.

Het was stil in de trapopgang, zo stil dat ze het gesuis van haar eigen bloed in haar oren kon horen. Tree voor tree liep ze naar boven. Ze snoof de lucht van sigaretten en warm eten op, die nog steeds in het portiek hing. Toen duwde ze de deur van hun woning open.

Ze liep door de lege keuken. Op de wand waren nog steeds donkere plekken van de meubels te zien, als schaduwen. Alsof alles alleen maar onzichtbaar was geworden en de keukentafel en de stoelen er nog gewoon stonden. Ze liep de woonkamer door. Door het lawaai van de bulldozer buiten leek het binnen nog stiller. Ze liep door naar de slaapkamer die ze met haar broer en zus had gedeeld.

Daar staat ze nu, ze houdt haar adem in terwijl het ijzer tegen de muur beukt.

2

District Six werd in 1867 gebouwd. Het zesde kind van een steeds groter wordende stad. Het stadsdeel was oorspronkelijk bedoeld voor de huisvesting van vrijgemaakte slaven, maar trok al snel heel verschillende mensen aan. In de jaren zeventig van de vorige eeuw, toen het slopen begon, bestond de bevolking uit '...kunstenaars en musici, journalisten en balletdansers, schrijvers, leraren, sjeiks, politici, gangsters, atleten, dominees, huisvrouwen en zwermen kinderen. Altijd zwermen kinderen, overal,' zoals Tomm Kristiansen, de voormalige NRK-correspondent, in een reisboek over Kaapstad schreef.

District Six stond bekend om zijn levendigheid. Daar ontstond de Kaapse jazz, die gespeeld werd in clubs waar mensen uit de hele wereld naartoe kwamen om te luisteren. Een modern Zuid-Afrika, veertig jaar te vroeg. De wijk was vermaard om het carnaval, The Coons, wanneer de straten zich vulden met verklede, zingende en dansende mensen, en om het dialect dat alleen daar gesproken werd, een bijzondere mix van woorden uit de hele wereld.

Als de bouw een geboorte was, dan was de Wet op de Stedelijke Gebieden uit 1923 het begin van een volwassen leven. Daarin werd bepaald dat zwarte burgers geen recht hadden om in het centrum te wonen, dat alleen bedoeld was voor gekleurde en witte burgers. De autoriteiten lieten District Six verloederen. Het duurde niet lang of de muren waren afgebladderd en beschadigd en de straten vertoonden gaten.

Op 27 april 1950 – de dag nadat mijn moeder ter wereld was gekomen – werd Groepsgebiedenwet nr. 41 aangenomen. Die bepaalde dat alleen witte burgers nog toestemming hadden om binnen vastgestelde gebieden van het land te wonen.

Toen kwam de dood. De jaren waarin het hele stadsdeel instortte, tegen de vlakte ging en in stof veranderde. In die allerlaatste ogenblikken namen mensen kleine dingen als aandenken mee. Straatnaamborden. Deurkrukken. Gietijzeren ornamenten. Ze schroefden deuren en raamkozijnen los om ze te verkopen. Foto's werden gemaakt van straten, huizen en kamers, zoals ze er vóór de sloop bij stonden. Toen het apartheidsbewind werd opgeheven, werden al deze spullen weer ingezameld. Wat kapot was, werd hersteld, stukje bij beetje, en die puzzelstukjes, restanten van een verloren wijk, werden ten slotte tentoongesteld in een van de weinige gebouwen die waren blijven staan: de kerk. Wat ooit een methodistenkerk was geweest met levendige diensten, samenzang en lofprijzingen, veranderde in een museum.

*

Ik bezocht The District Six Museum samen met Dag, een oude vriend met wie ik veel vaker op reis ben geweest. Toen ik in januari 2010 naar Zuid-Afrika vertrok om research te doen voor de roman waar ik het voorgaande jaar aan had gewerkt en de plaatsen wilde zien waar ik over had geschreven, ging hij mee. Ik was blij met zijn gezelschap, opgelucht dat die bitterzoete eenzaamheid, de consequentie van het in je eentje reizen, me bespaard zou blijven. Er was ook een andere, belangrijkere reden. Dat hij bij me was, gaf me de mogelijkheid om lijnen te trekken, terug in de tijd en in mezelf, naar andere plaatsen, andere verhalen.

We maakten een tussenlanding in Istanbul en brachten een hele avond door in de bar op de luchthaven. Het was meer dan tien jaar geleden dat we samen op reis waren geweest, en ook toen waren we hier geweest, in Istanbul, we liepen door de oude bazaars, bezochten de Blauwe Moskee en werden 's ochtends gewekt door het gezang uit de minaretten. Nu was de cirkel gesloten, alsof de reis gewoon werd voortgezet, en terwijl we zaten in iets wat een Engelse pub moest voorstellen, compleet met een donker interieur en boekenkasten vol in leer gebonden namaakboeken, haalden we herinneringen op aan onze vorige reizen samen. Aan die keer in Tanger dat we een hele dag honger leden omdat ik per se al mijn geld aan een theepot wilde uitgeven, en aan de keer dat we door een geldwisselaar in Bulgarije werden bedonderd. Hij gaf ons een bundeltje stevig opgevouwen bankbiljetten terug ter waarde van twintig kronen in plaats van tweeduizend, wat we pas ontdekten toen we 's avonds tevreden en vrolijk op onze hotelkamer zaten en het geld gingen tellen.

Maar toch. Het grootste deel van de tijd hadden we het over onze zeiltocht. Het jaar dat we met zijn vader een zeiltocht maakten van Frankrijk naar het Caraïbische gebied en weer terug, in een jacht van 32 voet met een kapotte motor. Dat jaar, en wat we toen meemaakten, blijft ons altijd bij en steeds als we elkaar zien, hebben we het er weer over. Dat jaar staat in ons hart gegrift.

Rond middernacht stapten we in een Turks vliegtuig – met een turquoise en roze interieur, alsof het een speelgoedvliegtuig was – en terwijl we in massa geproduceerde mezze aten en witte wijn dronken, lieten we de Sahara ergens onder ons achter. Een gestolde zee van zand. Ik sliep terwijl we over Centraal-Afrika vlogen, over Congo, Zambia en Lesotho. Over Victoria Falls en de ruïnes van Groot-Zimbabwe, de stad uit de oudheid.

'S Ochtends landden we in Kaapstad, op een vliegveld dat zich voorbereidde op het wereldkampioenschap voetbal, in een land dat zich aantrekkelijk probeerde te maken voor de rest van de wereld. Overal werd gebouwd. Geraamtes van ijzeren balken staken uit betonnen bekistingen waar jonge, zwarte mannen werkten.

De man bij de paspoortcontrole droeg een militair uniform en hij moest lachen toen hij mijn naam las.

'*So, what have we here?*' zei hij met een kort lachje, alsof hij kuchte. '*A stranger?*' ging hij verder met een lichtje in zijn ogen. '*Well, welcome, Mr Stranger.*'

We vonden een taxi en reden via de snelweg N2 de stad in.

Algauw werd het zichtbaar, de armoede die ik tot op dat moment alleen op foto's had gezien of van bovenaf met Google Earth had bekeken: kilometer na kilometer kleine schuurtjes, tegen de weg aan gedrukt. Zwijgend keek ik uit over de platte daken. Hier ergens moest hij terechtkomen, de jongen over wie ik aan het schrijven was. Een zwarte, geadopteerde jongen uit een welvarende voorstad die de sloppenwijk betreedt. Noah.

Voor ons vertrek had ik op internet een rondleiding door het township besteld, en ook had ik te bezichtigen plaatsen tussen de wijngaarden en in welvarende stadsdelen uitgezocht. Nu zaten we naar buiten te kijken terwijl eindeloze rijen golfplatendaken voorbijgleden. Wat deed ik hier? Waarom was ik in hemelsnaam over Zuid-Afrika gaan schrijven, een land aan de andere kant van de wereld? Was dat omdat mijn ouders hier waren geweest, als gasten van diezelfde Tomm Kristiansen toen hij trouwde in de sloppenwijk die we nu passeerden? Kwam het door de foto's die mijn ouders me hadden laten zien? Door de verhalen van mijn moeder over Trond Bakkevig, een collega van haar van de kerk, die haar had geholpen bij het witwassen van geld, dat bestemd was voor het Afrikaanse Nationale Congres (ANC) en de verzetsstrijd, door het naar de kerkgemeentes in Zuid-Afrika te sturen? Of kwam het door de Zuid-Afrikaanse jongeren die ik een keer op mijn werk een rondleiding had gegeven? Een stuk of vijf jonge mensen uit een township die naar Noorwegen waren gekomen in het kader van een uitwisseling tussen de kerkgemeente Ullern, waar mijn moeder werkte, en een kerkgemeenschap in Durban, aan de oostkust van Zuid-Afrika. Ik herinner me hun blikken, doods, bijna beschuldigend na een week te hebben doorgebracht in de welvarende buurten van Oslo, en ik herinner me hun kleren, die waarschijnlijk gedoneerd waren, want ze leken niet precies te passen. Het was alsof elk kledingstuk eigenlijk van iemand anders was, en bij elkaar was gezocht. *Kijk eens, wat een mooie trui. Die past je wel, denk je niet? En kijk hier... Wat vind je van deze broek?*

Zwijgend zat ik achterin naar buiten te kijken. Opnieuw bedacht ik dat reizen een van de makkelijkste manieren is om stukjes mee te pikken van datgene waar geluk uit bestaat. Om in het moment te zijn. Je open te stellen voor de wereld en met de blik van een kind om je heen te kijken. Kijk eens, kun je zeggen terwijl je in een steegje in Lissabon wijst naar een oude stenen trap naast een gebarsten muur van oranje baksteen, en je door de deuropening van een woning het gebrul van voetbaltribunes op een tv kunt horen. Moet je zien, zeg je terwijl je in een treincoupé in Thailand naar buiten wijst, naar een waterbuffel die zich opricht en met grote, zwarte ogen staat te herkauwen. Of naar een groep bleekroze flamingo's die op lange, stakerige poten in een Caraïbische baai staan. Als je reist, is het alsof de wereld zich eindelijk ontvouwt en alles wat er bestaat met schoonheid en betekenis wordt gevuld.

Dag maakte met zijn camera foto's van de krotten die zich zover het oog reikte aan beide kanten van de weg uitstrekten. Van alles was er als gewicht op de daken gelegd om te voorkomen dat de golfplaten zouden wegwaaien. Dikke stenen, kisten en balken, maar ook kapotte tv-toestellen en bureaustoelen. Alleen de betonnen afscheiding bij de weg voorkwam dat de huizen nog dichterbij zouden komen en tot de rijbaan zouden doordringen, en ik moest denken aan iets wat ik een paar maanden eerder in een internetkrant had gelezen. De regering had voorgesteld een muur te bouwen langs de hele hoofdweg, zodat de toeristen de sloppen niet hoefden te zien en zich geen mening hoefden te vormen over al die armoede die ze onderweg naar de voetbalwedstrijden zouden tegenkomen. In veel opzichten was dat een logisch voorstel. Een teken dat de gekozen volksvertegenwoordigers – van het ANC – zich schaamden dat dit nog steeds voor zoveel mensen de werkelijkheid was. Dat deze alsof-huisjes zoveel jaren na het einde van de apartheid hele steden hadden gevormd en nog steeds bestonden. De snelweg was niet meer dan een smalle, rechte streep door de sloppenwijken, om zich vervolgens als een rivier te vertakken en verder te stromen naar oorden waar bomen de plek van de krotten innamen en groene heuvels oprezen. Vlak voordat we het centrum bereikten, met wolkenkrabbers van glas en oude gebouwen uit de koloniale tijd, passeerden we een grote, oneffen vlakte waar gras opschoot tussen brokstukken beton en baksteen. District Six. Het verdwenen stadsdeel. Daar lag het.

Na een paar minuten stopte de taxichauffeur voor de gele muur die het hotel omringde waar we zouden logeren: een stijlvolle stenen villa in Kaaps-Hollandse stijl, met gipsen stucwerk rond de kozijnen, witgeverfde gietijzeren ornamenten en zuilen die begroeid waren met bloemen en klimplanten. In de tuin lag een klein bassin waar water uit een fontein klaterde. Een stenen trap leidde naar een oude woonkamer, waar nu kleine tafeltjes waren neergezet.

Een jong zwart meisje heette ons welkom. Op de achtergrond stond een iets oudere vrouw met gebogen hoofd, ze zei niets. Ze droeg een keukenuniform dat uit elk willekeurig tijdperk kon stammen. Het duurde niet lang of ik nam de rol van de koloniale overheerser op me. Onder een boom in de tuin kreeg ik van onze zwarte dienster een glas wijn geserveerd en later een lunch. Later bleek dat ze in de sloppenwijk woonde die we zojuist voorbij waren gereden, in Khayelitsha. Ze was een van de velen die elke dag tussen twee verschillende werelden op en neer pendelden, die van de krotten in het township en de luxe van de buitenlanders in het hotel. Het was onaangenaam, maar niet onaangenaam genoeg, dacht ik snel. Hoe makkelijk was het niet om eraan te wennen, zelfs nu nog? Dat er gewoon iemand als een schaduw komt om je eten op te dienen en de borden af te ruimen? Hoe makkelijk moet het toen niet zijn geweest, in een andere tijd, om je erbij neer te leggen dat dit de natuurlijke gang van zaken was, dat de wereld nu eenmaal zo fungeerde, dat sommigen dienden en anderen heersten? Of liever gezegd, is het niet zo dat het in de wereld nog steeds zo werkt, alleen op grotere afstand? De jonge mannen en vrouwen die de katoen plukken voor onze kleren, op akkers in India, Bangladesh en China. Iedereen die de onderdelen van onze computers in elkaar schroeft. Van onze mobiele telefoons. Van onze wekkers en koelkasten, in onbekende miljoenensteden zoals Dongguan in China, waar tachtig procent van alle harddisks ter wereld worden gemaakt. We weten het en we gaan verder, denken dat er niets aan te doen is, dat het in zekere zin natuurlijk is, en slechts zelden voelen we ons er ongemakkelijk bij, alleen die keren dat het zichtbaar wordt, dichtbij komt, zoals die keer dat ik met mijn redacteur in het kantoor van de uitgeverij zat te praten. Het was laat geworden en de meeste anderen waren al naar huis. Plotseling gleed de deur open en kwam er een man binnen die zo te zien uit Iran of Afghanistan kwam. Hij liet een korte verontschuldiging horen en terwijl wij doorpraatten over literaire probleemstellingen en fictieve gebeurtenissen, haalde hij de witte plastic zak uit de prullenbak, bond die dicht en verving hem door een nieuwe zak, waarna hij stilletjes verdween. Ik probeerde naar hem te glimlachen, als om te zeggen dat ik dat niet vanzelfsprekend vond, net zoals ik deed bij de zwarte serveerster van het hotel, die een omelet met champignons en ham voor me neerzette. Zonder een woord. Alsof ze zich zo onzichtbaar mogelijk probeerde te maken. Waarom? Omdat ze zwart was? Ik probeerde dankbaar over te komen, misschien vooral voor mezelf, om mijn slechte geweten te sussen omdat ik uit Noorwegen kwam, en vanwege de geschiedenis van de koloniale machthebbers.

De dagen waren van tevoren uitgestippeld. Eerst zouden we naar de sloppenwijk gaan, naar Khayelitsha. Vervolgens naar Robbeneiland, voor de kust bij Kaapstad, waar Nelson Mandela gevangen had gezeten. We zouden naar de wijngaarden van Constantia gaan, waar luxevilla's boven op de heuvels lagen, afgeschermd door dikke muren en hekken waar stroom op stond, en we zouden naar de top van de Tafelberg gaan, de reusachtige, platte berg die Kaapstad omringt en meer dan duizend meter recht uit zee oprijst.

Die allereerste dag reden we naar het centrum en naar The Company's Garden. Wat vandaag de dag een goed onderhouden park is met paden, bankjes en jongeren die overal op het grasveld zitten, was ooit een gebied met akkers en moestuinen die door de eerste witte kolonisten werden aangelegd toen ze hier in het midden van de zeventiende eeuw voor anker waren gegaan. De groenten die ze teelden, waren bedoeld als medicijn tegen kwalen waar de bemanning op zee last van kreeg, zoals scheurbuik. Nu zijn alle tuintjes met uien, tomaten, kool en rapen verdwenen, ze zijn opgegaan in de grond waar bloemen en sierheesters groeien en het enige wat nog van die tuinen over is, zijn de forse bomen in het park. Loofbomen die op oeroude dieren lijken en eruitzien alsof ze in de tijd zijn geplant dat je de zeilschepen met hun hoge masten en wapperende Nederlandse vlaggen in de haven kon zien liggen.

De volgende dag gingen we naar het District Six Museum. Behalve een grote collectie straatnaamborden, krantenknipsels en foto's waren in het museum verschillende gereconstrueerde woningen te zien die in het stadsdeel hebben gestaan, volledig gemeubileerd, met behang en gebruiksvoorwerpen zoals borden, pannen en droogdoeken. In een nagebouwde keuken stonden nog steeds een tafel en twee stoelen, verlaten door degenen die ze hadden gebruikt. Ik liet mijn vinger over de rand van een ronde brandplek op het aanrecht glijden, die net zo groot was als de pan die ernaast stond, en stelde me de man, het kind of misschien de vrouw voor die de pan daar per ongeluk had neergezet. In de kamer zag ik een oude tv met houten kast staan, die was verbonden met een verborgen videospeler. Op het scherm zag je bulldozers naderen. Een propagandafilm uit de tijd van de apartheid, die nu volstrekt van inhoud was veranderd. Staande achter een oude oorfauteuil keek ik naar het sloopwerk. Mensen die op straat samendromden. Uitdrukkingsloze gezichten. Huizen die werden verpulverd. Toen liep ik verder. Ik las de krantenknipsels die in de hoofdzaal aan de pilaren waren bevestigd. Ik ging op een bank zitten waar op de achterkant een metalen plaatje was geschroefd met het opschrift '*Slegs vir blankes*', alleen voor blanken. Aan het eind van de zaal was een kleine boekhandel gevestigd en achter de toonbank stond een man die in de wijk was opgegroeid. Noor Ebrahim was een afstammeling van de eerste slaven die uit Azië naar Zuid-Afrika waren overgebracht en hij was een van de mensen die waren uitgenodigd om het museum te helpen opbouwen, voorwerpen uit de woningen in te zamelen, straatnaamborden, bakstenen en foto's. Veel foto's in het museum waren door hem of zijn broer gemaakt en tijdens de opening in 1994 was hij gefotografeerd met een aantal beroemdheden, onder wie Al Gore, de Amerikaanse vicepresident.

We wisselden een paar woorden over de dwaasheid van het sloopwerk, waarom de regering niet gewoon alle zwarten en kleurlingen had weggejaagd en de huizen had laten staan, en hij legde me de kaart uit van de wijk, die de gehele vloer van het museum beslaat, zodat bezoekers door een miniversie van het stadsdeel kunnen wandelen, zoals dat er destijds had uitgezien met straten, huizen en woningen.

Ten slotte kocht ik nog het boek dat hij over het leven in District Six had geschreven. Een boek over het gewone dagelijkse leven, over de jeugdbendes en de bioscoop. Over de vismarkt en de hoofdweg. Vreemd genoeg schrijft hij niets over de daadwerkelijke sloop, behalve dan hoe het was om thuis te komen van je werk en te zien dat je huis met de grond gelijk was gemaakt.

Misschien was het nu, veertig jaar later, nog steeds te pijnlijk. Ik weet het niet.

Het verhaal over de duiven die hij op de zolder van zijn flatgebouw had gehouden, kwam er nog het dichtstbij. Hij had de vogels getraind om door het dakluik naar buiten te vliegen en zelf de weg naar huis te vinden, keer op keer, jaar na jaar. Toen District Six gesloopt zou worden, was Noor een van de geluksvogels die de mogelijkheid had gehad om met eigen kapitaal een nieuw huis te kopen in een gebied buiten het centrum waar kleurlingen mochten wonen. Hij nam alle vijftig duiven mee, laadde ze in een vrachtwagen en reed naar het nieuwe huis waar hij de hokken naar de zolder bracht, onder het dakraam. Daar konden de dieren vrij op de vloer rondscharrelen en aan hun nieuwe omgeving wennen. Na drie maanden, schreef hij, opende hij 's ochtends het raam in de hoop dat in elk geval een deel van de vogels de weg terug zou vinden. Waggelend kwamen ze uit hun hokken die vol lagen met grijswitte poep, ze schudden zich uit, strekten hun gevederde halzen en sloegen vervolgens hun vleugels uit om een voor een weg te vliegen.

Na zijn werk haastte hij zich naar boven om te zien hoeveel vogels er waren teruggekeerd. Geen enkele. De zolder was leeg. Hij haalde een kruk, ging erop staan en stak zijn hoofd uit het dakraam om over de stad uit te kijken, maar er was geen duif te zien. Ook de volgende dag niet. De derde dag reed hij naar District Six, de eerste keer sinds de sloop van zijn huis, en daar, tussen de gebroken planken en het verwrongen staal, zag hij ze. Precies op de plek waar zijn woning had gestaan, stonden de duiven bij elkaar, alle vijftig. Hij stapte uit en liep op de groep vogels af.

'*Very suprisingly, they did not fly away,*' schrijft hij, '*but looked into my eyes, as if to ask: "Where is our home?"*'

3

Adele drukt zich met kloppend hart tegen de wand aan terwijl de knal in haar lichaam weergalmt. Uit de barsten in de muur stuift kalk en ze wil roepen, maar dan ziet ze de bulldozer weer naderen en ze sluit haar ogen. Een reusachtige ijzeren arm slaat dwars door de muur, waardoor een groter stuk instort. Adele hoort de bulldozer achteruitrijden. Ze opent haar ogen en holt de kamer door, naar de opening waar het zonlicht door wolken opdwarrelend stof schijnt. De bulldozer is maar een paar meter van haar verwijderd. Geel staal. Een zwarte man zit in de stuurhut achter de stangen, hij draagt een wit T-shirt en rode oorbeschermers. Hij leunt naar voren en kijkt haar achterdochtig aan, alsof hij wil controleren of hij het niet verkeerd ziet. Dan verdwijnt de verbazing van zijn gezicht, hij buigt zich uit de stuurhut en roept dat ze als de donder moet maken dat ze wegkomt, en of ze wel goed bij haar hoofd is. Begrijpt ze soms niet dat ze dood had kunnen zijn?

En Adele?

Ze had gedacht dat ze het huis niet konden slopen als zij nog binnen was. Dat ze alles kon tegenhouden door gewoon in het huis te blijven. Nu is er van haar moed niets meer over. Zijn woorden hakken op haar in en ze ziet de menigte achter de bulldozer. Vrienden. Familie. Daar staat haar moeder, met haar broer en zus. Ze ziet de woede op moeders gezicht, ze voelt die van grote afstand. Moeder probeert zich langs de versperring te wurmen, maar een politieagent duwt haar vriendelijk, maar beslist terug.

'Nu kom je naar beneden, Adele!' roept ze.

Adele buigt haar hoofd en nu pas beseft ze hoezeer ze zich heeft vergist en hoe moeilijk het zal zijn om haar moeder te vertellen waarom ze terug is gegaan. Dat ze het voor haar heeft gedaan. Dat ze zich voor iedereen sterk wilde maken. Ze heeft er geen woorden voor, want ze is nog maar een meisje van zes, een tenger schepseltje dat naar de deur loopt. De trap af, met haar hand op de leuning. Langs de gekrulde gietijzeren ornamenten naar buiten, naar de weg. Een politieagent volgt haar vanaf de deur naar haar moeder, die ongeduldig aan de andere kant van de versperring staat te wachten.

'Wat dacht je nou toch?' sist haar moeder en ze geeft haar met haar vlakke hand een klap.

Adele kijkt naar de grond, beschermt haar gezicht met haar ene hand en fluistert steeds opnieuw: 'Het spijt me'. Haar moeder laat haar arm los en draait zich om naar de huizen. Op dat ogenblik hervat de bulldozer het werk. Hij ramt de muur, versplintert de ramen. Hij trekt planken los en laat de brokstukken van wat ooit hun huis was, op de grond vallen. Het ruikt naar stof, naar cement. Het ruikt naar metaal en naar oude, gebruikte houten planken.

Haar vader tilt haar op en zet haar op de laadbak, naast de oude koffer met boeken. Achter haar staat de bank, waar haar moeder op zit met haar broer en zus, naast kisten met serviesgoed en bestek. Opgevouwen stapels handdoeken en beddengoed. Ze houdt zich vast aan een stalen lamp, veegt het witte stof van haar arm. Het laatste restje van haar kamer. Dan rijden ze weg. De helling op, over de top van de Tafelberg en weer naar beneden, waar het landschap zich uitstrekt. Overal staan huizen van golfplaat, zo ver ze kan zien. De vrachtwagen rijdt tussen de barakken door. Ze ziet gezichten opduiken, maar herkent niemand. Ergens midden in de chaos van kleine huisjes houdt de vrachtwagen halt. De chauffeur stapt uit en wijst op een vrije plek tussen twee schuurtjes. Een zanderige plek ter grootte van een keuken. Daar moeten ze wonen. Een nieuw huis bouwen.

Hij helpt mee de meubels te tillen en ze neer te zetten op het perceel dat hun is toebedeeld. Daar staat het gezin nu, tussen de verstrooide meubels in een stad vol vreemden. De vrachtwagen start de motor en verdwijnt in een wolk van rook. Haar broer gaat op de bank zitten. Adele werpt een blik op haar vader. Er ligt een nieuwe uitdrukking op zijn gezicht. Op elkaar geklemde kiezen en naar binnen gedraaide lippen. Alsof hij zich ergens aan gesneden heeft.

*

De sloop van District Six staat niet op zichzelf. Hetzelfde gebeurde in Johannesburg, Durban en Port Elizabeth, maar District Six is de naam die alles met elkaar verbindt. Het verband dat je nodig hebt om politiek aan gevoel te koppelen. Pearl Harbor. Hiroshima. Ground Zero. Een lange rij namen. Een lange rij levens.

4

Een eenvoudige scène. Ik zal een jaar of zes zijn geweest en zat in een appelboom in de tuin toen de graafmachines en vrachtwagens kwamen aanrijden. Het was de tuin waar de vader van mijn moeder was opgegroeid, in het begin van de jaren twintig van de vorige eeuw. Misschien had hij die bomen wel helpen planten, had hij ze opgepakt en in de grond gezet. Achtentwintig appelbomen, vier pruimenbomen, bij de weg een kersenboom, die altijd door de vogels werd geplunderd, en een perenboom, waaraan kleine, droge peertjes met een bittere schil groeiden. Toen ik klein was, waren het oude, grote bomen. De tere uitlopers waren uitgegroeid tot dikke, stevige stammen met takken waar je in kon klimmen, en met een droge, gebarsten schors.

Het was een paradijs. Een enorme tuin die elk seizoen veranderde. In de lente holden we onder welvende, geurige witte fruitbloesems door, ons hoofd gebogen onder takken met groene scheuten die zich langzaam uit de knoppen ontwikkelden. Overal was er een spel van licht en schaduw met een constant gezoem van insecten. In de zomer voetbalden we met de bomen als doelpalen. We speelden er verstoppertje, kampeerden er. In de hoek bij het hek had ik een akkertje voor mezelf waar ik groente verbouwde, kleine trosjes gouden aardappels die ik met mijn vingers opgroef en schoonveegde, om vervolgens blootsvoets onder de takken door naar mijn moeder te rennen en ze aan haar te geven. In de herfst klommen mijn broer en ik in de bomen, samen met vriendjes zaten we daar glasappels te eten, sappige appels met een geelgroene schil en piepkleine zwarte puntjes, of grote, paarse en gele pruimen, waar de wespen doezelig omheen gonsden terwijl ze hun achterlijf tegen de vruchten drukten.

Op een dag kwam het bericht: alles moest weg. Alle bomen moesten worden omgehakt en de hele tuin werd omgespit om plaats te maken voor rijtjeshuizen. Zes huizen, in twee rijen verdeeld. Ik huilde, smeekte, bad en vroeg mijn vader vertwijfeld of we ons niet aan de bomen vast konden ketenen om de machines tegen te houden voordat ze zouden beginnen. Hij keek me aan. In zijn ogen doofde iets. Hoe moest hij me dit uitleggen? Hoe moest hij me vertellen dat er geen andere oplossing was? Het huis was nooit hun eigendom geweest, ze hadden het alleen maar gehuurd. Nu wilde de rest van de familie het hele perceel verkopen, en mijn ouders hadden geen geld om meer te kopen dan het huis zelf en een klein stukje achtertuin.

De graafmachines braken met grof geweld door de heg, sloegen diepe wonden in het grasveld. Toen begonnen ze te graven. De ene boom na de andere werd geveld. Uit de grond gerukt door de brommende machines en in vrachtwagens getild. Het duurde niet lang of het paradijs was verdwenen, alleen grote bulten modder en uitgegraven wortels herinnerden aan de tuin die hier ooit was geweest.

Niet veel later zakte mijn vader in elkaar op de vloer van het benzinestation waar hij werkte. Hij verloor het bewustzijn en zonk weg in duisternis. Misschien had het verleden hem ingehaald. Het geheim dat hij met zich meedroeg.

*

Adele wordt zeven en is gewend geraakt aan het dagelijkse leven in het huis dat haar vader van golfplaten en oude kozijnen in elkaar heeft getimmerd. Gewend aan het leven tussen de barakken. Aan de waterpomp. De buitenplees. Aan het geroffel van de regendruppels op het dak. Ze is vaak alleen. Dan opent ze de koffer uit de boekhandel en ontdekt dat boeken een soort deuren zijn. Ze kan ze openslaan en de kamer verlaten, niet langer gebonden aan haar familie, aan de school, aan de slaapkamer die ze met haar broer en zus deelt. Adele leest, ze opent de ene deur na de andere en reist naar vreemde landen en steden. Ze leest over vampiers en monsters. Ze leest over Zoeloekrijgers, over pratende neushoorns en lieve leeuwen, en ze vlucht weg in een wereld die echter lijkt dan de wereld die haar omringt. Algauw leest ze overal en moet haar moeder regels voor haar opstellen. Bijvoorbeeld dat ze niet mag lezen tijdens het eten, omdat dat de spijsvertering kan verstoren. Ze leest bij het aanrecht. Ze leest terwijl ze loopt, haar benen gaan hun eigen gang en brengen haar lichaam, dat ze als een last ervaart, naar haar spaarzame toevluchtsoorden. Naar haar bed, naar de heuvel bij de weg of de klaslokalen in de pauzes, waar ze kromgebogen boven de bladzijden uit haar boek zit totdat de bel gaat die haar weer naar deze werkelijkheid, deze wereld terugbrengt.

Ze wordt acht en leert dat de man die Kaapstad heeft gesticht Jan van Riebeeck heet. Dat hij aan de basis staat van alles wat er op de Kaap is gebeurd. Als haar vader die naam hoort, snuift hij vol minachting, staat op en loopt weg van de eettafel.

Er is een duisternis over hun gezin gevallen, als de dikke grijsblauwe wolken die soms over de Tafelberg heen rollen, zich over de vlaktes uitspreiden en schaduwen op het landschap werpen. Elke avond gaat haar vader naar zijn nachtdienst op het benzinestation buiten de stad. 's Ochtends vroeg keert hij terug met een vermoeidheid die hem als een tere schaal omhult, en de rest van het gezin moet dan stil zijn en hem laten slapen. Ze moeten op hun tenen lopen en altijd naar hun moeder luisteren, die hen wegstuurt en zegt dat ze ergens anders naartoe moeten gaan. Wanneer haar vader later op de dag wakker wordt, drinkt hij koffie en probeert vriendelijk naar hen te lachen als ze uit school komen, maar hij is aan het eind van zijn Latijn en in de jaren die volgen, zal hij steeds meer tijd in bed doorbrengen.

Ze wordt negen en bekijkt de jongens op school met een andere, nieuwe blik. Ze begint iets mee te krijgen van de verzetsstrijd. Een man uit de buurt is met een nieuwe vorm van protest begonnen, waarbij hij geen gebruikmaakt van gescandeerde kreten, posters of geweld. Hij draagt een gestreept pak, steeds hetzelfde, hij scheert zich en kamt zijn haar zodat niemand iets op zijn uiterlijk aan te merken kan hebben. Dan vertrekt hij naar het centrum en gaat op bankjes zitten die alleen voor witte mensen zijn bedoeld. Wanneer iemand hem vraagt te vertrekken, komt hij overeind, biedt beleefd zijn verontschuldigingen aan en loopt door. Af en toe wordt hij opgepakt en gevangengezet. Als hij weer vrijgelaten wordt, komen de mensen naar hem toe om te horen wat hij heeft gedaan. Een van die verhalen komt ook Adele ter ore. Toen was hij ettelijke maanden weggeweest. Hij was naar Camps Bay gegaan, vertelt hij, naar het mooie strand met de palmen, een avenue vlak bij de zee, en daar was hij op een bankje gaan zitten om over de zee uit te kijken. Mensen die daar even tevoren nog hadden gezwommen of lagen te zonnen, bedekten zich ineens. Hij kon hun beschuldigende blikken van veraf zien, zegt hij, en mensen die hem passeerden, wensten hem lelijke dingen toe, ze noemden hem nikker, zelfs een jongetje van hooguit vijf jaar oud noemde hem zo. Meestal stond hij dan op en liep hij weg, vlak voordat de politie kwam, maar nu bleef hij zitten. Misschien kwam het door dat jongetje. De gedachte dat die haat doorgegeven werd. Dat die nooit zou verdwijnen.

Vanuit zijn ooghoek zag hij dat een man een eindje verderop een politieman aansprak, een barse vent die op hem afkwam en hem vroeg hoe hij het in zijn hoofd haalde om daar te gaan zitten. Wie hij wel niet dacht dat hij was. Toen kwam de woede. De stok, de sirenes en de klappen, vervolgens de handboeien, de auto en de smaak van bloed in zijn mond.

Er verstrijken weer enige maanden waarin Adele hem heel af en toe ziet, op straat, in de winkel of voor het huis waar hij in zijn eentje woont. Dan verdwijnt hij voorgoed. Iemand zegt dat hij is gearresteerd en naar Robbeneiland is overgebracht.

Ze wordt tien, haar nieuwe tanden zijn te groot voor haar mond en het ziet er grappig uit als ze lacht. Ze doet niets anders dan lezen. In bed. Aan tafel, als ze klaar is met eten. 's Ochtends en 's avonds.

Ze wordt elf, ze wordt twaalf en haar borsten ontwikkelen zich. Als het licht uitgaat en ze zeker is dat de rest slaapt, vouwt ze haar handen om haar borsten terwijl ze zich afvraagt hoe groot ze zullen worden. Wanneer ze zullen ophouden met groeien.

Ze wordt dertien en begint te fantaseren dat ze in verzet zal komen. Ze hangt rond met Sipho en zijn vrienden en blijft muisstil bij hen in de buurt zitten om naar hun gesprekken te luisteren. Naar hun plannen om de politie terug te pakken. De man te doden die hun vader een pak slaag heeft gegeven.

Ze wordt veertien, vijftien en krijgt een vriendje en een poosje staat ze lichter in het leven, ze heeft nu een kans om te ontsnappen aan de ernst thuis en de constante somberte van haar vader.

Dan wordt ze zestien en moet ze naar het politiebureau voor haar pas. Een lelijke foto. Een beschrijving van waar ze woont, op welke school ze zit. 'Dit moet je altijd bij je hebben,' zegt de politieman streng tegen haar. Ze geeft geen antwoord. Ze neemt de pas mee. Ze is trots. Nu heeft ze een bewijs dat ze groot is. Dat de autoriteiten zich terecht zorgen over haar moeten maken, dat ze haar in de gaten moeten houden. Haar vriendje maakt het uit en ze verdwijnt weer in de boeken.

1984. Het township is te groot geworden. Overal wonen mensen, opgepropt in kleine huisjes van golfplaat, stukken hout en oude ramen. Waar komen ze toch allemaal vandaan? Een deel van hen komt uit Kaapstad, uit stadsdelen waar nu alleen witte mensen mogen wonen, maar nog veel meer komen van het platteland. Ze trekken naar de stad, op zoek naar een beter leven, op zoek naar werk. Elke dag, elke week, elke maand neemt de sloppenwijk in omvang toe, waardoor die nu uit zijn voegen barst. Hoeveel mensen wonen er wel niet? Honderdduizenden. Er is geen plaats voor meer mensen. Sommigen mompelen iets over gedwongen verhuizing en er ontstaat een kribbig soort onwil. Sommigen verzamelen autobanden en steken ze in brand, zodat de zwarte rook omhoogstijgt en van kilometers afstand te zien is. Anderen organiseren protestmarsen met spandoeken en slogans, ook al denkt niemand dat het zal helpen en dat de autoriteiten zich zullen bedenken. Integendeel, het bevestigt alleen maar wat de regering toch al van hen denkt: dat ze wild zijn, gewelddadig en niet met elkaar kunnen samenleven.

De politie arriveert in gepantserde zwarte wagens. Ze hebben automatische geweren en dikke vesten. Ze dragen helmen en handschoenen, zwarte laarzen en zwarte walkietalkies. Hun ogen stralen angst uit terwijl ze hun geweren van de ene naar de andere kant zwaaien. Het ruikt naar verbrand rubber. Mensen rennen weg en verschuilen zich in de steegjes. Sommigen gooien flessen weg die kapotvallen en vlam vatten, anderen schieten. De agenten rennen achter iedereen aan die ze zien, mensen worden met knuppels geslagen en meegesleurd. Het is één grote chaos van lichamen, gegil, gehuil en woede, en Adele zit binnen, net als haar vader en moeder, maar haar broer is er niet, Sipho is er niet. Waar is hij?

Dan wordt er hard op de deur geklopt en drie politiemannen stormen naar binnen en roepen dat ze allemaal hun handen boven hun hoofd moeten houden, wat ze doen, en een van hen duwt haar vader op de grond, hij zegt dat hij niets heeft gedaan en hij heeft ook niets gedaan, maar zij schreeuwen in het Afrikaans dat hij zijn bek moet houden, haar moeder huilt en Adele kijkt alleen maar toe, ze staat daar met haar armen boven haar hoofd, recht omhoog zodat ze met haar vingers bijna het golfplaten plafond aanraakt, en de mannen slaan zijn armen in stalen handboeien, tillen hem op en sleuren hem mee, terwijl buiten schoten klinken en er ergens brand is, en dan is haar vader verdwenen.

Boze kreten. Verspreide schoten. Dan wordt het stil. Haar moeder huilt. Geleidelijk aan wist de nacht de bloedvlekken in het zand uit.

Na drie dagen keert haar vader terug uit de gevangenis. Hij heeft blauwe plekken en schrammen, maar hij wil niets zeggen. Hij loopt de kamer door, recht op het bed af waar hij met zijn kleren nog aan op gaat liggen. Adeles moeder blijft afwachtend staan, vraagt haar of ze eventjes naar de buren wil gaan. Als ze terugkomt, krijgt ze te horen dat ze nogmaals moeten verhuizen.

Een nieuw huis, een nieuw stadsdeel. Khayelitsha. Weer moeten ze alles inpakken, Ze moeten hun huis afbreken en de balken en golfplaten worden op een vrachtwagen geladen.

5

In Khayelitsha ben je niet de eerste toerist en evenmin de eerste witte bezoeker, maar als je maar diep genoeg in de wijk doordringt, krijg je dat gevoel wel. Lang van tevoren had ik de reis via internet met een gids besproken. Een vrouw met een aparte, Afrikaanse naam, wat naar ik aannam garant zou staan voor de authenticiteit van de beleving, aangezien zij daar was opgegroeid en het dagelijks leven in Kaapstad kende, evenals de geschiedenis met een grote en een kleine G.

Voor The Walden House Hotel aan Burnside Road stonden we te wachten; een stille straat met slechts hier en daar een boom met een grijze stam. Onderaan de helling van Signal Hill stonden enkele auto's geparkeerd. Een oude zwarte man passeerde ons op krukken, op weg naar de apotheek een eindje verderop, bij Kloof Street. Na een paar minuten parkeerde er een aftandse Citroën voor ons. Er stapte een lange, magere witte vrouw uit met haar zwarte haar verwerkt in vlechtjes vol veren en kraaltjes, die op en neer dansten als ze liep. Ze droeg een verschoten zwarte singlet en er staken zwarte haren onder haar oksels uit.

'Hai, ik ben Nomvuyo,' zei ze met een enthousiaste, hartelijke glimlach. Ik gaf haar een hand en noemde mijn naam. Ze had waarschijnlijk opgemerkt dat ik verrast was dat ze niet zwart was, want ogenblikkelijk begon ze uit te leggen dat haar eigenlijke naam Jenny was, maar dat ze min of meer was geadopteerd door een familie in Khayelitsha.

'Zij hebben me mijn Xhosanaam gegeven, Nomvuyo. Mooie naam, hè?' merkte ze op terwijl we instapten en Dag op de bank naast me zich klein maakte.

Heuvelopwaarts reden we door Gardens naar de top van de berg. Het was een weelderige helling met bomen aan beide kanten van de weg. Opeens vouwde het landschap zich uit en kon je ver over zee uitkijken. Een zwarte man in spijkerbroek en een T-shirt liep naast de weg, ver van alles wat op huizen of werkplaatsen leek. Wat deed hij hier? Kwam hij terug van zijn werk?

De man die langs de weg liep, deed me denken aan een optreden van de Zuid-Afrikaanse kunstenaar Nicholas Hlobo, dat hij in de zomer van 2005 op uitgerekend dit traject had uitgevoerd. Hlobo staat bekend om zijn installaties, gemaakt van het zwarte rubber dat je aantreft in autobanden, van personenauto's, vrachtwagens of graafmachines. Rubberen autobanden werden in de jaren negentig in de sloppenwijken gebruikt om mensen terecht te stellen; de banden werden overgoten met benzine, over het slachtoffer heen getrokken en in brand gestoken, een vorm van afstraffing die *necklace* werd genoemd, halsketting.

Hlobo maakt van het gladde, ballonachtige rubber samen met zijden stof en kant grote installaties die aan het plafond van verschillende galeries hangen, of hij verwerkt het in kleine objecten die je op je lichaam kunt dragen, zoals de sculptuur die hij die zomerdag zelf had gedragen: een fikse bochel, uit verschillende stukken rubber samengesteld, waar hij de hele weg vanaf Gardens over de bergtop heen naar Khayelitsha mee had lopen zeulen terwijl het zweet van hem afdroop. Mensen die langsreden, minderden vaart en staarden hem met open mond door het autoraam aan.

Wat wilde hij eigenlijk zeggen met die eenzame mars? Dat dat de last was die alle Zuid-Afrikanen moesten dragen, elke dag opnieuw, zonder dat het te zien was?

Onze geadopteerde gids scheurde langs vrachtwagens en taxi's in een wirwar van autowegen, bruggen en kruisingen, om ten slotte af te slaan bij een bord waar HARARE op stond.

Opeens waren we er. Midden in de sloppenwijk. Tussen de hutjes in mierzoete kleuren. Nomvuyo had een aantal vaste punten op haar programma, maar voordat we naar een van die plekken gingen, had ik haar gevraagd of ze naar een paar plaatsen wilde rijden die in mijn roman voorkwamen. De eerste was het treinstation, met kraampjes van zwarte vuilniszakken waar mensen illegaal gekopieerde films, zonnebrillen en draaispitten verkochten. De tweede plaats was de kerk waar mijn ouders een paar jaar eerder waren geweest voor het huwelijk van Tomm Kristiansen. Tomm Kristiansen was van 1990 tot 1994 correspondent voor de NRK geweest in Afrika, ten tijde van de opheffing van de apartheid. In die tijd woonde hij in Harare, in Zimbabwe, en reisde hij regelmatig heen en weer naar Zuid-Afrika om verslag te doen. Verschillende keren had hij Nelson Mandela ontmoet. Hij had ook Desmond Tutu ontmoet, maar het was hem vooral te doen om de gewone mensen, en over hen schreef hij zijn verhalen.

Bij mijn ouders thuis had ik foto's van hem gezien, van zijn bruiloft en van de sloppenwijken, ik had zelfs met zijn zoon een concert gegeven in het Litteraturhuset in Oslo, maar de man zelf ontmoette ik voor het eerst toen ik in augustus 2011 op het zomerfeest van uitgeverij Cappelen Damm ineens pal achter hem stond. Ik had al wat glazen wijn op en de gebruikelijke gesprekken gevoerd met redacteurs, schrijvers en mensen van de marketingafdeling, toen ik de man met zijn korte grijze ringbaard herkende. Hij droeg een bril. Ogen vol levenslust.

'Tomm Kristiansen?' vroeg ik.

Met een vragende blik draaide hij zich om. Hij vroeg zich vast af wie ik was. Een onbekende jongeman die hem lastigviel met backpackersverhalen uit Afrika?

Ik stelde mezelf voor en zei dat mijn ouders gasten op zijn bruiloft waren geweest. Dat werkte als een sleutel. Het bracht bij hem waarschijnlijk beelden boven van die dag, een jaar of tien eerder. De kerk in Khayelitsha. Het gejuich van de mensen die langs de weg stonden, voor de hutjes. Het feest na de inzegening, met lange tafels, gezang en toespraken.

Ik vertelde over de roman waar ik al een paar jaar mee bezig was en die nu een persoonlijker richting in was geslagen dan ik oorspronkelijk van plan was. Een roman met als uitgangspunt Zuid-Afrika. Tomm lachte vriendelijk, nipte van zijn wijn en zei dat ik hem maar een mail moest sturen, dan konden we een afspraak maken. Hij wilde me zo goed mogelijk helpen en vertelde ook dat er binnenkort een boek van hem zou uitkomen over Kaapstad, waar ik naar believen uit mocht gappen. Ik drukte zijn hand en bedankte hem, waarna ik weer terug werd gezogen naar de gesprekken en het voortdurende geduw van lichamen. Mensen die dicht op elkaar stonden, overal, net als in de kerk van Khayelitsha, stelde ik me voor, waar Tomm was getrouwd. Mijn ouders hadden vaak over het gebouw verteld. Vooral het feit dat Christus zwart was, had indruk op hen gemaakt, en dat er op zijn witte tuniek een rood aidslintje was vastgespeld. Zelf kon ik daar niets van zien, want zodra we de kerk binnenliepen, werden we omringd door mensen. Zwarte mensen, gelovigen die als in trance stonden te zingen. Helemaal vooraan, bij het altaar, zaten mensen op hun knieën te roepen, te huilen en te bidden. Vier of vijf voorgangers waren constant aan het mompelen. De geëxalteerde stemming in het gebouw deed me denken aan christelijke jeugdkampen waar ik als kind was geweest en waar mensen in onbeheerste huilbuien konden uitbarsten, midden in de zaal, terwijl ze onophoudelijk bleven ratelen. Het had me nooit echt bang gemaakt. Misschien omdat ik nooit had geloofd dat het daadwerkelijk God was geweest die door hun monden sprak.

Een vrouw die geknield voor het altaar in de kerk zat, barstte in een hartverscheurend huilen uit en we slopen weer naar buiten, stapten in de gammele witte auto en reden verder door de sloppenwijk, langs de voor de gids gebruikelijke route. De volgende stop was bij een man die bloemen maakte van oude frisdrankblikjes. Zijn werkplaats was bij hem thuis en hij was zichtbaar trots op zijn werk. Hij wilde laten zien hoe hij de blikjes openknipte, verboog en van het scherpe metaal bloemen maakte, compleet met stengel en kroonbladeren. We stonden in een soort voortuin. Er kwamen twee kinderen binnen, terwijl een oude zwarte hond vlak voor onze voeten op het beton plaste.

Daarna reden we weer verder en bereikten een plek waar we moesten parkeren omdat alle wegen ophielden. Hier kon je alleen nog te voet verder. De gids bracht ons naar het huis waar haar adoptiebroer met zijn moeder woonde. Een atletische Xhosaman, in een witte singlet en een rode cap. Hij liet ons zijn huis zien. Een krap hutje met donkerbruine meubels uit de jaren vijftig. Vervolgens liepen we over de zanderige paden tussen de hutjes door naar plekken waar waarschijnlijk zelden witte mensen kwamen. We hadden in elk geval heel wat bekijks. Lange tijd werden we door een groep kinderen gevolgd. Plotseling voelde ik een klein handje dat de mijne pakte. Een meisje met een warrige haardos keek glimlachend naar me op. Een jongen van een jaar of zes pakte mijn andere hand. Zo liepen we daar. Lange tijd. Met een kind aan elke hand en een hele horde kinderen om ons heen. Geen van hen sprak Engels, dus we moesten het met een uiterst primitieve vorm van communicatie doen. Lachen. Handen. Ogen.

Ik ging ervan uit dat ze snoep of cadeautjes wilden, als ze ons ten minste niet als exotisch beschouwden, omdat ze niet gewend waren aan witten die op bezoek kwamen. Dat er ook volwassenen op ons afkwamen, geheel spontaan, om met ons op de foto te gaan, of om te vertellen over de problemen in het township, wees ook in die richting. Een bebaarde, tandeloze man klaagde over de gebrekkige elektriciteit. Een ander nodigde ons uit in zijn hut en legde uit dat de regen elke winter vanaf de weg zijn huis binnenstroomde, zodat hij in zijn eigen huis op laarzen moest lopen, en hij vroeg zich af of wij er iets aan konden doen. Konden wij het niet aan de regering vertellen? Foto's nemen en die naar hen sturen? Alsof wij de macht hadden iets te veranderen, alleen maar omdat we wit waren. Opeens draaiden de kinderen zich om en liepen terug naar huis. Wij liepen verder door de steegjes, en ik probeerde me een beeld te vormen van de jongen over wie ik was gaan schrijven.

Noah.

Een zestienjarige jongen uit het rijke deel van de stad, waar de wijngaarden beginnen en oude, eerbiedwaardige villa's achter bewaakte omheiningen staan. Ik probeerde de kleuren van de barakken en de paden van zand en steenslag te onthouden, en zag voor me hoe die jongen met zijn goudbruine huid met zijn videocamera liep te filmen, terwijl hij voor de gelegenheid oude kleren droeg. Ik zag de plek voor me waar hij bleef staan en de camera optilde. Een vervallen minisupermarkt, met kapotte ramen en overal afval op de betonnen vloer. Plotseling passeerden we een gebouw dat perfect in het plaatje paste.

Hier, dacht ik, midden op de weg halt houdend. Hier was Noah blijven staan, zonder de ogen te zien die hem in de gaten hielden. Zonder de bende te zien die hem volgde en elke beweging van hem observeerde. Het was een vervallen, verlaten winkeltje, met kapotte ramen en een vloer die bezaaid was met afval. Een handgeschilderd bordje hing nog steeds boven de ingang. De naam van de winkel die daar ooit was geweest. Hooper.

'Hier,' zei ik tegen Dag, en ik vroeg hem foto's te maken. 'Hier is het.'

6

Het verhaal van Noah begint op de dag dat hij zestien wordt. De echo van het verjaardagslied hangt nog in de kamer, samen met de geur van de slagroom van het half verorberde stuk taart bij het bed. Met een handdoek om zijn middel staat Noah in zijn kamer. Een lichte kamer met gipsen stucwerk op de eerste verdieping van een vrijstaand huis in Constantia. Hij loopt naar het raam en steunt met zijn elleboog op het kozijn terwijl hij het uitzicht filmt. De grote boomtak die vlak voor zijn raam langs groeit, het zwembad dat in het zonlicht glinstert en zijn moeder die zich net op een ligbed neervlijt, in een parelwitte bikini die afsteekt tegen haar gebruinde huid. Haar blonde haar golft over haar ene schouder. Hij zoomt in. Door de lens wordt het makkelijker om te zien wat hij allang weet: dat zijn moeder een vrouw is die door mannen wordt begeerd. Een vrouw naar wie velen zich omdraaien als ze boodschappen doen in een winkelcentrum of wanneer ze in het weekend naar Clifton Beach gaan, waar ze op het witte zand tussen de grote stenen op een plaid gaan liggen. Zijn moeder lijkt de aandacht die ze met haar uiterlijk trekt, prettig te vinden, en ze versterkt het effect nog eens door te kiezen voor strakke kleren. Ze houdt haar figuur door diëten van verschillende Californische goeroes te combineren en regelmatig pilatesoefeningen te doen bij een sportschool in de buurt.

Noah tilt de camera verder omhoog op zoek naar een nieuw motief, maar hij vindt niets, niets interessants tenminste. Het is alsof de camera en het filmen hem nu al vervelen, na er slechts een paar minuten mee bezig te zijn geweest. Zo gaat het meestal. Hij verveelt zich op de vechtsportcursus waar zijn ouders hem voor hebben aangemeld en hij verveelt zich wanneer ze in een restaurant eten, op school tijdens de les en thuis bij zijn kameraad Simon, wiens pogingen zich volwassen te gedragen de laatste tijd komische trekjes beginnen te vertonen. Simon luistert bijvoorbeeld naar het *Requiem* van Mozart, rookt pijp en heeft zich al verschillende malen op school vertoond met een oude donkerblauwe marinejas over zijn schooluniform heen. Simon woont vlakbij, wat al zo lang hij zich kan herinneren het geval is. Met Simon ging hij naar de kleuterschool, met Simon rookte hij zijn eerste sigaret, achter het gereedschapsschuurtje in de tuin, en aan Simon heeft hij altijd dingen kunnen vertellen die je verder aan niemand toevertrouwt. Maar toen ze hun kinderjaren achter zich hadden gelaten, werd het anders. Het afgelopen jaar is Simon steeds meer een geheime vriend geworden. Een vriend met wie hij nog steeds graag praat en van wie hij leert, maar die zich vaak zo anders gedraagt dat hij liever niet te veel met hem op school wordt gezien. Waar dienen die rekwisieten van hem, zoals die jas en die oude platen, anders voor dan om zich te onderscheiden, afstand te scheppen?

De batterijindicator van de camera begint te knipperen, dus hij buigt zich voorover en koppelt de camera weer aan het stroomnet, waarna hij overeind komt en zijn hand uitsteekt naar zijn schooluniform. Zwart jasje en een zwarte broek. Wit overhemd en een rode stropdas. Elke dag trekt hij het uniform na schooltijd uit en slingert de kleren over een stoel, en elke dag hangt hun huishoudster – Denise – ze weer netjes op een kleerhanger terwijl hij bij een vriend is of beneden tv-kijkt. Ze verwisselt het gebruikte overhemd voor een nieuw en controleert het jasje en de broek op vlekken en pluisjes, zodat hij de volgende dag weer een smetteloze combinatie kan aantrekken.

In veel opzichten bevalt het uniform hem. Hij vindt het prettig dat het hem met de anderen verbindt, iedereen samenbrengt in één grote gemeenschap, als een natie, of een team, omdat ze allemaal hetzelfde zijn gekleed natuurlijk: iedereen draagt een zwarte broek of een zwarte, knielange plooirok. Allemaal dragen ze een witte bloes, een dieprode stropdas en een zwart jasje met het embleem van de school op de revers. Aan de andere kant zorgen die uniformen ervoor dat alle andere verschillen tussen de leerlingen sterker naar voren treden, zoals hun huidskleur.

De eerste jaren op die school was Noah de enige van zijn klas die niet wit was. Zo was het ook op de kleuterschool geweest, waar een jong, zwart, vrouwelijk personeelslid de enige andere zwarte was, naast enkele zwarte schoonmakers die hij soms rond sluitingstijd aan zag komen lopen. Alle andere kinderen hadden een lichte huid, en een van zijn eerste en sterkste herinneringen was verbonden met de ervaring van het anders-zijn. De ontdekking van zijn eigen huidskleur. Hij moet een jaar of vier zijn geweest en was met zijn ouders bij een speeltuin, toen een oude vriendin van zijn moeder ineens op hen afkwam. De vriendin van zijn moeder boog zich over hem heen en aaide hem over zijn wang. Noah deinsde achteruit, maar de vrouw bleef doorgaan.

'Wat een schatje,' zei ze, met haar gezicht gericht naar zijn moeder en haar arm naar Noahs wang uitstrekkend. 'Ze zijn ook zo mooi met dat goudbruine velletje,' ging ze verder, waarna ze overeind kwam. Noah rukte zich los en holde naar een schommel. De woorden van de vreemde vrouw volgden hem als een zwerm insecten, ze zoemden in steeds dichtere kringen om zijn hoofd terwijl hij zich op de schommel wurmde, zich aan de kettingen vastgreep en heen en weer begon te zwaaien. Ten slotte drong de betekenis van haar woorden tot hem door. De chaos aan vragen die door zijn hoofd tolden, kwam tot stilstand en resulteerde in die ene duidelijke gedachte: hij was anders. Alle andere kinderen in de speeltuin hadden een lichte huid. Alle kinderen die van de metalen glijbaan af roetsjten waarbij hun blonde haren omhoogwapperden, of die zich verstopten in het oude piratenschip zodat je alleen hun witte handjes zag, vol met zand en met rouwrandjes onder hun nagels, waren wit. Datzelfde gold voor de ouders die bij de speeltuin stonden, met hun kartonnen koffiebekers, kranten of broodjes. Iedere afzonderlijke persoon in de omgeving was wit, besefte hij opeens, terwijl de schommel langzaam vaart minderde. Alle baby's, kinderen, volwassenen en grootouders: ze waren allemaal wit en de enige zwarten of kleurlingen die hij behalve Denise en de chauffeurs had gezien, waren degenen die in de tuinen werkten, het afval ophaalden, de huizen schoonmaakten of in de restaurants bedienden. Zelfs zijn ouders hadden een andere huidskleur dan hij. Die gedachte deed al het andere verdwijnen.

Zijn moeder kwam naar de schommel toe en vroeg of alles goed met hem was. De schommel was tot stilstand gekomen zonder dat hij het had gemerkt. Hij knikte slechts, schaamde zich dat hij betrapt was op iets wat kennelijk ongewoon was. Hij trok extra hard aan de kettingen om vaart te maken en zwaaide almaar hoger, hoger, en hij ging door, ook al vroeg zijn moeder hem of hij een beetje voorzichtig wilde zijn. De speeltuin verdween uit zijn gezichtsveld, alles wat hij zag, was een blauwe hemel met een witte wolkensluier. Hij was zwart, dacht hij en hij zwierde weer omlaag, scheerde over het zand en kreeg een eenzaam rood schepje in het oog dat iemand had achtergelaten. Zij waren wit, dacht hij. Hij was anders. En toen, met een glasheldere eenvoud besefte hij het: zij waren niet zijn ouders. Dat konden ze niet zijn, want hij leek niet op hen, absoluut niet, en plotseling viel alles op zijn plek. Hij zwierde zo hoog door de lucht dat de schommel weer omlaagviel, in onbalans raakte en begon te wiebelen. Toen hij weer omhoogzwaaide, liet hij los. Hij vloog door de lucht en landde met zijn kin op het hek dat de speeltuin omsloot. Daar, met zand en bloed in zijn mond, liet hij zijn tranen de vrije loop.

Toen hij diezelfde middag met een pleister op zijn kin op een krukje in de badkamer stond om zijn tanden te poetsen, vroeg hij zijn moeder waarom hij een bruine huid had en zijn vader en zij niet. June, die een beetje afwezig leek te zijn alsof ze met haar gedachten elders was, had ineens opgekeken en zijn blik ontmoet, en het was alsof haar gezicht opensprong toen ze begon te vertellen hoe ze hem gevonden had. Achtergelaten op een bankje bij het ziekenhuis. Ze liet hem de plastic tas zien waar hij in had gelegen en die ze hadden ingelijst en aan de wand in de gang hadden gehangen. In de jaren die volgden, vroeg hij naar verschillende details; hij wilde ze uitgelegd en uitgesponnen krijgen, steeds opnieuw. Naarmate hij ouder werd en meer begreep, vertelde ze over de armoede op het platteland en over al het geweld rond de tijd van zijn geboorte. Dat zijn moeder voor hem een beter leven moest hebben gewild dan zij hem kon geven. De stukjes vielen een voor een op hun plaats.

'Waar komt die tas vandaan?' vroeg hij een keer en hij kreeg als antwoord dat ze dat diverse malen hadden proberen uit te zoeken, maar dat er nergens een plaats met de naam Hooper geregistreerd stond. Waarschijnlijk was het een winkel in een van de townships buiten het centrum, maar de townships strekten zich mijlenver uit, in alle richtingen, en ze werden bevolkt door miljoenen mensen, dus het was volstrekt zinloos om zelfs maar te beginnen met zoeken. En waarom zou hij ook? Wat voor goeds kon daar eigenlijk uit voortkomen, vroeg hij zichzelf later af, toen hij ouder werd. Het diende nergens toe, want hij had nu niet bepaald de behoefte om zijn bestaan in te ruilen voor een leven in de townships. Het zwembad en de privéchauffeur te vervangen door een zandvloer en een buitenplee. Geen denken aan. Toch kon hij de keren dat hij, als niemand hem zag, bij de ingelijste tas in de gang bleef staan, niet meer tellen, dan sloot hij zijn ogen en probeerde zich het gezicht van zijn moeder voor te stellen. Vaak doemde dan het gezicht van Denise, hun zwarte huishoudster die hij vroeger Dada had genoemd, voor hem op. Andere keren was het slechts een onduidelijk Afrikaans vrouwengezicht zonder specifieke trekken, of het gezicht van zwarte acteurs uit Amerikaanse films. Door de jaren heen had hij het keer op keer geprobeerd, ook al wist hij wel dat het onmogelijk was. Hoe zou hij zich haar kunnen herinneren als hij slechts een dag of twee oud was toen hij werd gevonden?

Toen hij ouder werd, hield hij op met vragen stellen. Voor alle anderen moet het erop hebben geleken dat hij zich erbij had neergelegd en dat hij het echt meende als hij zei dat hij blij was dat hij hier was opgegroeid en niet in de sloppenwijken.

Hij ging naar een privéschool in het gebied waar ze woonden, in het oude wijndistrict Constantia, als een van de weinige niet-witten op de hele school. Hier bewees het schooluniform zijn nut, het maakte zijn dagelijks leven makkelijker doordat hij dezelfde kleding droeg als de rest, het gaf hem het recht om in een schoolbankje te zitten van een van de duurste en beste scholen van Kaapstad. Toch bood het uniform niet altijd soelaas. Het hielp hem niet onder de douche na de gymlessen, waar hij als enige gekleurde vlek opviel in een ruimte met witte tegels en magere witte lichamen. Het hielp hem niet tijdens de geschiedenisles als ze thema's behandelden als apartheid of de slaventijd, en het hielp hem ook niet tijdens uitstapjes met de klas, als de zonnebrandcrème rondging en de tubes hem als het ware onzichtbaar passeerden, maar wat kon hij eraan doen? Hoe kun je je eigen huidskleur ontvluchten? Dat is onmogelijk. In het gezelschap van vrienden kon hij het vergeten, want ook al was hij geadopteerd en zwart, in alle andere opzichten was hij wit, in zijn gedrag, manier van praten en opvoeding, en het kwam zelden voor dat iemand anders dan hijzelf hem met zijn anders-zijn lastigviel. Het enige incident dat hem duidelijk was bijgebleven waarbij iemand op zijn afwijkende huidskleur afgaf, vond plaats toen hij in de vierde klas zat. Simon en hij waren aan het kaarten op het schoolplein toen een leerling uit de vijfde klas, een lange, blonde jongen uit een Afrikaanssprekende familie, met een klasgenoot langs hen liep. De jongen wilde kennelijk stoer doen, want terwijl ze passeerden, bleef hij opeens staan, keek naar Simon en zei dat hij niet begreep hoe Simon bevriend kon zijn met een kaffer. Dat woord gebruikte hij. Een woord dat Noah alleen kende van een themaweek over geschiedenis toen ze het over de apartheid hadden. *Kaffer*. Waar het woord vandaan kwam, wist hij niet. Hij had zich die week onzichtbaar gemaakt, wilde geen deel uitmaken van een les die in wezen datgene behandelde wat hij zelf wilde verdringen. Het effect ervan op wat er vervolgens gebeurde, herinnerde hij zich echter tot in de details. Zelf had hij het liefst gewoon een andere kant op gekeken, hij wilde elke vorm van ruzie vermijden en gewoon verder spelen alsof er niets was gebeurd, maar Simon liet zijn kaarten los en zonder de andere jongen te vragen of hij zijn woorden wilde herhalen of intrekken, zonder ook maar een poging tot verzoening te doen, legde hij de twee meter afstand tot de oudere jongen af en sloeg hem hard met zijn vuist in zijn gezicht. De oudere en ook nog grotere jongen was zo verrast dat hij pas reageerde toen hij voorovergebogen stond, met zijn gezicht in zijn handen terwijl het bloed uit zijn neus drupte. Noah voelde zijn wangen branden van de woede die er in de lucht hing. Meteen kwam een leraar tussenbeide, hij greep de beide jongens bij hun kraag en trok ze mee naar de kamer van de rector. Na een paar minuten werd ook Noah naar binnen geroepen en gevraagd te vertellen wat er was gebeurd. Terwijl hij rechtop bleef staan, wierp hij een paar keer snel een blik op Simon en de oudere jongen, die beiden op een stoel zaten, hun gezicht naar de vloer gericht, en probeerde het incident na te vertellen. Toen hij bij het woord kaffer was gekomen, knikte de rector, een witte man van een jaar of veertig, en zei dat het goed was, dat ze klaar waren. Simon en hij mochten gaan, de oudere jongen werd drie dagen geschorst van school. Diens ouders waren woedend over deze onrechtvaardigheid, want hun zoon had toch niet geslagen, dat was Simon geweest. Waarom werd hij dan niet geschorst? Dat was om een voorbeeld te stellen, en de standvastigheid van de schoolleiding had hem verbaasd. Die enorme duidelijkheid, en het signaal dat daarmee werd afgegeven aan de klassen en op het schoolplein. De schorsing moest duidelijk maken hoe onacceptabel het was om gedachtegoed uit de tijd van de apartheid te blijven koesteren, het was bedoeld om elke aanzet tot racisme uit te roeien voordat die een groeibodem vond en zich ging verspreiden. Witte mensen hadden het gebied sinds 1652 geregeerd, toen de Nederlander Jan van Riebeeck aankwam op de Kaap om er een handelspost op te richten. De driehonderdvijftig jaren van wit bewind en rassenpolitiek kwamen ten einde met de verkiezingen van 1994, en het nieuwe Zuid-Afrika bouwde aan een nieuw zelfbeeld, met nieuwe begrippen en nieuwe metaforen. Regenboognatie werd het nieuwe woord dat iedereen nu moest aanleren, en dat maakte dat ze in de gangen op school grote affiches met regenbogen en met mensen van alle rassen moesten schilderen. De jaren verstreken. Algauw kwamen er andere gekleurde kinderen bij op school en na een poosje werden zijn huidskleur en zijn aangeboren anders-zijn iets waar hij zo min mogelijk tijd en aandacht aan wilde besteden, tot deze dag, zijn verjaardag. Deze dag verandert zijn leven van richting en een serie van gebeurtenissen zal hem binnenkort ver weg voeren van zijn gebruikelijke route tussen school, huis en vrienden.

7

Een weg. Een stad. Een jongen in een donkere jas en met een breedgerande hoed staat onder een lantaarnpaal te roken. Hij is nog maar een jaar of zestien, maar draagt de kleren van een oude man. Rekwisieten uit een andere tijd. De hoed werpt een schaduw op zijn gezicht en het enige wat je onder de rand van zijn hoed kunt zien, zijn de oranje gloed en de omhoogkringelende rook.

De weg heet Sollerudveien. De stad is Oslo. De jongen ben ik.

In zijn eentje loopt hij langs de weg in de vlekkerige schaduw van de kastanjes, schijnbaar zonder doel of richting. Als in een impuls slaat hij een pad in en komt terecht bij een crèche die er in het donker verlaten bij ligt, nu alle kleine mensen die er anders altijd goed ingepakt rondlopen, verdwenen zijn. Al die kleintjes die normaal gesproken op de rekken klimmen, over hun eigen benen struikelen en met grote, open gezichten en rode wangen door het hek kijken. In de zandbak is een rood plastic schepje achtergebleven. De jongen gaat op een schommel zitten. Even kijkt hij omhoog, zodat het licht op zijn ogen, wangen en mond valt. Er ligt een pijnlijke trek op zijn gezicht, alsof hij elk moment in huilen kan uitbarsten. De jongen haalt een nieuwe sigaret uit de zak van zijn jas, steekt hem aan en ziet de oranje gloed zich een weg banen door het papier. Hij neemt een diepe haal. Dan brengt hij de sigaret naar de rug van zijn hand, zo dichtbij dat de huid oplicht. Even een aarzeling, dan drukt hij de gloeiende punt in zijn vel. Hij hoort het sissen en knijpt zijn ogen dicht.

*

Hoe oud was mijn vader toen hij erachter kwam? Had hij al eerder iets meegekregen, de moeders erover horen praten, in een speeltuin of op weg naar de winkel? Had hij om zich heen gekeken en op een of andere manier begrepen dat hij anders was?

8

'Ik hoop dat u een leuk feestje hebt gehad gisteren, *sir?*' vraagt de chauffeur, die al bij de auto staat te wachten, zoals altijd gekleed in een zwart pak.

'Ja, dank je,' antwoordt Noah met een beleefde glimlach. Hij gaat achterin zitten en haalt zijn telefoon tevoorschijn. Ze rijden het hek uit, dat zich automatisch achter hen sluit, en gaan verder over de weg. Een smalle weg, met aan beide kanten oude bomen en mooie villa's. De auto stopt voor een rood stoplicht. Een jonge zwarte straatverkoper buigt zich voorover en laat een stapel tijdschriften zien. Noah richt zijn blik op zijn telefoon en beantwoordt een bericht.

'Was gisteren ook de dag dat u echt jarig was, sir?'

Noah kijkt op. Ze praten nooit met elkaar. De chauffeur werkt nog maar een paar maanden voor hen en Noah weet niet eens hoe hij heet. Meestal stelt hij alleen kleine, praktische vragen, of Noah het warmer of kouder wil hebben of naar een andere radiozender wil luisteren. Nooit vraagt hij andere dingen, het liefst helemaal niets. Die afspraak hebben ze stilzwijgend gemaakt.

'Ik weet het niet,' antwoordt Noah slechts, en hij laat de woorden in de lucht hangen. Hij ziet hoe de chauffeur hem in de spiegel opneemt en hij draait zijn gezicht naar het raam toe als hij verdergaat. 'Niemand weet precies wanneer ik ben geboren, dus we vieren de dag waarop ik ben gevonden.'

'Juist. Weet u ook waar?'

'Waar ik vandaan kom?'

'Ja?'

'Nee. Een township, denk ik, maar niemand weet het precies,' zegt Noah, zijn schouders ophalend. De auto rijdt verder over de smalle weg. Een weelderig bos groeit tot aan de berm, slechts onderbroken door hekken met stroomdraad en grote huizen. Noah tikt verder op zijn telefoon, maar voelt de blik van de chauffeur weer op zich rusten als ze voor een rood stoplicht bij de hoofdweg blijven staan.

'Bent u ooit in Khayelitsha geweest, sir?'

Noah lacht even. 'In Khayelitsha? Nee, zeg, hoe kom je erbij!'

'Nee? Ik denk aan die tas die bij u thuis hangt...'

Noah buigt zich naar voren.

'Wat?'

'Die tas... Aan de muur...'

'Wanneer heb je die gezien?'

'Op uw feest. Ze vroegen me of ik in de keuken een handje kon helpen en toen liep ik erlangs.'

'Komt die daarvandaan? Uit Khayelitsha?'

'Ja.'

'Echt waar? Ik heb het gegoogeld en mama ernaar gevraagd en... Ze dacht dat die van een winkel of zo moest zijn, maar ze had geen idee waar dat kon zijn.'

'Hooper was vroeger een kleine supermarkt in Khayelitsha, sir.'

'Hoe weet je dat?'

'Omdat ik daar vlakbij ben opgegroeid, ik deed daar altijd boodschappen met mijn moeder.'

'Echt waar?!'

'Ja.'

Noah moet zich afwenden en is een paar seconden volkomen uit het lood geslagen door die woorden. Dat hij er eindelijk achter is, eindelijk weet wat Hooper was en waar het lag. Al die tijd, elke dag dat ze zoals vandaag hebben gereden terwijl de chauffeur daar zat, vlak voor hem, en van die winkel afwist, de plek waar hij vandaan kwam.

'Vertel. Hoe zag het eruit?' vraagt hij. De ogen van de chauffeur worden weer zichtbaar in het spiegeltje. Twee nieuwsgierige ogen.

'Hooper?'

'Ja.'

'Klein, eigenlijk niet wat je je bij een supermarkt voorstelt. Het was een piepklein winkeltje, ter grootte van een dubbele garage misschien. Het was gebouwd van lecablokken. Roze geverfd. De eigenaar was een vrouw.'

De eigenaar was een vrouw. Noah moet diep ademhalen. Een zwarte man staat op de weg met een oranje vlag te zwaaien ten teken dat de rijbaan afgesloten is. Vlakbij wordt een nieuwe brug gebouwd.

'Kun je me erheen rijden?' vraagt hij.

De chauffeur kijkt hem in de spiegel onderzoekend aan.

'Nu, sir?'

'Ja.'

'Maar u moet toch naar school?'

'Vergeet de school. Ik wil die winkel zien.'

'Die bestaat niet meer, sir. Die is al jaren geleden gesloten.'

'Waarom?'

'De eigenaar werd vermoord tijdens een overval.'

'Die vrouw?'

'Ja.'

Noah haalt diep adem.

'Dat maakt niet uit. Ik wil er toch heen.'

'Sir. Het is daar niet veilig voor u. En met deze auto kunnen we er niet naartoe,' zegt hij. Met een handbeweging in de lucht geeft hij aan dat alles van waarde uit de auto kan worden gesloopt en verkocht. 'Dat is gekkenwerk.'

'Oké.' Noah zwijgt. 'Heb jij een andere auto?'

'Ja, sir. Die heb ik.'

'Kunnen we dan niet daarin gaan?'

'Ik word betaald om u naar school te brengen.'

'Vergeet die school, ik wil het zien,' zegt Noah.

'Dat kan ik niet doen, sir. Dan zou de leraar contact opnemen met uw ouders. Dat hebben ze heel duidelijk aangegeven toen ze me aanstelden. Als we gaan, dan in elk geval na schooltijd.'

'Ja. Graag. Na schooltijd. Vandaag?'

Nee, sir. Ik ben vandaag vroeg vrij en moet mijn dochter ophalen.'

Noah leunt weer naar achteren. Hij probeert tot bedaren te komen.

'Heb je een dochter?'

'Ja, sir. Ze is twee.'

'Maar je woont niet samen met haar moeder?'

'Nee. Ik zie haar maar een paar keer per maand.'

'Waarom?'

'Omdat ik werk, sir.'

De auto passeert drie mannen die langs de weg lopen. Een van hen draagt een plastic schaal met fruit op zijn hoofd. Hij draait zich om, glimlacht en wijst enthousiast op de schaal als ze langsrijden.

'Morgen dan? Morgen kom ik vroeg uit school.'

'Weet u zeker dat u dit wilt, sir?'

'Ja.'

'Wat gaat u zeggen tegen uw ouders?"

'Dat ik in het centrum naar wat winkels wil. Morgen gaan we met de klas naar het oude fort. Ik kan gewoon zeggen dat ik daar nog even wil blijven omdat ik iets wil kopen.'

'Oké…'

'Is het dan afgesproken?'

'Ik weet niet of…'

'Waarom niet?'

'U kunt… ik bedoel, het is daar echt niet veilig. Niet als je daar niet bekend bent.'

'Ik kan je betalen. Hoeveel wil je hebben?'

De chauffeur schudt zijn hoofd. 'Stop je portemonnee maar weer terug, Noah. Dit gaat niet om geld.'

Het is de eerste keer dat de chauffeur hem tutoyeert en bij zijn naam noemt. Daar zit een opening, denkt Noah. Een mogelijkheid.

'Weet je het zeker?'

'Ja.'

'Dus wat wordt het? Wil je het doen?'

'Ik denk dat het voor alle partijen het beste is dat we dit plan laten varen, sir. Dan hoeft u uw ouders niet voor te liegen en hoef ik niets te doen wat volkomen in strijd is met waar uw ouders me voor hebben aangesteld. Ik denk dat een tochtje naar de townships veel mensen hier goed zou doen, maar ik kan mijn baan er niet voor riskeren. Het spijt me.'

Noah laat zich weer tegen de rugleuning vallen. Hij zwijgt even.

'Goed. Als je mij er niet naartoe wilt brengen, dan ga ik zelf wel.'

'Dat kunt u niet doen, sir.'

'Ik zou niet weten wie me kan tegenhouden. Denk je dat ik dit gewoon maar kan vergeten?' vraagt Noah, luider dan hij van plan was. Met zijn hand grijpt hij het metaal van de neksteun voor hem vast. 'Ik begrijp dat je met mijn ouders een afspraak hebt en zo, dat snap ik best, maar dan ga ik er alleen naartoe.'

Die laatste zin blijft in de lucht hangen.

'Daar kun je niet in je eentje naartoe, Noah. Dat is niet vertrouwd.'

'Ik hoor wel wat je zegt, maar...'

Er passeert een vrachtwagen.

'Kun je het niet aan je ouders vragen? Of jullie er met zijn allen naartoe kunnen gaan?'

Noah begint te lachen.

'Je kent ze toch? Ze zijn nog nooit van hun leven in een township geweest. Niemand die ze kennen is daar ooit geweest. Ze zullen er nooit mee akkoord gaan.'

Noah kijkt de chauffeur via de spiegel aan. Hij ziet dat die diep ademhaalt om uiteindelijk iets te zeggen.

'Oké, Noah. Omdat ik degene ben die jou op dat idee heeft gebracht, zal ik je ernaartoe brengen, zodat je het kunt zien.'

'Fijn! Dank je!'

'Maar er is nog iets.'

'Oké.'

'Je hebt andere kleren nodig. Zo kun je niet gaan.'

'Wat heb ik dan nodig?'

'Als je me vertelt wat voor maat je hebt, zal ik ervoor zorgen.'

'Dank je wel!'

Noah schuift naar voren om zijn portemonnee uit zijn broekzak te kunnen halen. Hij pakt er een paar biljetten uit en geeft ze aan de chauffeur.

'Hoe heet je eigenlijk?'

'Ik heet Joshua.'

'Oké, Joshua, dan hebben we een afspraak. Morgen om twee uur haal je me op bij het fort, goed?'

'Ja. Maar ik denk dat we ons het beste bij mij thuis kunnen verkleden en daar van auto wisselen.'

'Goed, dan doen we dat.'

Hij stopt voor de school.

'Mijn hemel, wat heb ik gedaan?' zegt Joshua hoofdschuddend.

Noah lacht hem via de spiegel toe. 'Het zal prima gaan, Joshua,' zegt de jongen en hij klopt hem op zijn schouder. 'Niemand komt het te weten, we zien elkaar later.'

'Zeker, sir.'

9

Toen de graafmachines onze appelbomen, pruimenbomen en bessenstuiken hadden gerooid, zagen mijn broer en ik iets liggen wat in de modder naar boven was gekomen. Iets wat in de grond was gestopt en in het donker bewaard was gebleven: een zware ijzeren kogel, zo groot als een babyhoofdje, met een ondiepe holte waar een duim in paste. Mijn broer trok de modderkluiten eraf, veegde hem schoon en vroeg of ik hem wilde vasthouden. Het was een kanonskogel. Maar wat voor een en uit welke tijd, dacht ik terwijl ik vanaf de heuveltop waarop ons huis stond, omlaagkeek. Tussen de berkenbomen door kon je de zee onderscheiden en ik stelde me de schepen voor. Fikse zeilschepen, met twee of drie masten, een wirwar van touwen en zeilen en luiken in de romp die open konden als de kanonnen naar buiten werden geschoven, zwaar en solide. Ik kon de kruitdamp boven het water zien hangen en de kogels die in een boog naar het land vlogen, waar ze tegen de grond sloegen zodat de aarde alle kanten op spatte. Waar schoten ze op? Op een ander schip? Een gebouw op het land? Wat kon daar destijds gestaan hebben?

*

Samen met Dag bracht ik een ochtend door in het Kasteel de Goede Hoop, gewoon om rond te kijken en foto's en notities te maken. Jan van Riebeeck, die verantwoordelijk was voor de bouw van het fort, was een centraal personage in de roman waar ik mee bezig was, en de afgelopen jaren had ik zijn dagboeken gelezen en het dagverhaal dat hij en zijn bemanningsleden tussen 1652 en 1662 hadden bijgehouden. Ik had al wat stukken vertaald met behulp van een Engelse uitgave van 1897 en had geprobeerd om de notities in scènes om te zetten. De boeken had ik op internet besteld, ze waren ergens op de wereld door een robot uitgeprint, een zogenaamde *print on demand*. Een automatische printer, waarbij de machine eerst de bladzijden scant en als tekst opslaat om vervolgens alles wat er volgens de hersens van de machine staat, uit te printen en het geheel tot een boek te binden, en dat allemaal volkomen automatisch. Letters of woorden die niet worden herkend, worden vervangen door willekeurige tekens, zodat ik de woorden nogal eens hardop moest uitspreken in plaats van ze gewoon te lezen. Een zin kon er bijvoorbeeld als volgt uitzien:

Decembrr. Rl galdanliarcaptain recovered for us a young ox, which we allready had considered as lost.

Het eerste boek dat ik te pakken kreeg toen ik besloten had om de kapitein en de stichter in het boek te verwerken, was echter onderhoudender. Het boek droeg de aanlokkelijke titel *The secret letters of Jan van Riebeeck* en op Amazon was een tweedehands, maar zeer kostbaar exemplaar te koop. Ik googelde wat en de links die ik vond, leken de aanbiedingstekst van de uitgeverij te volgen. Het zou dus gaan om persoonlijke brieven die Van Riebeeck aan een oude vriend in Nederland had geschreven, en de tekst zou veel meer persoonlijke informatie en pikantere details bevatten dan de officiële verslagen. Dat zou ik weldra merken. Het boek kostte honderdvijftig dollar, het was een van de allerduurste boeken die ik ooit had gekocht, en werd een paar dagen later door de post bij mij bezorgd. Vertaald opende het als volgt:

'Vandaag heb ik mijn eerste Hottentot laten opzetten.'

Het was echt ongelooflijk, en het werd steeds erger. De brieven vertelden over dronkenschap, diefstal en bedrog. Toen ik las dat hij een van zijn bemanningsleden op heterdaad had betrapt op het verkrachten van een watermeloen, begon ik te vermoeden dat dit te mooi was om waar te zijn en toen ik niet veel later het begrip *the noble savage* zag staan, wist ik het zeker. Het romantische idee dat de beschaving de mens, die van nature vriendelijk en edel is, heeft gecorrumpeerd, werd voor het eerst genoemd in een gedicht uit 1672, twintig jaar nadat Van Riebeeck op de Kaap was aangekomen. Nadat ik urenlang bezig was geweest om alle referenties uit het boek na te vlooien, kwam ik er ten slotte achter dat het was geschreven door een Zuid-Afrikaanse satiricus.

Ik legde het boek weg en stortte me weer op de vijftienhonderd bladzijden van het dagverhaal. Na verloop van tijd kwam ik in het ritme en wist ik door de fouten heen te lezen. Achter de droge opsommingen over het weer en de problemen bij de bouw van het fort kwamen al snel de mensen tevoorschijn. De samenwerking, het wantrouwen, de handel en ten slotte: de oorlog.

Eindelijk was ik dan in het fort en kon ik het met eigen ogen zien. Hier stond Noah, dacht ik. Samen met zijn klas. Allemaal gekleed in hun schooluniform.

Ze zijn de binnenplaats achter de stenen muren overgestoken, door de hoofddeur naar binnen gegaan en bevinden zich nu in de grootste zaal. Een ruimte die volstaat met modellen van schepen in glazen vitrines, sabels en musketten aan de wand en met poppen van Nederlandse soldaten en de oorspronkelijke bewoners op ware grootte, uitgedost in de kleding van toen. De leraar vertelt over de eerste Europeanen. Over Jan van Riebeeck en over de kolonisatie van Zuid-Afrika, maar Noah kan er zijn aandacht niet bij houden. Hij denkt vol verwachting aan het moment dat Joshua hem zal komen halen, dat hij weldra Khayelitsha zal binnenrijden en de supermarkt zal zien, de straten waar zijn biologische moeder waarschijnlijk heeft gelopen. Hij zal de geuren ruiken en de geluiden horen van dat verboden stuk stad, de gebieden met namen en levens die altijd afgesloten voor hem zijn geweest, alsof ze iets obsceens en onnoembaars vertegenwoordigden.

Slechts één keer eerder had iemand hem voorgesteld naar de sloppenwijken te gaan. Dat was toen Noah een jaar of twaalf was en zijn ouders bezoek kregen van een bevriend Europees stel en hun zeventienjarige idealistische dochter. Het gesprek ging over de bezienswaardigheden die ze in de loop van de week zouden bezoeken, toen die dochter opeens opmerkte dat ze ook de townships moesten zien. De vanzelfsprekendheid waarmee ze dat zei, maakte dat haar voorstel moeilijk te negeren was. Noah zag zijn ouders naar elkaar kijken en voelde de zwijgende uitwisseling van standpunten en meningen die in een paar seconden tussen hen plaatsvond, waarna zijn moeder haar hoofd schudde en zei dat het veel te gevaarlijk was. Iets wat zijn vader onmiddellijk beaamde door te vertellen dat het in die townships wemelde van de criminele bendes die verslaafd waren aan drugs en die je voor honderd rand konden vermoorden. Toen de dochter het niet opgaf, pakte zijn moeder de krant en liet de kop zien van een artikel over een zwangere vrouw die er was beroofd en neergeschoten. De dochter van het bevriende stel had haar ogen ten hemel geslagen, maar de discussie was daarmee wel ten einde. Van een tocht naar de sloppenwijken was niets gekomen. Pas vandaag zou het zover zijn.

Voortdurend houdt Noah de tijd in de gaten. Nog maar een uur tot Joshua zal komen. Dan zullen ze naar zijn huis rijden en zich omkleden, en vandaar verder gaan naar Khayelitsha. Het duurt niet lang meer. Vandaag. Eindelijk, denkt hij terwijl hij zich de supermarkt probeert voor te stellen.

Hij zit met zijn gedachten elders wanneer de leraar al wijzend vertelt over de modellen van de schepen waarmee de Europeanen aan kwamen zeilen en over de hoeveelheid doden die er in die tijd op zo'n reis vielen, halverwege de zeventiende eeuw, toen de wereldkaart nog vol grote witte vlekken zat. Het duurt dan ook lang voordat Noah merkt dat de leraar zijn naam roept, op een toon die erop duidt dat hij hem al vaker zonder resultaat heeft geroepen. De ogen van de andere leerlingen zijn op hem gericht. Hij lacht onzeker en antwoordt: 'Ja?'

'En daar, ingelijst en achter glas, vlak achter onze dagdromer Noah,' gaat de leraar verder, ‘zien jullie de brief waarin het plan voor de Kaap en voor de expeditie die hiernaartoe voer, wordt beschreven, onder leiding van de man die jullie al kennen. De man die in veel opzichten het uitgangspunt vormt voor alles wat er later in Zuid-Afrika is gebeurd.’

De man die op alle bankbiljetten stond afgebeeld voordat de apartheid werd afgeschaft. De zeeman en ontdekkingsreiziger, met halflang, glanzend haar, een mouche en een gevoelig, zacht gezicht.

Jan van Riebeeck.

Noah werpt een blik door het raam naar buiten en kijkt naar de parkeerplaats. Discreet kijkt hij op zijn telefoon hoe laat het is terwijl hij uitkijkt naar de auto van Joshua. Zo meteen, nu. Zo meteen.

10

Uit het dagverhaal van commandeur Jan van Riebeeck:

24 december 1651 (zondag) – In de namiddag vertrokken, vergezeld door koopvaardijschepen.
3 januari 1652 – Zeilen laten reven omdat de schuit zo licht is. Het schip helt bij het minste zuchtje wind over. Aan de horizon zeil gezien, Turks schip, vermoed ik, of een andere piraat.
7 – Timmerman Simon Jansz uit Amsterdam gestorven aan waterzucht.
10 – Madeira gepasseerd.
14 – De Canarische Eilanden gepasseerd.
20 – Naar verwachting morgen bij de Kaapverdische eilanden. Besloten om zonder stop door te varen.
12 maart – Zoon van onze scheepsarts aan scheurbuik overleden, 's avonds begraven. Verder alles goed.
29 – Consult met de schippers van de Reiger en de Goede Hoop om kaartberekeningen te vergelijken. Besloten om tot lengtegraad 34°20' te gaan en daarna naar Kaap de Goede Hoop te wenden.
4 april – Man overboord, maar gered.

Het is halfdrie 's middags op 5 april 1652. Jan van Riebeeck zit benedendeks aan zijn schrijftafel te lezen in het licht dat door de ruiten van de achterplecht valt als er op de deur wordt geklopt. Cornelius, een gedrongen man met rossig haar en grijsgroene ogen, steekt zijn gezicht om de deur en zegt dat ze de Tafelberg in het zicht hebben. Van Riebeeck staat snel op, zet zijn pen terug in de inktpot en haast zich naar het dek. Nu staat hij bij de reling naar het land te kijken. Naast hem staat Maria, zijn vrouw. Ze draagt een hoog dichtgeknoopte japon en een witte doordeweekse hoofddoek die haar haar verbergt en haar lange, smalle gezicht omlijst. Lambertus, hun elf maanden oude zoon, slaapt met halfopen mond in haar armen. Zijn borst gaat snel op en neer en zijn kleine hand grijpt plotseling haar jurk vast wanneer het schip een golf beklimt, dan slaapt hij weer door.

Aan haar andere zijde staan de twee nichtjes van negen en dertien jaar, Elisabet en Sebastiana van Opdorp. Na de dood van hun ouders hebben Jan en Maria zich over hen ontfermd. Helemaal achteraan, als was ze een schaduw van de anderen, staat Dada, het dienstmeisje. Ze is ingehuurd om voor Lambertus te zorgen en voor het eten, de was en het schoonhouden van de vertrekken waar ze na verloop van tijd zullen gaan wonen. Allemaal zijn ze aan dek gekomen om een eerste glimp te zien van de plek waar ze op weg naartoe zijn.

Cornelius wijst naar de horizon.

Eerst ziet Jan alleen maar de wolken die zich daar samenpakken, dan krijgt hij de platte berg in het oog, een nauwelijks zichtbare zwarte streep vlak boven de waterlijn.

De Tafelberg.

Ze zijn er.

Hij geeft de schipper het bevel om een kanonschot af te vuren om de andere schepen te waarschuwen. Door de knal spert Lambertus zijn ogen wijd open en hij slaat zijn armen uiteen als in een val. Dan draait hij zijn gezicht weer naar Maria en slaapt verder alsof er niets is gebeurd, terwijl de rook nog uit de vuurmond kringelt, op het water neerslaat en in de golven oplost.

'Eindelijk,' zegt Maria, terwijl ze haar man over zijn rug strijkt. Jan draait zijn hoofd naar haar toe en kust haar. Een plotselinge tederheid overvalt hem en voor de eerste keer sinds ze hun besluit om deze reis te maken hebben genomen, maakt hij zich ernstig zorgen om hen. Ze hebben geen plek om te wonen, moeten alles zelf bouwen. Ze hebben geen idee hoe ze zullen worden ontvangen of waarvan ze moeten leven. Ze zijn er volledig van afhankelijk of het hun zal lukken de grond te bewerken en of de lokale bevolking koeien en schapen met hen wil ruilen. Anders hebben ze niets te eten. Een paar minuten staan ze nog naar de zwarte berg aan de horizon te kijken, dan gaan ze terug naar hun vertrekken benedendeks. Jan opent het schrijfbureau waar zijn logboek ligt en noteert dat ze zijn aangekomen. De letters drogen op en de woorden stollen op het papier, als een dreiging haast. *We zijn er.* Deze laatste nacht kunnen ze alleen maar wachten, terwijl ze langzaam, heel langzaam, hun nieuwe bestaan naderen.

Het jaar dat Jan van Riebeeck twintig werd, kwam hij als chirurgijn in dienst bij de Verenigde Oost-Indische Compagnie, zoals zijn vader dat voor hem was geweest. Hij monsterde aan op een schip dat naar de hoofdstad van Oost-Indië voer, het toenmalige Batavia. Na slechts een maand onderweg te zijn geweest, kwamen ze in het uiterste westen van Afrika voor de kust van Sierra Leone of Leeuwenberg in een hevige storm terecht. Het schip werd als een speelgoedbootje tussen de torenhoge spitse golven heen en weer geslingerd en de zee sloeg schuimend over het dek. Zeilen scheurden tot rafels. Het roer brak af, het schip werd onbestuurbaar en dreef naar land. Jan hield zich stevig vast toen de boot tegen een rif voor de kust aan de grond liep. Ze hadden de reddingboten neer moeten laten en terwijl de wind hen geselde, waren ze naar het strand geroeid, waar een groep soldaten met een pikzwarte huid en een grote glimlach hen aan land had geholpen en hun eten en een plek om te slapen had gegeven.

Een halfjaar had hij daar in het fort gewacht, tot er een schip kwam dat hem verder had gebracht, naar nieuwe havens, naar nieuwe landen.

Terwijl zijn oude vrienden gewoon naar dezelfde tavernen bleven gaan, trouwden en verhuisden naar een plek niet verder dan een ochtendwandeling verwijderd vanwaar ze waren opgegroeid, kwam Jan mensen uit de hele wereld tegen, in alle kleuren van de regenboog. Op zijn vierentwintigste was hij al meerdere malen bevorderd, steeds weer in een andere functie, in Japan, Indonesië en Vietnam. Hij had de hele wereld rondgereisd en meer gezien dan anderen in de loop van hun hele leven. In Batavia zag hij een man zonder neus, met alleen een gat in zijn gezicht. Hij had mannen zien vechten die elkaar voor wat kleingeld doodstaken. In India zag hij een mismaakt meisje met vier benen dat als een godin werd rondgedragen; hij had na een storm de zon boven de oceaan zien opkomen, de resten van onbekende scheepswrakken voorbij zien drijven en hij had begrepen hoe klein de mens in deze wereld is.

Nadat hij langzaam maar zeker was opgeklommen, van chirurgijn naar koopman en ten slotte tot commandeur van een hele afdeling in Batavia, werd hij als vierentwintigjarige beschuldigd van privéhandel buiten de Compagnie om en veroordeeld tot het betalen van een kleine, symbolische boete. Het geld dat hij moest betalen, was één ding. De schande, en het verlies van zijn aanstelling in Indonesië, was iets heel anders. Lange tijd probeerde hij zijn onschuld te bewijzen, maar ten slotte moest hij zijn spullen pakken en terugkeren naar Nederland.

Hij had geprobeerd te wortelen en een gezin te stichten. Hij trouwde met Maria en dacht een tijd lang dat zijn vroegere bestaan vol scheurbuik, beschimmeld eten en bedompte scheepskooien een afgesloten hoofdstuk was. Het was hem niet gelukt. Hij ging naar de markt, nam deel aan de gesprekken tijdens soirees, zei op het goede moment de juiste dingen, wist grapjes te maken en complimenten te geven waardoor anderen zich gewaardeerd voelden, maar het was slechts spel, iets wat hij deed omdat hij dat goed kon en omdat hij aan zichzelf en anderen niet wilde toegeven dat het niet ging. Dat dit geen leven voor hem was.

Door zijn contacten bij de Compagnie te benaderen, kreeg hij een paar kleine opdrachten van korte duur, van het soort waar weinig anderen zin in hadden. Hij voer naar Spitsbergen om er de traankokerijen waar ze walvistraan bereidden te bestuderen en zag ijsbergen die blauwwit en majestueus uit zee oprezen. Hij zag mensen met gelaatstrekken die hem deden denken aan Japan, hij zag walvisstations met enorme ketels. Strepen rood bloed op witte sneeuw. Kadavers van walvissen en de intense blik van honden, lucide door de geur van bloed.

Later voer hij naar het Caraïbisch gebied waar hij maandenlang verschillende eilanden bezocht om er suikerplantages te bestuderen. Akkers met hoog ruikerriet. Zwarte werkers die zich met machetes een weg door de wildernis baanden. Hij maakte voettochten door het vruchtbare land en zag er zeilschepen uit de hele wereld. In een brief naar huis schreef hij over een kroeg op Jamaica, waar de papegaaien net zo dorstig en gulzig uit de vaten bier dronken als de zeelieden. En toch. Het waren slechts tijdelijke reizen, steeds van korte duur, waarna hij weer terug moest naar al die vreemdheid thuis. Hij moest iets bedenken, want hij wilde niet van het fortuin van zijn familie leven. Hij wilde daar ook niet zijn, aan land, onder mensen die hem niet begrepen.

Toen eindelijk, in het jaar dat hij vijfendertig werd, boog een vriend uit de koopvaardij zich met een plotselinge glimp in zijn ogen over de tafel naar voren.

'De Heren Zeventien zoeken iemand die een expeditie kan leiden,' zei hij.

'O? Waarheen?'

'Kaap de Goede Hoop. Herinner je je de Nieuw Haarlem?'

'Het schip dat daar aan de grond liep?'

'Ja, de Compagnie wil er een handelspost stichten. Een plek waar de schepen onderweg hun voorraden kunnen verversen.'

Jan bleef uiterlijk onbewogen, maar voelde zich ineens nerveus. Dit was de mogelijkheid waar hij op gewacht had. Dit was zijn kans om er weer op uit te gaan. Hij schoof achteruit op zijn stoel en stopte zijn pijp om tijd te winnen, probeerde het zich ondertussen voor te stellen. Het zou zwaar worden. Ze zouden ergens aankomen waar nog helemaal niets was. Geen wegen. Geen gebouwen. Geen winkels, kooplieden of smeden. Geen akkers, brouwerijen of bierhuizen. Geen marktkramen of een raadhuis. Alleen maar zee, bergen, wildernis en mensen die honderd jaar eerder zoveel Portugese zeelieden hadden vermoord dat er daarna niemand meer voor anker had willen gaan. Ze zouden ergens komen waar niets was van alles waar ze in hun beschaafde leven aan gewend waren geraakt. Waarschijnlijk zouden de gevaren de meeste mensen afschrikken. En dat betekende dat er niet veel liefhebbers voor de opdracht zouden zijn en dat hij een goede kans maakte.

Jan dronk zijn glas leeg, bedankte voor de tip en zei dat hij verder moest.

Hij haastte zich naar huis om het met Maria te bespreken, onderweg zoekend naar de juiste woorden, de juiste argumenten en voor hij het wist, stond hij al bij hun voordeur. Hij keek langs de gevel omhoog, naar de ramen en de details van het smeedwerk, alsof hij er voor de eerste keer stond. Toen deed hij de deur open en liep de warmte in. Het dienstmeisje kwam hem tegemoet om hem uit zijn jas te helpen. Hij trof Maria in de woonkamer aan, ze zat achter de klavecimbel. Zachte metaalachtige klanken stierven weg in de kamer. Wat als ze nee zou zeggen? Hij liep naar haar toe, kuste haar op de wang en vroeg hoe het met de zuigeling was. Al het andere hield hij voor zich.

De volgende ochtend verzorgde hij zijn snor, deed zijn goede pak aan en liep door de stad naar de Kamer, het hoofdkantoor van de Compagnie in Amsterdam. De deur werd geopend en met zijn hoed in de hand trad hij binnen. Voor hem zaten de Heren Zeventien: zeventien mannen in witte hemden en geborduurde jassen. De man in het midden was hun voorzitter. Grijs haar. Bruine ogen. De lippen van een oude man. De laatste keer dat Jan hem had gezien, was toen hij zijn ontslag kreeg.

'Jan van Riebeeck. Hier staat u dus weer?'

'Ja, mijnheer.'

'U heeft belangstelling voor deze aanstelling?'

'Ja.'

De man zoog hard aan zijn pijp en verdween achter een rookwolk.

'We moeten de problemen met de handelsroute beter oplossen. Zoals het nu gaat, overlijden er te veel manschappen aan scheurbuik onderweg van Amsterdam naar Azië. U weet ervan, neem ik aan?'

'Ja, mijnheer,' antwoordde Jan. Hij wist drommels goed hoe de oceaan voor alle zeelieden een woestijn was. Hij had de symptomen van scheurbuik zelf verschillende malen ondervonden – de vermoeidheid, de zweren op zijn gehemelte die niet wilden genezen – en veel mannen die hij tot zijn vrienden had gerekend, hadden wekenlang met opgezwollen gezicht in de ziekenboeg gelegen, tot ze ten slotte dood in hun kooi waren gevonden. Samen met anderen had hij psalmen voor de doden gezongen, de slappe lichamen over de reling getild en hen nog een poosje op het water zien deinen, tot de longen zich met water hadden gevuld en ze de diepte in gleden. De voeten eerst. Dan hun buik, borst en hoofd, als laatste de armen. Alsof zich daar in de diepte wezens ophielden, die hen bij de benen pakten en de duisternis in trokken.

'Ik heb het zelf meegemaakt. Meer dan eens, mijnheer.'

De oude man hoestte. Een reutelende blafhoest. Hij zoog nog eens aan zijn pijp.

'Ons plan, Van Riebeeck, is om een verversingsstation in te richten. Een fort te bouwen. Groente te verbouwen en een vorm van ruilhandel met de inheemsen te beginnen. We willen er vijf schepen op uit sturen. De man die de aanstelling zal krijgen, gaat zonder enige garantie. Hij vertrekt naar een plek zonder enige vorm van comfort en zal alle beslissingen zelf moeten nemen.'

'Dat is me duidelijk, mijnheer.'

'En u heeft nog steeds belangstelling?'

'In hoge mate. Het zal me een grote eer zijn, mijnheer, te worden benoemd als hoofd van zo'n grote en belangrijke opdracht.'

De man naast de pijproker fluisterde iets. Er klonk een gemompel onder de aanwezigen, toen nam de voorzitter van de Heren Zeventien opnieuw het woord.

'Wat voor bezoldiging heeft u in gedachten, Van Riebeeck?'

'Het traktement dat de Compagnie goed acht.'

Tevreden geknik van de hoofden. Sommigen glimlachten hem toe en maakten een notitie in hun boeken.

'En als de keus op u zou vallen, wanneer zou u dan kunnen vertrekken?'

'Wanneer u wilt, mijnheer. Ik heb maar een paar dagen nodig om te pakken en een aantal praktische zaken te regelen.'

Opnieuw klonk gemompel in de zaal. Men besprak de kwestie waar Jan slechts flarden van opving. De oudere man richtte zich opnieuw tot hem en vertelde hem dat hij de aanstelling had en dat de Heren Zeventien een snelle voorbereiding wensten. De schepen zouden vertrekken zodra de bemanning rond was.

'Dank u,' antwoordde Jan, diep buigend. 'Ik ben erg blij met deze kans, mijnheer.'

'Welkom terug, Jan van Riebeeck,' antwoordde de woordvoerder met een enigszins listige glimlach.

Een knik. Een vaarwel. Hij werd door een bediende door de lege gangen naar de voordeur gebracht, zijn schoenen klikten op de betegelde vloer.

Daarna liep hij terug naar huis en probeerde te bedenken hoe hij dit op de beste manier kon brengen. Maria zat op de bank met de slapende Lambertus op haar schoot.

Hij omhelsde haar, zei dat hij een aanstelling had gekregen, dat hij weer meetelde, dat ze hem met onmiddellijke ingang hadden aangesteld. Maria glimlachte en feliciteerde hem, aangestoken door zijn enthousiasme, tot ze het ineens begreep. Op haar voorhoofd begon een ader te kloppen en ze vroeg hem of zijn aanstelling betekende dat ze moesten verhuizen.

'Ja, maar het is echt een geweldige kans voor ons.'

'Waar gaan we heen?' vroeg ze. Hij zag de scepsis in haar ogen, ergens in haar grijsblauwe blik een verdedigingsmechanisme. Maria was nog nooit verder dan Europa geweest. Ze was bang. Ook voor hun nog maar twee maanden oude zoon. Jan had op elk argument een antwoord, ruimde haar bedenkingen op alsof het stenen en takken op een karrenspoor waren.

'Voor ons is dit een kans om vooruit te komen,' had hij gezegd. Hij had even gewacht tot de woorden tot haar waren doorgedrongen. Vooruitkomen. Ze wisten allebei wat hij bedoelde.

'Een mogelijkheid om opnieuw te beginnen,' ging hij verder. 'Op een nieuwe plek. We krijgen alles waar we om vragen. We gaan geschiedenis schrijven. We bouwen de eerste handelspost op de Kaap, een verversingsstation. Als ik ja zeg, ben ik weer terug bij de Compagnie, Maria. Dan kan ik later naar andere posities dingen. Dan komt er een eind aan de schande. Aan alle vragen. Aan alle hindernissen.'

Ten slotte viel er niets meer te zeggen. Ze hield zijn blik vast, zoals je een kind in je armen houdt.

'Het is goed,' zei Maria. Ze haalde zo diep adem dat het witte kant van haar kraag omhoogkwam. 'Voor jou, Jan.'

*

Ze hadden hun huis verhuurd en hun kleren, boeken en wat serviesgoed in grote kisten gepakt. Op kerstavond 1651 voeren ze dan eindelijk de haven uit.

's Avonds had hij samen met Maria aan dek gestaan, Lambertus lag benedendeks te slapen. Hij kon aan haar gezicht zien hoe ze de indrukken stond op te zuigen terwijl hij zijn arm om haar heen had geslagen. Zo bleven ze staan en zagen hoe de stad zich in duisternis hulde, en algauw alleen nog uit fonkelende lichtpuntjes bestond. Lichtpuntjes die elk een olielamp of een talgkaars waren. Toen verdwenen ook deze en waren ze buitengaats, waar de golven aanzwollen en tot een lange, hoge deining uitgroeiden. Op zee, waar de zon een dag later door de wolken brak. Op zee, waar nog later vliegende vissen onhandig boven golftoppen manoeuvreerden. Heel af en toe zwom er even een walvis naast de romp. Enorme wezens met een grijze, gladde huid die het schip enkele minuten begeleidden, lucht uitspoten en dan verdwenen, in donkere, langzaam kleiner wordende schaduwen veranderden, tot het wateroppervlak nog slechts de hemel weerspiegelde. De glanzende vlakte was als een zilveren schaal.

11

Een potvis. Ergens op de Atlantische Oceaan zag ik dat grote, bijzondere dier voor het eerst van dichtbij, tijdens de zeiltocht met Dag. Opeens dook er naast ons schip een veel grotere walvis op, met een grijze, knobbelige huid en een groot gat op de rug dat zich als een hartklep opende en waar met een hard puffend geluid onder een sproeiregen van kleine waterdruppeltjes een stoot lucht uit werd geblazen. Het dier lag vlak naast de witte polyester boot en volgde ons zonder enige moeite. Ik zag de kop. Van het ene oog ving ik een glimp op, net als van de gebogen lijn die de omvang van de kaak aangaf. De karakteristieke walvisstaart verhief zich en sloeg loom op en neer. Over zijn rug liepen lange, verweerde littekens. Wat voor schepsel zou het dier zulke verwondingen hebben toegebracht? De mens?

'Niet bewegen,' zei onze kapitein, terwijl hij voorzichtig tegen de reling leunde. 'Geen onverhoedse bewegingen maken,' ging hij verder. Ik wist dat we nu in de macht van het dier waren. De walvis kon met ons doen wat hij wilde. Hij kon het schip laten omslaan of een gat in de boeg maken. Veel moeite zou dat niet kosten. Een minuut of twee lang bestond er niets anders dan die enorme, knobbelige rug en het geluid van zijn ademhaling door het spuitgat. Toen gleed hij terug de diepte in en lag het zeeoppervlak er weer stil en glanzend bij.

Ik bleef nog een tijdje staan kijken of ik de walvis ergens zag opduiken, maar toen de kapitein iets zei over de koers, keerde ik terug naar de stuurhut, pakte het stuurwiel vast en richtte mijn blik weer op de horizon.

De zeiltocht was begonnen in Frankrijk, aan de kust van de Middellandse Zee, in de nazomer van 1995.

De kapitein was de vader van Dag en heette Jan, net als mijn vader. Ik had maar een keer eerder gezeild, een paar uur, in de fjord ten zuiden van Oslo, met golven die nooit hoger werden dan een halve meter. Nu zouden we een jaar weg zijn. Op een tocht dwars over de Atlantische Oceaan naar het Caraïbische gebied en weer terug.

In een groen logboek noteerde Jan alle details over positie, wind en weer. Het voorgaande jaar was hij met het schip van Noorwegen naar Frankrijk gevaren en zijn eerste notitie in het logboek luidde als volgt:

31-7-1994 – Mooi, warm weer. Het grote avontuur gaat beginnen.

Dag en ik vlogen in augustus van het jaar daarop naar Frankrijk, in de zomer van 1995. We werden met een auto van het vliegveld naar Saint-Cyprien gebracht, een kleine vakantieplaats aan de Middellandse Zee. Nu begon het werk met het klaarmaken van het schip. De voorbereidingen staan in het logboek beschreven:

31-8-4-9-1995 – Het schip ligt op de wal. Geschuurd, gecoat, anode vervangen, ZIM-ringen van de motor vervangen, alles lijkt in orde. Zonnecelpaneel gemonteerd, accu vervangen, schip gepolijst en geboend.

We moesten conserven inslaan. Diesel. Water.

Ten slotte was het zover. Op 9 september 1995 staken we om zeven uur 's ochtends van wal en zetten koers naar de Balearen, vier kleine eilanden midden in de Middellandse Zee: Mallorca, Menorca, Ibiza en Formentera. Achtenveertig uur zeilen op volle zee, met twee tot drie meter hoge golven. Ik bleef het grootste deel van de tijd aan dek, vechtend tegen duizeligheid en misselijkheid, maar zolang ik me in de frisse lucht bevond, met de mogelijkheid te berekenen wanneer de volgende golf zou komen, wist ik het te redden. Na twee etmalen hadden we de stad bereikt waar de mayonaise is uitgevonden: Mahon op Mallorca. Ibiza, dat eenzaam, weelderig en groen in zee lag, voeren we voorbij en Palma de Mallorca passeerden we zonder aan land te gaan. Ik zat bij de reling naar het eiland te kijken.

Mallorca.

Een van onze belangrijkste familieverhalen is met dat eiland verbonden. Mijn overgrootmoeder van moeders kant was ook schrijver, net als mijn betovergrootvader. Zij heette Villa Thrap Wahl. Die laatste naam betekent walvis, dat grote zeedier, en misschien had ze daarom wel gekozen voor een gestileerde walvis als haar ex libris. Op een dag had ze zomaar gebroken met haar leven in Oslo, met man, kinderen en dienstmeisjes, en was ze in haar eentje naar Mallorca gegaan, naar dit eiland, om er te schrijven.

Dat verhaal is me altijd bijgebleven. Een duister raadsel. Een vrouw die haar kinderen verlaat.

Er zijn niet veel boeken van haar meer over, geen enkele van naam, behalve één werk dat talloze drukken heeft beleefd en nog steeds in veel Noorse huizen te vinden is: *Het grote kruiswoordpuzzelboek*. Het bevat woorden die op lengte en soort zijn gesorteerd, zodat iemand die een kruiswoordpuzzel wil oplossen kan zoeken op 'Groenten' of 'Scheepsonderdelen – zeeuitdrukkingen' of 'Eigennamen' en dan kan zoeken op pagina's die er als volgt uitzien:

Groenten

4	5	
BIET	BOON	AJUIN
ERWT	KOOL	BOSUI
KNOL	PEUL	DILLE
PEEN	PREI	KROOT

Mallorca. Ze was er met de boot gekomen en had daar ergens gewoond, zo'n zestig jaar geleden. Was ze alleen geweest? Waar had ze gewoond? Ik denk dat het leven voor haar een teleurstelling was, zuiver literair gesproken, want haar grote boek is er nooit gekomen. Ze schreef kleine artikelen en columns voor de NRK, een serie sprookjes voor kinderen en een boek over de nacht dat de nazi's Noorwegen binnenvielen, en daarnaast nog kookboeken en dat kruiswoordpuzzelboek, maar meer niet, voor zover mij bekend. Misschien waren er nog andere redenen dat ze ervoor had gekozen om naar Mallorca te gaan.

Het eiland gleed langzaam voorbij, het water glinsterde en even later waren we terug op volle zee. Dat was waarschijnlijk de reden voor de omweg via Menorca en Mallorca: om erachter te komen of we ertegen konden. Of ik tegen de zee zou kunnen en of we het met zijn drieën konden klaarspelen, samen, om pas daarna aan langere en gevaarlijker etappes te beginnen.

Het ging goed. We waren voor de test geslaagd en voeren verder langs de Spaanse kust, door de Straat van Gibraltar naar de Portugese eilanden Porto Santo en Madeira, die eenzaam in de Atlantische Oceaan liggen, op ongeveer een week zeilen van het vasteland. Overal zagen we sporen van de ontdekkingsreizigers en handelaren uit het verleden. Oude steden. Koloniale architectuur. Havensteden met lange pieren die de schepen tegen de zee beschermden, als een arm die rond een kind was geslagen. We leefden op blikvoer en werden één met de zee. Met het ritme van hoge golven en stilte.

Vroeg in de ochtend van 19 oktober bereikten we de Canarische Eilanden. Tussen Gran Canaria en Tenerife gebeurde er iets met de motor en kregen we een sleep van een ouderwetse schuit die gebruikt werd voor toeristische walvissafari's. Het schip, de Anna Christina, bracht ons naar de haven van Santa Cruz op Tenerife, waar we ons aan haar vastlegden terwijl we de motor weer aan de praat probeerden te krijgen.

1-11 – Hulp van andere zeilers – zonder resultaat.
2-11 – Bezoek aan Volvo – alle monteurs bezet.
7-11 – Monteur! Helaas niets aan te doen – schakelconus moet vervangen worden – als dat tenminste alles is.

Er was iets kapotgegaan in het mechaniek van de keerkoppeling, zodat we de motor alleen in de vrijloop of in de achteruit konden zetten. Wel konden we de elektrische installatie met behulp van de motor opladen, zodat de waterpomp, het heklicht en de gps het deden, en hadden we de mogelijkheid om te *deinzen*, zoals zeelui achteruitvaren noemen, maar vooruitvaren zou niet lukken.

Uiteindelijk besloot Jan dat we ondanks dit mankement naar de Caraïben zouden varen, ook al zou dat betekenen dat we geen plan B hadden, niets om op terug te vallen als de zeilen zouden scheuren of als er iets met de tuigage zou gebeuren of met de stagen die de mast overeind hielden.

En we vertrokken.

8-11, 09.00 uur – Vertrek. 1 uur met motor accu opgeladen. Positie 12 uur. Rechtuit vanaf Santa Cruz. Afstand Martinique, 2620 zeemijlen.

Tweeduizendzeshonderdtwintig zeemijlen betekende ongeveer achtenveertighonderd kilometer. Onze gemiddelde snelheid was vier knopen, of ongeveer zeven kilometer per uur. Nauwelijks sneller dan lopen.

Als je niet gewend bent aan zeereizen, kun je je nauwelijks voorstellen hoe groot de zee is, en hoe snel de wereld aan de horizon na het verlaten van de haven achter de golven uit het zicht verdwijnt. Vanaf de Canarische Eilanden duurde het maar een paar uur voordat alles wat land kon worden genoemd, uit het zicht was en we aan de grote deining waren overgeleverd – rustige golven, drie tot vier meter hoog, maar zo lang dat ze wel een enorme bergkam leken, achtereenvolgende toppen die het schip moest bestijgen en vervolgens weer afdalen, steeds opnieuw. De zon scheen en het grootzeil stond in een rechte hoek vanaf de boot terwijl de machtige passaatwinden die ooit het vervoer van slaven, suiker en katoen tussen Afrika, Amerika en Europa mogelijk hadden gemaakt, ons langzaam maar zeker vooruitbliezen.

De automatische piloot was met een rafelig stuk elastiek aan het roer verbonden, als een fietsketting van plastic. De motor van de automatische piloot bromde zacht wanneer de koers werd gecorrigeerd en het roer in de goede stand werd gezet, zodat we zelf met ons gezicht naar de horizon konden zitten om mijmerend over zee uit te kijken waar na verloop van tijd de golven verdwenen en in scènes uit ons eigen leven veranderden. Beelden uit onze jeugd. Beelden van mensen die iets betekenden. Gebeurtenissen waarvan je de volgorde veranderde, of de afloop.

In het begin zagen we soms groepen grijze dolfijnen die zich vermaakten door vlak voor de boeg te gaan zwemmen, dan op te duiken en weer uit het water omhoog te springen. Die eerste week volgden zeevogels ons, maar toen verdwenen ze en waren we aan onszelf overgeleverd.

Had ik me al verbaasd over de snelheid waarmee het land uit zicht was verdwenen, nog merkwaardiger vond ik het dat we geen andere schepen tegenkwamen of er radiocontact mee kregen. Hoewel er jaarlijks honderden zeiljachten vanaf Europa naar de Caraïben moesten varen, kwamen we er geen een tegen, afgezien van de eerste paar dagen. En radiocontact kregen we evenmin, want onze scheepsradio reikte niet verder dan enkele kilometers. We checkten het regelmatig en af en toe drukte de kapitein de zendknop in en zei: 'Dit is de S/Y Donna. Is daar iemand?'

Niemand reageerde. Het enige wat we konden horen, was het gekraak van de radio, waarna Jan hem uitzette en een van zijn vele, jolige grappen vertelde.

We waren daar dus helemaal alleen, aan alle kanten omringd door zee. Een met vervroegd pensioen gegane econoom, twee jonge mannen en een voorraad conserven en water voor twee maanden, in een negen meter lange boot zonder functionerende keerkoppeling. Ik had een extra lange wachtdienst van middernacht tot vier uur 's ochtends, die ook wel de hondenwacht wordt genoemd. Daar zat ik, met mijn handen op het stuurwiel of gewoon op de bank ernaast terwijl de automatische piloot ons vooruit stuurde. Mijn blik was gericht op de wijde zee en het zilvergrijze oppervlak als er 's nachts maanlicht was. Nooit eerder had ik zoveel sterren gezien, of de Melkweg zich zo helder zien afsteken.

Ver weg, ergens achter de zwarte golven, lag het eiland waar we op afkoersten. Nog een paar weken, dan zouden we er zijn, als alles volgens plan zou gaan. Maar zo ging het niet.

*

Scheepsonderdelen – Zeeuitdrukkingen:

4	5	12
BOEG	ANKER	ANKERKETTING
KIEL	BOORD	PLEZIERJACHT
KOOI	KABEL	REDDINGSBOEI
LOEF	MEREN	REDDINGSBOOT
STAG	RADAR	REDDINGSVEST
WANT	WRANG	

12

Het is ochtend. Jan van Riebeeck staat bij de reling van het grote zeilschip naar het land te kijken. Op zijn bevel wordt het anker uitgeworpen en hij hoort het geluid van een ankertouw dat over het dek schuurt tot het met veel geratel van de ketting strak wordt getrokken. Het schip draait met de stroom mee langzaam rond als de minutenwijzer van een klok. Dan ligt het stil.

Het weer zit mee. De zon schijnt en er staat een lichte bries. De sloepen worden neergelaten en Van Riebeeck klimt langs de touwladder naar beneden. Hij gaat op de voorplecht van de boot zitten en laat zijn mannen musketten en zakken kruit aan boord brengen. Dan geeft hij bevel naar land te roeien. De boot deint zachtjes op de golven. Het strand komt in zicht, wit en uitnodigend, als de blanke hals van een in een japon geklede vrouw. Er wordt in een strak ritme geroeid, als ze de boot naar voren trekken, kraken de riemen in de houten roeidollen. Na elke roeislag drupt het water naar beneden en vormt daar talloze in elkaar overlopende cirkels. Glinsterende druppels zonlicht die een paar seconden aan de riemen blijven hangen en dan terug in zee vallen. Van Riebeeck wendt zijn blik naar het strand, waar witte vogels in de vloedlijn waden. Af en toe boren ze hun kop in het zand, rukken er zeewierluizen, kleine krabben of garnalen los, die ze daarna met hun snavel naar de hemel gericht opslokken. Onder de boot zien ze nu lichte, schone zandgrond met hier en daar bundels grijsgroen zeegras dat geluidloos heen en weer beweegt. De vogels op het strand zijn gestopt met eten en staan naar de roeiboot te kijken die dertig meter verderop het land nadert. Ze zijn duidelijk niet in staat om te besluiten of dat onbekende ding misschien gevaarlijk is. Dan slaat er een abrupt zijn vleugels uit en begint langs het strand te rennen. De rest volgt. Achter hen dwarrelt het zand omhoog en er klinkt geklapwiek. Ze stijgen een voor een op en vliegen weg boven de bomen.

Van Riebeeck geeft het bevel de riemen in te trekken. Dan laat hij de boot op het zand lopen, de bons wordt door de romp versterkt, het geluid klinkt altijd harder dan hij verwacht. Eindelijk. Aan land.

De bemanning tilt de musketten uit de boot; de geweren zijn bijna net zo lang als zijzelf. Een van hen heeft de vlag van de Republiek der Zeven Verenigde Nederlanden gepakt en ontrolt het doek met de drie banen: rood, wit en blauw. Sommigen dragen ter bescherming een helm. Van Riebeeck is gekleed in een lange, blauwe jas van geweven wol, een knielange broek met bijbehorende kousen, een witte, kanten kraag en een zwarte hoed met een brede rand. Zijn verzorgde snor heeft naar beide zijden omhooggedraaide punten, op zijn kin staat een eendagsbaardje. Zijn haar is donkerbruin, halflang en golft over zijn schouders. Hij springt aan land en speurt de berghellingen af op zoek naar sporen van mensen. Hij weet dat Vasco Da Gama tientallen kilometers verderop na een aantal bloedige gevechten met de bevolking, op de vlucht werd gedreven. Hij heeft de verhalen uit verschillende monden gehoord. De bemanning van een schip dat een jaar tevoren op de Kaap schipbreuk leed, vertelde echter iets anders. Volgens hen was het alleen maar zo gelopen omdat de Portugezen koeien hadden gestolen. 'Zoiets zou overal gebeurd zijn,' hadden ze in een verslag aan de Compagnie geschreven. Misschien hebben ze wel gelijk en zijn de mensen die hier wonen vreedzame boeren. Misschien ook niet. Op andere plekken in de wereld heeft hij de ervaring opgedaan dat er tussen verschillende volkeren altijd wordt gevochten, of het nu om Engelsen, Portugezen of Nederlanders gaat. Toch zijn er ook stiltegebieden, plekken waar vrede heerst, zoals je aan boord tijdens een storm windstille hoekjes kunt vinden. Maar zodra iemand anders een stiltegebied betreedt, gaat waar hij niet zou moeten gaan, laait de strijd op. Ze kunnen alleen maar afwachten. Voorlopig ziet hij geen teken van leven, slechts groen beboste berghellingen. Er is een overdaad aan geluid, afkomstig van onbekende vogelsoorten en insecten. Geen straten waar je doorheen kunt lopen, geen huizen waar je je kunt opwarmen, geen kroegen waar je iets kunt gaan drinken. Alleen maar kale rotsen, kreupelhout en bomen. Natuur zoals die er altijd is geweest.

Van Riebeeck verdeelt zijn mannen in drie groepen. Een groep stuurt hij eropuit om vruchten te verzamelen, een tweede groep om te gaan vissen en een derde om op eetbare dieren te jagen, wat dat in deze hoek van de wereld ook moge zijn. Zelf buigt hij zich voorover, pakt een handvol zand en laat dat tussen zijn vingers door glijden. Daarna steekt hij het strand over om rond te kijken, de nabije omgeving te verkennen en naar sporen van de eventuele inheemse bevolking te zoeken. Hij gaat alleen en als hij in het dichte, groene bos loopt, ziet hij in dat dat een slechte beslissing was, dat hij voor zijn veiligheid iemand had moeten meenemen. De lucht is zwaar en vochtig, ergens krijst een vogel. Hij kijkt achterom en ziet tussen het gebladerte nog een glimp van de zee, scherven blauw tussen al het groen. Als hij een tak wegbuigt, ziet hij sporen van dieren. Een pad gemaakt door grote dieren, hij neemt aan dat het koeien zijn geweest. Achter een boom ligt een koeienvlaai, een dag oud misschien, half ingedroogd; vliegen cirkelen eromheen en gaan erop zitten.

Het gevoel dat hij wordt bekeken doet hem opkijken en daar, achter een struik een eindje verderop, staat een donkerbruine koe. Het dier staart hem aan. Zwarte ogen, een vochtige bek en een ritmisch heen en weer bewegende onderkaak. Vlak achter de koe komt een jonge man tevoorschijn. Hij heeft een donkere huid en houdt een speer vast. Van Riebeeck stapt snel achter de dichtstbijzijnde boom, als hij opnieuw kijkt, ziet hij nog net de rug van de jongen in het bos verdwijnen. Hij wacht een paar seconden, draait zich dan om en haast zich terug naar het strand, takken wegduwend en over boomwortels struikelend. Stel dat ze hem achtervolgen? Stel dat een van hen op precies dat moment zijn arm optilt en zich klaarmaakt om hem een speer in de rug te werpen? Hij struikelt, valt voorover en grijpt naar een tak. Een scherpe naar voren gerichte twijg schaaft de rug van zijn hand en laat daar een cirkelronde wond achter, maar hij weet zich overeind te houden. Hij kijkt achterom en rent verder. Boomwortels, lianen en struikgewas ontwijkend bereikt hij ten slotte de rand van het bos en daarna het strand. Dan pas houdt hij in en gaat met kloppend hart achter een boom staan om te controleren of er iemand achter hem aan is gekomen. Hij kijkt naar de wond op de rug van zijn hand. Het is een kleine cirkel, je kunt het vlees eronder zien, langzaam druppelt er rood bloed uit.

13

Ik til mijn handen op van het toetsenbord, bestudeer de rug van mijn hand met het cirkelvormige litteken van de brandende sigaret dat nog steeds flauwtjes zichtbaar is, vlak onder de knokkels. Het verleden bestaat nog steeds. Wie was ik destijds, als jongen van vijftien, zestien, zeventien? Ik was een van de jonge oude mannen. Een van de vele excentriekelingen die je in elke generatie tegenkomt en die op zoek zijn naar rekwisieten uit de wereld van de volwassenen, op jacht naar kleren en gewoontes die kunnen aantonen dat je niet die magere, onzekere verschijning bent die de spiegel laat zien, met kin, neus en hals ontsierd door felrode pukkels die je naar de badkamerspiegel toegebogen hebt staan uitknijpen zodat de gele smurrie eruit loopt en de tranen je in de ogen springen. Nee, dat je eigenlijk iemand anders bent, een veel rijpere en bovendien oudere persoon die zich met heel andere, gewichtiger zaken bezighoudt dan je leeftijdgenoten. Zo iemand was ik. Iemand die de vrijdagavond besteedde aan het roken van een pijp en een schaakpartij terwijl het *Requiem* van Mozart uit de stereo-installatie van mijn jongenskamer schalde en de glazen werden volgeschonken met goedkope rode wijn.

Het was ook de tijd dat ik begon te graven in alle ellende van de wereld. Ik zocht de akeligste statistieken op over de toestand van de wereld en selecteerde de meest afschuwelijke verhalen over wat mensen elkaar in de loop der tijd hadden aangedaan. Ik verslond ze, verzwolg ze en kreeg keer op keer bevestigd wat ik altijd al had gedacht: dat de mens slecht was, dat de wereld ten onder ging door verontreiniging en atoomwapens en dat het leven leeg en zinloos was.

De toneelschrijver Henrik Ibsen schijnt gezegd te hebben dat er schrijvers bestonden die het riool opzochten om zich erin rond te wentelen, terwijl hij het zelf opzocht om het te reinigen. Een voorbeeld van die eerste categorie is misschien de Noorse schrijver Jens Bjørneboe, met zijn trilogie over de geschiedenis van de bestialiteit, een romanproject dat hem waarschijnlijk het leven heeft gekost. In die jaren las en herlas ik die boeken keer op keer, ik begroef me in de duisternis en dompelde mezelf onder in de wreedheden.

Kijk eens, tijdens die en die oorlog sneed men bij gevangenen de buik open en spijkerde de darmen aan een boom vast waarna het slachtoffer gedwongen werd om rond de boom te lopen totdat zijn darmen eruit getrokken waren en hij in elkaar zakte en stierf.

En kijk daar, daar worden van iemand de handen, voeten en geslachtsdelen afgehakt, en daar wordt er eentje levend verbrand terwijl het slachtoffer kronkelt van de pijn en de vlammen over zijn borst omhoogschieten en zijn haren vlam vatten!

Ik las *State of the World*, de jaarlijkse publicaties over de toestand van de wereld, en spelde de statistieken over verontreiniging en ontbossing met alle catastrofale gevolgen die dat voor de planeet kon hebben, en niet in de laatste plaats kwam ik te weten hoeveel mensen er in bittere armoede leefden en hoeveel kinderen er elke dag in de derde wereld stierven aan ondervoeding en banale ziektes zoals dysenterie.

En bij elke denkbare gelegenheid verspreidde ik die kennis.

Geniet jij maar lekker van je chips, terwijl er dertigduizend mensen in de loop van deze dag van de honger sterven. Hoeveel zijn dat er per minuut? Twintig mensen per minuut die omvallen en doodgaan, toch? Kinderen. Vrouwen. Maar daar hoef jij niet aan te denken, hoor. Neem gerust nog een chipje.

Een weerzinwekkend persoon, natuurlijk. Een jonge man die denkt dat hij iets heeft gezien waar verder niemand naar durft te kijken. Die denkt dat hij beter is dan de rest, hoog verheven boven hun standaard, hun bestaan met hun simpele genoegens en banale hobby's.

Een jongen van zestien die in alle ernst dacht dat hij de ondergang van de wereld zou meemaken. Dat er geen reden was om te gaan studeren, geen reden om zijn toekomst te plannen. Een jongen die zich in de duisternis had gestort, die alles vanuit zijn eigen universum interpreteerde, volgens zijn eigen patroon.

Daarvandaan begon ik verder te graven, steeds verder en dieper, tot die ene dag toen een heftige gebeurtenis ergens in mijn onderbewustzijn me door elkaar schudde en me dwong rechtsomkeert te maken.

II

14

In de internetkrant *Cape News* kon je nog niet zo lang geleden lezen over een nieuw initiatief in het centrum van Johannesbrug: een *'Baby disposal hatch'*. In de muur van een kindertehuis was een speciaal luik geïnstalleerd, een babyluik, waar wanhopige moeders hun pasgeboren kindje veilig achter konden laten als ze er om een of andere reden niet voor konden zorgen. In plaats van de baby achter te laten op de stoep bij een kerk, of in een plastic tas langs een pad, zoals sommige baby's worden aangetroffen, uitgedroogd en besmeurd met de eigen ontlasting, kunnen de moeders hun toevlucht zoeken tot het luik in een muur van een gebouw. Achter het luik staat een doos en op de bodem ervan zit een sensor die het gewicht van het kind registreert waarna er een geluidloos alarm afgaat bij degene die nachtdienst heeft. Dan zal iemand zich over het kind ontfermen, het wordt uit de doos gehaald, gewassen, gevoed en van een professionele vorm van liefde voorzien, en ten slotte krijgt het, als alles goed gaat, een nieuw thuis. Het is van een hartverscheurende eenvoud. Een luik in de muur. Een opening voor de wanhopigen en een geluidloos alarm dat aangeeft dat er een baby is gedropt.

Het artikel eindigt met het noemen van het aantal baby's dat jaarlijks in Zuid-Afrika wordt achtergelaten. Meer dan tweeduizend. Vijf kinderen per dag. Op dit moment. Vijf baby's die op een stoep worden gelegd of op een bank, in een tas en van daaruit naar de hemel kijken. Vijf baby's die vragende, gorgelende geluiden maken in een poging contact met hun moeder te maken en dan ineens hun armen spreiden.

*

Na het zomerfeest waren er alweer enkele maanden verstreken toen ik eindelijk, op 20 november om 22.44 uur, een mail stuurde aan Tomm Kristiansen:

Beste Tomm,

Ik weet niet of je het je nog kunt herinneren, maar ik heb je gesproken tijdens het zomerfeest van Cappelen Damm. Ik vertelde je toen dat ik bezig was met een roman die zich in de buurt van Kaapstad afspeelt en dat mijn ouders op je bruiloft in Khayelitsha waren geweest.
De roman beschrijft de levens van echte en fictieve personen. Een geadopteerde jongen uit Constantia die naar Khayelitsha gaat. Een meisje uit District Six. Jan van Riebeeck en de eerste kolonisten op de Kaap en ten slotte ikzelf. Een caleidoscoop van verhalen. Als je nog steeds in de gelegenheid bent me te ontmoeten voor een gesprek over Zuid-Afrika, zou dat fantastisch zijn. Ik zou het interview in dat geval willen opnemen als onderdeel van de roman, in bewerkte vorm dus. Ik heb veel boeken van je gelezen en ben er erg van onder de indruk hoe je het klaarspeelt om individuen te vinden die de geschiedenis van het land weerspiegelen.
Zullen we afspreken om samen koffie te drinken in Hotel Bristol of zo? (Of misschien op een andere plek die bijzonder is in relatie tot Zuid-Afrika?) Ergens in de komende weken, of in december, januari, februari? Het zou echt fantastisch zijn als je er tijd voor hebt!
Ik hoop van je te horen!

Hartelijke groet,
Simon Stranger

De volgende dag zat er al antwoord in mijn mailbox, een bericht dat om 10.08 uur was verstuurd.

Hallo Simon,

Natuurlijk kan ik me ons gesprek nog herinneren. Ik ben erg geïnteresseerd in je project!

Ik ben elke dag beschikbaar, want op dit moment ben ik niet op reis. Van 16 december tot 7 januari is mijn vrouw hier. Ze komt uit Kaapstad en woont daar momenteel ook. Ze kent veel verhalen en kan je couleur locale geven, mocht dat relevant zijn.

Mijn telefoonnummer is [*** ** ***].

Vriendelijke groet,
Tomm

Na wat heen en weer gemaild te hebben spraken we af om elkaar op 1 december 2011 in Hotel Bristol te ontmoeten, zonder zijn vrouw erbij.

In Oslo vroor het nog steeds niet, maar toen ik uit de metro kwam en naar het hotel liep, regende het en stond er een gure wind.

Hotel Bristol is een oud etablissement, bijna koloniaal, met vergulde pilaren, donkere boekenkasten en rode leren stoelen. Het was er druk. Een ochtend voor leesclubs en oude vriendinnen die voor de kerstvakantie nog een keer met elkaar wilden koffiedrinken.

De obers zwierden zwetend rond in hun witte jasjes en een van hen vroeg me of ik een paar minuten kon wachten. De dikke huispianist die al zo lang ik me kon heugen in het Bristol werkte, ging weer op zijn kruk achter de piano zitten en speelde verder. Muzakversies van popsongs uit de jaren tachtig. Ik keek hoe laat het was en zag Tomm op hetzelfde moment door de grote, donkerbruine deuren komen, zijn schouders nat van de regen en met druppels op zijn haar en voorhoofd. Ik glimlachte. We mochten plaatsnemen aan de voor ons gereserveerde tafel en terwijl we wachtten op het afruimen van de vieze borden waar nog restjes tompouce en servetten op lagen, vroeg hij waarom ik over Zuid-Afrika was gaan schrijven. Ik voelde me meteen in het nauw gebracht. Die vraag was me ook al eerder gesteld. Waarom wilde ik dat eigenlijk? Eerlijk gezegd weet ik nooit waarom ik de boeken schrijf die ik schrijf. Ik begin met een beeld, ga daarop door en kijk waar het naartoe leidt, wat erachter ligt. Vaak ligt het idee ook op een technisch, compositorisch vlak. In een van mijn romans was ik van plan de reis van een van de kleinste deeltjes ter wereld, een waterstofatoom, door planten, mensen en voorwerpen te volgen, over een tijdspanne van duizend jaar. In een andere roman wilde ik een stad beschrijven en huurde ik een architect in om die te tekenen, waarbij elke straat in die stad een apart hoofdstuk vormde.

In mijn nieuwe romanproject wilde ik een idee volgen dat ik jaren geleden had gekregen: een roman die van persoon naar persoon zou gaan, puur door nabijheid in tijd of ruimte. Een boek met een groot aantal vertakkingen die steeds weer terugvoerden naar het hoofdverhaal, over een geadopteerde jongen in Kaapstad. Het was de bedoeling dat die roman heel abrupt – bijvoorbeeld door een klassieke beltoon van een mobiele telefoon – terug in de tijd kon springen en het ogenblik zou beschrijven waarop Johann Sebastian Bach op het idee van zijn grootste werk kwam. De roman zou terug kunnen springen naar de laatste slag in de Amerikaanse burgeroorlog, maar ook de Voyager-satelliet kunnen beschrijven, die een gouden plaat bevat met muziekopnames en geluiden uit de hele wereld en op weg is naar de grens van ons zonnestelsel. Het boek dijde steeds verder uit, het nam almaar toe in volume om ten slotte onder zijn eigen gewicht te bezwijken. Tijdens een gesprek met mijn redacteur vlak voor de kerstdagen van 2010 kreeg ik de boodschap te horen die ik in stilte al had zien aankomen. Dat het niet ging. Dat er veel goede dingen in het manuscript zaten, maar niet genoeg. De roman was ten onder gegaan en de stukjes waren weggedreven. Zinnen, woorden en scènes waren uit elkaar geslagen en de restanten dobberden weg met de stroom. Zo dacht ik erover.

Op 19 december 2010 schreef ik het volgende bericht op Facebook:

> De roman waar ik de afgelopen jaren aan heb gewerkt, heeft schipbreuk geleden, en nu zwem ik om de wrakresten heen. Zinnen en scènes drijven langs.

Het was vlak voor de vakantie, we zouden naar de Canarische Eilanden gaan en alles waar ik de afgelopen jaren aan had gewerkt, was weg. Het was om wanhopig van te worden. Oppervlakkig gezien bouwde ik zandkastelen met mijn kinderen en at ik met mijn schoonmoeder en haar man in restaurants, maar het enige waar ik aan kon denken, was hoe ik het boek kon repareren, hoe ik uit de wrakstukken een nieuwe roman kon samenstellen, een andere, die wel zou werken. Pas toen ik op een strandstoel naar de zee zat te kijken, herinnerde ik me weer dat ik hier jaren geleden zelf had gevaren, met een kapitein die dezelfde voornaam had als Van Riebeeck. Dezelfde naam als mijn vader. Jan. Slechts een kilometer verderop hadden we op zee met een kapotte motor rondgedreven. Vanaf mijn zitplaats gezien waren we recht naar de horizon gevaren. Toen ik eenmaal die richting uitkeek, was het alsof er iets op zijn plaats viel en begonnen de contouren van een nieuwe roman vorm te krijgen. Een roman die zich steeds verder verwijderde van het beeld dat destijds de aanzet had gegeven tot het project en ten slotte in iets totaal anders veranderde, een caleidoscoop van verhalen waarin de levens van echte en fictieve personen elkaar weerspiegelden.

Er werd een stalen koffiekan op tafel gezet met twee dunne porseleinen kopjes met gouden randjes. Ik schonk beide kopjes in en vroeg of hij iets wilde vertellen over zijn tijd in Zuid-Afrika. Het was toch waar dat hij bisschop Desmond Tutu en president Nelson Mandela had ontmoet?

Hij knikte en dronk van zijn koffie.

'Ik heb hen beiden meerdere malen ontmoet, zowel in Oslo als in Zuid-Afrika.'

'Vertel.'

'Over wie wil je het eerst iets horen?'

'Tutu,' antwoordde ik.

Tomm leunde achterover, dacht even na en gaf toen antwoord. 'Desmond Tutu… Een chagrijnige man. Grillig. Zelfvoldaan.'

Ik noteerde, maar moest onwillekeurig lachen, want deze typering was volstrekt anders dan het geïdealiseerde beeld dat ik van de man had: Desmond Tutu met zijn bril, zijn paarse priesterboordje en zijn guitige glimlach, in gesprek met de Dalai Lama. Desmond Tutu aan het einde van de apartheid in een enorm stadion, waar hij sprak over vrede en verzoening.

Tomm zette zijn kop en schotel op zijn schoot en ging verder. Hij vertelde over de kanker waar Tutu aan had geleden, en hoe hij op krukken naar de Domkerk in Oslo was gestrompeld om daar een toespraak te houden. Hij vertelde over het belangrijke symbolische werk dat Tutu voor de Zuid-Afrikanen had verricht in een poging de wonden te helen. Hij wilde bijvoorbeeld het beeld van Zuid-Afrika als een land waarin de rassen elkaar bestreden en elkaar voortdurend dwarszaten, vervangen door dat van een regenboog. Een beeld van een mooi land, waar iedereen thuishoorde.

'Juist de verschillen zijn onze kracht, juist de verschillen maken ons tot Zuid-Afrikanen,' had Tutu tijdens die toespraak gezegd. Het werkte. Dat eenvoudige beeld, waar verschillende kleuren in waren opgenomen, maar dat ook zinspeelde op de Bijbel en op het pact dat God met de mensen had gesloten om het leven op aarde altijd te laten voortbestaan. De regenboog werd het symbool voor verzoening en verscheidenheid.

'Ach ja, Desmond Tutu,' zei Tomm terwijl hij een hap van zijn canapé nam. 'Wist je dat hij een tijdje in Oslo heeft gewoond, in de wijk Furuset?'

‘O?’

‘Ja. In die tijd woonden daar bijna geen immigranten. Het was niet zoals tegenwoordig, dus Tutu kreeg te horen dat hij niet in het bos moest gaan joggen omdat mensen ervan konden schrikken,’ zei Tomm, waarop we beiden in lachen uitbarstten. Ik zag het voor me. Desmond Tutu aan de oostkant van de stad tussen afbladderende berkenbomen aan het joggen. Hij had bij Abdul Minty gelogeerd, die zijn carrière later zou afsluiten als adjunct-directeur-generaal van het Zuid-Afrikaanse ministerie van Buitenlandse Zaken, maar die in die tijd actief betrokken was bij de verzetsstrijd.

‘En Mandela?’ vroeg ik. ‘Wat vond je van hem?’

‘Als je Mandela spreekt,’ zei Tomm, ‘krijg je het gevoel dat jij voor hem de enige op de hele wereld bent. Wie je ook bent, dat gevoel geeft hij je altijd. Al zijn aandacht gaat naar jou uit. Ik heb hem een keer geïnterviewd in een hotel in Oslo. Dat was in verband met de Nobelprijs voor de Vrede, en mijn tienerdochter had, volkomen op eigen initiatief, besloten van school te spijbelen om erbij te kunnen zijn. Na het interview wilde hij per se met haar praten. Hij wilde het met haar hebben over de dingen waar de jeugd zich voor interesseerde. Popmuziek. Films. Kleren. Niets anders telde nog. De rest van ons stond vanaf de zijlijn toe te kijken. Op een gegeven moment kwam een van zijn adviseurs naar Mandela toe om te vertellen dat Zijne Majesteit de Koning op hem wachtte.’

Ik lachte even, maar het verhaal ontroerde me. Misschien kwam het door de in de daad besloten bewering dat alle mensen belangrijk waren. Dat ieder mens een stukje van de wereld bezit dat alleen die mens kent, en dat je, als je iets wilt leren, al die puzzelstukjes aan elkaar moet zien te leggen.

Ik boog mijn hoofd en noteerde. Tomm at een canapé met tartaar, terwijl ik van mijn koffie dronk in een poging nog een paar seconden te winnen voordat ik zou besluiten in welke richting ik het gesprek op wilde sturen. Terloops had hij verteld dat hij Mandela had ontmoet op het hoofdkwartier van het ANC in Johannesburg. Over die locatie had ik nog niets gelezen, dus ik vroeg hem of hij daar wat meer over kon vertellen. Tomm nam me door zijn brillenglazen met zijn levendige, scherpe ogen op en zei dat er over dat gebouw een verhaal rondging.

Toen Mandela in 1990 vrijkwam en het ANC een legale politieke partij werd, gingen ze op zoek naar een pand, waarbij ze uit onverwachte hoek hulp kregen. Het internationale concern Shell, vertelde Tomm, had overal op de wereld kritiek gekregen vanwege hun steun aan de apartheid. Terwijl andere bedrijven zich terugtrokken, ging Shell door met de lucratieve handel met Zuid-Afrika en droeg op die manier bij aan de onderdrukking van de bevolking. Het Shellconcern was ook mede-eigenaar van Zuid-Afrikaanse kolenmijnen en kreeg na verschillende ongelukken waarbij zwarte arbeiders omkwamen, kritiek vanwege de ontbrekende veiligheid in die mijnen.

'Zowel in Amerika als in Europa kwam een boycotactie op gang,' vertelde hij. 'Jongeren protesteerden op straat en riepen iedereen op voortaan niet meer bij Shellpompen te tanken,' ging hij door, en zijn woorden deden me terugdenken aan een incident dat ik helemaal was vergeten, maar dat daar op dat moment in Hotel Bristol weer bij me bovenkwam.

De gebeurtenis vond plaats op 8 mei 1990. Ik had een baan bij het Shellstation Bislett Dag & Nacht in Oslo, een benzinestation dat ik als klein kind al kende. Mijn vader werkte daar nadat hij met zijn studie theologie was gestopt. Omdat hij toen al vader was van twee kinderen, had hij een stabiel inkomen nodig en soms mocht ik met hem mee. Ik weet nog hoe blij en vol verwachting ik was wanneer hij me 's ochtends heel vroeg wakker kwam maken. De moeheid die ik anders altijd voelde als ik moest opstaan, verdampte als het ware. Ik voelde me net een lichtpeertje dat aanging, slechts een lichte vingerdruk op de schakelaar, elektronen die zich een honderdste deel van een seconde bewogen en, floep, het donker werd licht, en hoe diep in slaap ik het ene moment nog lag te dromen, het volgende moment was ik helder en klaarwakker.

Zo erg verheugde ik me op die dagen. Zo groot was mijn verwachting als ik de avond ervoor ging slapen.

Ik zat meteen recht overeind in de door mijn vader getimmerde hoogslaper, klom omlaag en kleedde me snel aan. Ik at een in de gauwigheid gesmeerde boterham met kaas terwijl papa dikke sneden brood naar binnen werkte met een glas kefir. Vervolgens reden we door stille straten. Hij leerde me hoe je een kassa moest bedienen. Hoe je de klanten netjes te woord moest staan. Hij leerde me hoe je frisdrank moest aanvullen in de koelopslag. In de ruimte met de zoemende ventilator waar mijn handen steeds kouder werden terwijl ik de flessen cola aanvulde.

Voor een kind was het een droom om niet alleen maar winkeltje te spelen, om niet gewoon achter een kartonnen doos of een krant bij de weg te staan en oud serviesgoed, appels of plastic bekers limonade te verkopen, maar om in een echte winkel te staan, met een echte kassa en echte biljetten van honderd of duizend kronen in ontvangst te nemen. Toen ik ouder werd, werkte ik bij het benzinestation naast de school, zoals op die dag in 1990. Dat moet zijn geweest vlak nadat mijn vader ziek was geworden. Het was 8 mei, bevrijdingsdag, en er waren maar weinig klanten. Hooguit een enkele taxichauffeur die een hotdog met een bakje garnalensalade kwam eten of een gratis beker koffie haalde om daarna in de achterkamer een kaartje te leggen. Plotseling hoorde ik iets op de weg. Ritmische leuzen, eerst van één stem, toen kwam er bijval, een slogan die door een grotere groep werd herhaald. Het geroep kwam dichterbij, weergalmde tussen de gebouwen. Opeens kwamen de demonstranten de hoek om. Zwarte jasjes en broeken. Witte spandoeken met handgeschreven leuzen. Vuisten die omhoog werden gestoken, terwijl ze eisten dat Zuid-Afrika werd geboycot. Waar gingen ze naartoe? Naar het parlementsgebouw? Op dat moment bleven ze staan, vlak voor de ingang van het benzinestation. Een paar van hen bogen zich voorover, staken ijzeren staven tegen de randen van de benzinetanks en wipten de deksels eraf. Toen kwam er een andere jongen aan in een leren jack, een strakke, zwarte broek en geverfd zwart haar, die in alle tanks waarin benzine was opgeslagen zand strooide uit een grote papieren zak. Snel liep ik om de balie heen naar de glazen deur, deed die open en vroeg me af wat ik in hemelsnaam moest doen terwijl die lui zo driftig bezig waren hun zandzakken te legen dat het stof om hun benen opstoof. Ze waren met te veel en ik was te laat. De demonstranten gooiden hun zakken weg en verspreidden zich naar alle kanten. Ik kon niets anders doen dan mijn vader bellen, vertellen wat er was gebeurd en het pompstation sluiten.

De in donkerblauwe uniformen gestoken taxichauffeurs verzamelden zich bij de balie. Ze aten hun dubbele hotdogs terwijl ze bespraken wat er net was gebeurd. In die tijd stonden apartheid en Zuid-Afrika mijlenver van mij vandaan. Ik kan me niets herinneren van het bezoek dat Nelson Mandela een paar jaar later aan Oslo bracht of van de interviews die Tomm met hem had gehad en die hij die ochtend in het Bristol voor mij samenvatte.

Ik schonk de kopjes nog eens in en vertelde niets over mijn eigen verhaal, maar zag voortdurend nieuwe lijntjes ontstaan, hoe alle puzzelstukjes die ik optilde, werkten als spiegels die voortdurend fragmenten van andere verhalen lieten zien; het enige wat je eigenlijk hoefde te doen was de deur uit gaan, het eerste het beste voorwerp dat je vond oppakken en vervolgens beginnen te graven, alle kanten op.

De internationale boycot kreeg consequenties, aldus Tomm. Shell liep over de hele wereld grote contracten mis en de leiding van het concern moest iets doen. Ze namen contact op met het kantoor van Nelson Mandela en vroegen om een bijeenkomst. Daar boden ze hun oprechte verontschuldigingen aan en deden Nelson Mandela een aanbod dat hij niet kon weigeren. Shell wist dat het ANC op zoek was naar een officiële ruimte nu ze niet meer onder de radar hoefden te werken. Als excuus voor hun steun aan het apartheidsregime wilde Shell graag hun eigen pand – een tiptop modern kantoorgebouw in het centrum van Johannesburg – voor één rand aan de partij verkopen. Aldus geschiedde en daar, in dat gebouw, sprak Tomm Kristiansen met de leiders van het ANC om voor de kijkers in Noorwegen verslag te doen van de gebeurtenis.

Zo kabbelde ons gesprek voort. Over Khayelitsha en het dagelijks leven in de townships. Over Sudan en de hongersnood. Over Jan van Riebeeck en het einde van het apartheidsbewind.

Aan het eind vroeg ik hem of hij één verhaal wilde vertellen over de gewelddadige periode die daarop gevolgd was, toen verschillende bevolkingsgroepen tegen elkaar werden opgezet. In al zijn eenvoud was het een verschrikkelijk verhaal, onbegrijpelijk gewelddadig.

Zo snel ik kon krabbelde ik het neer in mijn rode notitieboek en ik keek op. Het eten was op, de koffiekan leeg. We hadden anderhalf uur zitten praten en het was tijd om af te sluiten. Ik bedankte hem voor zijn uitleg, haalde mijn jas tegen betaling uit de garderobe en keerde terug naar de regen, naar het gebied in Oslo waar de gebouwen na de aanslag van 22 juli nog steeds van houten platen waren voorzien. Terug naar de Roemeense bedelaars die bij de ingang van de metro zaten. Terug naar mijn leven. Terug naar mijn gezin, mijn werk en de roman.

*

Een glas zure melk verraadde een van de schuilplaatsen van Nelson Mandela toen hij ondergronds was gegaan. Het was begin jaren zestig. Het ANC had kort ervoor de gewapende strijd opgepakt. Ze waren bommen gaan maken en bliezen elektriciteitscentrales en politiebureaus op. Mandela verschool zich in schuren op het platteland, in appartementen en schuurtjes in de stad. Tijdens de maanden rond de eerste militaire acties tegen het apartheidsbewind verbleef hij in een appartement van 'Wolfie', een kameraad die in een witte wijk woonde, aan de oostkust bij Durban. In zijn memoires schrijft hij:

Ik bracht bijna twee maanden in zijn flat door, waar ik op een kampeerbedje sliep en de hele dag binnen moest blijven met de gordijnen dicht om te lezen en plannen te maken.(...)

Ik ging niet naar buiten en omdat het een witte wijk was, zou de politie mij daar waarschijnlijk niet zoeken. Terwijl ik er overdag zat te lezen, zette ik vaak een halve liter melk op de vensterbank om zuur te laten worden. Ik hield erg van die zure melk, bij de Xhosa's bekend als amasi, *die heel gezond en voedzaam is. Het recept is gemakkelijk, je hoeft de melk alleen maar in de openlucht te laten staan, waardoor hij dik en zuur wordt als yoghurt.*

Op een gegeven avond, toen Wolfie thuis was gekomen, zaten we in de flat te praten toen wij opeens een gesprek vlak onder ons raam opvingen. Ik hoorde twee zwarte jongemannen Zulu spreken, maar ik kon hen niet zien omdat de gordijnen dicht waren. Ik gebaarde Wolfie dat hij stil moest zijn.

'Wat doet "onze" melk hier op de vensterbank?' zei een van de mannen.

'Waar heb je het over?' vroeg de ander.

'Die zure melk – amasi – op die vensterbank,' zei hij. 'Wat doet die daar?' Toen was het stil. Deze opmerkzame man suggereerde dat alleen een zwarte man op die manier melk op de vensterbank zette, en vroeg zich af wat een zwarte man in deze wijk deed. Ik besefte dat het tijd was om te vertrekken. De volgende nacht ging ik naar een nieuwe schuilplaats.

15

Wet op verbod gemengde huwelijken, wijziging nr. 55 van 1949
(Verbiedt huwelijken tussen witte en niet-witte ingezetenen.)

Ontuchtwet, wijziging nr. 21 van 1950
(Verbiedt seksuele omgang tussen witte en niet-witte ingezetenen.)

Wet op de inheemsen, wijziging nr. 67 van 1952
(Verbiedt zwarte ingezetenen om zich in de openbare ruimte te begeven zonder een pas met daarop een foto, naam, geboorteplaats, inkomen en politienotities.)

Wet op het terrorisme van 1967
(Geeft de overheid onbeperkte macht om mensen op te pakken en zonder vorm van proces vast te zetten; regelt de oprichting van BOSS, Bureau of State Security.)

Wet op Burgerschap van Bantoethuislanden van 1970
(Dwingt zwarte ingezetenen om staatsburgers van Bantoelanden te worden en hun Zuid-Afrikaanse nationaliteit op te geven.)

*

Het is de zomer van 1984 en Adele is zestien. Sinds hun verhuizing naar Khayelitsha zijn er twee maanden verstreken. Een nieuw huis in een nieuw stadsdeel. Ze is van school op weg naar huis en passeert een huis van lecablokken dat in de afgelopen weken langzaam vorm heeft gekregen. Er zitten nu ramen in, het heeft een dak en twee muren zijn inmiddels roze geverfd. Een zwarte vrouw van in de twintig in een lange, gebloemde rok, zit met een dun penseel in haar hand gebogen over een witgeverfde houten plaat terwijl ze meezingt met popliedjes die uit de radio komen die naast haar staat. Ze schildert een cirkel op de witte ondergrond. Een zwarte o. Nu staat er *Hoo*. De vrouw kijkt op, houdt op met zingen en lacht naar Adele. Adele blijft staan, zegt niets, maar komt een paar stappen dichterbij en kijkt toe terwijl de vrouw aan de laatste letters werkt die al met een dunne potloodlijn staan voorgetekend. *Hooper.*

'Ik maak een naambord voor de winkel,' zegt de vrouw vriendelijk terwijl ze met half dichtgeknepen ogen naar Adele tuurt.

Adele knikt. Nog steeds zwijgt ze. Ze is nooit erg spraakzaam, ze heeft gemerkt dat praten de moeite niet waard is. Thuis en op school zegt ze nog wel wat, als het moet. Tegenover anderen is zwijgen ongelooflijk simpel. Verbazend eenvoudig zelfs, zolang je je niet druk maakt over dingen als aardig gevonden willen worden of vriendelijk glimlachen, kun je gerust je mond houden, en in die stilte glijdt al het andere weg, het wordt betekenisloos, alsof je naar praatprogramma's op televisie kijkt met het geluid uit.

De vrouw gaat door met verven en algauw is de boog van de letter klaar.

'Wil je het ook eens proberen?' vraagt ze terwijl ze Adele het penseel aanreikt.

Adele knikt en pakt het aan. Voorzichtig maakt ze een rechte streek op het hout, ze ziet hoe de haren van de borstel sporen trekken in de verf. Het begin van een p. De vrouw pakt nog een penseel uit een kartonnen doos en schildert verder. Even later staan de e en de r op hun plek. *Hooper.* De vrouw komt overeind en pakt het bord aan een kant beet.

'Pas op, de verf is nog nat.'

Adele grijpt de andere kant vast en zo tillen ze het bord omhoog tot boven de deur.

'Kun je het zo houden? Dan spijker ik het vast.'

Adele knikt. Ze strekt haar arm boven haar hoofd terwijl de vrouw buigt om een hamer te pakken en een handje spijkers die ze tussen haar lippen steekt. Dan begint ze gericht te slaan. Een paar keer slaan en het bord zit aan een kant vast. Adele gebruikt nu haar andere arm om de eerste te laten rusten.

'Super. Nog een ogenblikje. Of wil jij soms timmeren?'

Adele schudt haar hoofd en de vreemde vrouw klopt vriendelijk op haar schouder, dan brengt ze haar handen omhoog en slaat opnieuw twee spijkers vast.

'Zo! Nu mag je loslaten.'

Ze doet een paar stappen naar achteren om te kijken hoe het eruit ziet, en Adele doet hetzelfde.

'Ziet het er niet mooi uit?' roept ze enthousiast lachend uit.

Adele knikt weer, niet gewend aan al die borrelende vreugde.

Nogmaals bedankt de vrouw haar voor haar hulp en zegt dat Adele als dank wat uit de winkel mag komen halen als die eenmaal open is. Je mag zelf kiezen wat, voegt ze er nog aan toe.

Adele glimlacht voorzichtig en knikt snel, als om ja te zeggen, want vanbinnen zitten haar woorden vast, ze kunnen de weg naar buiten niet vinden.

'Ik heet Mandisa. Mag ik vragen hoe jij heet?'

'Adele,' antwoordt ze.

Mandisa glimlacht. 'Adele, wat een mooie naam. Je bent hier altijd van harte welkom,' zegt ze, terwijl ze voorzichtig een hand op Adeles bovenarm legt. Een warme hand en een glimlach. Adele richt haar blik naar de grond. Ze knikt, kijkt dan weer snel op om nog een laatste glimp van die glimlach te kunnen opvangen, van dat licht, waarna ze zich omdraait en wegloopt.

Wanneer Adele thuiskomt, ligt haar vader te slapen. Haar broer is er niet, hij is het gezinsleven allang ontvlucht en komt alleen thuis om te eten en te slapen. Haar moeder is bezig met een kruiswoordpuzzel in de krant en als ze opkijkt, heeft haar glimlach iets geforceerds. Haar ogen staan dof als ze Adele vraagt hoe het vandaag op school is gegaan.

Het is een ritueel. Elke dag stelt haar moeder haar dezelfde vraag en elke dag antwoordt Adele dat het goed is gegaan. Over de stilte praat ze niet. Dat ze bijna niets zegt. Ze vertelt niet hoe ze zich voelt als ze helemaal alleen in het klaslokaal zit terwijl ze het rumoer van de andere leerlingen op het schoolplein hoort. Al die anderen die rondrennen op het plein, die voetballen, elastieken of elkaar van alles vertellen. Ze zegt niets over de woorden die ergens in haar vastzitten, waardoor ze in de klas nooit meer een vraag krijgt. Ze is een schim. De andere leerlingen gaan haar uit de weg. De leraren slaan haar over. Ze heeft een ziekte die ze niet kan verklaren. Of wel? Soms denkt ze dat het komt door de somberheid van haar vader, dat die besmettelijk is. Haar vader en de boeken. Ze heeft geen zin in hinkelen of steentjes gooien. Het interesseert haar niet wie heeft gekust of wie er raar uitziet in afgedragen truien en broeken. Zolang ze maar in de bibliotheek kan gaan zitten lezen, is ze tevreden. Aan gesprekken op het schoolplein heeft ze geen behoefte, zolang ze maar andere, grotere gesprekken kan volgen, in grotere drama's. In haar boeken kan ze leven waar ze wil. Ze kan in het hoofd zitten van een Russische moordenaar uit de negentiende eeuw. Ze kan op vliegende draken zitten, liefdesverhalen lezen, of verhalen over oorlogen of reizen. Ze zit niet vast aan deze sloppenwijk, aan deze straten, deze stilte of aan al die mensen die haar nauwelijks interesseren.

Mandisa is een uitzondering. Dat merkt ze al de eerste dag als ze thuiskomt en haar moeder haar vraagt hoe het op school is gegaan, zachtjes, bijna fluisterend, om haar slapende man niet wakker te maken. 'Goed,' zegt Adele, zoals ze altijd doet, maar nu voelt ze dat er in dat woord iets van waarheid schuilt. Ze voelt dat ze zich alweer verheugt om naar school te gaan en langs de supermarkt te lopen. Om gezien te worden door die blik die niets anders van haar vraagt dan dat ze is wie ze is, wat ze zelf wil geven.

Op weg naar school is het gebouwtje verlaten, maar op de terugweg ziet ze Mandisa bij de deur staan. Adele blijft staan. Ze veegt haar haren uit haar gezicht, trekt haar schooluniform recht. Daar is de vrouw weer, bezig met het binnendragen van een kartonnen doos. Mandisa lacht haar toe, roept hallo en Adele zwaait voorzichtig. Mandisa's voeten vertragen. De doos lijkt zwaar want Mandisa buigt haar bovenlichaam, ondersteunt de doos met haar ene bovenbeen en moet zich omdraaien om de deur met haar rug open te duwen. Even lijkt ze haar greep op de doos te verliezen en dreigt die uit haar handen te vallen. Adele steekt de weg over. Ze rent het stoepje op, steekt snel haar hand uit en houdt de deur open. Mandisa bedankt haar, zet de doos op de vloer en vertelt buiten adem dat ze zojuist de laatste spullen heeft binnengekregen. Haar voorhoofd glimt van het zweet. In haar hals kun je duidelijk een ader zien kloppen.

'Zal ik je helpen?' vraagt Adele.

Mandisa glimlacht en zegt dat dat ontzettend aardig van haar is. Adele doet er het zwijgen toe. Ze draait zich om, loopt naar buiten en tilt een kist op met blikken peren op sap. Mandisa wijst waar ze die kan neerzetten, op de vloer bij een schap.

Adele draagt dozen met Nescafékoffie naar binnen, zakken rijst, shampoo en een stapel plastic emmers. Ze vraagt Mandisa waar ze die kan neerzetten en krijgt onmiddellijk antwoord. Korte, simpele vragen en korte, simpele antwoorden. Toch zijn die woorden meer dan dat. Het zijn draden die verbinden. Al na een minuut of tien hebben ze alles naar binnen gedragen. Mandisa zet haar handen in haar rug en rekt zich uit waarna ze twee flessen cola optilt en Adele vragend aankijkt. Door deel te nemen aan Adeles zwijgen, geeft ze haar de ruimte. Die accepteert de fles, zet hem aan haar mond en voelt het koolzuur prikken in haar ogen.

'Het begint ergens op te lijken, vind je niet? Ik hoef alleen nog maar uit te pakken en de spullen in de schappen te zetten, dan is het klaar.'

Stilte. Nu is het Adeles beurt, maar ze weet niet wat ze moet zeggen of wat ze kan vragen.

'Eigenlijk zou ik morgen opengaan,' gaat Mandisa verder. Ze springt van de toonbank en vervolgt: 'Denk je dat het lukt?'

Adele bestudeert alle kisten en dozen die op de vloer verspreid staan en vervolgens de lege schappen.

'Zal ik je helpen?' vraagt ze.

'Graag. Dank je wel. Maar vind je het erg om voorlopig in etenswaren te worden uitbetaald? Ik heb hier mijn allerlaatste centen aan uitgegeven,' zegt Mandisa, die plotseling in lachen uitbarst. Het gelach werkt aanstekelijk.

'Waar zal ik mee beginnen?' vraagt Adele.

Mandisa legt opnieuw een hand op haar bovenarm, brengt haar naar een kast met droogwaren en vraagt of ze de spullen uit de dozen kan halen en netjes kan opstapelen. Adele zet alles op zijn plaats. De ene rij blikken na de andere. Papieren zakjes met een afbeelding van soep. Ze vindt het leuk. Het doet haar goed te zien hoe de winkel vorm krijgt en de lege schappen gevuld worden. Het haalt haar aandacht weg van andere dingen, het geeft het bestaan een gevoel van overvloed. Mandisa maakt een pak koekjes open. Ze eten wat en werken door. Pas na een uur of twee zegt Adele dat ze moet gaan. Mandisa bedankt haar nogmaals voor haar hulp, pakt een blauw plastic mandje en vraagt haar dat te vullen. Adele stopt er dingen in die haar ouders lekker vinden. Een pakje tabak voor haar vader. Shampoo met bloemengeur voor haar moeder. Een pak koekjes voor haar broer en een pot ingemaakte pruimen voor haar zus. Bij elk product dat Adele pakt, kijkt ze met een vragende blik op naar Mandisa, zoekend naar een teken dat het nu genoeg is, dat ze moet ophouden, maar dat gebeurt niet. Telkens wanneer ze opkijkt, zegt Mandisa dat ze nog iets mag pakken. En nog iets. Ten slotte zet ze de mand op de toonbank. Mandisa haalt een witte plastic tas tevoorschijn en een zwarte viltstift. Ze legt de plastic tas plat op de toonbank en krabbelt er de naam van de supermarkt op. Hooper.

Adele neemt de tas aan.

'Tot morgen dan?'

Adele glimlacht. 'Tot morgen.'

16

Een datum. Een manier om de wereld te sorteren: 11 februari.

11 februari 1966:
De Zuid-Afrikaanse regering vaardigt proclamatie 43 uit. Het besluit om District Six te slopen.

11 februari 1976:
De dag van mijn geboorte in het Ullevålziekenhuis in Oslo. Een lange, magere baby, volgens mijn moeder, met grote handen en voeten en paarsblauw aangelopen door de navelstreng die zich om mijn nek had gewikkeld.

Mijn beide kinderen zijn ook in het Ullevålziekenhuis geboren, net als mijn vader. Wanneer we toen ik klein was langs het ziekenhuis reden, wees mijn moeder altijd naar het oude bakstenen gebouw met de monumentale ingang van metselwerk en koper, en zei dan altijd dat ik daar geboren was, waarop mijn vader zich vooroverboog en met een lage bromstem zei dat dat ook voor hem gold. Maar het had iets vreemds, iets wat ik niet vond kloppen, want waarom zou hij in een ziekenhuis in Oslo zijn geboren terwijl zijn beide ouders in Bergen woonden en werkten, aan de andere kant van het land? Waren ze misschien op vakantie in Oslo toen hij werd geboren? Maar waarom gingen ze dan zo kort voor de bevalling op vakantie? Er moesten toch legio ziekenhuizen dichterbij hebben gelegen, aangezien beide steden door een complete bergketen en een treinreis van acht uur gescheiden zijn. Ik zei niets, drukte mijn voorhoofd tegen het raam en keek naar de gebouwen die voorbijgleden.

'Ik heb er een week gelegen, daarna ging ik naar Bergen,' zei mijn vader dan altijd. Daar schuurde iets, iets wat niet helemaal op zijn plaats was, als een van de deuren in het oude huis waarin ik opgroeide, die in het kozijn klemde en nooit helemaal dichtging.

11 februari 1990:

De dag waarop Nelson Mandela vrijkwam na zevenentwintig jaar gevangenschap. Het is veertien minuten over vier en Mandela staat bij de grote ijzeren poort, in een bruin pak met zwarte schoenen. Naast hem de gevangenbewaarders in hun uniform. Hij kijkt omhoog naar de blauwe lucht, waar wolkensluiers door de wind verwaaien. Nu is het zover. Eigenlijk zou hij de vorige dag al zijn vrijgelaten. Op 10 februari werd Mandela gevraagd om op het kantoor te komen waar president De Klerk op hem zat te wachten. Nadat ze elkaar hadden begroet, had De Klerk gezegd dat het voorbij was. Dat hij een vrij man was. Mandela had rustig geknikt en met een glimlach om zijn mond gevraagd of hij er nog een dag langer mocht blijven. 'Als ik hier al zeventwintig jaar heb gezeten, kan ik nog wel een dag wachten,' zei hij. De ironie ervan was overduidelijk. De gevangene die een kwart eeuw opgesloten had gezeten en elk uur van de dag naar huis had verlangd, wilde niet vrijgelaten worden. Hij wilde nog wat langer blijven.

De Klerk lachte even, schudde het hoofd en vroeg waarom.

'Als jullie me nu vrijlaten, wordt het ongetwijfeld een chaos.'

Ze spraken een datum en tijdstip af, 11 februari om vier uur. En daar staat hij dan. De poort glijdt opzij als een oog dat opengaat, en daarachter staat een juichende mensenmassa te zingen en te klappen. Hij loopt naar buiten, voelt hoe bijzonder het is om weer buiten te zijn, tussen de mensen met wie hij ooit heeft samengeleefd. Winnie, zijn vrouw, staat er ook. Hij stapt in een zilvergrijze BMW en ze rijden veertig kilometer naar Kaapstad terwijl hij door de autoruit naar het landschap kijkt. Het is afgelopen. Hij heeft de gevangenis verlaten. Hij is vrij. Toch voelt het vreemd. De mensen langs de weg, de nieuwe typen huizen die er zijn gebouwd. De nieuwe vormen van reclame en de nieuwe kleren. Even wordt hij bevangen door een onnoemlijke treurigheid. Niets is als vroeger.

11 februari 2004:
Exact achtendertig jaar na het besluit om District Six te slopen kon Nelson Mandela de sleutels overhandigen aan het eerste koppel dat ernaar terug zou verhuizen, naar de huizen die de overheid aan het bouwen was. Nieuwe huizen op oude kavels, in een poging het verlies te compenseren. In de daaropvolgende jaren zouden velen volgen, veel oudere bewoners keerden terug, maar ook al was het gebied hetzelfde, niets was meer als vroeger. Een bewoner werd voor zijn nieuwe huis geïnterviewd, met daaromheen kale vlaktes vol schroot en droog gras. Hij schudde het hoofd en keek verdrietig in de camera.

'*District Six is gone*,' zei hij.

17

Hooper. Het gerucht over de nieuwe winkel heeft zich door het hele stadsdeel verspreid. Een vrouw hoort van de winkel als ze een emmer met water vult. Een man hoort het nieuws over de opening terwijl hij een balk helpt dragen. Gezoem van stemmen in de rijen wachtenden en in de bedden voordat het licht uitgaat. *Een nieuwe winkel... Hooper... De eerste dag gratis drankjes en hapjes... Iedereen gaat erheen... Wanneer... Morgen om zes uur... Dan moeten we daar ook maar naartoe gaan, of niet?*

En dat gezoem van stemmen, dat netwerk van afspraken, materialiseert zich op het open terrein voor de winkel, dat een halfuur voor de opening al vol staat met mensen.

Adele strekt haar hals om boven al die hoofden uit te kijken, maar het enige wat ze ziet, zijn ruggen, armen en nekken. Op dat moment hoort ze Mandisa roepen dat de winkel open is. Mensen dringen zich naar voren, staan opgepropt in de deuropening en steken een hand uit naar plastic glazen met frisdrank en bier. Snacks. Gelach. Nieuwsgierige blikken. Mandisa loopt op Adele af, omhelst haar en zegt dat ze het fijn vindt dat ze is gekomen.

'Kijk al die mensen nou toch eens, onvoorstelbaar,' zegt ze, en op hetzelfde moment botst een vrouw met een baby op haar arm tegen haar op. In de winkel roept iemand hallo en vraagt hoe duur de tomaten zijn. Iemand anders houdt een blik maiskolven omhoog en wil daar de prijs van weten.

'Zou je me willen helpen?' vraagt Mandisa. Adele knikt en draait zich om, voornamelijk om de glimlach die over haar gezicht trekt te verbergen. Ze wurmt zich tussen de schappen met blikken door en gaat de klanten helpen. Ze beantwoordt vragen over de prijs. Korte zinnen. Alleen het bedrag. Ze stopt spullen in een zak, wijst waar de blikken peren op sap staan en de zakken rijst.

Hooper voorziet duidelijk in een behoefte. De enige andere winkels in de buurt zijn *spaza shops*, kleine kiosken, en het is een heel eind lopen naar een winkel die meer dan basisproducten verkoopt. Bij Hooper is het assortiment veel groter en in de daaropvolgende maanden helpt Adele vaak mee, tegen betaling van etenswaren en lekkernijen. Ze vult vakken en draagt nieuwe goederen de winkel in. Voor de mannen haalt ze grote flessen bier van achteren op. Ze verkoopt vers fruit, groente en pakken macaroni. Er gebeurt iets. Ze groeit door de vriendelijke blikken, de klanten, de complimentjes van Mandisa en door het gevoel dat ze iets nuttigs doet, dat ze iets tot stand brengt, iets kan. Haar moeder komt af en toe langs, ze lijkt trots te zijn. Ook haar vader komt een keer sigaretten kopen terwijl zij bezig is de vakken te vullen. Hij glimlacht, dolt wat met Mandisa en geeft Adele bij zijn vertrek een overdreven schouderklopje. Hoewel hij vrolijk doet, schijnt de duisternis erdoorheen. Hij is een geest die grappen vertelt. Echt leuk wordt het nooit.

Een paar weken later, als Adele achter de kassa staat en Mandisa naar de openbare wc's een eind verderop in de straat is, komen er drie jongens binnen. Het belletje rinkelt. Ze zijn een paar jaar jonger dan zij, nog maar twaalf of dertien, en Adele herkent twee van hen. Ze wonen in de buurt. Een van hen heeft iets branieachtigs over zich, alsof hij een gangster is. Hij loopt wijdbeens en rookt om te verbergen hoe jong hij eigenlijk is. De andere jongen die ze kent, gedraagt zich veel rustiger, is onzekerder en sympathieker.

Adele merkt aan hun gedrag dat er iets is. Ze zijn er niet om wat te kopen. Op dat ogenblik komt Mandisa terug. Ze glimlacht, begroet de jongens en zegt dat ze gerust iets mogen vragen als ze hulp nodig hebben.

De stoere knul grijnst en loopt naar de toonbank. Zich richtend tot Mandisa zegt hij: 'Ik vroeg me af of in deze bazaar ook maismeel verkrijgbaar is.'

Zijn toon en woordkeus zijn gemaakt overdreven en plechtig. Wanneer heeft ze het woord 'bazaar' voor het laatst gehoord?

Mandisa blijft onverstoorbaar. Ze knikt alleen en zegt dat ze het hem zal laten zien. Op het moment dat ze haar blik verplaatst en achter de toonbank vandaan komt, kijkt de jongen die Adele niet kent, haar aan terwijl hij zijn wijsvinger voor zijn lippen houdt als om aan te geven dat ze niets mag zeggen. Adele voelt haar hart bonzen en als de stoere jongen langs de schappen met meel loopt, kijkt de onzekere jongen naar haar, ondertussen een blik werpend op Mandisa, alsof hij zich ervan wil verzekeren dat ze met haar rug naar hem toe staat, waarna hij twee chocoladerepen in zijn mouw stopt. De onbekende jongen doet hetzelfde. Mandisa wijst naar het meel en de stoere jongen antwoordt dat dat mooi is, prima, uitstekend.

'Dan weet ik dat ook weer. Dank u wel, mevrouw!' sluit hij af en na een kleine buiging loopt hij met zelfverzekerde stappen de winkel uit. De twee andere jongens volgen hem haastig.

Voordat de onzekere jongen de winkel verlaat, draait hij zich nog eens om en kijkt haar recht aan. Als dit een film was geweest, zou je hem misschien in de bioscoopzaal herkend hebben. Het is de chauffeur van Noah. Het is Joshua.

18

De eerste deur die ik moet openen, is een jeugdherinnering, uit het oude, vrijstaande huis waarin ik ben opgegroeid. Ik sta voor de slaapkamer van mijn ouders en druk de messing deurkruk zo voorzichtig mogelijk naar beneden. Het huis heeft zich in de loop der tijd bewogen waardoor de oude, witte deur klemt, maar ik weet precies hoe ik te werk moet gaan om hem te openen. Hoe hard ik kan drukken zonder te veel geluid te maken. De deur glijdt open. Een klein kiertje. Het geluid van papa die slaapt. Ik duw de deur verder open, heel voorzichtig, en loop naar binnen, maar ik kan me niet meer herinneren wat ik daar ging doen of hoe oud ik was. Ik zie alleen nog de donkerte voor me die in de slaapkamer hing, diezelfde wolk die in het hele huis kon hangen zonder dat ik begreep wat het was. Ik merkte thuis alleen de stilte op en de wisselende stemmingen. Papa werkte 's nachts en moest overdag natuurlijk slapen. Dat versterkte alles. Het maakte het voor hem ook mogelijk om de angst te verbergen die ergens diep in zijn hart was ontstaan, vervolgens in zijn dagelijkse leven, geluk, zelfvertrouwen en kracht was doorgedrongen en alles had verdrongen, als een gestaag groter wordend gezwel. Pas later heb ik begrepen hoe groot zijn angst eigenlijk was. Die grote, sterke man van één meter negentig, met stevige knuisten en een baard. Die volwassen kerel die samen met ons sneeuwhutten bouwde in de tuin, planken sjouwde en een vakantiehuis in het Vestland had getimmerd, en nieuwe kamers in ons huis. Die lange man die basketbal speelde in het eerste team van Ullern en die met een gitaar op de rand van het bed zat, als een reus, met vingers die veel te groot waren voor de snaren maar die toch songs van Bob Dylan tokkelde en die met een heldere, krachtige, weergalmende stem in de kamer zong.

Lay, lady lay. Lay across my big brass be-e-d.
Whatever colors you have, in your mind.
I'll show them to you, and you'll see them shine.
Lay, lady lay. Lay across my big brass be-e-d.

Nog steeds kan ik zijn stem en de akkoorden horen. Toen verdween het lied. Op een dag, toen ik een jaar of dertien was, zakte hij in het Shellstation bij Bislett in elkaar. Vlak bij de worstkraam en de metalen frames met chocolade en tijdschriften viel hij om. Hij stortte neer en bleef liggen met een wild kloppend hart en een onregelmatige ademhaling, ervan overtuigd dat hij dood zou gaan.

Misschien kwam het door het geheim dat hij altijd met zich mee had gezeuld en dat hem nu ten slotte had ingehaald.

Dat hij eigenlijk iemand anders was.

19

Het hart van een walvis kan meer dan tweehonderd kilo wegen en zijn bloedvaten kunnen zo groot zijn dat een volwassen mens erin kan zwemmen. Hoe langzaam slaat zo'n groot hart? Elke keer dat de walvis de diepte in duikt, zal hij een langzame hartslag hebben, en terwijl de lucht opraakt, wordt die steeds trager, want ooit hebben de walvissen op aarde rondgelopen en geademd zoals wij dat doen. Ze hebben een tijdje op het land gewoond, aan de oevers, kregen benen in plaats van staartvinnen, waarna hun benen weer in vinnen veranderden en ze teruggleden in de duisternis van het diepe water waar ze ooit vandaan waren gekomen.

*

Vervolg van het logboek van onze reis naar de Caraïben, november 1995:

10-11 – Noodsignaal? Ca. 00.30 uur.
12-11 – Hekstag aan bakboord vertoont breuk in een streng.

We waren nog maar een paar dagen onderweg vanaf de Canarische Eilanden toen Jan dus al ontdekte dat de boot een gebrek vertoonde dat ons fataal kon worden: de lijnen die de mast op hun plaats hielden, begonnen het te begeven. Het staande want, of de stagen zoals we ze noemden, is een groep stalen lijnen die vanaf hun bevestigingsplekken op de reling naar verschillende punten aan de twaalf meter hoge mast op het midden van het dek lopen. Elke lijn bestaat uit een vlechtwerk van veel verschillende, dunnere staaldraden, net als bij touw. Op een ochtend viel het Jan op dat sommige van die dunne draden begonnen te rafelen. En niet bij slechts één stag, maar bij twee of drie, en naarmate de dagen verstreken, zag hij er steeds meer. Hij noteerde elk detail in het logboek, zocht in zijn gereedschapskist naar materiaal waarmee hij de schade kon herstellen en zette hier en daar een provisorische klem om de draden heen. De zorg, om niet te zeggen de angst die hij waarschijnlijk voelde, hield hij voor zich. We bevonden ons halverwege twee continenten, en hij had de beslissing genomen om de reis te aanvaarden zonder een fatsoenlijk werkende keerkoppeling. Als de mast het begaf, hadden we niets. Dan konden we alleen maar dobberen, of nog erger: als de mast ongecontroleerd zou omvallen, nog half aan de boot bevestigd, zou die een gat in de romp kunnen veroorzaken. Dan zou de boot langzaam maar zeker vol water lopen en ten slotte zinken. Als een dode walvis naar de zeebodem zinken om daar in de modder te verdwijnen.

Jan heeft het er nooit over gehad, maar dat hij eronder gebukt ging, was goed te zien. Hij was voor ons verantwoordelijk, niet alleen voor zijn eigen zoon, maar ook voor mij. Nu kon hij niets doen. Geen expert die hij kon consulteren, niemand die hij kon bellen. We waren met ons drieën en de zee.

19-11 – Nieuwe gasfles aangesloten. De klok een uur teruggezet.
20-11 – Om 19.45 uur plaatselijke tijd vliegende vis neergeploft in de cockpit.
21-11 – 19.30 uur. Witte vuurpijl gezien ca. 2 mijl ten noorden van onze positie.
24-11 – Nog af te leggen afstand tot ons doel 1215 zeemijlen. Nog eens twee strengen in het achterste bakboordwant gerafeld. Versterkt met 4 mm staaldraad en vastgezet met klemmen. Extra val gebruikt als hekstag. Grootzeil gereefd.

Je kunt zelf niet kiezen hoe je met angst wordt geconfronteerd. Nog steeds kan ik als volwassene af en toe overvallen worden door een enorme angst voor het donker. Als ik alleen ben, ver weg van andere mensen, zie ik soms allerlei scènes voor me met bijlmoordenaars en gekken uit films waaraan ik destijds tijd heb verspild. *A Nightmare on Elm Street. Night of the Living Dead. Psycho.* Zonder waarschuwing kunnen personages uit die films in mijn bewustzijn opduiken en me in het donker achtervolgen. Staat er iemand achter de deur? En daar, achter die bomen, bewoog daar niet iets?

Als ik eenmaal zo denk, helpt het niet om rationeel te redeneren of te bagatelliseren wat er gebeurt, want dan heeft de angst de controle overgenomen. Die beheerst mijn hersenen en hart en hamert erop los, zodat ik de drang om zo snel mogelijk weg te lopen maar nauwelijks kan weerstaan. Op de boot kon ik nergens naartoe, ik kon me nergens verstoppen, maar gelukkig was ik in staat om ondanks alles te denken dat het goed zou gaan, en dat gold ook voor Dag. We hadden genoeg water en voedsel aan boord om met de stroom mee drijvend Amerika te bereiken, als het niet anders kon. En mocht onze boot lek slaan, dan hadden we nog een kleine jol, van het soort dat je op veerboten tegenkomt. Een witte capsule, als een ton, die zichzelf opblies als je hem overboord zette en op het water in een soort reddingsvlot met een kleine, oranje tent veranderde. Natuurlijk was het een angstige situatie, maar echt bang ben ik nooit geweest. Waarschijnlijk had ik niet genoeg fantasie of ervaring.

Jan nam het steeds zwaarder op. Hij kreeg eczeem en gaf uiteindelijk toe dat ook zijn gezichtsvermogen werd aangetast. Hij begon groene vlekken te zien. *Nog af te leggen afstand: tweeëntwintighonderdvijftig kilometer.*

We adviseerden hem om te gaan rusten en namen die ochtend zijn wacht over. Dag en ik dachten allebei aan de mogelijkheid dat wij het commando over de boot moesten overnemen als Jans toestand verergerde, maar we hadden het er niet meer over. We lieten het liggen en bedachten zwijgend nieuwe strategieën. Als Jan zieker werd, zou Dag de rol van kapitein moeten overnemen en was ik zijn plaatsvervanger.

Twee jongens van negentien, op een 32 voets zeilboot ergens op de Atlantische Oceaan.

Gelukkig leek het weer stabiel. We lazen de luchtdruk af op de barometer en noteerden het in het logboek. Met gereefd zeil voeren we weliswaar langzamer, maar het was wel veiliger. Elke ochtend en avond inspecteerde Jan het want. De provisorische klemmetjes leken hun werk te doen. We konden niet anders denken dan dat het goed zou gaan.

De dagen verstreken. Ik speelde gitaar, las boeken en lag elke dag een poosje op het voordek, de enige plek aan boord waar je helemaal alleen kon zijn. Er waren dagen bij met zonsopgangen, een roze hemel, de geur van zilte zee en zon op mijn oogleden, terwijl de streep die we op de kaart achter ons lieten, steeds langer werd.

Toen hield de wind ermee op.

Eerst luwde het, zodat we nog steeds zachtjes de golven doorkliefden. Vervolgens verdween de wind totaal. De boot deinde op de golven op en neer, de zeilen klapperden en de giek reageerde op elke golf en klapte steeds naar binnen. Zonder wind ging hij zijn eigen gang, we waren gedwongen hem vast te zetten en het zeil te strijken. Ik kan me niet herinneren dat we het erover gehad hebben, maar na een poosje kwam de kapitein overeind om de motor te starten. Ik keek hem verbaasd aan toen hij de boot keerde en achteruit begon te varen. Door de kapotte keerkoppeling konden we de boot niet vooruit laten varen, maar achteruit lukte wel. We hadden de motor al meerdere keren per dag in de vrijloop aan staan om de instrumenten op te laden. Nu moesten we proberen achteruit verder te varen. Dwars over de Atlantische Oceaan. Na zo'n lange tijd was het raar om het gebrom van de propeller weer te horen, en het geruis van water dat eerst naar binnen wordt gezogen en dan weer wordt uitgespuugd. Jan had de automatische piloot losgekoppeld en probeerde de boot met de hand aan het roer westwaarts te sturen terwijl hij met zijn gezicht naar achteren gedraaid stond. Dat werkte niet. De propeller lag te dicht bij het roer om de boot recht achteruit te laten varen, zodat we uiteindelijk in een enorme cirkel voeren. Het was een komisch gezicht. Een zeilboot die achterwaarts in een grote cirkel voer, midden in al dat blauw, halverwege Europa en Amerika.

Jan zette de motor weer uit, glimlachte scheef en zei dat het het proberen waard was geweest. Hij verbeet zijn teleurstelling en verborg zijn angst dat het een lange tijd windstil zou blijven. Dat we daar maar zouden blijven dobberen. Op dat moment waren we een week of twee op zee. De avond viel, de nacht verstreek, zonder wind.

De volgende ochtend stelde Jan voor om een bad te nemen. Waarschijnlijk om de stemming erin te houden, of anders om de ochtend ergens aan te besteden, om de tijd door te komen. We kleedden ons uit. Een frisse duik zou ons goeddoen. Tot die tijd hadden we ons gewassen door een emmer water over onszelf uit te gieten. Ons haar was klef geworden door het zoute water en ik liep dag in, dag uit in dezelfde short. We moeten vreselijk naar zweet hebben gestonken, maar dat merkten we niet, of we hadden er geen last meer van. De zon scheen stralend als altijd op het water en schiep dansende blauwe strepen op de romp. Jan maakte een touw vast aan de reling en hield de wacht, terwijl ik het stalen trapje achter aan de boot afklom en het water tegen mijn benen en dijen voelde. Het was verrassend koel. Toen liet ik het trapje los en maakte een paar zwemslagen. Ook Dag kwam het water in. Plotseling rees de deinende boot hoog voor ons op en het dunne blauwe touw kronkelde als een slang door het water als bewijs dat de stroom ons met geringe snelheid meevoerde. Ik bleef een paar seconden uitgestrekt drijven, keerde toen om, dook met mijn hoofd onder water en opende mijn ogen. Ik kon niets anders zien dan blauw in allerlei nuances. Lichtstralen die door het donker kliefden. Op dat moment herinnerde ik me de cijfers op de zeekaart in de boot. Op die kaart kon je zien hoe diep het er was: meer dan vierduizend meter. Daar lag ik, met mijn hoofd onder water, terwijl ik me voorstelde welke schepsels zich daar in de diepte bevonden, vier kilometer onder me. De grootste dieren ter wereld waarschijnlijk. De witte haai, die zich het prettigst voelt in koele wateren, in volle zee. De reuzeninktvis, met tentakels van meer dan vijftien meter lang. De blauwe vinvis. Orca's. Alles, alles, alles. En al die wezens kunnen zich soepel en snel voortbewegen en komen zonder waarschuwing aan de oppervlakte.

Mijn hart begon sneller te kloppen. Snel hief ik mijn hoofd op uit het water en zwom naar de boot. Het touw gleed langzaam door het water terwijl ik me door het water bewoog. Ik probeerde er zo normaal mogelijk uit te zien om de angst te verbergen die me zojuist had overvallen. Na een meter of zeven had ik het zwemtrapje bereikt, nog steeds bevangen door de gedachte dat iets me bij mijn benen zou grijpen, dat een dier uit de diepte me omlaag zou trekken, dus ik haastte me naar boven en sprong bijna over de reling aan boord. Eindelijk veilig.

Een handdoek. Een scheve glimlach en hup, snel mijn short weer aan. Dat was de enige zwempartij die we op open zee hebben ondernomen.

Een paar uur later keerde de wind terug. We konden het zeil weer hijsen en hoorden het klapperende geluid van het witte grootzeil. Langzaam wakkerde de wind aan die ons verder voerde. De dagen werden weken. Elke ochtend en avond controleerde Jan de stagen en regelmatig bracht hij nieuwe klemmetjes aan om ze te versterken. Weliswaar bleven de strengen rafelen, maar het leek onder controle te zijn, en ik geloof dat ik ze bijna uit mijn hoofd had gezet. Alles had ritme en rust gekregen. De zon kwam elke ochtend achter de boot op en ging laag in het westen aan de voorkant onder. We praatten, speelden gitaar, lazen Hamsun en Dostojevski. De avondmaaltijd aten we samen, de enige maaltijd waarbij we alle drie tegelijk wakker waren. Die maaltijden bestond meestal uit cornedbeef, dus rundvlees uit blik, dat altijd een misselijkmakend, vettig laagje op je gehemelte achterliet, met afwisselend spaghetti of rijst. Soms bakte ik 's nachts hamburgers. Ik stak de gasvlam van het fornuis aan en zette de schaal in de oven om daarna weer snel mijn hoofd uit de kajuit te steken en vooruit te kijken om te controleren of er een schip naderde.

In zijn halve glazen bol lag de kompasnaald op die eeuwige, eindeloze zee voortdurend naar het westen te wijzen. Op de gps konden we zien hoe ver we nog moesten en twee keer per dag kruisten we onze positie aan op een grote zeekaart. Een potloodstreepje dat zich traag een weg baande op zee. Het doel kwam langzaam maar zeker naderbij.

Op de zevenentwintigste dag kregen we eindelijk weer land in zicht.

Eerst zagen we slechts een platte wolk, een witte streep boven de horizon, maar al snel hadden we door wat dat betekende. Bijna elke keer dat we een eiland hadden genaderd, had er vlak boven de zee een dunne streep damp gezweefd en meestal kon je de grootte van het eiland afleiden uit de lengte van de wolk. De berg die uiteindelijk oprees uit het water, was aan beide kanten vaak maar ietsje langer, als een soort spiegelbeeld. Toen werd de donkere kustlijn zichtbaar van het Franse eiland waar we vier weken geleden op waren afgekoerst. Martinique. Om het te vieren openden we alle drie een biertje, ook al was het nog maar ochtend, en we gaven ons over aan de blijdschap dat we er eindelijk waren.

Toen verdween de wind weer.

Het was onbegrijpelijk en komisch tegelijk. We hadden nog maar een tiental mijlen te gaan, maar we bewogen ons niet sneller voort dan de stroom, een of twee kilometer per uur. Het grootzeil hing slap te klapperen en de giek zwaaide voortdurend onze kant op. Toch liet Jan het zeil staan, alsof dat op magische wijze de wind kon aantrekken, en ik begreep hem wel. Na zevenentwintig dagen waren we het zat om voortdurend naar de zee te kijken. We hadden genoeg van knäckebröd en blikvoer, van het gedein, de krappe bootplee en de zilte zeelucht. Nu wilden we vaste grond onder onze voeten voelen, de geur van bomen, aarde, asfalt en stof opsnuiven. We wilden geroosterd vlees ruiken en andere mensen zien dan onszelf. We wilden het uitzicht op de eindeloze horizon versperd zien worden door bossen, bergen, vrachtwagens en huizen, maar nee, er was niets aan te doen. In de loop van die dag kregen we een paar keer via de scheepsradio contact met iemand en men verzekerde ons dat de wind spoedig zou opsteken. Dat gebeurde niet. Opnieuw keerde Jan de boot in een poging al achteruitvarend het doel te bereiken, maar het lukte niet. We dreven gewoon af, hoe goed hij zijn best ook deed om bij te sturen. Jan controleerde de aanhangmotor die aan de reling achter op de boot hing, maar er moest onderweg iets zijn misgegaan, want hij deed het niet meer. Hij schroefde de dop eraf, vulde de benzine bij, maar de motor gaf geen kik. Nu konden we niets meer doen. De uren verstreken en we probeerden de stemming erin te houden. We kookten en keken naar de kustlijn die langzaam, heel langzaam, maar gestaag dichterbij kwam, en naar de driehoekige zeilen die we tussen de golven door konden waarnemen. Na een poosje zagen we palmbomen. Omtrekken van huizen. De avond viel en Jan ging vroeg naar bed, waarschijnlijk in de hoop dat hij de windstille uren slapend kon doorkomen. Dag en ik bleven wakker en brachten de nacht door met praten en knäckebröd eten.

Toen de ochtend aanbrak, gingen Dag en ik naar bed en stond Jan op. Ik besefte opeens dat er iemand bij hem moest blijven, want zijn geduld was op. Hij wilde alleen nog maar aan land. Hij had iets wanhopigs over zich gekregen. Hij groette kortaf en richtte zijn blik op het eiland, dat nu zo dichtbij was dat we mensen konden onderscheiden. Met een verrekijker kon hij zien hoe de mensen gekleed waren, hij zag cafés, auto's en winkels. De haven waar we naartoe moesten, lag nog op een paar kilometer afstand, maar toch, het was om gek van te worden. Jan sprak bijna geen woord. Hij pakte de scheepsradio erbij, deed een oproep aan iedereen die bij ons in de buurt was en vroeg in het Engels of iemand ons aan land kon brengen. Het duurde niet lang of er kwam een antwoord van een man die ons op vrolijke toon goedemorgen wenste en zei dat de wind zo weer zou aantrekken. Ik bleef op de achtergrond en hield me stil. Jan bedankte hem beleefd voor zijn reactie en legde uit dat we al meer dan een etmaal hadden liggen dobberen, maar de zeiler aan de andere kant ontweek de vraag die daaronder stak, of hij ons alsjeblieft op sleeptouw wilde nemen. De vreemde stem herhaalde alleen maar dat de wind zo zou opsteken en wenste ons veel succes. Zonder een woord zette Jan de scheepsradio opzij. Hij liep naar de reling en keek verlangend naar het strand en de huizen, waarna hij vastbesloten weer terug de boot in liep. Bij de boeg lag de ingepakte rubberen jol, die met een dun groen touw was vastgemaakt. Jan opende een luik op het dek en haalde er waterkannen en reddingsvesten uit om bij de pomp te kunnen. Wat was hij van plan? Wilde hij naar het land roeien om hulp te halen?

Hij kreeg de pomp te pakken, zette de geribbelde plastic buis tegen de opening van de jol en begon te pompen. De wanhoop had hem nu duidelijk in zijn greep. Hij kon zich er niet meer van losmaken, want hij pompte als een bezetene alsof zijn leven ervan afhing en scheen niet te merken dat de lucht er gewoon weer uit kwam omdat hij het verkeerde mondstuk gebruikte. Ik zei niets, begreep instinctief dat dit niet het moment was om hem op fouten te wijzen, maar zocht in de zak waar de pomp in had gelegen naar het goede ventiel en reikte het hem aan. Zwetend als een otter pakte hij het aan, verwisselde de twee ventielen en begon opnieuw. Nu zwol het vaartuigje eindelijk op en ontvouwde zich als de badspeeltjes die ik 's zomers altijd in de tuin opblaas, stof en rommel werden zichtbaar en vielen eraf. Een kleine vliegende vis, niet groter dan een middelvinger, was in de plooien van de jol terechtgekomen en plofte slap en dood neer op het dek terwijl de jol groter en groter werd, minstens twee meter lang. Jan maakte er een touw aan vast en begon hem over de reling te duwen. Ik hielp mee. Ik pakte het gevaarte vast, wipte het overboord, zag het met een plons neerkomen op het wateroppervlak en zich helemaal ontvouwen. Jan trok de jol aan het touw langs de romp naar de boeg en maakte hem daar vast. Nog steeds had geen van ons een woord gezegd.

Jan haalde de riemen en ik hield ze voor hem op terwijl hij over de reling klom, zich met zijn handen vastklampte en met zijn voeten in de lucht bleef hangen tot hij de jol naar zich toe had getrokken en erop kon staan. Ik gaf hem de riemen. Hij zette ze in de dollen en begon te roeien. Dus hij was niet van plan weg te roeien of hulp te halen, maar hij wilde ons met de rubberen jol naar de wal slepen. Een zeiljacht van vierenhalve ton meetrekken met behulp van zijn eigen spierkracht, koppigheid en een reddingsbootje. Zou dat lukken?

Met een enorme kracht en in een waanzinnig tempo haalde Jan de riemen door het water, alsof hij de zee een pak slaag wilde geven, onderwerpen, straffen, en langzaam kwam er beweging in de zeilboot. Daar stond ik dan als negentienjarige perplex toe te kijken hoe een wanhopige volwassen man al zijn kracht inzette. Even overwoog ik hem te roepen en te zeggen dat ik het kon overnemen om hem een rustpauze te gunnen, maar ik zette die gedachte van me af. Hij wilde geen hulp, hij wilde alleen maar zijn frustraties kwijtraken en ik liet hem zijn gang gaan. Nu, terwijl ik dit schrijf, bedenk ik voor het eerst dat ik me vergist kan hebben. Misschien vroeg hij wel degelijk om hulp, wilde hij dat iemand hem eindelijk zou steunen, aan zijn kant stond, ook al was het gekkenwerk en was de boot veel te zwaar om naar de haven te slepen. Ik weet het niet.

Ik wierp een snelle blik op de gps, die de snelheid door het water aangaf en de tijd die het zou duren voordat we met deze snelheid de haven zouden bereiken. Zesendertig uur. Het zweet droop van Jans gezicht terwijl de riemen in het water plonsden. Na een paar minuten kreeg hij een andere boot in de gaten. Hij hield op met roeien, kwam overeind, en trok de jol met het touw weer naar de zeilboot toe, waarna hij vertwijfeld terug aan boord kwam en zich op de scheepsradio stortte.

'Hello, this is S/Y Donna from Norway, come in...'

Gekraak uit de radio.

'Hello Donna, this is S/Y Traveller here, how are you?'

'Hello, Traveller,' zei Jan buiten adem, met de kleine zwarte microfoon tegen zijn lippen gedrukt. 'We *come directly from the Canary Islands now, but are without wind and engine, can you help us, please?'*

'Wow. Welcome, Donna, wind is coming.'

Opnieuw gekraak, kennelijk dacht hij na.

'Thank you, Traveller, and goodbye.'

Dat was het. Hulp zat er niet in. Jan haalde diep adem en legde de microfoon neer, klom het smalle trapje op naar het dek en keek naar de windmeter aan de top van de mast. Een kleine pijl die als een windhaan met de wind mee bewoog. Op dat moment kwam die langzaam in beweging. Een piepklein aasje wind. Ik hielp hem het grootzeil te hijsen dat door een o zo zwak windje bol ging staan. Het zeil klapperde voortdurend, maar bolde steeds weer op en na een minuut of tien, vijftien werden alle beloften over aantrekkende wind bewaarheid. Dag werd wakker en keek slaapdronken door het luik, registreerde dat het waaide en zei: 'Ha! Dat was geen seconde te vroeg!' waarna hij uit de kajuit klom en bij ons kwam zitten, met kleine oogjes en een warrige haardos. Een zwak briesje voerde ons de daaropvolgende uren verder naar de opening van de scheepshaven. Daar meerde een enorm wit cruiseschip aan bakboordzijde aan.

Het duurde niet lang meer of we zouden de haven bereiken. Dan zouden we het zeil strijken en op de giek vastbinden. En vervolgens zouden we voor anker gaan, in de jol naar de wal roeien en dan, weldra, zouden we weer aan land gaan, voor het eerst sinds een maand.

Toen kwam de ontlading. Pas nadat alle papieren waren getekend en we een telefooncel hadden gevonden, pas toen, terwijl Jan zijn vrouw aan de andere kant van de lijn sprak, pas toen zouden we zien hoe groot de psychische belasting voor hem was geweest, want vlak voor onze ogen, in de telefooncel, in gesprek met de vrouw met wie hij al dertig jaar getrouwd was, barstte hij in tranen uit. Hij kon eindelijk zijn zorgen uiten en zich laten overspoelen door de opluchting dat we het ten slotte toch hadden gehaald.

Maar dat was later. Eerst hadden we die tegenwind, waardoor we laverend de haven moesten zien te bereiken. Langzaam, langzaam. Het kostte ons uren om die paar honderd meter te overbruggen. Opeens klonk er een Noorse stem uit de scheepsradio.

'Welkom in de Caraïben, S/Y Donna.'

Jan vroeg Dag het roer over te nemen en haastte zich via de trap de kajuit in. Ik keek om me heen. Wie was dat?

'Dit is S/Y Donna. Wie is daar?'

'Kapitein Jon Larssen, van de Blue Dream.'

Het was het cruiseschip naast ons. Ze moesten ons al die tijd hebben zien ploeteren en nu heetten ze ons welkom. Achtentwintig dagen op volle zee en de eerste die ons in de haven verwelkomde, was een landgenoot. We wierpen het anker uit en lieten ons in de jol zakken. Ten slotte konden we naar de wal roeien, de steiger vastpakken, omhoogklimmen en vaste grond onder onze voeten voelen. We hadden het gehaald.

20

Ik moet een jaar of zestien zijn geweest toen papa de keuken uit kwam met de mededeling dat hij me iets wilde vertellen. Iets in zijn toon en blik maakte me onzeker. Wat was er aan de hand? Had ik iets verkeerds gedaan? Achter hem verscheen mama. Mijn broer was waarschijnlijk op stap met een paar vrienden of zat in de kelder gitaar te spelen.

'Ga zitten,' zei hij terwijl hij gebaarde naar de tafel in de eetkamer. Het vertrek dat we alleen gebruikten tijdens zondagse maaltijden, met een kroonluchter, zilveren terrines en een zilveren visspaan in de vorm van een forel, met alle details zoals vinnen en kieuwen uitgestanst in het zilver. Ik deed wat hij zei, nam plaats en wachtte nerveus af terwijl hij tegenover me ging zitten. Mijn moeder nam naast hem plaats en probeerde te glimlachen.

'Het wordt tijd dat jij het ook weet,' zei hij, over zijn baardstoppels krabbend, wat een speciaal, raspend geluid maakte.

'Wat moet ik weten?' vroeg ik, en ik voelde een vreemde nervositeit.

'Opa en oma, weet je wel?'

'Ja?'

'Dat zijn eigenlijk niet mijn ouders...'

Waar had hij het over?

'Ik ben geadopteerd,' zei hij.

Ik zweeg. Stil en verward deed ik mijn best de betekenis van zijn woorden tot me te laten doordringen.

'Opa en oma konden in die tijd zelf geen kinderen krijgen,' zei hij. 'Ze probeerden het een paar jaar en namen toen contact op met een adoptiebureau.'

'Wie zijn dan jouw ouders?' vroeg ik.

'Mijn biologische ouders woonden in Oslo. In een huurkazerne in Gabels gate. Het was een arbeidersgezin. Ze woonden op de vierde verdieping van een gebouw zonder stromend water. Ik was vier dagen oud toen ik met het vliegtuig naar Bergen ging.'

Zou de angst die hem later overviel tot die gebeurtenis terug te voeren zijn? Tot het abrupte afscheid van zijn biologische moeder? Het gemis van haar huid, haar geur, haar borst en de plotselinge, allesoverheersende onzekerheid toen al het bekende verdwenen was?

*

Depressie is een zwart gat waarin al het licht dooft. Alle tekenen van vrolijkheid worden gedempt. De glimlach trekt zich terug van de mond en het lichtje in de ogen verdwijnt, als het licht van een stad, dat 's nachts in zee wegzinkt.

21

Het is nacht. June ligt aan haar kant van het bed te slapen. Haar mond staat half open. Haar haren liggen over het kussen uitgespreid en haar linkerhand hangt over de rand van het matras naar beneden, wijzend naar de vloer. Tussen haar duim en wijsvinger worden kleine plooien zichtbaar en om elke knokkel zit gerimpelde huid. Met die hand maakte ze ooit de veters van haar laarsjes vast, in de gang van een woning waar ze nooit eerder was geweest, ze hief haar hoofd en zag een man op de bank zitten. Een man die haar hart sneller deed kloppen en die haar opeens van elke beweging bewust maakte. Die man was Thomas. Twee dagen later waren ze geliefden.

Haar rechterhand, die verscholen ligt onder het kussenovertrek van wit satijn, heeft ooit de spijltjes van een kinderbed omkneld, in de kamer van haar ouders in Rondebosch. Die hand heeft een balpen vastgehouden waarmee de woorden *De bal is blauw* werden opgeschreven. Die hand heeft het geslacht van elf verschillende mannen gestreeld en ontelbare theelepeltjes, kleerhangers, deurkrukken en relingen van uitkijkposten in vreemde steden vastgepakt. Een buskaartje in Rome, de kraag van een brutale jongen op school. Die hand heeft knoppen ingedrukt, wekkers uitgedrukt en spierknopen van vriendinnen gemasseerd; die hand heeft flesjes chocolademelk, smoothies en babyvoeding geschud en, vóór die tijd, vier verschillende zwangerschapstesten vastgehouden, boven de wastafel in het appartement waar ze met Thomas woonde. De tests waren altijd negatief en ze gooide ze snel in de prullenbak, met wc-papier omwikkeld, zodat haar man of de poetsvrouw ze niet zouden zien.

Haar ogen, die nu achter haar oogleden verscholen liggen en die slechts als lichte welvingen in haar dunne huid zichtbaar zijn, hebben ooit gezien hoe haar vader melk schonk in een glas met water, waarna ze geïnteresseerd toekeek hoe de wolk van witte melk langzaam oploste. Die ogen hebben Keith Jarrett gezien toen hij gebogen over zijn vleugel Bach speelde in de botanische tuin van Kirstenbosch, vlak onder de haag van Van Riebeeck. Ze hebben in een kamer in de oude universiteit waar haar moeder lesgaf, naar buiten gekeken, naar de weg die volstroomde met zwarte demonstranten, met witte spandoeken die boven hun hoofden dansten. Die ogen hebben het ochtendlicht boven de Sint-Pieter in Rome gezien, het blauwe water bij de Caraïbische stranden en ze hebben gezien hoe een zwarte man op de weg bij het strand door twee politieagenten werd neergeslagen.

June was zeven jaar oud en ze was met haar vader in Camps Bay. Ze lag op een geruite plaid en had net de boterham verorberd die haar vader had gesmeerd. Nadat hij de krant had gelezen zouden ze naar het strand gaan om met een bal te gooien. Vlakbij was een groep studenten aan het volleyballen. Ineens merkte ze dat er iets ongewoons gebeurde, want iedereen draaide plotseling zijn hoofd in dezelfde richting. Mensen keken op van hun boek of krant en draaiden zich om, niet naar de zee, waar heel soms een witte haai opdook, maar naar de weg bij het strand. De volleyballers pakten de bal op van het zand en bleven staan. June liet het zand tussen haar vingers stromen en keek op, haar vader legde zijn krant neer. Er was een zwarte man verschenen. Hij was gaan zitten op een bankje waar alleen witte mensen mochten zitten vlak naast het gele, metalen bordje met het opschrift SLEGS VIR BLANKES. De man droeg een pak met smalle streepjes op een wit overhemd en pas gepoetste, nette schoenen. Hij zag eruit alsof hij op weg was naar een plechtige, feestelijke gebeurtenis, zoals een bruiloft of een vijftigjarig huwelijksfeest, maar dat was niet zo. June ging er automatisch van uit dat het een vergissing was, dat hij er niet bij had nagedacht. Pas later kreeg ze te horen dat hij op die manier actie voerde. Dat hij zich had laten inspireren door de acties van Martin Luther King in Amerika aan het begin van de jaren zestig, toen jonge zwarten en kleurlingen lunchrooms binnengingen die uitsluitend voor witte Amerikanen waren bedoeld en op de metalen barkrukken plaatsnamen, naast elkaar, totdat de politie verscheen om ze op te pakken.

Deze man deed hetzelfde. Hij ging op bankjes in het centrum zitten. Hij betrad cafés die voor witte mensen waren bedoeld en accepteerde de straf, de haat in de ogen en de scheldwoorden die ze hem toeriepen. Hij moest het geweten hebben, moest hebben beseft dat de politie zou komen, elke keer weer, en dat ze hem op de grond zouden duwen, hoe beleefd en correct hij zich ook zou gedragen. Hij zou gestraft worden. Gevangenisstraf of een boete.

En June? Zij voelde woede opkomen. Dit was een van de weinige keren dat ze alleen met haar vader op stap was. Ze zouden de hele ochtend samen doorbrengen en nu had die man alles verpest met zijn rare gedrag, met zijn aanklacht, en ze voelde een steek van vreugde toen een oude vrouw met haar tasje tegen zijn hoofd mepte, zodat hij zijn handen moest gebruiken om zich te beschermen. 'Schaam jij je niet, jongen?' riep de vrouw, waarna een politieagent hem vastpakte, zijn handen op zijn rug bond en hem meevoerde naar een politieauto die in de buurt geparkeerd stond.

Een steek van vreugde en even later: brandende schaamte.

22

Het verleden bestaat nog steeds. Diep onder de zandduinen van de Sahara, onder lagen steenslag en leem, ligt een roestige ijzeren hak in het donker en getuigt van boeren die hier ooit, ongeveer zevenduizend jaar geleden, gewoond hebben. In die tijd was de Sahara nog een vruchtbaar gebied, vol savannes, rivieren, bossen en allerlei soorten dieren, insecten en vogels. Dit landschap bracht de eerste boeren ter wereld voort. Hier hebben ze verschillende graansoorten en groenten verbouwd. Hier hebben ze kleine steden gebouwd, met ijzer en vuur werktuigen gesmeed en schapen, koeien, honden en eenden getemd. Vlak bij de hak ligt het verroeste overblijfsel van het heft van een mes. Het is rood en gekarteld als een zaag, onder het mes liggen de botten van een lam dat hier ooit werd geslacht. Ze dateren uit de tijd voor de droogte het gebied opnieuw in zijn grip kreeg en het onbewoonbaar werd. Zo is het verschillende keren gegaan, want de Sahara kent een cyclische ontwikkeling over grote tijdspannen, waarbij de klimatologische veranderingen de geleidelijke verschuiving van de stand van de aardas ten opzichte van de zon volgen. Gedurende periodes van tussen de honderd- en honderdtwintigduizend jaar voor onze tijdrekening is de Sahara groen en vruchtbaar geweest, hetzelfde was opnieuw het geval van tachtig- tot vijfentachtigduizend jaar voor het begin van onze jaartelling en de voorlopig laatste vruchtbare periode duurde van zo'n tien- tot twintigduizend jaar voor Christus. Daarna droogde de Sahara weer uit en werd het een onbegaanbare vlakte van zand en hitte tussen noord en zuid.

Gedurende deze millennia waren de boeren gedwongen om steeds verder weg te trekken op zoek naar woongebieden. Ongeveer vijfduizend jaar geleden begon de verbreiding van de landbouw naar het oosten en verder landinwaarts in de richting van de regenwouden, langzaam zijn stempel zettend op alle andere volkeren in het gebied. Ze verbouwden pluimgierst en andere graangewassen, bakbananen en Afrikaanse rijst. Ze leefden in strohutten en verhuisden mee met het klimaat, op zoek naar nieuwe weidegronden. Zo'n drieduizend jaar geleden vestigde het Bantoevolk zich ten zuiden van de grote Centraal-Afrikaanse oerwouden. Van daaruit trokken ze verder naar het zuiden en stichtten daar steeds groter wordende, steeds beter georganiseerde landbouwsamenlevingen. Er kwamen omheiningen van gedroogd leem om het vee in te sluiten. Er werden stenen huizen en muren gebouwd die tot steden werden. Er ontstonden koninkrijken. Er werden belastingen ingevoerd. Een stad uit een van die grote culturen waar we vandaag de dag iets meer van weten, was Groot-Zimbabwe, daterend van rond het jaar 1200, een stad opgetrokken uit granietblokken, met stadsmuren, tempels en hoge torens die nog steeds niet helemaal door de tijd zijn verteerd.

Op het hoogtepunt had Groot-Zimbabwe meer dan vijfentwintigduizend inwoners en dreef het land handel met zowel China als de Arabische landen. Tijdens de apartheid werd de Afrikaanse geschiedenis een politiek strijdpunt; de kennis over vroegere beschavingen werd herschreven of verwijderd. In leerboeken was niets te vinden over Groot-Zimbabwe en andere steden en ook niets over de Afrikaanse zeelieden die Marco Polo hebben geholpen de weg naar Azië te vinden. De Bantoetalen verspreidden zich vanuit hier verder naar het zuiden, tot aan de Kaapprovincie, waar ze zich vermengden met de talen van het volk de Khoikhoi. Het leeft voort in het Xhosa, de taal waar vele eeuwen later onze Noah naar zal zitten luisteren, zijn hoofd gebogen tussen zijn handen, in een huis in de sloppenwijken, terwijl de duisternis langzaam over de stad valt.

Maar dat is later.

Nu zijn het de veeboeren.

Eerst is er die jonge herder, een jongen van een jaar of zestien, net zo oud als Noah. Hij loopt met zijn koeien over een groene vlakte aan de kust, in het uiterste zuiden van Afrika. Zoals altijd heeft hij veel om over na te denken. Hij denkt aan een meisje. Aan de blik in haar ogen. Hij denkt aan het bloed dat uit zijn urine sijpelde, dat hij nu eindelijk volwassen is. En hij denkt terug aan het laatste gesprek met zijn vader, het hoofd van het hele dorp, die hem had verweten dat hij te veel alleen was, te veel in beslag werd genomen door zijn eigen gedachten.

Met zijn ogen volgt hij de koeien en hij slaat met zijn stok door het gras. Op dat moment ziet hij iets tussen het gebladerte. Het silhouet van een dier dat hij niet herkent. Dan begrijpt hij dat het geen dier is maar een mens, die tussen de verticale lijnen van de boomstammen staat. Het is een man, met een heel lichte huid, gekleed in vreemde, kleurige kledingstukken, en hij herinnert zich de verhalen van zijn vader. Verhalen over mensen die met hun schepen hierheen kwamen en tabak, pijpen en koper bij zich hadden. Snel gaat hij achter een boom staan, maar hij doet een vogel opschrikken die uit de boomtop opvliegt. Het geluid maakt dat de onbekende man zich verschrikt naar hem toedraait, waarna hij op de vlucht slaat. Vol spanning en met bonzend hart gaat de jongen voorzichtig achter hem aan, behoedzaam beweegt hij zich van de ene boom naar de andere, vlak bij het strand gaat hij achter een duin liggen.

Dan ziet hij ze.

Enorme schepen die in de baai liggen. Mannen op het strand, gekleed in opbollende, kleurige kleren, zoals in het verhaal dat zijn vader heeft verteld.

Hij draait zich voorzichtig om en rent gebukt terug door het bos, drijft zijn koeien bijeen en leidt ze ongeduldig terug naar het dorp, dat vijf tot zes uur verderop ligt.

'De boten zijn terug!' roept hij naar de vrouwen en mannen om hem heen als hij er 's avonds aankomt. Mannen en vrouwen die koren aan het malen zijn, een vuur aanleggen, een spel doen of het dak van hun huis repareren. Op een dag die leek als alle andere, maar dat nu niet meer is. Een voor een stoppen ze met hun bezigheden en komen naar hem toe. Hij is buiten adem, zijn gezicht is warm en hij wordt opgewonden van alle aandacht, van al die blikken en alle onzekerheid die hangt rond wat er te gebeuren staat.

*

Van Riebeeck staat met kloppend hart achter een dikke boomstam. Hij speurt door de jungle van kreupelhout, bomen, lianen en klimplanten, maar er komt niemand achter hem aan. Een zweetdruppel loopt over zijn ruggengraat. Hij wacht nog even om weer op adem te komen, brengt de rug van zijn gewonde hand naar zijn mond en zuigt het bloed eruit. Dan droogt hij zijn voorhoofd af, buigt de takken opzij en loopt naar de anderen toe. Hij zegt niets over de koe of de jongen, vertelt alleen dat hij even in het bos heeft rondgekeken, vraagt dan wat ze hebben gevonden, waarna ze hem hun vangst tonen. Ze laten hem verschillende vruchten zien, sommige zijn groen met een gladde, zachte schil, ze doen hem aan de papaja's uit Vietnam denken, andere zijn klein en gekarteld, iemand toont hem een tros kleine, groene bananen. Degenen die op jacht zijn geweest hebben geen dieren gevonden en zijn alleen maar teruggekomen om te vragen of ze dieper het bos in mogen gaan. Van Riebeeck schudt het hoofd en zegt dat het nog niet nodig is, want de vissers hebben meer geluk gehad. Op de rotsen bij het strand liggen honderden vissen in het zonlicht te glinsteren, klaar om te worden schoongemaakt. Van Riebeeck neemt Cornelius terzijde en vertelt hem over de jongen die hij heeft gezien en dat ze voor de zekerheid aan boord moeten eten.

De volgende dag beginnen ze met het aan land brengen van de uitrusting die nodig is om een bivak op te slaan. Tentdoek. Kookpotten. Spijkers, hamers en grote zagen. Hakken, breekijzers en spaden. Van Riebeeck posteert wachters aan de rand van het kamp en laat ze hun musketten op het bos richten. Maar hij drukt ze op het hart niet te schieten tenzij ze worden aangevallen. 'Als we een vreedzame samenwerking voor elkaar kunnen krijgen, is dat het beste voor iedereen,' benadrukt hij. Ze beginnen met de bouw. Boomstammen zo dik als een bovenarm worden afgezaagd en samengebonden, voor kleine blokhutten waar ze kunnen wonen als ze met hun eigenlijke opdracht beginnen: de bouw van een fort van houten planken en leem, en het vrijmaken van een strook grond waar ze groente en fruit kunnen verbouwen. Maria lijkt blij te zijn dat ze eindelijk aan land kan gaan en Lambertus kruipt met grote ogen op het strand rond.

Van Riebeeck ziet nauwlettend toe op de bouwwerkzaamheden, geeft raad en bevelen, maar houdt ook het bos in de gaten.

Aan het eind van de middag roept een wacht hem bij zich en wijst naar enkele gestalten die een eindje verderop achter een rotspartij tevoorschijn komen. Van Riebeeck houdt zijn hand boven zijn ogen tegen het zonlicht om beter te kunnen zien. Boven de rotsen ziet hij drie of vier donkere hoofden, met naakte bovenlichamen en weerbarstig, zwart haar dat alle kanten op staat. Achter hen verschijnen nog meer mensen, het is moeilijk te zeggen met hoeveel ze zijn. Van Riebeeck steekt zijn arm omhoog ten teken dat ze met de bouwwerkzaamheden moeten stoppen.

Het gehamer valt stil. Een voor een leggen de mannen zagen, hamers en spijkers neer tot ze alleen nog de golven horen, die zich van het strand terugtrekken terwijl ze kleine zandkorrels met zich meenemen.

Van Riebeeck wendt zich naar de soldaten achter hem.

'Heeft iedereen zijn musket geladen?' vraagt hij.

'Ja,' antwoorden ze in koor.

'Goed zo. Niemand schiet tot hij een rechtstreeks bevel krijgt, is dat begrepen?'

'Ja, kapitein!'

'Goed. We zoeken handelspartners, geen oorlog. Schieten is echt de laatste noodoplossing.'

Een van de nieuwkomers, een volwassen man, klimt van de rotsen naar beneden en komt over het schuin aflopende strand naar hen toe slenteren. Hij heeft een warrige bos haar en is bijna naakt, met alleen een dunne lap leer van ossenhuid onder zijn opbollende buik geknoopt. Zijn gezicht is klein en rond, hij heeft levendige, bruine ogen, enkele eerste ouderdomsrimpels en een baard van zwarte haren die her en der rond zijn kin en bovenaan zijn wangen krullen. Een paar meter van hen vandaan blijft hij staan. Met een zelfbewuste blik in zijn ogen zegt hij '*Welcome*', met een haast perfecte, Engelse uitspraak.

'Of kan ik beter "Hartelijk welkom" zeggen, aangezien jullie kennelijk uit Nederland komen?' gaat de man verder terwijl hij aan een paar van de krullende, zwarte baardharen op zijn kin trekt en die om zijn vingertop draait. Jan van Riebeeck weet niet wat hij moet antwoorden. Een schipbreukeling van de Nieuw Haarlem had hem over een inheemse man verteld die vloeiend Engels en Nederlands sprak toen ze op een avond samen bier zaten te drinken, maar hij had het voor een sterk verhaal gehouden. En nu staat die man in levenden lijve voor hem. Hij is er duidelijk aan gewend dat degenen die hem voor het eerst ontmoeten verrast zijn, want hij vraagt Jan of hij 'zijn tong heeft verloren'.

'Neemt u mij niet kwalijk. Ik had gewoon niet verwacht hier iemand tegen te komen die Nederlands spreekt,' antwoordt Jan. Hij steekt zijn hand uit en zegt zijn naam. De man schudt zijn hand en stelt zich voor als Autshumao, maar zegt dat ze hem Harry kunnen noemen.

'Harry?' vraagt Jan.

'Ja. Zo werd ik in elk geval meestal door de Engelsen genoemd. Autshumao was denk ik een beetje te moeilijk voor hen.'

'Hoe...' begint Jan, maar hij weet niet hoe hij zijn zin moet voortzetten. 'De Engelsen? Hoe kent u die?'

'Ik heb met hen gevaren.'

'Met hen gevaren?'

'Ja. Jaren geleden ben ik met een van hun schepen meegegaan naar Java. Daar ben ik een jaar geweest, heb er gewerkt en toen heb ik Engels en een beetje Nederlands geleerd. Daarna hebben ze me hier weer naartoe gebracht.'

'Waarom?'

'Zodat ik brieven en berichten van passerende schepen aan kon nemen. Dat was mijn taak. Lange tijd heb ik op dat eiland daar gewoond,' zegt hij wijzend naar een langwerpige rotspartij een eindje verderop in de baai.

'En nu? Doet u dat nu niet meer?'

Hij schudt zijn hoofd. 'Het is ik weet niet hoelang geleden dat de laatste Engelsen hier langs zijn gekomen. Jaren geleden. Het is helemaal lang geleden dat hier iemand is langsgekomen, behalve dan dat Nederlandse schip, dat hier schipbreuk heeft geleden. Maar goed. Nu woon ik weer bij mijn volk, de Goringchaicona, en het is goed zo,' zegt hij. Dan draait hij zich om naar de groep mannen, vrouwen en kinderen die een tiental meters verderop staan. Hij roept iets in zijn eigen taal en een paar van hen lopen aarzelend naar hen toe. Een meisje van een jaar of tien gaat bij Harry staan. Ook zij draagt niet meer dan een klein stukje leer dat om haar smalle middel is geknoopt. Er steekt een takje uit haar dichte haardos.

'Dit is Krotoa, maar jullie kunnen haar ook Eva noemen.'

Jan knikt haar toe.

Maria komt naast hem staan. Ze buigt zich naar voren en neemt de hand van het meisje in de hare.

'Maria,' zegt ze, haar hand op haar borst leggend.

Harry pakt even de hand van het meisje en zegt een paar woorden in hun taal. Het meisje buigt zoals dat in Europa wordt gedaan, met haar ene voet een beetje scheef voor de andere en een lichte buiging met haar hoofd. Dan zegt ze haar nieuwe naam voor de eerste keer zelf.

'Eva.' Ze heeft een zuivere, heldere stem, als in contrast met haar warrige, dichte haardos en haar bestofte voeten. Het meisje richt haar ogen op iets rond de hals van Maria, die haar hoofd buigt tot ze met haar kin op haar borst rust om erachter te komen waar het meisje naar kijkt. Zou het haar huid zijn? Haar kanten kraag? Maria gaat op haar hurken zitten, de voorkant van haar lange jurk raakt het zand en waaiert uit.

‘Ze wil alleen even de stof van uw jurk voelen,’ zegt Harry glimlachend.

Maria neemt de stof tussen haar vingers, en kijkt Eva bemoedigend aan. Eva steekt aarzelend haar hand uit om de jurk te voelen.

‘Het is de eerste keer dat ze een witte vrouw ontmoet,’ zegt Harry met een warme glimlach.

Jan knikt en Harry zet zijn verhaal voort.

‘Een paar jaar geleden heeft ze hier de schipbreukelingen ontmoet. Toen was ze al net zo nieuwsgierig.’ Harry legt zijn hand op Eva’s schouder. Op het tengere kinderlijfje maken zijn vingers een grove indruk. Dan draait hij zich weer naar Jan toe en vraagt hem of ze misschien willen zien waar en hoe ze wonen.

‘Jazeker. Is het hier ver vandaan?’ vraagt Jan.

Harry schudt het hoofd en wijst op een landtong een paar honderd meter verderop.

‘Het is daar vlak achter.’

‘Ja, natuurlijk willen we dat graag zien,’ antwoordt Jan. Dan draait hij zich om naar Maria en zegt dat het misschien beter is dat zij en Lambertus hier blijven. Maria doet alsof ze hem niet gehoord heeft, kijkt Harry aan en zegt dat ze graag meegaat. Jan kijkt naar haar, slikt zijn ergernis in en vraagt Cornelius en twee soldaten om met hen mee te gaan. Daarna steken ze het strand over. De andere inheemsen, die zich tot nu toe achter grote rotsblokken en struikgewas op de achtergrond hebben gehouden, komen tevoorschijn. Ook zij zijn bijna naakt, met alleen een stuk leer rond hun middel gebonden. Sommigen hebben een pijl en boog om hun schouder gegord, anderen dragen een speer. Ze zijn met z’n tienen, allemaal met een korte, warrige bos haar. Ze houden zich op een paar meter afstand, zeggen niets, maar volgen hen met hun ogen. Als dit een valstrik is, zijn ze verloren, denkt Jan en hij vervloekt nog eens dat Maria absoluut met hen mee wil gaan en zo goedgelovig is dat ze Lambertus aan zo’n onnodig gevaar blootstelt. Maria loopt al pratend naast Harry. Jan houdt zijn pas in en vraagt Cornelius zijn musket klaar te houden.

Op dat moment draait Harry zich glimlachend om. Hij werpt een blik op Cornelius, maar zegt niets, draait zich weer om en wijst op iets een eindje verderop. Een rotsblok ter grootte van een huis.

'Is het daar?'

'Ja,' antwoordt Harry. 'Kom maar mee. Gaat het, mevrouw?' vraagt hij dan aan Maria.

'Dank u, het gaat prima,' is haar antwoord en ze kijkt hem vriendelijk glimlachend aan.

Als ze om een rotswand heen zijn gelopen, komen ze aan bij een open plek waar de berg naar de zee toe overhelt. In de rotswand zien ze drie natuurlijke grotten en voor een van die grotten zit een groep van ongeveer twintig personen, allemaal bijna naakt. Een jongen van een jaar of twaalf slaat vlak bij hen met een steen op een schelp, zodat de schaal openbarst en het gladde, slijmerige weekdier zichtbaar wordt. Ruggelings verwijdert de jongen zich, de steen neerleggend. Harry roept iets in zijn eigen taal en wijst op Jan en de anderen die bij hen zijn. Waarschijnlijk iets als dat er geen gevaar dreigt, dat ze alleen maar komen kijken. Toch lijkt de groep niet overtuigd te zijn. Ze blijven zitten en bekijken hen afwachtend. Een meisje van een jaar of twee gaat tegen de rug van haar moeder aan staan en legt een hand om haar ene borst. Overal liggen stukjes schelp en bosjes gedroogde wortels, op verschillende plekken is te zien dat daar houtvuren hebben gebrand, beroete stenen liggen in cirkels rond verkoolde resten sprokkelhout. De mensen doen Jan denken aan een volk dat hij ooit op een eiland in Oost-Indië heeft ontmoet. Net als daar zijn de vrouwen ook hier bijna geheel ontkleed, op een manier die hun naaktheid op geen enkele manier erotisch doet zijn, maar hun lichamen fysiek en vanzelfsprekend maken. Hun borsten hangen vrij, bij sommigen zijn ze asymmetrisch en groot, bij anderen klein en spits. Hun dijen zijn zichtbaar tot aan hun kruis, bij een oudere vrouw die voor de ingang onder een vooruitstekende rots zit, ziet hij borstelig schaamhaar. Achter haar liggen matjes van gevlochten stro die ze waarschijnlijk gebruiken om op te slapen.

Harry loopt naar een vrouw van zijn eigen leeftijd, achter haar rug staat een zesjarig meisje. 'Dit is mijn eerste vrouw,' zegt hij, een hand op haar schouder leggend. 'En dit is mijn tweede,' gaat hij verder, wijzend op een jongere vrouw van begin twintig.

Maria stapt naar voren en begroet de oudste van de twee vrouwen, die hartelijk lachend haar hoofd naar voren steekt om Lambertus beter te kunnen zien. Misschien was dat wel wat Maria dacht. Dat er niets ter wereld zo ontwapenend is als een klein kind. De vrouw wijst op Lambertus en dan op Maria. Onbekende klanken vullen de ruimte tussen hen.

'Ze wil weten of het uw kind is,' zegt Harry.

'Ja,' antwoordt Maria. 'Het is onze zoon,' zegt ze op Jan wijzend. De vrouw knikt. Nu komt het meisje van achter de rug van haar moeder tevoorschijn, ook zij strekt haar hals om beter te kunnen zien. Ze fluistert iets in het oor van haar moeder, die lacht en vertelt wat haar dochter gezegd heeft. Opnieuw klinken die vreemde geluiden. Harry vertaalt. 'Ze zegt dat hij zo'n lichte huid heeft.'

'Is het uw dochter?' vraagt Maria.

Harry knikt en stelt de rest van zijn familie aan hen voor. Hij heeft ook een zoon van een jaar of drie en twee oudere dochters die ongeveer net zo oud zijn als Elisabet en Sebastiana.

'Waar leven jullie van?' vraagt Jan van Riebeeck als ze iedereen begroet hebben.

'Vooral van schaaldieren en vissen,' antwoordt Harry op de grote hoop waaiervormige witte schelpen wijzend. 'Daarom noemen de Engelsen ons ook wel Strandlopers.'

'Dus jullie hebben geen koeien of schapen?' vraagt van Riebeeck.

'Nee.'

Harry buigt zich abrupt naar voren om een kind op te tillen en zegt eerst niets, even is er een donkere glans in zijn blik te zien als hij naar de gevlochten matten wijst die om het vuur heen liggen en dan vraagt of ze iets willen eten.

Jan bedankt hem voor de uitnodiging, maar zegt dat het tijd voor hen is om terug naar hun werk te gaan.

Maria heeft Lambertus in de armen van Eva gelegd, terwijl ze haar handen vlak onder hem houdt voor het geval hij zich uit Eva's armen los worstelt. Dan tilt Maria hem weer op en legt hem tegen haar schouder. Lambertus grijpt haar muts, opent zijn mond en trekt de witte stof naar zich toe. Maria strijkt hem liefkozend over zijn rug en vraagt dan aan Harry: 'Maar misschien wilt u met Eva vanmiddag bij ons aan boord komen eten?'

Van Riebeeck weet even niet hoe hij het heeft. Hij probeert deze halfnaakte mensen voor zich te zien, aan boord van het zeilschip, denkend aan de opschudding die dat onder de bemanning zal veroorzaken. Maar ze heeft natuurlijk gelijk. Het is veel beter om dit volk beter te leren kennen, en het enige juiste is natuurlijk om vanaf het begin een goed contact met hen te hebben.

'Zou dat niet gezellig zijn, Jan?'

'En of. Jullie zijn van harte welkom.'

'Dank u. We komen graag,' zegt Harry, terwijl hij zijn hand in die van Maria legt.

*

Chief Harry, of Autshumao, zoals hij eigenlijk heet, is een overlever.

Zijn volk leefde oorspronkelijk niet hier aan de kust. Ze hadden vee en trokken rond met de seizoenen mee, zoals alle anderen. Eens waren ze langer dan gewoonlijk op een plek gebleven. Een koe had gekalfd. Het was een bruin kalf, met een grote, witte vlek boven haar oog. Hij had het kalf eruit geholpen en het natte bundeltje huid en botten naar de spenen toe getild, besloten dat ze nog een paar dagen daar hun kamp zouden opslaan. Toen gebeurde het. Een onverhoedse aanval, in het donker, iedereen sliep nog.

Autshumao was door een doodskreet uit zijn slaap gerukt, had zijn ogen opengesperd en tussen de boomstammen rondwarende schaduwen gezien. Hij was achter het rotsblok waar hij had liggen slapen gekropen en wist naar het bos te ontkomen, de duisternis in. Daar had hij zich de hele nacht verborgen, terwijl het gegil door het bos weergalmde.

Wat doet het met een mens als hij een nacht zo doorbrengt? Liggend onder een grote boomwortel, in een greppel die halfvol water staat, zijn knieën tot onder zijn kin opgetrokken en voortdurend om zich heen kijkend?

In de verte klonk gehuil. Een vrouw van wie hij de stem herkende, riep om hulp, snikkend smeekte ze tussen haar gierende ademhaling door om haar leven. Toen werd het stil. Hij hoorde alleen nog een paar mannen die elkaar af en toe bevelen toeriepen. Korte opdrachten, het klonk als geblaf.

Pas laat in de ochtend van de volgende dag waagde hij het terug te keren. De hutten van stro en stokken waren tot op de grond afgebrand, van de koeien waarvan ze geleefd hadden, waren alleen nog sporen zichtbaar. Overal lagen dode lichamen. Dode neefjes, nichtjes, twee broers. Zijn kleine zusje lag op haar buik, met een hand voor zich uitgestrekt.

Tussen de lijken vond hij een rondkruipend kind, dat voor de aanvallers niet de moeite waard om te doden was geweest. Het was de dochter van zijn zus. Haar oma was ook gespaard, roerloos zat ze met een opgezwollen lip en een glazige blik voor zich uit te kijken. Twee jonge vrouwen kwamen uit het bos aangelopen. Vlak achter hen kwamen meer mensen. Jonge jongens. Autshumao nam het kleine meisje op zijn rug en begon te lopen. Niemand protesteerde of vroeg waar ze heen gingen. Zwijgend liepen ze achter hem aan, door een bos zonder paden. Algauw roken ze de geur van de zee, zagen ze tussen het gebladerte het water glinsteren. Daar streken ze neer.

Ze werden een nieuw volk, met nieuwe gebruiken, nieuwe manieren om te overleven. Schaaldieren in plaats van koeien, rotsholten in plaats van hutten van gras en takken. Ze wisten zich te redden, maar het hield niet over. Toen kwam er op een dag een Engels schip vlak bij land. Eerst zagen ze alleen de wirwar aan kleine zeilen in de verte, zoals ze al vaak zeilschepen voorbij hadden zien varen, maar toen kwam het schip dichterbij. In de baai ging het voor anker. Mannen kwamen in roeiboten aan land. Harry proefde van hun tabak en hij werd verliefd op het duizelige gevoel dat de brandende bladeren hem gaven. Hij proefde voor het eerst sterkedrank en het beviel hem hoe die zijn gedachten zachter maakte en alles wat zwaar was in zijn hoofd deed verdampen. De witte mannen aan boord leken bang voor hem te zijn en ze waren duidelijk tevreden dat ze hem met eten en drank konden betalen voor de veiligheid die hij hun bood, zodat ze niet werden aangevallen. Alsof hij in dat opzicht ook maar enige rol speelde. Hij maakte kennis met de kapitein, zag hoe belangrijk brieven voor de zeelieden waren. Hoe de bemanning zich terugtrok en helemaal opgeslokt raakte wanneer brieven van een passerend schip aan boord werden gebracht. Hij zag een nieuwe kans om zijn volk te laten overleven.

Autshumao ging de brieven van voorbijvarende schepen bewaren, zodat de familie thuis kon lezen dat alles goed was met hun vader of echtgenoot. Hij hielp de Engelsen met het ruilen van goederen voor vlees en melk van de boeren in het gebied. Ineens lagen de jaren van onzekerheid achter hen. De kinderen aten hun buik weer vol en hij zag Krotoa, zijn nichtje, steeds kwieker worden. Hij zag dat ze ging lijken op haar moeder die er niet meer was.

Vaak was hij aan boord van het schip en leerde de taal, met mes en vork eten en de subtiele regels voor wanneer je kon spreken en wanneer je moest zwijgen.

Op een ochtend draaide de wind en wakkerde aan. Harry zat aan boord een pijp te roken toen de mannen plotseling overeind kwamen en, op bevel van de kapitein, heen en weer begonnen te rennen. De touwen werden ingehaald. De zeilen werden gehesen, klapperden even in de wind terwijl het schip wendde tot het met zijn steven richting zee lag. Harry rende het dek over en moest over opgerolde touwen springen die over de armen van eraan trekkende mannen kronkelden. Het duurde even voor hij bij de kapitein van het schip was.

‘Wacht, kapitein, wacht!’ zei hij buiten adem. ‘Ik moet nog van boord!’

De kapitein schudde het hoofd. ‘Het spijt me, chief Harry. De wind is gedraaid en zwelt aan. We kunnen het risico niet nemen aan de grond te lopen als het nog harder gaat waaien. U moet met ons mee.’

Harry rende naar de reling en keek naar het land. In de verte zag hij een donkere gestalte aan het water. Een meisje stond naar hem te roepen. Het was Krotoa.

Toen hij een jaar later weer naar het strand toe roeide, stond ze daar op hem te wachten, op bijna precies dezelfde plek, alsof ze zich nooit had bewogen.

‘Oom!’ riep ze terwijl ze naar de boot toe rende. Hij tilde haar op, ook al was ze nu groot. Negen jaar. Lang en slank.

‘Krotoa,’ zei hij en hij drukte haar tegen zich aan. Hij was weer thuis en voelde de kracht van het landschap, de kracht van het thuiszijn, anders dan hij ooit gevoeld had. Het grote rotsblok dat voor het strand uit de zee omhoogstak, omringd door een donkere rand van vocht waar de golven tegen de rots aan sloegen. De kromme boom die naast het pad groeide, met zijn takken die er elk jaar afgebroken moesten worden om de doorgang vrij te houden. De grot. De monden. De ogen. De taal. De hitte. De borsten. Thuis.

23

De tweede deur die ik moet openen, is van goudbruin hout, oud en hoog. Het is de voordeur van een school in Oslo. Een stenen trapportaal. Grote ramen en rumoer van kinderen op het plein. De deur gaat open en een jongen gaat naar binnen, in zijn eentje, in gedachten verzonken.

Het is de Hartvig Nissenschool. Het rumoer op het schoolplein is afkomstig van zijn medeleerlingen. De jongen, die nu zijn handen over de gladde houten leuning laat glijden, ben ik, toen ik zeventien was.

Er ligt iets sombers, iets duisters over hem en hoewel het hem geen moeite kost om met de andere leerlingen te praten, is het net alsof hij niet thuishoort in hun wereld. Al lange tijd is hij met iets bezig, hij heeft zichzelf onderworpen aan een experiment. Hij wil zich verplaatsen in alle ellende die hij om zich heen ziet en het als zijn eigen lijden ervaren.

Hij kijkt naar het nieuws en probeert zich in alles in te leven: in de vrouw die haar gezin bij een auto-ongeluk heeft verloren, wanneer de tv een verwrongen wrak laat zien dat op zijn kop over de vangrail hangt met daaromheen ambulancemedewerkers en politieagenten en overal versplinterd glas. Hij kijkt naar de hopeloosheid in de ogen van slachtoffers van natuurrampen die naar zijn vaste overtuiging door mensen zijn ontstaan, zoals de grote overstromingen in Bangladesh, die huizen, koeien en mensen meesleuren en onder water laten verdwijnen en waarbij kinderen eenzaam in boomtoppen zitten, verlamd van angst, met onder hen het kolkende bruine water. Maar boven alles laat hij zich opslokken door de beelden van hongersnoodrampen. Foto's van kinderen met veel te grote hoofden, een huid die strak over hun ribben is getrokken, magere armen en grote, geelwitte ogen. Hij probeert de wanhoop te voelen. Het gevoel van knagende honger dat overgaat in iets anders, in duizeligheid, slapheid, hopeloosheid. Op den duur kost het hem moeite te eten omdat hij voortdurend beelden van hongerige kinderen bij zichzelf oproept terwijl zijn hand bezig is gehaktballen en zuurkool naar zijn mond te brengen en zijn ouders en broer naast hem zitten te keuvelen over de gebeurtenissen van de afgelopen dag.

Hij wil naar de absolute bodem toe, naar de kern van de slechtheid en het geweld, en aan de andere kant weer bovenkomen met het antwoord op de vraag wat er tegen te doen is. Hij wil de wereld redden, niets minder, en in het kleine, zwarte boekje met rode hoekjes dat als dagboek was bedoeld, heeft hij slechts één zin geschreven, waarna hij het boek heeft weggestopt en er nooit meer in heeft geschreven: 'Ik wil mijn leven wijden aan het bestrijden van de honger in de wereld.'

Het valt me zwaar om hierover te schrijven. Zo vreemd zijn we voor onszelf als we de tijd maar zijn gang laten gaan. 'Het verleden bestaat nog steeds,' schrijf ik, maar is dat wel zo? Welke band heb ik eigenlijk met de jongeman die de trap beklimt, op weg naar een nieuw lesuur?

Voor de verandering is hij met zijn hoofd bij meer dagelijkse gebeurtenissen, niet bij zaken waar hij zich meestal mee bezighoudt. Hij laat zijn handen over de leuning glijden en denkt aan een muziekvraagstuk, aan een fuga van Bach die hij moet analyseren. Dat daar een gecompliceerde vorm van geometrie achter zit. Spiegelingen van muzikale thema's en figuren. Dat er steeds dezelfde motieven in worden gebruikt die geleidelijk veranderen in telkens nieuwe spiegelingen en variaties, waarna het leidmotief ten slotte terugkeert.

Plotseling opent zich een afgrond voor de voeten van de jongen op de trap, op de overloop tussen de eerste en tweede verdieping. In het bestaan ontstaat een scheur, alsof bulldozers door de muur breken en de traptreden wegmaaien, en lamgeslagen blijft hij staan, zich vastklampend aan de leuning.

24

Waar zijn ze gebleven, al die huizen van District Six, en het materiaal waar ze van werden opgebouwd? Waar kwamen ze terecht, al die tonnen steen, hout en glas die door vrachtwagens werden weggebracht? Het werd gebruikt als stortmateriaal bij de haven voor de aanleg van het parkeerterrein dat Noah op dit moment oversteekt. Onder zijn voeten liggen de huizen. De appartementen. De wegen. De slaapkamers waarin mensen kinderen hebben verwekt of bijzondere dromen hebben gehad. Keukens. Badkamers. Alles op elkaar gepropt onder het asfalt waar nu auto's geparkeerd staan in de schaduw van hoge bomen. Noah steekt over. Hun afspraak is pas over twintig minuten en hij gaat een ijsje kopen. Terwijl hij de papieren wikkel van het ijsje aftrekt en in de prullenbak gooit, valt zijn oog op de kop van een krant en een foto die hij herkent: NAAKTKUNSTENAAR KOMT NAAR KAAPSTAD.

De foto beslaat de hele voorkant. Een kleurenfoto van een groot plein, gevuld met duizenden naakte mensen die opeengepakt op de grond liggen, zodat hun heupen, schouders, dijen en buiken bogen en lijnen vormen. Individuele mensen worden golftoppen in een zee van huid.

Noah kan zich de naam van de fotograaf niet meer herinneren en moet zich vooroverbuigen om die in het onderschrift te kunnen lezen: Spencer Tunick. Zijn ouders hebben thuis een boek van hem, een collectie van zijn grote fotoseances van 1994 tot 2002. Noahs moeder interesseert zich voor kunst en heeft hem altijd meegenomen naar galeries, maar met deze kunstenaar heeft ze een speciale band, wat deel uitmaakt van een verhaal dat ze vaak op feestjes vertelt, het verhaal over een investering die ze nooit heeft gedaan. Het speelde in 1993, toen Noah drie jaar werd en het gezin naar New York verhuisde. Deels vanwege de baan van Thomas en deels vanwege al het geweld in Zuid-Afrika, wat maakte dat ze weg wilden uit het land om te kijken of het hun elders beter zou bevallen. Al snel bleek dat dat laatste niet het geval was. Het was te lastig om zich aan te passen. Dat kwam niet alleen door het klimaat, maar ook door het plotse gebrek aan comfort. In New York was er niemand die hun kleren opvouwde. Niemand die hun woning schoonmaakte of de bloemen verzorgde. De obers in de restaurants eisten meer en andere dingen dan de bediening thuis en bij benzinepompen moest je zelf de auto uit om te tanken en de autoramen te lappen. Acht maanden bleven ze er, de duur van Thomas' aanstelling, daarna gingen ze weer terug. In die periode was June met een vriendin in een galerie geweest om naar een foto-expositie te kijken waar naakte mensen in een verrassende omgeving waren gefotografeerd. Ze vertelde Thomas over de tentoonstelling, nam hem er mee naartoe, maar ze kochten geen enkele foto, omdat Thomas gezegd had: 'Waar moet je zoiets in vredesnaam ophangen?'

Ze konden de wand van de woonkamer niet vullen met een blote man in de metro, of bezoekers in de hal laten begroeten door een ontklede vrouw op een kruispunt. Dat ging gewoon niet. Zelfs in de slaapkamer zou het niet passen, want daarmee zou je het kunstwerk te banaal maken en er een grotere erotische lading aan geven dan waarschijnlijk de bedoeling was. Hoewel ze het erover eens waren dat ze geen foto zouden kopen, kreeg ze er later toch spijt van, en Noah kan zich niet meer heugen hoe vaak hij zijn moeder heeft horen vertellen wat die foto's nu waard zouden zijn, nu Tunick een wereldberoemde fotograaf en bekendheid is geworden. Ze zou een flinke smak geld hebben verdiend als ze haar intuïtie had gevolgd en er een had gekocht. Achteraf is het altijd makkelijk praten. Het enige wat ze heeft, is dat kunstboek. Aangezien hem dat een volstrekt legitieme reden gaf om naar blote vrouwen te kijken, had Noah het boek meermaals doorgebladerd. Toen hij ouder en hitsiger werd, vond hij andere, meer expliciete mogelijkheden om zijn verlangen te stillen en liet hij het fotoboek met rust. Hij was de man en zijn foto's compleet vergeten. Maar nu keerde Tunick weer terug naar Kaapstad om de massale groepsfoto's te maken waar het de vorige keer niet van gekomen was.

Hij verorbert het laatste stukje van het hoorntje. Op dat moment komt de chauffeur het parkeerterrein op rijden, in zijn eigen auto. Een oude Opel.

Joshua buigt zich snel over de versnellingspook heen en trekt aan de hendel om het portier te openen. Noah stapt in.

'Eindelijk!' zegt hij met een brede lach.

Joshua glimlacht terug.

'Ben je er klaar voor?' vraagt hij.

'Reken maar!' antwoordt Noah. Hij knikt vol overtuiging en maakt zijn gordel vast.

Joshua start de motor, verlaat het parkeerterrein en rijdt door het centrum. Even later zoeven ze over de N2, de snelweg die in een rechte lijn van ettelijke kilometers lengte door de sloppenwijken naar het vliegveld leidt. Alleen de hoogste daken steken boven de rand van de betonnen muur uit.

'Dichter bij de townships ben ik tot nu toe niet gekomen,' zegt Noah.

Joshua slaat af, rijdt een brug over en parkeert aan de rand van de weg. 'Dit is een van de weinige plaatsen waar je een overzicht hebt over de Kaapse vlakte,' zegt hij.

Noah kijkt naar buiten. Overal staan hutjes, er is geen enkel leeg plekje te bekennen. Huisjes die zijn samengesteld uit planken, plastic zakken, kartonnen dozen en golfplaat. Joshua wijst verschillende kanten op en noemt de namen van de diverse wijken: Langa, Crossroads, Nyanga, Gugulethu, Khayelitsha.

'Mijn hemel. Ik las op internet dat er hier zo'n vierenhalf miljoen mensen wonen.'

Joshua haalt zijn schouders op. 'Dat kan kloppen...'

'Weet jij hoeveel mensen er in Khayelitsha wonen?' vraagt Noah.

Joshua schudt zijn hoofd en rijdt de weg weer op. Na een jongeman gepasseerd te hebben die op zijn hoofd een emmer vol houten lepels draagt, vraagt Noah of Joshua weet wat Khayelitsha betekent.

'Ik heb het natuurlijk wel op school geleerd, maar ik ben het vergeten... Wat betekent het?'

'Het betekent nieuw thuis in het Xhosa,' zegt Joshua.

'Ach ja, natuurlijk. Nieuw thuis. Ben jij er opgegroeid?' vraagt Noah.

'Ja. Mijn ouders kwamen beiden van het platteland en verhuisden naar Kaapstad om werk te vinden. Toen zijn ze hier gaan wonen.'

Ze gaan bij het huis van Joshua langs, een kelderappartement dat hij huurt. Noah trekt andere kleren aan, hij vermomt zich, waarna ze weer in de auto stappen en doorrijden naar het hart van de sloppenwijk.

Noah leunt voorover, hij haalt de camera uit zijn broekzak en filmt door het raam. Hij merkt dat Joshua naar hem kijkt. Dat dit niet goed is.

'Die camera. Die mag niemand zien.'

'Oké,' antwoordt Noah, maar zonder zich om te draaien en zonder op te houden met filmen. Hij laat de camera alleen zakken naar de onderste hoek van het raam en draait het schermpje naar zich toe, zodat hij kan zien wat hij filmt. Blok na blok passeren ze. Ze rijden langs een grasveld, waar zwarte koeien grazen tussen gescheurde afvalzakken en geraamtes van fietsen.

Joshua ziet een vrije plek langs de weg en parkeert voor een winkel van golfplaat. Een tweejarig kind op blote voeten komt uit een steeg en kijkt een paar seconden om zich heen, slechts een paar meter van de weg waar de auto's rijden. De peuter draait zich weer om en waggelt terug.

'Zijn we er?' vraagt Noah.

'Nee, maar het laatste stuk kunnen we beter lopen,' antwoordt Joshua, die vervolgens de handrem aantrekt, het stuurwiel met een gele metalen stang op slot zet en uitstapt. Hij wijst naar een smal weggetje zonder asfalt en zegt dat ze daarheen moeten. Ze steken over en blijven tussen twee hutjes van golfplaat staan. Een ervan is roze. De andere is turquoise.

'Allemachtig,' zegt Noah zacht, waarna zijn lippen zich in een glimlach krullen.

Joshua knikt.

'Ik weet het. Maar Noah?'

'Ja?'

'Blijf vlak bij me, oké?'

'Ja.'

'En niet met vreemden praten.'

'Oké.'

'Mooi,' zegt Joshua en hij geeft Noah een zacht schouderklopje ten teken dat ze verder kunnen gaan.

25

Wat weet ik zelf nog van Khayelitsha?

Een kleine jongen met een veel te groot hoofd strompelde voor ons uit op benen die een vreemde hoek met zijn knieën maakten.

Een vrouw waste kleren in een plastic teil.

Een jongeman zat voor een huis de voorbijgangers met een dode blik aan te staren. Ik probeer me de statistieken van Khayelitsha voor de geest te halen. Dat rond vijftig procent van de volwassenen werkloos was. Hoeveel moorden vonden er ook alweer plaats? Hoeveel overvallen en verkrachtingen?

Toch zijn het niet zozeer de mensen die ik me het beste herinner als wel de huizen. De in elkaar geflanste huizen die overal stonden, gemaakt van restanten, van golfplaat, pallets en oude raamkozijnen. De manier waarop ze tot stand waren gekomen, had ze een zekere schoonheid gegeven. Waarschijnlijk niet voor de mensen die er woonden. Niet voor degenen die er moesten leven, maar voor de buitenstaanders, zoals ikzelf. Voor mensen als ik, die een ansichtkaart kopen met foto's van de sloppenwijken en een ritmisch instrument of een speelgoedauto gemaakt van schroot, om vervolgens bij de haven in het centrum te lunchen en vakantie-inkopen te doen. Voor mij ligt er een vrijblijvende, maar toch sterke vorm van schoonheid in de foto's van de sloppenwijken. Waarom? Deels komt dat door de heldere kleuren en de rustieke charme van alles wat in verval verkeert, deels omdat het de observator een glimp van de tijd zelf toont, van een verscholen kracht die anders verborgen en onzichtbaar blijft. Of misschien komt de schoonheid wel voort uit de zorgzaamheid en de creativiteit die achter elk bouwsel steekt, want hier wordt werkelijk alles gebruikt. Heb je geen geld voor een fatsoenlijk huis, dan kun je altijd nog wel wat bij elkaar scharrelen om een paar golfplaten en een emmer verf te kopen.

Pallets kun je op het veld en op bouwplaatsen vinden en oude raamkozijnen zijn ook wel ergens op te duikelen. En dan maar gaan knutselen. Zo schep je voor jezelf een thuis uit de samengeraapte restanten van andermans leven.

Onze gids hield halt bij een brug die boven over de weg heen liep. Ze zette haar richtingaanwijzer aan en reed naar de kant. Omdat het een vlak landschap was, was dit een van de weinige mogelijkheden om overzichtsfoto's te maken. Ik leunde over de brugleuning en keek uit over de golfplaten daken terwijl Dag foto's nam.

Dit is de brug waarop de volwassen Adele zal staan wachten op een witte Datsun met onbekende mannen uit het verzet. Hier moet ze staan, een paar jaar nadat ze Mandisa heeft leren kennen. Klaar voor haar eerste gewapende opdracht voor Umkhonto we Sizwe (MK). Verzorgd en opgemaakt zal ze steunend tegen de brugleuning wachten zonder te weten waar ze naartoe gaat of wat ze moet doen. Ze hoeft alleen maar op de brug te staan om over het landschap uit te kijken en het ondenkbare te denken. Dat er binnenkort mensen zullen sterven.

*

Joshua blijft bij een kruispunt staan en kijkt om zich heen.

'Zijn we verdwaald?' vraagt Noah.

'Nee hoor,' antwoordt Joshua glimlachend, 'maar het is een tijd geleden dat ik hier voor de laatste keer was, in dit deel althans. We moeten iemand de weg vragen.'

Joshua loopt naar een van de kleine kroegjes, *shebeens*, die niet groter zijn dan een schuurtje en vaak geen ramen hebben, maar wel een biljart dat bijna de hele ruimte vult, waar mannen bier uit bruine flessen staan te drinken, met elkaar praten of een spelletje doen.

Een oude man met een grijs gespikkelde baard staat bij de ingang. Joshua begroet hem in het Xhosa en vraagt hem iets. Noah luistert. Dit is de taal waarmee hij het liefst zou zijn opgegroeid. Die klanken en woorden. De mond van de oude man beweegt snel in die grijze baard. Hij steekt zijn wijsvinger en duim uit om een pistool te verbeelden en moet glimlachen, maar dan dooft het lichtje in zijn ogen en wijst hij naar een nabijgelegen straat.

'Wat zei hij?' vraagt Noah als ze weer verder lopen.

'Dat het hier om de hoek is,' antwoordt Joshua kortaf en hij wijst naar een roze keet. Ze moeten bukken om onder een waslijn vol overhemden en spijkerbroeken door te kunnen lopen, waarna ze op een volgende, iets bredere straat uitkomen. Daar is de winkel. Een klein huisje van roze baksteen, kapotte ramen en afval dat verspreid bij de muur ligt. Het bord boven de deur hangt er nog. Joshua blijft staan en wijst.

'Daar is het,' zegt hij.

'Is dát de winkel?' vraagt Noah, en Joshua knikt. Noah richt zijn blik op het gebouwtje, hij loopt ernaartoe en veegt met zijn vingers langs de muur. Langzaam beweegt hij zich voort terwijl hij het tot zich laat doordringen. Dan loopt hij naar een raam. Alleen het metalen traliewerk zit er nog in. Het glas is allang kapot. Hij steekt zijn hoofd naar binnen en kijkt rond. Hier. Hier is ze geweest. In deze ruimte.

*

De werkelijke kern van ons leven kan voor alle anderen verborgen zijn, zelfs voor onze naasten, zoals het leven onder water onzichtbaar is voor iemand die zeilt. Mijn vader was zestien jaar toen hij voor het eerst het vermoeden kreeg dat hij was geadopteerd. Misschien had hij al weleens iets gemerkt, had hij gezien hoe weinig hij op zijn ouders leek of de piepkleine signalen van ouders uit de buurt opgevangen. Omdat oma plotseling een kind had gekregen zonder zichtbaar zwanger te zijn geweest, moeten er toch heel wat mensen van hebben geweten. Hoe dan ook, pas toen hij zestien was en zijn eerste identiteitsbewijs kreeg, begon hij achterdocht te koesteren. *Plaats van geboorte: Oslo*, stond er. Hij was midden in de zomer geboren en stelde zich voor dat ze misschien op vakantie waren geweest zodat zijn moeder in een ziekenhuis in Oslo moest bevallen, maar waarom hadden ze hem dat dan nooit verteld? Toen hij er eenmaal over na ging denken, kon hij zich geen enkel verhaal over zijn geboorte herinneren. Er was nooit over gepraat. En hoe zat het met foto's? Er waren foto's van hem toen hij klein was, foto's als baby waarop hij in de armen van zijn moeder lag, maar er was geen enkele foto van haar als zwangere vrouw.

Toen we op een avond samen op stap waren, vertelde papa me dit. Op een gegeven moment, zei hij, was hij in zijn eentje naar Oslo gegaan om in de hoerenbuurt op zoek te gaan naar zijn biologische moeder. Hij dacht dat er geen andere verklaring mogelijk was dan een ongewenste zwangerschap van een prostituee. Hij was naar de rosse buurt toe gegaan, vlak bij het fort, en had de vrouwen bekeken. Hun blikken maakten hem onpasselijk, de voorstellen die ze hem deden, hun verleidelijke glimlach.

Ik vroeg hem hoe oud hij was toen hij er absoluut zeker van was dat hij was geadopteerd.

'Dat was na onze verhuizing naar Oslo,' vertelde hij. 'Ik was een jaar of twintig toen ik naar het adoptiebureau op St. Olavs plass ging.'

Dat zat in hetzelfde gebouw en had dezelfde ingang als het vaccinatiekantoor waar ik me later had laten inenten voor mijn reis naar Zuid-Afrika.

'Heb je je ouders daar gevonden?' vroeg ik.

'Nee. Ik kreeg de bevestiging dat ik was geadopteerd, maar de namen kreeg ik niet te horen. Ze zeiden dat ze volgens de procedure namens mij contact met hen op zouden nemen. Dus ik moest gewoon wachten. Als mijn biologische ouders geen contact met me wilden, zou ik er nooit meer iets van horen.'

'Maar heb je er dan nooit met opa en oma over gepraat?' vroeg ik. Papa schudde zijn hoofd en glimlachte bitter. Toen veranderde de uitdrukking op zijn gezicht en zei hij dat hij dat inderdaad een keer had gedaan. Nadat hij bij het adoptiebureau was geweest, had hij met hen gesproken. Toen had zijn moeder beweerd dat ze hem wel degelijk over zijn adoptie hadden verteld, toen hij een jaar of vijf was.

'Was je dat weer vergeten?' vroeg ik.

'Vergeten of verdrongen,' zei hij.

'Hebben je biologische ouders van zich laten horen?'

'Ja. Dat hebben ze gedaan,' antwoordde hij met een veelbetekenende glimlach.

Dit was allemaal nieuw voor me. Ik wist van zijn adoptie, maar hij had altijd gezegd dat dat niet belangrijk was geweest. Dat er nu eenmaal dingen zijn in dit leven waar je niets aan kunt veranderen. Zo simpel, maar zo onwaar.

Ook Noah zei altijd dat zijn adoptie niets te betekenen had. De keren dat het onderwerp ter sprake kwam, zei hij altijd dat hij geluk had gehad dat hij hier had mogen opgroeien. Eigenlijk had hij enorm geboft dat hij door de familie McWarren was geadopteerd in plaats van op te groeien in de sloppenwijken buiten het centrum tijdens de meest gewelddadige periode in de Zuid-Afrikaanse geschiedenis. Degenen die hem dat hoorden zeggen, geloofden het en zelf geloofde hij het ook. Dat het hele vraagstuk over zijn afkomst iets was wat hij achter zich had gelaten, dat hij er klaar mee was. In werkelijkheid waren de raadsels rond zijn biologische oorsprong altijd op de achtergrond aanwezig. De vraag wie zijn ouders waren en waar hij eigenlijk vandaan kwam, waarom ze hem niet bij zich hadden gehouden maar hadden afgestaan, had hem als een schaduw achtervolgd.

De spiegel in de gang met de vergulde lijst van takken en rozen herinnerde hem elke keer dat hij die passeerde aan zijn huidskleur. Wanneer ze in de stad liepen, keek hij soms naar onbekende, gekleurde vrouwen in de goede leeftijdscategorie. Kon die vrouw die daar bij het schap tomaten stond zijn moeder zijn? Die de vruchten een voor een optilde en opeens verbaasd glimlachte als ze zijn blik ontmoette? Of die vrouw bij de bushalte met een oude leren koffer en een enorme rode zonnebril? Of die vrouw in het restaurant, van wie hij door de klapdeuren van de keuken slechts een glimp opving?

Kon de tuinman van de buren misschien zijn vader zijn? Of de buschauffeur? Of de man bij het benzinestation, die klaarstond bij de pomp en probeerde te glimlachen als hij een munt in zijn hand gedrukt kreeg nadat hij de voorruit had gewassen?

Toen Noah kleiner was, had hij zich weleens voorgesteld dat June en Thomas van mening waren veranderd. Dat ze spijt hadden van de adoptie en hem terug wilden brengen naar het kindertehuis. Zijn moeder had hem altijd verzekerd dat ze hem bewust hadden gekozen en vaak had ze daaraan toegevoegd 'dat het de bedoeling was' dat ze hem daar zou vinden aangezien zij kinderloos was en hij ouders nodig had. Maar 'de bedoeling'? Zijn moeder geloofde evenmin dat zij tweeën deel uitmaakten van Gods plan voor de mensheid of dat de hele kolonisatie van de Kaap en het verdrijven van de zwarte bevolking, laat staan de hele apartheid, onderdeel was van dat plan: dat Noah uitgerekend door haar geadopteerd zou worden. Dat was toeval geweest. Voor beiden een gelukstreffer. Ze meende het echt, dat wist hij, maar dat was op het moment dat ze het erover hadden, wanneer ze het goed hadden samen. Dan waren er momenten waarop hij haar liefde als een fysieke warmte ervoer, als zonnestralen op zijn hand in het raamkozijn van zijn kamer. Maar hoe zat het met de andere dagen? Zo dacht hij vaak toen hij klein was, met name als zijn ouders boos op hem waren. Hoe zat het met de dagen waarop hij iets verkeerds deed of wanneer ze moe waren en hij hun moedeloosheid voelde als de tocht door een openstaande deur in de winter?

Dan kon alles instorten en stroomden de tranen over zijn wangen zonder dat hij er iets aan kon doen. Want stel dat ze terugkwamen op hun besluit? Als ze vonden dat hij zich niet goed genoeg gedroeg? Als ze erachter kwamen dat ze toch niet genoeg tijd voor hem hadden? Dat een kind te duur was, te onpraktisch? Had hij zijn moeder niet een keer aan de telefoon tegen een vriendin horen zeggen dat ze niet mee naar New York kon omdat ze thuis moest zijn voor hem? Had hij niet gemerkt hoe gestrest Thomas kon zijn als Noah hem ophield zodat hij te laat op zijn werk kwam, omdat hij eigenlijk aan het werk moest en geen tijd had voor tekeningen van marsmannetjes of machines die dingen kleiner konden maken?

En verder: dat ze ervoor gekózen hadden hem te houden, wilde toch niet zeggen dat ze die keus niet ongedaan konden maken? Mensen kwamen voortdurend op hun besluiten terug. Ook bij grote vraagstukken. Mensen die trouwden bijvoorbeeld, beloofden voor de rest van hun leven samen te wonen en altijd van elkaar te blijven houden, maar als dat te moeilijk bleek, maakten ze die keus ongedaan, op het moment dat de liefde tussen hen was weggeëbd en verdwenen. Dan gingen ze uit elkaar en maakten hun belofte ongedaan. Zoals het echtpaar verderop in de straat en de helft van de ouders van zijn klasgenoten.

Waarom zou dat met hem dan anders zijn, dacht Noah en hij stelde zich voor dat er iets met June zou gebeuren, iets tragisch, zoals een auto-ongeluk. Dat ze zou sterven en dat Thomas dan naar hem toe kwam en zei: 'Het spijt me, Noah, maar ik kan je niet langer bij me houden.' De pijn die hij dan voelde, was als een korst waar hij voortdurend aan bleef krabben om de wond open te houden zodat hij de bitterzoete steek zou voelen. Steeds weer zei hij tegen zichzelf dat het er niet toe deed, en die gedachte werd steeds groter. Hij droeg die uit zodat iedereen het geloofde, maar ondertussen voelde hij een leegte in de woorden, die naar hij hoopte voor iedereen onzichtbaar bleef. Alsof het allemaal alleen maar buitenkant was, geen inhoud had en dat het beeld zou verpulveren zodra iemand er maar hard genoeg tegenaan duwde. Dat is wat er nu gebeurt. De vraag waar hij thuishoorde, was niet verankerd, voldoende besproken, definitief beantwoord. Daarom staat hij hier nu bij een verlaten winkel in Khayelitsha door een kapot raam naar binnen te kijken. Een rek van donker hout ligt omgevallen op de vloer tussen verscheurde kranten en een paar lege frisdrankflessen. Sporen van mensen die ooit de winkel waren binnengedrongen op zoek naar voedsel en drank, of een slaapplek. Dit was de winkel waar zij de tas had gekocht. Kocht ze die alleen voor dat ene doel? Om hem erin te kunnen stoppen en ergens achter te laten, of was de tas ook voor een gewoon doel gebruikt, voor het dragen van sinaasappels en waspoeder, toen er iets gebeurde waardoor ze opeens haar toevlucht moest nemen tot wat voorhanden was?

Hij probeert zich voor te stellen hoe het er in die winkel uitzag. Hoe het was toen alle rekken en schappen netjes op hun plaats stonden. De zaak vol met mensen, gesprekken, geuren.

'Hoelang is het geleden dat deze winkel werd opgeheven, zei je?' vraagt hij, zonder zich om te draaien.

'Ik weet het niet precies,' antwoordt Joshua. 'Ik ben hier al jaren niet meer geweest, maar de vrouw die hier werkte... Het moet meer dan vijftien jaar geleden zijn dat ze werd vermoord. Eigenlijk is het gek dat niemand het huis heeft gekocht om er iets mee te doen. Waarschijnlijk betekent dit dat het nog steeds iemands eigendom is.'

'Was het een overval?'

'Ja.'

'Er kan toch niet zoveel te halen zijn geweest?'

Joshua schudt zijn hoofd, loopt naar het raam naast Noah en kijkt door de tralies.

'Waren de klanten alleen mensen die hier in de buurt woonden?' vraagt Noah verder.

'Ja, vast wel. Mensen uit dit deel van Khayelitsha.'

'Dat betekent dat ze hier moet hebben gewoond,' zegt Noah en hij draait zich om, kijkt naar de huizen en krijgt plotseling hartkloppingen alsof hij echt dacht dat zijn moeder hier ergens zou zijn, vlakbij, en dat ze ineens de hoek om zou komen. Hij haalt diep adem, wendt zijn blik af en kijkt opnieuw recht in de ogen van Joshua, wiens blik Noah het gevoel geeft dat hij volstrekt doorzichtig is. Dat alles wat hij denkt en voelt zichtbaar is, en hij probeert te glimlachen, zijn gevoel weg te denken en koeler te lijken, zakelijker. Hij loopt naar de deur, die meermaals lijkt te zijn opengebroken, maar nu voorzien is van een nieuw hangslot.

'Misschien heb ik haar weleens ontmoet,' zegt Joshua met een blik naar Noah. Die laat de gedachte indalen, maar zegt niets, dus Joshua gaat door. 'Ik weet het natuurlijk niet. Maar als ze hier vaak boodschappen heeft gedaan, is het echt niet ondenkbaar dat ik haar een keer ben tegengekomen, op straat voorbij ben gelopen of achter haar in de rij voor de kassa heb gestaan...' Joshua schudt zijn hoofd en zegt dat het uiteraard niets te betekenen heeft.

'O jawel,' zegt Noah. 'Het betekent een heleboel.'

Nogmaals kijkt hij door het raam. Hij hoopt dat er wat te zien is. Een spoor, wat ook maar, maar daarbinnen is niets wat hem opeens bekend voorkomt, er liggen geen voorwerpen op de vloer die nu iets aan hem onthullen, dus hij draait zich om en kijkt weer naar de weg, naar een van de vele steegjes waar zijn moeder waarschijnlijk, lang geleden, met hem in haar buik heeft rondgelopen. Hier, in de winkel die vlak achter hem staat, heeft ze de tas gekocht. Daarbinnen.

'Joshua?' vraagt hij.

'Ja?'

'Kun jij je een verhaal herinneren over een moeder die haar kind heeft afgestaan?'

Joshua knikt nauwelijks zichtbaar. 'Ach, daar zijn er zoveel van,' zegt hij.

'Denk je dat ik ooit de kans krijg om erachter te komen wie ze was?' vraagt Noah voorzichtig terwijl hij Joshua recht aankijkt.

Joshua legt een hand op zijn schouder, probeert troostend te glimlachen en antwoordt nee, dat hij denkt dat dat eigenlijk niet zal lukken. Dat de sloppenwijken te groot zijn en dat er veel te veel verhalen zijn die lijken op het zijne.

Al verschillende malen heeft Joshua langs hem heen gekeken. Noah draait zich om en ziet een paar mannen hun kant op komen. Wijdbeens. Hun hoofd getooid met petjes en bandana's. Logge bewegingen.

'Hoe dan ook, Noah, we moeten verder,' besluit hij met de blik op het groepje gericht. 'Draai je niet om,' zegt hij zacht. 'Loop normaal.'

Noah volgt de chauffeur als die een steegje in loopt.

26

In grote delen van Afrika leeft de *Schistosoma haematobium*, een parasiet met een cyclische levensloop die begint en eindigt in rivieren. Je vindt hem in het stilstaande zoete water van meren en rivieren, waar ze zoetwaterslakken besmetten. Die blinde, zwarte weekdieren brengen de besmetting in het zoete water over op mensen of dieren als ze zwemmen of ervan drinken. Zo komt de parasiet terecht in de bloedvaten, tast inwendige organen aan en veroorzaakt vermoeidheid, slapte en misselijkheid. De eitjes die de parasiet legt, worden via bloed in de urine van degenen die besmet zijn, weer uitgescheiden. Zo komt de parasiet weer in de rivier terecht, waar ze opnieuw een slak opzoeken en de kringloop verdergaat. Volgens sommige onderzoekers was voor het begin van de industrialisatie misschien wel vijfentwintig procent van de Afrikaanse bevolking ten zuiden van de Sahara met de ziekte besmet. In sommige regionen kwam die zelfs zo vaak voor, dat de symptomen van de besmetting bij jongens werden beschouwd als een teken van mannelijkheid, iets wat net zo natuurlijk was als de menstruatie bij vrouwen.

*

De drie zeilschepen werpen hun langwerpige schaduwen op de zandbodem onder het water. Drie donkere vlekken op een vlakte van zeegras en wier. Groene sprieten steken uit de zandbodem omhoog en wuiven langzaam heen en weer. Een school visjes zo groot als vingernagels komt uit het woud van wier tevoorschijn, schielijk verdwijnen ze weer in de beschutting van de planten. Een potvis glijdt door het water. Hij zwemt in de richting van het strand en hoort daar het geluid van zandkorrels die door de golven mee naar zee worden genomen. Dan klinkt een ander, onbekend geluid. Een ritmisch plonzen aan de oppervlakte. Het geluid van twee lange riemen die in het water slaan, met een grote boog door het water bewegen en dan weer naar boven verdwijnen. Als dunne armen aan een boogvormig lichaam van hout. Het is de boot met Eva, Harry en Jan, die door het water naar het schip toe glijdt. Ze worden aan boord geholpen. Niemand ziet de potvis die onder het schip door zwemt en een paar honderd meter verderop weer aan de oppervlakte komt.

Maria gaat op haar hurken zitten. Ze vraagt Eva met haar mee te gaan en zegt dat ze haar voor ze gaan eten een geschenk wil geven. Snel en zachtjes vertaalt Harry voor Eva, die zich naar hem heeft toe gedraaid. Haar gezicht toont dat ze alles in zich opneemt, dat ze probeert de klank van de woorden, de lichaamstaal en de toonval te onthouden. Al dit nieuwe dat haar onbekend is en waarschijnlijk ook angstig maakt. Toch pakt ze ten slotte Maria bij de hand en met zijn allen gaan ze het schip in. Cornelius loopt naar hen toe en steekt zijn hand uit om ze te begroeten. Achter hem kijkt de bemanning toe, zichtbaar nieuwsgierig naar deze vreemde wezens. Voor velen is het de eerste keer dat ze een mens met een andere huidskleur zien, denkt Jan van Riebeeck. Hij herinnert zich hoe hij zelf gereageerd had toen ze voor de kust van Sierra Leone schipbreuk hadden geleden en naar het fort met al die zwarte soldaten en slaven werden gebracht.

Harry moet hebben begrepen dat ze de aandacht van de bemanning trekken, want in plaats van dat hij de uitgestoken hand van de kapitein aanneemt, kijkt hij met een steelse blik in hun richting, beweegt ineens zijn hoofd wild heen en weer en begint als een dier te grommen. Hij kromt zijn vingers alsof het klauwen zijn en strekt die met een wilde blik in zijn ogen voor zich uit, het is alsof hij hen te lijf wil gaan en zal verscheuren. Jan ziet dat sommigen onwillekeurig naar hun wapen grijpen en zich klaarmaken om hun mes, zwaard of musket te trekken. Ook de officier doet gedurende de seconden dat de komedie duurt een paar stappen achteruit. Dan verandert Harry van lichaamshouding en begint te lachen.

'Wat zijn jullie grappig,' zegt hij in feilloos Engels tegen de mannen. 'Ik bijt niet, hoor!'

Van Riebeeck kijkt om zich heen. Onzeker glimlachend ontspannen de mannen zich, draaien zich om en verdwijnen, alsof ze allemaal nog iets belangrijks te doen hebben wat niet kan wachten.

Ze laten Harry zien waar de wasruimten zijn en hij krijgt een kan warm water, zeep en scheerspullen. Jan laat hem zijn gang gaan en loopt naar de kombuis. Als hij door het gangetje loopt, hoort hij gelach uit de hut waar Maria, Eva en de twee nichtjes zijn. Hij klopt op de deur. Het blijft even stil. Dan zegt Maria: 'Kom binnen!'

Eva staat in het midden van de hut in een blauwwitte jurk met een kanten kraag en kanten roesjes. Haar haar is geborsteld en haar gezicht gewassen, waardoor haar gelaatstrekken zich niet langer onder stof en vuil verborgen houden. Ze is een ander mens, denkt van Riebeeck, en hij geeft uitdrukking aan zijn bewondering. Eva beantwoordt trots zijn glimlach. Ook al begrijpt ze de woorden die hij gebruikt niet, de bedoeling ervan begrijpt ze uitstekend. Maria komt naast hem staan en slaat haar arm om zijn middel.

'Sebastiana was zo lief om haar een van haar jurken te geven. Was dat geen goed idee? We kunnen wel een paar nieuwe jurken van thuis bestellen. Nietwaar, Jan?'

'Ja, absoluut,' antwoordt Van Riebeeck met een instemmende knik. 'Absoluut.'

Sebastiana, ook in een mooie jurk, gaat pal voor Eva staan en zegt: 'Kijk eens, Eva.' Dan strekt ze haar handen zijdelings uit en maakt een pirouette zodat de jurk rondzwiert. Eva glimlacht breed en doet haar na: ze strekt haar handen uit en draait om zichzelf heen, verrassend elegant voor een eerste keer. Sebastiana en Maria klappen in hun handen. Juist op dat moment komt Harry binnen. Meteen als hij Eva ziet, buigt hij het hoofd. Zijn ogen glanzen.

'Dank u wel,' zegt hij tegen Maria. 'Wat is het mooi haar zo te zien.'

'Geen dank, het was me een genoegen, Mr Harry. Kunnen we u misschien ook een paar kledingstukken lenen voor we aan tafel gaan?'

'Nee, dat is toch veel te veel gevraagd?' antwoordt Harry, terwijl hij het laatste woord in de lucht laat hangen en laat doorschemeren dat hij eigenlijk het tegenovergestelde bedoelt.

'Helemaal niet,' antwoordt Maria enthousiast. Ze kijkt even naar Jan, die haar kort toeknikt, en gaat dan verder: 'Er zijn meer dan honderd man aan boord, dan zou het toch te gek zijn als we voor u niet een hemd en broek kunnen vinden,' zegt ze, zijn maat met haar ogen opnemend.

'Ik geloof dat u ongeveer dezelfde maat als Jan heeft,' merkt ze op en ze draait zich om naar de klerenkist, waar ze een wit hemd met een kanten kraag uit pakt. Ze houdt die voor het naakte bovenlichaam van Harry, strekt een mouw langs zijn arm uit en knikt dan tevreden. Dan draait ze zich nog een keer om en pakt een donkerblauw wollen jasje met een dubbele rij knopen, een broek en bijpassende schoenen en sokken. 'Past u dit maar eens,' zegt ze. 'Wij kunnen wel even buiten wachten terwijl u zich omkleedt.'

'Hartelijk dank, Maria!' zegt Harry. Hij lijkt oprecht ontroerd.

Enkele minuten later gaat de deur open en komt Harry trots tevoorschijn. Het verschil met de man die die ochtend halfnaakt naar hen toe liep, is enorm. Dit is een heel ander mens, denkt Van Riebeeck opnieuw, een heel andere persoon. Is het werkelijk zo simpel? Zijn het alleen maar de kleren en de taal die hem onderscheiden van de mensen die nu voor een grot aan het strand om een vuur gehurkt rauwe mosselen zitten op te slurpen?

De kok komt aan het einde van de gang de trap af om te zeggen dat het diner is geserveerd. Midden op de grote tafel staan ovale zilveren terrines met deksel naast sauskommen van zilver in de vorm van zwanen met sierlijke, ingetrokken vleugels en een gestrekte hals met aan het eind een tuit waar de saus uit wordt gegoten. Op platte zilveren schalen liggen de vruchten uitgestald die ze in de loop van de dag hebben gevonden, in fraaie schijfjes gesneden die als een waaier zijn neergelegd. Maria laat Eva zien waar ze kan gaan zitten, tussen Sebastiana en Harry in, dan plaatst ze ook de anderen achter hun stoel en knikt naar Jan, die iedereen vraagt te gaan zitten.

Voor de eerste keer sinds maanden kunnen ze zich voorzien van gebakken vis en vers fruit, in de kristallen glazen wordt wijn geschonken. Eva volgt nauwlettend elke beweging met haar ogen, vooral hoe Maria en de twee nichtjes zich gedragen. Wanneer de jongste ineens ontdekt dat ze met een kromme rug zit en haar rug recht, doet Eva dat ook. Als Maria de buitenste zilveren vork en het buitenste zilveren mes pakt om het vlees in stukjes te snijden, doet Eva, diep geconcentreerd, haar bewegingen na. Jan heft het glas.

'Proost op onze nieuwe vrienden hier op de Kaap,' zegt hij luid en duidelijk met een vriendelijke glimlach naar Harry.

'Proost,' antwoorden ze allemaal terwijl ze hun glazen op ooghoogte heffen. Ook Eva, die verwonderd kijkt en haar gezicht vertrekt als ze een slok wijn proeft. Maria glimlacht en knipoogt naar haar man. Harry zet zijn glas weer neer. Nadat hij een paar happen heeft genomen, schraapt hij zijn keel en vraagt om aandacht.

'Ik heb gezien dat jullie aan het strand huizen bouwen,' zegt hij. 'Ik neem aan dat jullie van plan zijn hier een poos te blijven?'

Jan knikt.

'Ja. We willen een handelspost stichten. Een plek waar andere schepen onderweg naar Azië kunnen aanleggen en van vers fruit, groenten en vlees voorzien kunnen worden.

Harry neemt nog een slok van zijn wijn, slikt, doet dan opnieuw zijn mond open en mompelt dat de Engelsen al heel lang soortgelijke plannen hebben. Dan heft hij weer het hoofd en spreekt luider. 'Ja, ja. Dan willen jullie misschien zelf fruit en groenten gaan verbouwen?'

'Ja, dat is het plan.'

'Maar het vlees dan?' vraagt Harry, zich zo onnozel mogelijk voordoend. 'Ik heb geen koeien of schapen gezien.'

'Nee, we hopen dat we door ruilhandel met de mensen hier dieren kunnen krijgen. Een eindje verderop in het bos heb ik een koeienpad gezien dat doet vermoeden dat hier ook koeienhoeders zijn. Of heb ik het mis?'

'Nee, dat klopt, hier wonen verschillende stammen. Ze drijven onderling ook handel, maar niet met mensen uit jullie landen,' antwoordt Harry.

'Die indruk had ik al,' zegt Jan, 'en ik weet dat de Portugezen niet meer voor de kust van de Kaap aanleggen nadat ze met de kustbewoners slaags zijn geraakt.'

'Ja, inderdaad...' zegt Harry zacht, om zo van iedereen aan tafel de aandacht te krijgen. 'Ja, inderdaad... Er is veel – hoe zal ik het zeggen? – voorzichtigheid nodig om met de mensen hier handel te drijven. Je moet weten waar ze behoefte aan hebben, wat een goede prijs is zonder dat ze je een oor aannaaien, waar de verschillende stammen in de winter en zomer naartoe trekken. En vooral, weet u wat het belangrijkste van alles is, kapitein?'

'Nee?'

'De taal. Jullie moeten iemand hebben die de taal beheerst.'

'Wat u zegt. Dit zijn toch allemaal zaken waar u bekend mee bent, Harry?' vraagt Jan.

Harry neemt nog een slok wijn, zet het glas neer en droogt dan met een servet zijn mond af.

'Ja.'

Maria kijkt snel naar Jan, alsof ze zijn antwoord op zijn gezicht wil aflezen, dan buigt ze zich een beetje naar voren om oogcontact met Harry te maken.

'Zou u zich kunnen voorstellen ons die dienst te bewijzen, Autshumao? Voor onze maatschappij te werken? Ons met de handel te helpen? Zou dat het voor ons allemaal niet veel eenvoudiger maken, Jan?'

'Ja, absoluut.'

Harry glimlacht en zegt dat hij de indruk heeft dat Jan het vaak met zijn vrouw eens is. Sommigen aan tafel beginnen te lachen, zo ook Jan. Als het gelach is opgehouden, snijdt Jan met zijn grote mes en vork een stuk wit visvlees af, prikt dat aan zijn vork en kijkt Harry weer aan.

'Nu dan, zou u zich dat kunnen voorstellen, Harry?'

'Ja, absoluut,' antwoordt Harry alsof hij Jan na-aapt.

Doet hij dat nu expres of niet, denkt Jan als hij de vork naar zijn mond brengt, maar hij zegt niets. 'Prima,' antwoordt hij slechts. Hij knikt terwijl hij de vis doorslikt en heft dan zijn glas om een toost op Harry uit te brengen.

Als ze hun glazen weer neerzetten, merkt hij dat er iets onuitgesproken blijft, iets wat Harry wil zeggen of waar hij om wil vragen, iets waar Harry liever niet uit zichzelf over wil beginnen.

'U wordt natuurlijk voor uw diensten betaald,' zegt Jan.

Harry glimlacht breed, schudt dan halfhartig het hoofd, als om nee te zeggen.

'Nee, dat hoeft niet, jullie hebben al zoveel voor ons gedaan. Deze kleren voor mij en Eva, het diner en dit alles...' zegt hij met een glimlach naar Maria.

Eva heeft tijdens het hele diner haar mond nog niet opengedaan. Ze heeft goed opgelet wat de anderen met hun bestek en glazen deden, en de gesprekken en de wisselingen in stemming aan tafel nauwlettend gevolgd. Nu kijkt ze met haar heldere, bruine ogen weer naar Maria.

'Jawel, jazeker. Natuurlijk krijgt u betaald!' zegt Maria.

'Uiteraard,' beaamt Jan, waarna hij vertelt dat ze hier niet zijn gekomen om iemand tekort te doen.

Stoelen worden achteruitgeschoven, men staat op van tafel en een poosje later bevinden Jan en Harry zich in elkaars gezelschap. Tegen de wand aan leunend roken ze ieder een pijp. Ze hebben allebei een kleur van de wijn en voelen zich voldaan. Harry trekt een paar keer aan zijn pijp, blaast een rookwolk weg en kijkt snel om zich heen, alsof hij zich ervan wil vergewissen dat niemand kan horen wat hij zegt.

'Jan, u weet nog dat ik vertelde dat hier verschillende bevolkingsgroepen leven en wonen?'

'Ja. Dat zijn jullie, dat zijn de mensen van de Saldanhabaai en dan heb je de mensen die hoog in de bergen wonen. Zo was het, toch?'

'Ja, juist. De groep die altijd voor problemen zorgt, is de groep die op de Tafelberg woont. Wanneer het voorjaar wordt en ze naar de kust trekken, moeten we altijd vechten voor het recht op het gebied om ons heen. Elk jaar opnieuw! Maar als wij de krachten bundelen, jullie, de Saldanharen en wij...'

'Ja?'

'Dan zouden we ze te pakken kunnen nemen.'

Jan luistert en probeert zoveel als hij kan uit het gezicht van Harry op te maken, terwijl hij zich kostbare tijd verschaft door een lange trek van zijn pijp te nemen.

'Wat bedoelt u met "te pakken kunnen nemen"?' vraagt hij.

'Precies wat ik zeg. Ze zijn niet met velen. Het zou niet moeilijk zijn en gelooft u mij: we hebben het hier niet over een edel volk.'

'Het is onze taak, Harry, om met iedereen die in het gebied woont een goede band op te bouwen. U moet bedenken met hoe weinigen we zijn.'

'Zeker, maar jullie zouden het kunnen. En als u ze niet om wilt brengen, zouden jullie ze toch gevangen kunnen nemen en ze voor jullie aan het werk kunnen zetten? Want ik ga ervan uit dat jullie niet van plan zijn om alle huizen en het fort zelf te bouwen?'

'Toch wel. We hebben hiervoor strenge voorschriften meegekregen. Het is ons niet toegestaan om welke vorm van slavernij dan ook in te zetten, dat mag u gerust aan iedereen vertellen.'

Harry knikt en neemt nog een slok van de bruingekleurde drank.

'Ja, ja. Ach, het was maar een voorstel, kapitein. De beslissing is aan u.'

'Inderdaad. Maar hartelijke dank, Harry.'

Maria loopt naar hen toe en vraagt waar ze het over hebben.

'Jan heeft net gezegd hoe blij hij is dat u hem vergezelt op deze reis,' zegt Harry met een gemaakt, elegant lachje.

Maria glimlacht een beetje van de wijs gebracht en kust Jan op zijn wang.

'Ja, ik ben ook blij dat ik hier ben, Harry,' zegt ze. Daarna laat ze hen weer achter en loopt naar Eva en de kinderen die samen spelen.

*

Een paar uur later worden Harry en Eva teruggebracht naar het strand. Eva heeft haar jurk weer uitgetrokken, Harry heeft gevraagd of hij de Europese kleren mag houden. Dan klimt hij enigszins aangeschoten langs de touwladder naar beneden en wuift ten afscheid. Van Riebeeck blijft met Cornelius naast zich staan kijken terwijl de sloep uit zicht verdwijnt en hij de gebeurtenissen van die dag overdenkt.

'Een lange dag, kapitein?'

'Ja. Kunt u het logboek bijwerken, alstublieft?' vraagt hij Cornelius.

'Natuurlijk, kapitein.'

'Dan ga ik nu slapen.'

'Goed. Goedenacht.'

'Goedenacht, Cornelius,' antwoordt Van Riebeeck. Hij daalt langs de steile trap af naar het benedendek. De gang ligt zoals altijd in het donker en wordt alleen verlicht door de olielampen aan de wand. Het geluid van de zee tegen de romp van het schip vermengt zich met het zachte gehuil van Lambertus en de troostende stem van Dada, het dienstmeisje. Hij gaat naar een van de wasruimten, wast zijn gezicht met koud water en laat alles wat er die dag gebeurd is, bezinken. Dit lijkt boven verwachting te gaan. De ontmoeting met Harry, een man die Nederlands en Engels spreekt. Een man die als tolk kan optreden bij hun gesprekken met de inheemse bevolking. Dat is veel meer dan waar hij op had kunnen hopen. Hij ziet zichzelf in de spiegel. Kleedt zich uit en stapt in bed. Vermoeid, opgewekt, opgetogen. Onder hem wiegt het zeegras geluidloos heen en weer en de walvis die lange tijd stil aan de oppervlakte heeft gelegen, haalt adem, vult zijn enorme longen en duikt dan diep naar beneden, de duisternis in.

*

Het woord parasiet komt van het Griekse *parasitos*, dat oorspronkelijk *hij die van andermans tafel eet* betekent. De vraag blijft wie wie is, daar aan de Kaap. Wie de waard is en wie de gast.

27

In de diepte is een gevecht gaande. Lange tijd wist niemand ervan. Soms werd er een potvis gevangen met diepe littekens op zijn rug, zonder dat duidelijk was waar die vandaan kwamen. Welk dier was groot genoeg om de strijd met een potvis aan te gaan? Andere walvissen? Hun tanden waren toch niet groot genoeg om zulke diepe wonden te maken? Pas in 1925 werd een deel van het raadsel opgelost, toen in de maag van een potvis de tentakels werden aangetroffen van een enorme inktvis. Het gigantische monster uit de diepzee dat zeelieden door de eeuwen heen hebben gevreesd en diverse namen hebben gegeven, is niet louter fantasie. In de maag van de walvis werden de overblijfselen aangetroffen van een reusachtige inktvis van meer dan tien meter lengte. *Mesonychoteuthis hamiltoni*. Het grootste waargenomen exemplaar was een kolos van meer dan twintig meter lengte voor de kust van Nieuw-Zeeland, met ogen van meer dan veertig centimeter doorsnee. Volgens onderzoekers was deze inktvis nog niet volgroeid. Eigenlijk weet niemand dus hoe groot ze werkelijk kunnen worden. Er worden maar weinig observaties gedaan, want deze kolossale wezens kunnen oud worden en verblijven in een wereld die wij nooit met ze kunnen delen. Maar de walvis haalt adem aan het zeeoppervlak en verdwijnt dan in de diepte, duizenden meters lager, waar absolute duisternis heerst.

Stel je het gevecht eens voor. De tentakels van de inktvis zijn voorzien van haken die in het vlees van de walvis snijden. De clash die tussen ondergrondse bergketens, dalen en afgronden plaatsvindt, tot de inktvis zich ten slotte weet te bevrijden en door een smalle kloof wegglipt, of door de enorme kaak wordt verzwolgen en levend verteerd wordt.

Uiteindelijk komt de walvis weer boven, met sneden in zijn huid. Het handschrift van de diepte.

*

Vervolg van ons logboek, in Jans handschrift:

12-12 1995 – Fort-de-France. Nieuw want. 7 mm top en onderwant, 8 mm hekstag – voorstag niet vervangen. 5600 franc. Gedaan door Ship-Shop Sarl, 108 Rue Ernest Deproque. Betaald met mastercard.
18-12 – Motor vervangen. Mecanique Plaisance.
19-12 – Proefvaart. Snelheid 5.0 knopen bij 2500 toeren. Achteruit lijkt veel slechter te gaan dan eerder.
20-12 – St. Lucia. Mooie tocht, aankomst 16.00 uur. Het want moet aangespannen worden.
6-2 – Trinidad. In de bomen bij Scotland Bay minstens 5 apen gezien.
7-2 – Bij de punt van Trinidad haai gespot.

Een paar dagen later gebeurde er iets wat volkomen buiten de logboeknotities over weer en afstand viel. Het had met de bemanning te maken. Het was midden februari 1996 en we waren op het eiland Trinidad in het zuiden van de Caraïben. Sinds onze aankomst op Martinique waren er drie maanden verstreken. We hadden bijna alle kleinere eilanden aangedaan. Saint Vincent, Grenada en Bequia, waar we kerst en oud en nieuw hadden gevierd en Dag en ik de plaatselijke kroeg hadden getrakteerd op een optreden met gitaar en strohoed. Daarna waren we verder gevaren naar het zuidelijkste Caraïbische eiland: Trinidad. Dag en ik waren naar Venezuela gevlogen, waar we de sloppenwijken van Caracas hadden gezien en door een enthousiaste Noorse bergbeklimmer waren overgehaald om naar de top van een vierduizendnegenhonderdachtenveertig meter hoge berg te klimmen. Nu waren we weer in Port of Spain op Trinidad. Het was de dag na carnaval en ik zat voor de verandering in mijn eentje op de boot terwijl Dag met zijn vader op pad was om te kijken of er ook post was. Ze voeren terug met de rubberen jol en al van verre zag ik dat er iets mis was. Op hun gezichten lag een gesloten, zwijgzame uitdrukking. Dag hield een dun vel A4-papier in zijn handen. Het leek een faxbericht te zijn. Wat was er aan de hand?

Vanwege het carnaval, op dat van Rio na het grootste ter wereld, was het havenkantoor de afgelopen dagen gesloten geweest. Tienduizenden mensen hadden in de straten gedanst, in bikini-achtige gewaden gehuld. Vrachtwagens met bandjes op de laadplank hadden door de stad gereden. We hadden de hele nacht feestgevierd. Onbekenden waren op ons afgekomen en hadden ons met klei ingesmeerd. Twee vrouwen verscheurden onze T-shirts. Ten slotte droegen we alleen nog een short, ons gezicht en bovenlichaam was ingesmeerd met klei. Nou ja. Wat ik me het beste kan herinneren is de ochtend, op een stoffig plein ergens in Port of Spain, waar na het nachtelijke feest duizenden mensen op weg gingen naar huis. De zon viel schuin op het plein en wierp lange schaduwen van lichamen en palmbomen op de weg. Opeens klonk er weer muziek en begon de menigte zich in ingestudeerde, gecoördineerde patronen te bewegen.

'Move it to the left,' riep de man van de band door de luidspreker, boven het opwindende ritme van auto-onderdelen en trommels uit, waarna de massa zich naar links begaf.

'Move it to the right,' ging hij door, en ik bleef staan en hoorde hoe de muziek werd opgebouwd en steeds harder werd, waarna ik me voor de laatste keer aan het dansen overgaf terwijl de zon zich boven de stad verhief. Uiteindelijk vond ik de bus die me terugbracht naar de jachthaven en de boot. Ik dook het water in om de ergste olie- en kleismurrie van me af te spoelen en strekte me uit op mijn bed onder in de kajuit. Op zondag was alles gesloten. De stad rustte uit. De daaropvolgende maandag ging het havenkantoor dus weer open en zat ik alleen in de boot terwijl ik de jol met de twee ernstige gezichten naderbij zag komen. Wat was er aan de hand? Wat voor vel papier hield Dag in zijn hand?

Zonder een woord te zeggen bereikten ze de zeilboot, maakten de jol vast en klommen via de touwladder aan boord. Onwillekeurig begon ik te lachen vanwege de ongewone situatie, wat ik wel vaker doe als ik onzeker ben. Toen gaf Dag me het vel papier.

'Je vader is ziek,' zei hij.

Ik pakte het aan en begon te lezen.

Ik wist dat mijn ouders afgelopen week in Rome waren geweest om hun zilveren bruiloft te vieren, maar ik had ze niet gesproken. Het was de eerste keer in meer dan twintig jaar dat mijn vader had gevlogen. Tot op dat moment had hij zoveel last van angst gehad dat hij niet eens met de bus of de trein kon reizen, laat staan met het vliegtuig.

Ik las de fax nogmaals. De letters vloeiden in elkaar over. *Your father is very ill. Please contact Ullevål Hospital Emergency.*

28

Jan van Riebeeck houdt een vel papier tussen zijn vingers en kijkt over het strand uit. De schipper van een van de andere schepen komt naar hem toe lopen en gaat naast hem staan. Op het vel papier staan de tekeningen van het fort. Het zijn de schetsen die voor hun vertrek in Amsterdam zijn gemaakt. Van Riebeeck heeft vijf mannen uitgekozen die klaarstaan met lijnen, spades en stokken. Hij wijst naar de grond naast de rivier, meet met grote passen het terrein op en markeert dan de omtrek van het gebouw. 'Hier komt het fort,' roept hij. 'Dan kunnen we een gracht om de muren heen graven en de rivier daardoorheen laten stromen.'

Stokken worden in de grond geslagen, lijnen worden tussen de stokken gespannen om de buitenmuren van de vesting aan te geven en de plek waar de mannen moeten graven. Gereedschappen en balken worden van de schepen aan land geroeid. De mannen hebben hun schoenen en sokken uitgetrokken en dragen de materialen het strand over. Jan van Riebeeck staat toe te kijken, terwijl zijn nichtjes met Eva aan de waterkant spelen, daar dingen aanwijzen en elkaar vertellen hoe die heten. Harry komt naar hen toe gelopen, nog steeds gekleed in het witte overhemd en het blauwe jasje met de dubbele rij knopen. Maar nu heeft hij geen schoenen aan en loopt op grote, stoffige blote voeten. Hij bedankt voor het diner dat ze de dag tevoren aan boord hebben genoten. Jan geeft hem meer tabak, met zijn tweeën staan ze te roken en keuvelend kijken ze toe op het werk dat wordt gedaan. De zeelieden zijn verderop aan het strand bezig met de bouw van een paar eenvoudige huizen. Het worden tijdelijke barakken voor de officieren en de schippers, voor de rest van de bemanning worden van versleten zeilmateriaal provisorische tenten opgezet. Zo is door de handelscompagnie besloten. Er wordt gezaagd, gespijkerd, gehamerd en er worden bomen gekapt.

Maria wiegt Lambertus op haar arm. Met het hoofdje van het kind tegen haar hals aan loopt ze heen en weer. Als ze zich beweegt, trillen zijn mollige wangetjes. Af en toe vallen zijn ogen dicht, van vermoeidheid, of tegen het zonlicht dat op hem valt. Opeens heeft hij na de laatste voeding een oprisping van moedermelk, een klonterige witte vloeistof blijft aan zijn kin hangen en loopt langzaam van Maria's keel naar beneden langs de witte stof van de banden van haar muts. Jan streelt hem over zijn kortharige hoofdje en zegt tegen Maria dat ze zijn mond moet wassen. Dan gaat hij terug om toezicht op de bouwwerkzaamheden te houden. Sommige mannen lopen te hoesten, maar ze gaan wel door met het werk. Een van hen, David Jansz – de jonge man komt van een boerderij onder de rook van Leiden – maakt een bijzonder uitgeputte indruk. Zijn huid is vaal en grauw en op zijn voorhoofd staan zweetdruppels. Hij schudt het hoofd en zegt dat hij het nog wel kan volhouden. Van Riebeeck klopt David op zijn schouder, zegt hem dat hij zijn inzet erg op prijs stelt en loopt dan verder. Als hij bij twee mannen staat die zwoegen op een laag taaie wortels waar ze niet doorheen kunnen komen omdat hun spades er steeds vanaf glijden, komt Cornelius naar hem toe lopen met een bezorgde uitdrukking op zijn gezicht.

'Van Riebeeck! Kijkt u daar eens,' zegt hij terwijl hij naar een hoogte een eindje verderop wijst. Jan draait zich in de richting waarin Cornelius wijst. Een kleine groep mannen met speren staat op een rotsblok ten zuiden van hun kampement, op een afstand van ongeveer tweehonderd meter. Het zijn anderen dan de mensen die ze al kennen. De volwassenen uit die groep zien er plotseling doodsbang uit. Ze trekken hun kinderen hardhandig met zich mee of dragen ze, terwijl ze zich uit de voeten maken. Alleen Harry blijft achter. Van Riebeeck beveelt zijn mannen te stoppen met de bouwwerkzaamheden. Langzaam raakt hij beheerst door angstgevoelens. Waarom zijn de Strandlopers zo bang voor hen? Hebben ze een reden om er zo snel vandoor te gaan? Is dit een van de stammen waar de Portugese zeelieden zo bloedig tegen hebben gevochten?

Het werk valt stil. Van Riebeeck vraagt Cornelius ervoor te zorgen dat ze goed bewapend zijn en zich gereedhouden, maar dat niemand en hij herhaalt *niemand*, schiet voor hij hun daar een rechtstreeks bevel toe heeft gegeven. Ze lopen in de richting van de nieuwkomelingen.

De mannen op het rotsblok zijn eerst afwachtend, maar dan komen ze dichterbij. Drie van hen hebben speren, de achterste draagt een pijl en boog op zijn rug. Voor zover Jan het kan beoordelen, ligt er niets dreigends in hun lichaamstaal of in hun gelaatsuitdrukkingen. Ze lopen ontspannen, niet ineengedoken en geconcentreerd zoals je zou verwachten van mensen die op jacht of op oorlogspad zijn, hun wapens houden ze losjes naast hun lichaam. Ze dragen aan elkaar genaaide schaapshuiden die meer aan kleding doen denken dan de eenvoudige lappen van de Strandlopers, rond hun hals en polsen hebben ze sieraden van schelpen. Ze lopen met rechte rug en hebben een trotse houding. Van Riebeeck zegt zijn mannen halt te houden, schuift de loop van het geweer van de soldaat naast zich naar achteren en vraagt hem dat over zijn schouder te leggen, zodat de onbekenden zich niet bedreigd zullen voelen. De groep tegenover hen blijft ook staan. Nu staan ze op nog slechts tien meter afstand van elkaar. Een man van een jaar of dertig met lange gespierde armen en benen, een klein, rond gezicht met een brede neus en krullend, zwart haar komt pratend en gebarend naar hen toe lopen. Vreemde woorden en klikgeluiden vullen de ruimte tussen hen. De punt van de speer die hij bij zich heeft, is van metaal.

Dan kunnen ze dus gereedschappen smeden, denkt Jan, terwijl hij met een glimlach zijn hoofd buigt als teken van respect. Ineens steekt de onbekende man zijn hand uit en legt die hard in de nek van Van Riebeeck. Het is een onverwachtse beweging en even denkt Jan dat dit het begin is van een gevecht, maar de uitdrukking op zijn gezicht zegt iets anders, de man lijkt vriendelijk en nieuwsgierig. Misschien begroeten ze elkaar hier wel zo, denkt Jan. Toch pakt hij de hand van de vreemdeling en trekt die weg van zijn nek. Hij probeert een begroeting door zijn hand naar hem uit te steken. De man raakt in verwarring en kijkt naar Jans uitgestoken hand, dan draait hij zich om en zegt iets wat de anderen doet lachen. Ze komen een paar stappen dichterbij. Van Riebeeck zegt 'Goedendag', de ander zegt iets ten antwoord. Zo blijven ze een paar seconden naar elkaars vreemde talen staan luisteren. Dan komt Harry naar hen toe rennen en zegt dat hij wel kan vertalen. Van Riebeeck krijgt te horen dat de man Odesa heet en dat hij de hoofdman is van een groep boeren en veehoeders die een eind verderop in een baai hun plek hebben. In de Saldanhabaai. Van Riebeeck zegt dat hij graag handel met hen wil drijven. Harry vertaalt. Odesa vertelt dat ze op het punt staan om de baai te verlaten omdat de winter in aantocht is, maar dat ze graag zaken met hen willen doen wanneer het beter weer wordt. Van Riebeeck vraagt Cornelius om koper, tabak en sterkedrank te halen. Hij zegt Odesa dat ze meer kunnen krijgen als ze terugkomen met de dieren die ze willen ruilen. Odesa neemt de fles aan, zet die aan zijn lippen en drinkt. Hij glimlacht, pakt ook de pijp en steekt die op.

'Hij belooft zo snel als hij kan terug te komen,' zegt Harry.

Jan bedankt hem en zegt de man dat hij de pijp mag houden.

Dan vertrekken ze en gaan op in het landschap. Waarnaartoe? Hoe ziet het er aan de achterkant van de berg uit? Hoe groot is dit continent eigenlijk, denkt Jan, terwijl hij op dat moment een hand in die van hem voelt. Het is de hand van Eva.

III

29

Waar gaat het bij een kruiswoordpuzzel precies om? Dat de woorden op elkaar aansluiten en verborgen verbanden scheppen. De R van speer wordt de R van vernedering. De E van werk wordt de E van apartheid. Een web van woorden, daar gaat het om. Ontdekken en uitmeten. Puzzelen en samenstellen. Ik blader wat door het kruiswoordpuzzelboek van mijn overgrootmoeder en pik er woorden uit. Hé, dat woord bestaat dus. En dat ook, en dat ook.

Aardvarken. Anemie. Assagaai. Baardwalvis. Bureau. Cadans. Diamant. Gieter. Goud. Hersenvliesontsteking. Kapstok. Kruiwagen. Melancholie. Mossel. Munitie. Nachtaapje. Oeros. Oudheid. Palmzondag. Schemering. Sneltrein. Spitsmuis. Torpedoboot. Vlammenwerper. Vleermuis. Waterpokken.

*

Adele gaat zoals gewoonlijk naar Hooper en loopt langs de spullen die bij de ingang hangen. Een emmer met handgemaakte houten lepels en een metalen gieter. Zakken chips aan een waslijn. Penselen. Nog voor ze binnen is, ziet ze een andere vrouw in de winkel staan, in een korte rok en een zwarte singlet. Ze heeft kort haar, een jongenskop. Wie is dat? Iets houdt Adele tegen, ze blijft buiten staan. Er is iets bijzonders aan de manier waarop Mandisa om zich heen kijkt. Aan de manier waarop de onbekende vrouw haar hand over de toonbank steekt en Mandisa's wang streelt om vervolgens naar voren te leunen. Adele ziet dat hun lippen elkaar ontmoeten, ze ziet de gretigheid in de armen van de twee vrouwen, het duurt maar een paar seconden, dan trekt Mandisa zich terug. Ze kijkt om zich heen en lacht.

'Tot vanavond,' hoort Adele de onbekende vrouw zeggen, dan kust ze Mandisa op haar wang en gaat naar buiten. Adele draait zich om en loopt weg, de andere kant op. Thuis ligt ze in bed en stelt zich de twee vrouwen voor, naakt. Het tafereel heeft haar geschokt en brengt haar in verwarring. Betekent dit soms dat Mandisa ook iets met haar van plan is, dat ze haar op een gegeven moment wil verleiden? Nee. Dat gelooft ze niet, ze voelt dat dat niet zo is, dat er niets tussen hen is. Maar hoe zit het met haarzelf? Zó heeft ze nog nooit over een vrouw nagedacht, naakt. Zou ze zelf lesbisch zijn?

De gedachte staat ver van haar af en hoewel ze een lichte angst voelt dat Mandisa haar op een dag zal proberen te verleiden, blijft ze naar Hooper gaan. Ze blijft helpen. Ze leert de artikelen te tellen, de prijs te bepalen, schappen in elkaar te zetten, klanten te ontmoeten en spullen te bestellen. Mandisa dringt zich nooit aan haar op. Ze bejegent Adele met niets anders dan vriendschap. Geleidelijk aan ontspant Adele zich. Ze stelt zich open. De onbekende vrouw die ze zag, komt niet terug naar de winkel. Misschien dat Mandisa en zij elkaar 's avonds treffen, dat weet ze niet. En het gaat haar ook niet aan.

De maanden verstrijken en ineens is er een jaar voorbij. Adele vrijt met een jongen van school. Ze voelt niets voor hem, maar is gevleid door alle aandacht die hij haar geeft en trekt vaker met hem op. Maar verder gaat het niet. Ze is zeventienenhalf als haar vader iets vindt waar ze op zichzelf kan wonen. Een door hem zelfgetimmerd schuurtje in de achtertuin van een familielid dat in de buurt woont. Het enige wat ze behalve haar kleren en beddengoed meeneemt, is de koffer met boeken uit de boekhandel in District Six.

Een eigen plek. Haar moeder omhelst haar innig en Adele voelt haar tranen als vocht op haar wang. Ze is het laatste kind dat het huis verlaat. Haar vader geeft haar geld en wenst haar succes. Hij zegt dat ze het maar moet laten weten als ze ergens hulp bij nodig heeft, of hij iets moet maken, verlichting kan aanbrengen of iets kan repareren wat kapot is gegaan.

De dagen gaan voorbij, zonder dat ze het eigenlijk door heeft. De dagen worden weken en de weken worden maanden. Ze raakt haar onzekerheid kwijt, trekt die van zich af als een oud vel, een dood stuk huid. Ze gaat naar school, werkt in Hooper, leert zelfverzekerder te zijn, een praatje te maken en wordt verliefd op een man die naar de winkel komt. Op hetzelfde moment dat ze zijn blik ontmoet, voelt ze een nerveuze tinteling op haar gezicht. Haar gedachten worden taai, langzaam, en ze is zich opeens zo bewust van zichzelf en haar bewegingen dat ze nauwelijks in staat is zich te verroeren en naar de toonbank te lopen om zijn hand te drukken wanneer Mandisa zegt dat ze graag wil dat Adele met deze man kennismaakt. Hij noemt zich enkel G, op zijn Engels uitgesproken, *Dji*. Hij drukt haar hand en werpt haar een warme glimlach toe. Alles aan hem is perfect. Zijn lippen. Zijn ogen, met borstelige wenkbrauwen. Grote handen, met haar op zijn armen en zichtbare aderen. Een vierkante kin en baardstoppels. Hij vraagt haar op welke school ze zit en ze antwoordt dat ze bijna klaar is. Ze wil zich ouder voordoen voor hem. Mandisa glimlacht naar haar, slaat haar arm om haar schouder en klinkt plotseling serieus als ze Adele vraagt of ze vijf minuten pauze wil nemen en naar buiten kan gaan.

Met bonzend hart blijft ze buiten staan terwijl ze af en toe snel door het raam kijkt. Wie is die man? Waarom moet ze buiten blijven wachten? Wat voor geheimen delen die twee? Daar krijgt ze geen antwoord op. Slechts een paar seconden later komt hij naar buiten, hij zwaait naar haar ten afscheid en ze volgt zijn rug met haar blik. De manier waarop zijn broek zich spant over zijn billen en bovenbenen, geeft haar het gevoel dat ze haar dijen moet samenknijpen, alsof hij zich in haar bevindt.

Twee dagen later keert hij terug. Ook dan moet hij Mandisa iets vertellen en hij geeft haar een pakje dat ze voor hem moet bewaren. Mandisa legt het meteen onder de toonbank. Een snelle beweging, een voorwerp dat niet gezien mag worden. Bij zijn vertrek lacht hij naar Adele. Hij complimenteert haar met haar zomerjurk en Adele lacht terug. Ze voelt dat er iets is, iets wat in de lucht tussen hen in vervlochten raakt. Hij legt zijn hand op haar onderarm en zegt: 'Fijne dag!'

Ze voelt de afdruk van zijn vingers. 's Avonds ligt ze wakker en stelt zich voor dat hij de winkel binnenkomt. Dat alleen zij tweeën er zijn en dat hij iets uit de bergruimte moet hebben. Ze moet langs hem heen stappen, dicht tegen hem aan, en hij laat zijn hand over haar arm glijden. Ze ziet zijn lippen voor zich, zijn glinsterende ogen. Ze stelt zich voor dat zijn hand haar streelt, zoekend langs haar lichaam strijkt en dat zij zijn broek openmaakt, zijn geslacht naar buiten haalt en bij zichzelf naar binnen brengt, tussen de kisten met fruitconserven en stapels kartonnen dozen.

Bij een energiecentrale buiten Kaapstad ontploft een bom. De politie rijdt door de straten. Bewapend, met helmen. Hun hoofden vol van angst en woede. G komt terug naar Hooper en praat weer met Mandisa, apart. Op weg naar buiten vraagt hij Adele of ze elkaar kunnen treffen als ze klaar is met haar werk. Met moeite bedwingt ze haar glimlach die op het punt staat haar gezicht open te breken. 'Leuk,' antwoordt ze, heel kort, maar met zoveel warmte in haar blik dat hij het weet, dat hij doorheeft hoe blij ze is.

Pas als hij een eind verder gelopen is, staat ze zichzelf haar vreugde toe. Ze krijgt een knuffel van Mandisa, die vraagt of ze de rest van de dag vrij wil en of ze ook geld voor een nieuwe jurk nodig heeft. 'Ja, graag,' zegt ze, steeds opnieuw. Ze neemt de biljetten aan, kiest een jurk uit die haar borsten beter laat uitkomen en haar benen lang en slank doet lijken. Ze maakt zich op en krijgt hulp van Mandisa bij het vlechten van haar haar. Dan gaat ze op pad. Ze ontmoet hem in een kleine, plaatselijke kroeg en voelt zijn blik over haar lichaam gaan. De warmte van zijn ogen. Ze drinken. Ze lacht, stelt zich open. Door blikken en woorden raken ze verbonden. Ten slotte hebben ze lang genoeg om elkaar heen gecirkeld en hij buigt zich naar haar toe. Ze voelt zijn adem op haar gezicht, zijn lippen die de hare beroeren, die zich aan haar vastzuigen en opengaan, als de deur van een geheime kamer, en haar toelaten. Daarbinnen ontmoet zijn tong de hare, zijn begeerte de hare en ze komen overeind, gaan naar haar huis, kleden elkaar uit in het licht van een lampje en dan zijn zij alles wat er bestaat, daarbinnen, in die kamer.

Zo verstrijken de volgende dagen. Werk, Hooper, bed.

Op een ochtend als ze samen op de bank koffie zitten te drinken, veegt hij met zijn hand over de koffer en vraagt waar die vandaan komt. Adele trekt haar voeten op de bank, en zet haar knieën onder haar kin, net als toen ze klein was.

'Die koffer? Die komt uit een boekhandel in District Six.'

'Kom je daarvandaan?'

'Ja. We woonden in het huis van mijn overgrootmoeder. Mijn vader werkte in een boekhandel vlakbij, maar hij werd ontslagen toen ze alles gingen slopen. Het enige wat hij mee kon nemen, was deze koffer met boeken.'

Adele leunt naar voren, schuift de vaas met de metalen bloemen van de plaatselijke kunstenaar aan de kant en zet haar koffiekop op de grond. Dan maakt ze de koffer open. De boeken zitten er nog steeds in.

'Heb je die allemaal gelezen?' vraagt G.

'Ja,' antwoordt ze, met een scheve glimlach.

'Tjonge!'

'Elk boek,' antwoordt Adele en ze strijkt met haar vinger over de ruggen. 'Hij heeft er nooit iets over gezegd, maar ik ga ervan uit dat de boeken die hij had uitgekozen... dat dat de beste, of belangrijkste boeken uit zijn leven waren. Ik ben begonnen met de kinderboeken. Toen met de spannende boeken en daarna de rest. Dat was een manier om hem beter te leren kennen.'

Een verrassend verdriet welt bij haar op. Haar buik spant zich en haar ogen beginnen te branden. Ze doet de koffer dicht.

G slaat zijn arm om haar heen en vraagt of hij nog leeft. Adele knikt.

'En toen je alle boeken gelezen had, had je toen het gevoel dat je hem beter kende?'

'Ja. Maar ik ben daardoor ook gaan begrijpen waarom je je kunt afsluiten. Hoe je kunt gaan denken dat de wereld uit de boeken echter is dan deze wereld. Dat die beter is.'

'O ja? Kunnen boeken soms dit?' vraagt G, en hij wrijft met zijn neus langs haar hals en kust haar achter haar oor. 'Of dit?' vraagt hij waarna hij zijn T-shirt uittrekt en zijn hand op haar dij legt en die naar boven laat glijden, over haar naakte huid. Hoger en hoger, totdat Adele haar ogen sluit en haar hoofd naar achteren buigt.

*

Als ze een week of twee met elkaar hebben doorgebracht, moet G op reis naar Johannesburg. In zijn afwezigheid ontploft er een bom bij het spoor. Vier mensen worden gedood. Hij belt later en zegt dat alles goed met hem is. Dat hij op weg naar huis is.

Op het nieuws zeggen de politici dat ze de strijd tegen de terroristen gaan intensiveren. MK heeft de verantwoordelijkheid weer opgeëist. Adele denkt aan de vage plannen die ze had om mee te doen. Om iets te doen. De volgende dag komt G terug. Kussen. Adem. Handen. Huid.

*

Uit: *De lange weg naar de vrijheid,* de memoires van Nelson Mandela:

Op een warme dag in december zat ik in de keuken van Liliesleaf Farm naar de radio te luisteren toen werd aangekondigd dat de Nobelprijs voor de Vrede was toegekend aan Chief Luthuli tijdens een ceremonie in Oslo. (...)

Deze eer kwam op een nogal moeilijk moment, want ze viel samen met een bekendmaking die grote vraagtekens kon zetten bij deze toekenning van de vredesprijs. De dag na de terugkeer van Luthuli uit Oslo maakte MK zijn bestaan op dramatische wijze bekend. In opdracht van het opperbevel van MK ontploften er op 16 december, de dag dat witte Zuidafrikanen Dingane's Day vierden, een aantal zelfgemaakte bommen in diverse elektriciteitscentrales en regeringsgebouwen in Johannesburg, Port Elizabeth en Durban. (...)

Op het tijdstip van de explosies werden er duizenden pamfletten met het MK-manifest door het hele land verspreid waarin de oprichting van Umkhonto we Sizwe werd aangekondigd.

> *'Eenheden van Umkhonto we Sizwe hebben vandaag een reeks aanvallen uitgevoerd op overheidsinstallaties, vooral die, die in verband staan met het apartheidsbeleid en de discriminatie op grond van ras. Umkhonto we Sizwe is een nieuw, onafhankelijk orgaan, gevormd door Afrikanen. Zijn leden zijn afkomstig uit alle bevolkingsgroepen. (...) Er komt een tijd in het bestaan van elke natie dat er maar twee keuzes overblijven: zich gewonnen geven of doorvechten. Die tijd is nu voor Zuid-Afrika aangebroken. We geven ons niet gewonnen en er rest ons geen andere keuze dan terug te vechten met alle middelen die we tot onze beschikking hebben om ons volk, onze toekomst en onze vrijheid te verdedigen.'*

*

Op een dag is Sipho, haar broer, verdwenen. Adele hoort het als eerste van een vriendin. Een paar mensen van de veiligheidsdienst zijn gekomen en hebben hem meegenomen. Ze doken uit het niets op. Een gepantserde auto, van het soort dat de laatste jaren wel vaker wordt gezien. Ze pakken willekeurig mensen op. Alle zwarten zijn potentiële terroristen. Ze springen uit hun auto's. Ze sleuren mensen hun huis uit terwijl geliefden of kinderen huilend achterblijven. De verdachten worden weggereden. Waarheen? Niemand die het weet. Er komt geen rechtszaak. Geen vonnis. Alleen verhoren. Degenen die terugkeren, vertellen over martelingen met stroomstoten. Over opsluitingen onder de grond, of in garages. Over aframmelingen of systematische waterboarding in troggen op afgelegen boerderijen. Als wrakken keren ze terug. Nu is het Sipho's beurt. Hij is meegenomen. Adele weet niet wat ze moet geloven. Ze heeft nooit gehoord dat haar broer betrokken zou zijn bij MK. Integendeel zelfs, ze zou het geweten hebben. Haar broer is een onderdanig type. Een van degenen die door het systeem gedrild zijn in gehoorzaamheid, in het opvolgen van regels. Hij werkt op de energiecentrale buiten het centrum, heeft een dochter van een jaar. Zoiets zou hij nooit doen. Nu is hij opgepakt. Nu zit hij daar. In een kelder. Ze sluit haar gedachtestroom af. Ze wil geen beeld van hem krijgen zoals hij daar gillend aan een muur zit vastgebonden terwijl de stroom via metalen klemmen van zijn handen naar zijn voeten gaat. Er verstrijkt een dag. Twee dagen. Na drie dagen keert hij terug, vol wonden en blauwe plekken. Hij trekt zich terug als zijn moeder hem wil omhelzen. Hij haalt gejaagd adem. Zijn neusvleugels staan wijd open. Zijn ogen zijn zwart. Hij ploft neer op een stoel. Zijn vader haalt twee biertjes en gaat recht tegenover hem zitten.

'Alsjeblieft,' zegt hij terwijl hij een flesje voor zijn zoon neerzet. 'Als je wat wilt vertellen, Sipho, kan dat.'

Sipho neemt een slok. Zijn onderlip trilt nog steeds als hij opkijkt en vraagt hoe de voetbalwedstrijd van zaterdag is afgelopen. Of ze gewonnen hebben. Adele hoort haar vader vertellen. Dan glipt ze naar buiten en loopt naar huis. De sterren stralen boven de hutten.

*

'Wat is er?'

'Ik wil je graag iets vertellen, Adele, maar ik ben bang voor wat er gaat gebeuren als ik het zeg.'

Het is halfeen 's nachts. G gaat rechtop in bed zitten, ondersteunt zijn hoofd met een hand, zijn elleboog leunend op het matras. Adele draait haar gezicht naar hem toe.

'Vertel.'

'Ik moet op reis.'

'Waarheen?'

'Over de grens. Naar een trainingskamp.'

Adele strijkt met een vinger over zijn arm, over zijn adamsappel en zijn kin, legt dan haar hand tegen zijn wang.

'Ik had het al verwacht,' zegt ze.

Hij draait zich weer naar haar toe.

'Wist je ervan?'

'Ja.'

'Ik zou willen dat het niet nodig was, maar we hebben geen keus.'

'Ik ga mee.'

G kijkt haar aan.

'Ik verander niet van gedachte, wat je ook zegt.'

'Mijn god, Adele.'

'Ja.'

'Op die manier kun je Sipho niet redden.'

'Nee. Ik wil het voor mezelf doen. Om mezelf te redden.'

'Geen sprake van.'

'Je kunt niet voor mij beslissen,' zegt ze, maar met een glimlach.

'Nee, maar ik kan wel besluiten je niet verder te helpen… ik maak me zorgen om je, dat begrijp je toch wel?'

'Ja, maar dan wil ik ook niet dat jij gaat.'

'Dat moet, Adele, ik heb het beloofd.'

Ergens begrijpt ze hem wel en is ze blij dat hij haar wil tegenhouden omdat hij bang is dat haar iets kan overkomen, maar dat is niet genoeg. Hier heeft ze op gewacht. Verder is alles al geprobeerd, ze moeten terugslaan.

Ten slotte geeft hij het op. Hij praat met Mandisa, belt met een geheime contactpersoon en maakt een afspraak met iemand die hen naar het trainingskamp kan brengen. De dag voor hun vertrek slapen ze weer met elkaar. Hij is zo dichtbij, elk deel van zijn huid. Elk ogenblik van zijn lichaam tegen het hare. Voor deze ene keer staat ze toe dat hij diep bij haar binnendringt.

De volgende ochtend pakt ze haar laatste spullen in. Van Mandisa krijgt ze een lange knuffel, dan gaat ze naar haar ouders om afscheid te nemen. Drie korte tikjes met haar knokkels op het stuk golfplaat op de deur. Adele staat buiten te wachten. Dan hoort ze voetstappen aan de andere kant, een haak die uit een oog wordt getild. In de deuropening ziet ze haar moeders gezicht. Haar ogen staan mat, de glimlach is afwezig. Moeder steekt haar hand uit en zegt haar naam, zachtjes, bijna fluisterend.

'Hoe gaat het met je, meisje?'

Adele kijkt over haar schouder naar binnen.

'Wat is er? Slaapt papa?'

Moeder knikt, komt naar buiten en doet de deur achter zich dicht. Ze houdt het metalen beslag van het hangslot vast met de hand achter haar rug. Zelfs hier buiten spreekt ze zachtjes, ze vraagt Adele hoe het met haar is.

'Goed, hoor. En met jou?'

Moeder kijkt naar Adeles hand, streelt die met haar duim en knikt zwijgend.

'Ik ben zo blij dat Sipho terug is.'

'Ik ook. Hoe is het met papa?'

'Hij voelt zich weer wat beter, maar de nachten putten hem uit. Hij slaapt veel.'

Zo gaat het altijd. Ze vergoelijkt zijn broosheid. Ze verklaart en beschermt, maar niet uit angst. Tussen die twee bestaat iets waar Adele nooit deel van zal uitmaken, wat ze nooit zal begrijpen. Liefde en koppigheid, dat zijn de brokstukken die haar moeder overeind houden.

'Ik ga een paar weken op reis.'

'Met wie?'

'Met een vriend.'

‘Wat gezellig,’ zegt haar moeder en ze glimlacht opnieuw. Zo’n triestе glimlach. ‘Wat fijn dat je iemand hebt gevonden, Adele. Bel me maar als je tijd hebt.’

Een omhelzing, dan draait ze zich om en vertrekt.

30

Aanvankelijk werd de zwarte verzetsbeweging in Zuid-Afrika sterk beïnvloed door het pacifistische gedachtegoed van Mahatma Gandhi en diens werk in het land.

De Indische advocaat en activist kwam in 1893 in Zuid-Afrika aan en bleef daar eenentwintig jaar, tot 1914. Daar ondervond hij de apartheid aan den lijve. Op een reis naar Pretoria werd Gandhi uit de trein gezet omdat hij een kleurling was. Hij kwam in de gevangenis terecht en zette zich in voor de rechten van de Indiërs in het land. Als onderdeel van die strijd hielp hij de Britten bij het rekruteren van Indische soldaten tijdens de laatste Boerenoorlog in 1899.

In 1913 leidde Gandhi een vreedzaam protest tegen een specifieke belasting die de Indiërs was opgelegd. Ze demonstreerden dusdanig dat er duizenden mensen tegelijk opgepakt zouden moeten worden, wat de autoriteiten in een onmogelijke positie bracht, aangezien die niet de capaciteit hadden om hun eigen regels op te volgen en iedereen gevangen te nemen. Het werkte: de wet werd gewijzigd.

Een jaar later vertrok Gandhi naar India, waar hij zijn vrijheidsstrijd voortzette. Dit was lang voordat het passieve verzet tegen de Britse heerschappij in India begon. Lang voor het vreedzame protest bij de zoutfabriek van Dharasana in 1930, zoals te zien is in de film over Gandhi, waarin Ben Kingsley de hoofdrol speelt als de magere en altijd vriendelijke opstandeling. Op die manier schept de filmindustrie ons collectieve geheugen, onze herinneringen en beelden van de wereldgeschiedenis. Zo betrap ik me er zelf op dat ik het vriendelijke gezicht van de Amerikaanse acteur Morgan Freeman voor me zie als ik aan Nelson Mandela denk.

De protesten tegen de zoutwinning betekenden een omslag in de algemene opinie, omdat die zo overduidelijk de hardvochtigheid van de koloniale machthebbers zichtbaar maakten: een lange rij mensen die zich in rijen van vier hebben opgesteld voor de fabriekspoort. Het moeten duizenden mensen zijn geweest. Zwijgend. Netjes in de rij.

*

Als reactie op mijn boycot van de eindexamenfeesten omdat ik die zinloos en infantiel vond, had iemand voor mij speciale visitekaartjes laten maken, zoals alle eindexamenkandidaten die elk jaar uitdeelden. Ik kreeg ze op het schoolplein in mijn handen gedrukt en was eerst totaal verbluft, denkend dat het om een vergissing moest gaan, tot ik de tekst op de kaarten zag en die woedend op de grond smeet:

SIMON STRANGER
'Ik ben de nieuwe Gandhi.'

31

24 april – Van Riebeeck heeft zijn familie aan land gebracht en gehuisvest in een lege hut van planken en zeil, zodat hij de voortgang van het werk kan bewaken.

Er staat een eenvoudige schuur van planken, een dak van zeildoek en een deur die van binnenuit met een schuif op slot kan. Een gat in de wand naar de zee toe doet dienst als raam en kan met een luik worden afgesloten. Maria kijkt naar Jan en loopt met hem achter zich aan naar binnen. Het is een klein bouwsel, er is maar net plek voor een slaapplaats voor hem en Maria, een wieg en een schrijftafel. Met alleen het licht dat door het kleine raam en enkele kieren in het dak en in de wanden naar binnen valt, is het donker in de ruimte.

'Dus je vindt dat we hier moeten wonen, Jan?'

'Ja, tot het fort klaar is.'

Maria gaat met Lambertus op schoot op het bed zitten en strijkt met haar lege hand over de beddensprei.

'Zou het niet beter zijn om aan boord te blijven tot we iets beters hebben?'

Jan gaat naast Maria zitten en probeert zijn arm om haar middel te leggen, maar ze duwt hem weg.

'Het schip vaart binnenkort verder naar Azië, Maria, dat weet je toch?'

'Het was maar een vraag.'

Haar toon is nog steeds nors. Jan ziet haar ineens voor zich in het huis waarin ze is opgegroeid. Als dochter van een notabele was ze gewend aan een groot landhuis met grote kamers en zalen, met kroonluchters, dienstbodes, brokaten tapijten en overdadige maaltijden. En daarvoor in de plaats heeft ze nu een hut zonder meubels in het niemandsland aan de rand van het oerwoud.

'Ik snap dat dit niet helemaal is wat je had verwacht Maria, maar het gaat beter worden. Dat beloof ik je. Als het fort eenmaal klaar is, zal het er allemaal heel anders uitzien.

*

Zondag 28 april – Na de eredienst zijn we met de schippers Jan Hoogsaet en Turpher en enkele gewapende soldaten over de bergrug naar de zuidzijde van den Tafelberg gegaan. Overal, zo ver als we zien konden, zagen we fraaie vruchtbare kleigronden, die werden gevoed door de schoonste verse rivieren. Duizenden Chinezen of andere landbouwers zouden een tiende gedeelte van dit land niet kunnen beslaan of beploegen, een land dat zo rijk en vet is dat Formosa noch Nieuw Nederland zich ermee kan vergelijken.

29 april – We hebben goede voortgang in de bouw van het fort. Ondertussen is ook al de kelder van het woon- en pakhuis gegraven. De tuinier heeft een lap grond gereedgemaakt en dat ingezaaid met de van huis meegenomen zaden. We vernemen niets meer van de inwoners van het land van Saldanha. Alleen komen er soms vier of vijf Strandlopers, die niets anders dan magere lichamen en hongerige buiken meebrengen, die we met wat gort en brood, en soms een slok wijn opvullen. Veel meer rijst en arak zal nodig zijn om de mensen die ons af en toe bezoeken, te voeden en hun gunst te winnen.

1 mei – Mooi weer. Een zwakke bries uit het noordwesten. De tuinier en zijn assistent doen proeven met het zaaien van wat moes en andere kruiden op land dicht aan de grachten rondom het fort.

*

De volgende dag wordt Jan vroeg wakker van het geluid van de golven die tegen het strand slaan. Hij staat op terwijl Maria en Lambertus nog liggen te slapen. Hij schuift het vochtige zeildoek weg van de opening en kijkt naar buiten. De zee is zwart en de golven rollen ver het strand op, af en toe tot maar een meter afstand van het schuurtje waar ze slapen. In een van de tenten vlakbij is het water in het zeildoek opgetrokken en heeft een donkere vlek achtergelaten. Een soldaat komt in zijn ondergoed de tent uit en kijkt slaapdronken uit over het strand.

'Goedemorgen,' roept van Riebeeck. 'Ik heb een paar mensen nodig om een kanaal en een ringgracht te graven zodat de huizen en tenten straks niet in zee verdwijnen. Kleed je aan en begin te graven.'

'Ja, kapitein.'

De man verdwijnt de tent in. Even later komt Maria naar buiten, met Lambertus op haar arm. Hij strekt zijn handje uit en pakt haar neus vast. In een reflex sluit ze haar ogen en trekt zijn arm voorzichtig los, dan ziet ze tot hoe ver de golven reiken.

'Mijn god.'

Jan knikt. 'Ik denk dat dit hier in het zuiden het begin van de winter aankondigt,' zegt hij en hij gaat naar binnen om zich aan te kleden.

Hij heeft gelijk. Het is het begin van de winter en in de daaropvolgende weken zal het weer langzamerhand steeds slechter worden. Ze schrijven elke dag in het dagverhaal, maar toch zijn sommige details voor altijd verloren gegaan. De woorden 'Harde N.W. wind en veel regen' doen geen recht aan de samengeknepen ogen van de mannen die gehurkt onder het tentdoek schuilen. Ook het lekken van het regenwater door het zeildoek dat als dak dient, blijft verborgen, evenals het omhoogduwen van het doorhangende doek zodat het opgevangen water over de randen wegstroomt. Wanneer er in het logboek, of dagverhaal zoals het zal worden genoemd, wordt opgetekend dat er iemand is overleden, staat er niets over de angst van de mannen die naast de dode hebben gelegen en die door koorts worden geteisterd. Ook niets over de wanhoop in de blik van hen die met buikloop kampen en niet verder komen dan de nachtpotten die naast hun bed staan, of over het wegkijken van de mannen als de dode naast hen wordt weggedragen. Er staat niets over hoe een arm van een dode slap langs zijn lichaam valt op het moment dat ze hem de tent uit dragen en die een lang spoor in het zand trekt, tot aan de plek waar een eenvoudig graf is gedolven. Ze buigen het hoofd. De regen drupt van hun neuzen. De mannen staan rond het graf. Een korte bede voor de gestorvene, dat klinkt als een koor van mompelende stemmen. Dan haasten ze zich terug de tenten in.

In het dagverhaal dat in de weken van mei en juni 1652 wordt opgetekend, staat alleen dit, gedeeltelijk genoteerd door Van Riebeeck zelf, maar ook door Cornelius en de schipper van een van de twee andere schepen:

9 mei – Een tent gereedgemaakt voor de zieken van de Oliphant. Nog twee doden.

14 mei – Heden waren vele walvissen in de baai die zo mak schenen dat zij licht te vangen zouden zijn, als wij maar tijd hadden gehad.

15 mei – Deze nacht is Jochem Andriesz. overleden. Deze middag hebben we het fort de naam de Goede Hoop gegeven. De schepen Walvisch en Oliphant zijn vandaag met onze brieven naar Batavia vertrokken.

20 mei – We hebben het wrak van de Nieuw Haarlem diep in het zand zien liggen. Niet mogelijk om het geschut daaruit te krijgen. Verscheidene mooie balken en twee masten waren op het strand gespoeld, maar ze zijn te zwaar om zonder karren op te halen. Nog twee personen van de Oliphant door ziekte overleden.

23 mei – We hadden genoeg te doen met het drooghouden van ons goed in de opgetrokken schuren. De bedekking van planken en zeil is niet dicht genoeg om het brood droog te houden. Geen vooruitgang in de bouwwerkzaamheden.

25 mei – Rode loop en andere ziekte en koortsen onder de mannen, ze lijden veel kou en ongemak. We moesten allereerst onze proviand onder dak krijgen, aangezien het gedroogde spek en vlees nog op het blote veld lag, onder een paar losse planken. Matroos Tjerk Klaasz. overleden aan rode loop. 's Middags aankomst van het schip 't Hof van Zeeland. Ze hebben 37 doden gehad, waaronder twee die van desperatie buiten boord zijn gesprongen. Voorts alles goed.

28 mei – Deze nacht is onze oppertimmerman Hendrik Jansen aan rode loop overleden. De opperbarbier is ook ziek. De ziekte verspreidt zich alarmerend snel. Zo is ook een soldaat van het schip 't Hof van Zeeland deze nacht overleden.

29 mei – Vandaag hebben we een jonge zeekoe gevangen. Het vlees smaakt net als kalf, we hebben de mannen toegestaan het te eten.

3 juni – De ziekte neemt dagelijks hand over hand toe. Van 116 koppen niet meer dan 60 gezond genoeg om te werken.

4 juni – Deze nacht is Jan Hendrik Bakker overleden.

5 juni – Deze nacht is Heere Hidder overleden.

6 juni – 's Avonds is de vrouw van de ziekentrooster van een zoon verlost, het eerste kind dat binnen het fort de Goede Hoop geboren is. De ziekentrooster heeft eergisteren een plaats in het fort gekregen en is voorlopig de eerste die daar woont. Wij wonen nog in de tenten, maar hopen in de loop van de volgende week naar een betere woonplaats in het fort te verhuizen.

7 juni – We zijn deze dag bezig geweest met het maaien van biezen of riet, dat we hier achter de bil van de Leeuwenberg gevonden hebben, om onze huizen te dekken. We hopen dat dit zal helpen omdat we met planken en geteerd zeildoek onze waren niet droog houden. Er zijn nieuwe ziektegevallen, sommigen liggen op sterven. Gisteren en vandaag zijn ook onze tuinier met zijn vrouw en oudste zoon besmet geraakt, zodat al ons werk stil is komen te staan.

8 juni – Matroos Martin Paulsen is vanochtend overleden. Nieuwe besmettingen, ook de vrouw van Van Riebeeck en de ziekentrooster.

9 juni – Van Riebeeck is nog gezond en achter de Tafelberg gegaan. Daar vond hij op enige afstand een groot bos vol met grote, hoge, rechte, zware, middelmatige en kleine bomen, waar je elk gewenst bouwwerk van zou kunnen maken. Maar zo ver verwijderd en moeilijk te halen dat het eenvoudiger zou zijn om de materialen in Holland of Batavia te kopen.

10 juni – Omtrent 50 mannen aan het werk, de rest is nog steeds ziek. We hebben hun wat wijn en enige groenten gegeven, die uit ons Hollands zaad zijn voortgekomen. Sinds onze aankomst hebben we nog niet meer als een koebeest met een kalf kunnen bekomen. Het leven hier is totaal ellendig. De een na de ander wordt ziek en velen komen te sterven. Weinig kans om ons werk te voltooien. We vertrouwen op Gods genade.

11 juni – De ganse dag verliep zonder enige vordering in het werk. Hoewel we wel riet en bladeren gevonden hebben om te dekken, ontbreekt het ons nu aan personen die weten hoe dat moet. Wat al gedekt is, moet opnieuw gedaan worden. Ondertussen zitten we in tenten die lekken, wat tot groot ongemak en nog dagelijks toenemende ziekte leidt.

Jan droogt zijn kroontjespen af en doet de dop op de inktpot. Uit de talloze spleten en kieren tussen de balken en het zeildoek in het plafond boven hem drupt de regen naar beneden. Hij heeft zijn schrijftafel – twee planken dwars op twee kisten – verplaatst om te vermijden dat het water op de al beschreven vellen papier drupt.

Het is alsof ze worden uitgestoten door het landschap zelf. Alsof het zich verzet tegen elke vorm van bewerking en bebouwing, tegen wegen en huizen, putten, kleding en boeken. Alles wat op beschaving lijkt, wordt hier door de natuur tegengewerkt. Door het regenwater verschuift de grond en raken de greppels die ze voor de aanleg van het fort hebben gegraven weer vol. De golven glibberen als tentakels over het strand en proberen werktuigen, balken en planken met zich mee naar zee te trekken. Wanneer ze materialen in de vorm van boomstammen hebben gevonden, vormt het landschap een ondoordringbaar woud van struikgewas en slingerplanten.

Wanneer ze dit allemaal hebben getrotseerd en toch volhouden, stuurt het land hun de ene na de andere ziekte als bezoeking. Valt hen aan met koortsen en buikloop, met opzwellende gezichten en open wonden in hun mond. Misschien hadden de sceptici binnen de Verenigde Oost-Indische Compagnie dan toch gelijk, denkt Van Riebeeck. Misschien is de reden dat niemand een handelspost op de Kaap heeft gebouwd wel dat men dacht dat het te moeilijk was, dat het te veel zou eisen. Hij houdt het boek enkele seconden met de rug naar boven omhoog zodat de inkt kan opdrogen voordat hij het dichtslaat. In de ruimte ruikt het naar natte textiel en naar buikloop. Met gebogen hoofd blijft hij zitten.

Waar is hij in vredesnaam aan begonnen?

Waar heeft hij Lambertus en Maria aan blootgesteld?

Aan de dood?

Met welk doel?

32

De derde en laatste deur die ik moet openen, is een witte, dubbele stalen deur, met twee hoge ramen van ondoorzichtig glas. De deuren weerspiegelen in het linoleum op de vloer. Dat geldt ook voor het bordje daarboven dat een vage weerschijn vormt op de vloer en dan vervormt, als een spiegelbeeld in water. Chirurgie – Intensive Care. Achter mij bevindt zich de lift. Eén verdieping lager zit de kantine en daarvoor is er een open ruimte met bankjes en patiënten, omringd door bronzen standbeelden van groenten.

Aan het plafond hangt een touw waaraan je moet trekken om de deuren te openen, zodat de verpleging de bedden door de deuropening kan duwen als ze uit de lift komen. Ik steek mijn arm uit, grijp het witte plastic balletje dat onderaan het touw hangt en blijf nog even staan om me schrap te zetten, dan trek ik eraan. Met een zoemend geluid gaan de deuren open. Dan moet ik naar binnen. Terug naar papa.

*

Toen mijn vader precies zo oud was als ik nu – even oud als Jan van Riebeeck toen die naar de Kaap vertrok – zakte hij in elkaar op het benzinestation waar hij werkte, ervan overtuigd dat hij zou sterven. Hij had al een tijdje gemerkt dat er iets veranderd was, maar had er niets mee gedaan. Het licht op het station was te fel voor hem, dus hij was een zonnebril gaan dragen, ook binnen, achter de toonbank of in het kantoor. Met een zonnebril op deed hij de boekhouding, praatte hij met klanten en bestelde hij nieuwe artikelen. Hij moet geweten hebben dat er iets mis was, maar liet het op zijn beloop. Hij hoopte dat het vanzelf over zou gaan. Nu had hij net een bedrag op de kassa ingetikt toen hij sterretjes zag. Het bloed zakte weg uit zijn hoofd, hij werd duizelig. Zijn hart ging tekeer en voorzichtig ging hij op de vloer liggen. Achter de kassa van het Shellstation in Bislett lag hij te hyperventileren, ervan overtuigd dat hij dood zou gaan, dat dit het einde was, terwijl geschrokken taxichauffeurs hem probeerden te helpen. Iemand belde het alarmnummer.

Ik ben later nog eens naar Schwensens gate teruggekeerd om het benzinestation weer te zien, maar het was gesloopt; nu stonden er appartementen. Een eetkamer waar ooit benzinepompen hadden gestaan en een keuken of een kinderkamer op de plek waar mijn vader in elkaar was gezakt.

In de jaren na zijn inzinking lag mijn vader voornamelijk in bed en als gezin moesten we wennen aan de sluipende ziekte die ons huis was binnengedrongen.

In de zeven of acht jaren die volgden, werd hij geleidelijk aan beter en die week begin van februari was hij er dus in geslaagd de ziekte achter zich te laten en was hij voor het eerst sinds jaren in een vliegtuig gestapt om samen met mijn moeder naar Rome te gaan. Ze moeten een fantastische tijd hebben gehad, ik weet nog dat ik een foto zag van hem boven in een hoog gebouw in Vaticaanstad. Het beeld straalde rust uit, en degenen die hem kenden, wisten dat het ook een overwinning was, want hij had last van hoogtevrees. Eindelijk had hij de overkant bereikt. Hij was vijfenveertig en ging al tien jaar lang gebukt onder psychische klachten. Nu kon hij weer verder, terug naar een plaats waar alles mogelijk was. Een man met twee volwassen kinderen en een huis in het westen van Oslo, dat hij eigenhandig had opgeknapt en onderhouden. Nu was het tijd om te oogsten. Van het leven te genieten.

Snel las ik de brief. Deze kwam van de afdeling spoedeisende hulp van het Ullevål-ziekenhuis. De datum op de fax was die van afgelopen donderdag, de dag waarop het carnaval zijn hoogtepunt had bereikt en het kantoor van de jachthaven op slot ging. Vier dagen waarin ik had gedanst en gefeest, gedronken en geflirt. Vier dagen in onwetendheid. De woorden straalden van het papier.

Your father is very ill. Please contact Ullevål Hospital Emergency, stond er, gevolgd door een telefoonnummer. Dag en zijn vader keken me bezorgd aan, beiden bang voor mijn reactie op wat er was gebeurd, denk ik. Of ik in huilen zou uitbarsten en hoe ze er in dat geval op moesten reageren.

We gingen in de jol zitten en voeren zwijgend naar de wal. Ik kocht een telefoonkaart met het gevoel dat het allemaal veel te traag ging, dat de wereld met een onzichtbare, taaie substantie was ingesmeerd. Ten slotte vond ik een telefooncel op een stoffig plein achter het café van de jachtclub en ik draaide het nummer. Ik werd verbonden met de spoedeisende hulp, hoorde een vrouwenstem en noemde mijn naam, maar de verbinding werkte kennelijk niet goed, want de vrouw bleef maar zeggen 'Hallo? Hallo?' tot ze het uiteindelijk opgaf en de verbinding verbrak. Ik belde nog een keer, met hetzelfde resultaat. Alle rust was verdwenen. Nu riep ik mijn naam. *Hallo?! Kunt u me horen?* Het saldo op mijn telefoonkaart verdween in rap tempo. Ik hing de hoorn terug op zijn plaats en holde weg om een nieuwe telefoonkaart te kopen, waarna ik bezweet en wanhopig terugrende. Toen pas zag ik de zwarte knop die je moest indrukken om contact te krijgen. Waarom dat zo was geconstrueerd, weet ik niet, wat voor nut het had evenmin, maar uiteindelijk las ik de gebruiksaanwijzing, drukte de knop in en kreeg eindelijk contact met de verpleegkundige aan de andere kant van de lijn. Deze keer hoorde ze me.

'Intensive care, je spreekt met Stine.'

'Hallo? Mijn naam is Simon Stranger,' zei ik terwijl ik me merkwaardig gewichtsloos voelde. De zeilboten die in de haven lagen aangemeerd, leken niet langer echt.

'Ik heb een fax gekregen dat mijn vader ziek is.'

'De naam was Stranger, zei je? Dan ben jij zeker degene die in de Caraïben zit?' vroeg ze vriendelijk, bijna vertrouwelijk.

'Ja, klopt,' zei ik.

'Je vader ligt in coma. Zijn toestand is ernstig, maar stabiel.'

‘Wat is er gebeurd?’ vroeg ik. Ik stelde me een ongeluk voor.

‘Dat weten we helaas niet. Een ogenblikje, Simon, dan haal ik je moeder.’

Met de telefoonhoorn in mijn hand bleef ik wachten. Dag en zijn vader stonden een eindje verderop, bij een bankje voor het havenkantoor. Toen mijn moeder aan de lijn kwam, draaide ik mijn rug naar hen toe. Ik sloot me op in het gesprek.

‘Dag, jongen,’ zei ze.

‘Dag, mama, wat is er gebeurd?!’

‘Dat weten we niet. Het is een soort bloedvergiftiging. Een paar dagen na onze terugkeer uit Rome werd hij niet lekker. Ik heb een paar keer met de dokter gebeld, maar zij geloofde me niet, pas toen ik zei dat hij zich niet meer kon bewegen.’

‘En nu ligt hij in coma?’

‘Ja.’

Stilte.

‘Ik weet niet of hij het gaat redden, Simon. Misschien kun je beter thuiskomen?’

‘Ja.’

*

De ziekte was gewoon begonnen met koorts en pijnlijke ledematen, als bij een gewone griep, maar de koorts hield aan, net als de pijn, de vermoeidheid en de slapheid. Het werd steeds erger en ten slotte lag hij roerloos op de bank, niet in staat te eten, te drinken of naar de wc te gaan. Alleen maar een lichaam met overal pijn, verward door de koortsroes. Mijn moeder had met de dokter gebeld, een vrouw die verscheidene malen zei dat ze gewoon geduld moest hebben, dat er dringender zaken waren. Waarschijnlijk was ze eraan gewend dat de mensen overdreven. Misschien dacht ze dat dit weer zo’n geval was en dat ze op haar ronde alleen een licht griepje zou constateren.

Toen ze mijn vader doodstil en onbereikbaar op de bank zag liggen, en met een vochtige, gele huid, besefte ze de ernst van de situatie. De tranen rolden over haar wangen toen ze vroeg of ze mocht bellen. Ze verschool zich achter de wand van de eetkamer en vroeg om een ambulance. Herhaaldelijk verontschuldigde ze zich tegenover mijn moeder, die daar waarschijnlijk nog bezorgder door werd, want de reactie van de arts kon eigenlijk maar een ding betekenen: dat hij stervende was.

De arts trok haar laarsjes en jas weer aan en reed achteruit weg zodat er plaats zou zijn voor de ambulance, maar ze was te gehaast, in de bocht slipte ze en bleef steken voor de helling waar ooit de gouden regen had gestaan. Daar sprongen we in de winter altijd met onze ski's vanaf, we groeven er sneeuwholen en toen ik klein was, zat ik bij mijn vader op schoot als we er met de slee vanaf gleden.

Ze stond dwars op de oprit. De ambulance kon er niet langs. Om de voordeur te kunnen bereiken waar mijn moeder stond te wachten, moest het ambulancepersoneel eerst haar auto op het gladde stuk helpen wegduwen. Ze tilden mijn vader op een brancard terwijl hij verging van de pijn. Toen droegen ze hem het huis uit, de winterse duisternis in. De sneeuw daalde zacht neer uit de hemel en vlijde zich op de brancard, smolt op zijn voorhoofd. Mijn vader werd de ambulance in geschoven en vastgesjord. Daarna reden ze weg. Naar Ullevål. Naar het ziekenhuis waar hij ooit ter wereld was gekomen.

Een paar dagen later zat ik in het vliegtuig boven de Atlantische Oceaan en in de loop van één nacht legde ik de hele afstand af waar we al zeilend enkele maanden over hadden gedaan. Het was als in een droom. Voor in het vliegtuig lag een doodzieke vrouw uit Londen, op de terugweg naar haar woonplaats na een jarenlang verblijf op de Caraiben. Onderweg ontstond daar een hele toestand, met een dichtgetrokken gordijn en een luid piepende monitor, ten teken dat haar hart was gestopt met kloppen. Ze stierf hoog in de lucht, tussen de wolken, een paar uur voordat ze thuis zou komen.

Daar hield het niet mee op. We maakten een tussenlanding op Heathrow Airport, waar nota bene brand ontstond. Het was niet ernstig, maar het alarm ging af en ergens tussen de taxfreewinkels kwam rook tevoorschijn. Het had allemaal iets vanzelfsprekends. De wereld was uit het lood geraakt en het leven van alledag was veranderd in een gruwelijk, surrealistisch toneelstuk. Natuurlijk was er brand op het vliegveld. Dat paste erbij. Ik verliet het café en volgde de menigte die de grijze rook ontvluchtte.

Een paar uur later kon ik uit mijn raampje de lichtjes van de huizen en wegen van Oslo zien. De witte sneeuwvlokken joegen langs de romp van het vliegtuig en lichtten op door de lampen beneden. Uit de luidsprekers klonk een pling en de gezagvoerder nam het woord: *'Goedemorgen, dames en heren, we naderen Fornebu, de luchthaven van Oslo. Zoals u kunt zien, sneeuwt het in Oslo. De sneeuw zal naar verwachting de hele nacht aanhouden, maar vanaf morgen is mooi weer met zon voorspeld. Namens de bemanning dank ik u dat u met onze maatschappij bent gevlogen en wens ik u verder een goede reis.'*

Al gauw konden we het vliegveld zien. Sneeuwruimers reden over de landingsbaan en spoten de sneeuw in grote wolken aan de kant. Fornebu lag maar een paar kilometer van het huis waar ik was opgegroeid, in Sollerud. In een buitenwijk van Oslo met slechts de snelweg en het spoor tussen ons en de fjord, en een paar honderd meter verderop was de Lysakerrivier die de grens vormde met de gemeente Bærum. Als kind zat ik vaak voor het raam van de woonkamer te kijken naar de passerende treinen, of naar de vliegtuigen die opstegen en landden, met blinkende vleugels en bulderend als een waterval.

Nu was ik net twintig geworden. Het was eind februari toen ik met het vliegtuig uit de Caraïben aankwam, het was bovendien winter, maar ik liep slechts gekleed in een wit piratenhemd, een katoenen broek en zeilschoenen naar de schuifdeuren toe. Mijn broer en zijn vrouw stonden te wachten in de smerige sneeuwprut bij de vertrekhal. Ze omhelsden me en we reden naar het ziekenhuis, waar we beneden in de foyer mijn moeder begroetten, bij het ziekenhuiscafé. Die kleine, dappere moeder van mij. Haar blik was zacht, maar eindeloos treurig. De blik van iemand die andermaal het einde heeft gezien.

*

Het heeft iets ironisch om naar de andere kant van de wereld te gaan en vervolgens over jezelf en je eigen leven te schrijven. Het heeft ook wel iets moois, wat me doet denken aan een citaat waarvan ik de bron nooit heb kunnen achterhalen.

We reizen om thuis te komen.

33

Het is eind januari 2012, ik zit te schrijven in een appartement in Italië, op slechts een paar uur afstand van Rome. Naast me liggen de dagboeken van mijn moeder waarin ze schreef gedurende de weken en maanden dat mijn vader in coma lag. Drie kleine boekjes. Het omslag van het eerste is versierd met bloemen en blaadjes. Na die tijd heeft niemand ze meer gezien. Ook mijn moeder niet. Ze werden in een doos gestopt die in de garage werd gezet. Daar hebben deze woorden vijftien jaar lang in het donker doorgebracht. Ik open het eerste boek en begin te lezen.

Donderdag 22 februari 1996
Zwarte dag. Veel tranen. Bereid me voor op zijn dood, ook al zeggen de artsen dat ze het nog niet opgeven. Geneesheer-directeur Dag Jacobsen zei dat we erg blij mogen zijn als hij het overleeft.

Met Simon aan de tel. gesproken rond 14. 'Ik kom naar huis, waarschijnlijk morgenavond.'

Gevraagd om bezoek en telefoon te beperken.

Veel te veel gisteren.

Vrijdag 23 febr.
Alle Sande-mannen naar het ziekenhuis. Overleg met artsen. (Geïnformeerd over laatste status.)

Simon rechtstreeks uit Trinidad naar het ziekenhuis, 14.45.

Vanaf vanmiddag: verbetering in toestand longen/bloeddruk/zuurstofopname. Nierfunctie verslechterd. Peritoneale dialyse gestart (buik).

's Ochtends: drie tanden getrokken – op de kweek gezet. Tuva kwam, ontmoette Simon. Grote vreugde toen ze hem ten slotte herkende.

Zondag.
Hoge koorts 40 °C.
Zorgen om lever. Gele huid. Enorm opgezwollen bovenlichaam van al het vocht. Handen als gevulde rubberen handschoenen.
1 slaaptablet.

*

Alles liep in die paar minuten in de foyer van het ziekenhuis door elkaar heen. De blijdschap om mijn familie terug te zien. Het gevoel dat ik ouder was geworden. Tegelijkertijd zag ik ertegen op om naar binnen te gaan, ik was bang voor wat ik aan zou treffen.

Mijn moeder volgde me door de linoleumgangen met hoge, smalle ramen waar het licht door naar binnen viel. Langs de bordjes van de diverse afdelingen met verontrustende namen, zoals niersteenverpulveraar, chirurgie, postoperatief. We namen de lift naar de eerste verdieping, naar de intensive care. Door een dubbele witte stalen deur en verder, voorbij de isoleerafdeling aan de linkerkant, met sluizen en astronautachtige pakken. Elektronische borden met oplichtende rode cijfers hingen aan het plafond en toonden het nummer van een kamer van een patiënt die toezicht nodig had. We passeerden de ene deur na de andere.

Opeens stond ik voor zijn bed.

Zijn huid zag geel, wasachtig, en hij lag ontkleed op een wit bed bij het raam onder een wit laken dat tot zijn borst was opgetrokken. Zijn ogen gesloten, zijn baard afgeschoren. Zijn lichaam was opgezwollen, anders. *Handen als gevulde rubberen handschoenen.* Zolang ik me kon herinneren, had hij korte baardstoppels gehad en nu die weg waren, zag zijn gezicht er vreemd uit. Zijn hoofd was bijna kaal, met alleen een korte rand van grijzig haar boven zijn oren. Zijn mond halfopen, de huid bijna glad, zoals een mens er alleen bij ligt als hij slaapt, als elke spier van het gezicht in rust is.

Zijn armen lagen stil op het laken, langs zijn lichaam. Overal slangen. Dikke slangen bij zijn buik, canules in de aderen op de rug van zijn hand. De slang die uit zijn hand kwam, leidde naar een zak met een doorzichtige vloeistof die aan een standaard hing, waar een medicijn gestaag zijn bloedbaan in druppelde. In het kuiltje van zijn keel was een dikke buis aangebracht die om zijn hals zat vastgetapet en zijn longen werden mechanisch gevuld met lucht door een machine die zijn borst omhoog deed gaan om daarna langzaam de lucht weer uit te blazen. Een beademingsapparaat. Andere slangen staken rechtstreeks uit de zijkant van zijn lichaam, dikke buizen die zorgden voor de afvoer van afvalstoffen uit de nieren, en naast het bed stond een scherm waarop het hartritme met een groene en een rode lijn werd aangegeven, met een karakteristiek bergreliëf en een zacht gepiep bij elke hartslag.

De verpleging bleef in de buurt en hield mijn reactie in de gaten, waarschijnlijk om zo nodig in te grijpen als ik plotseling zou instorten of in huilen zou uitbarsten. Maar dat gebeurde niet. Ik tilde een van zijn grote handen op waar de bloedaderen als kabels bovenop verzameld lagen. Ik keek naar zijn lichaam en alle machines en probeerde het gebeurde tot me door te laten dringen.

Tot voor kort had ik in een zeilboot geleefd, met zon, palmbomen en zandstranden, maar opeens was dit mijn nieuwe wereld en bracht ik dagelijks mijn leven door in een wachtkamer vol verdrietige mensen en een kantine met hamburgers, Thousand Islanddressing en koffie uit een automaat.

En overal bedden met zieken. Ziekte, ongeluk en dood. Verdriet, pijn en angst.

34

18 juni – Timmerman Andries Jansen van Rinckkoppen overleden.

19 juni – Droog weer, maar harde wind uit het Z.O. Onze tuiniers hebben bij het omspitten van de aarde fraaie soorten wilde asperges gevonden en deze met succes verplant. Door de regen ontspruiten vele soorten kruiden en het lijkt erop dat het met de Hollandse gewassen ook goed zal gaan als het goede seizoen aanbreekt. We zijn al zover met het Hollandse groen dat wij dagelijks onze zieken radijs, sla en sterrenkers kunnen geven, maar ons mankeren koeien en schapen. De Saldanharen zijn nog niet aangekomen.

Zondag 23 juni – Schoon weer met kalme wind uit het Z.O.

*

Het loopt rond het middaguur en Jan zit op de rand van het bed waar Maria en Lambertus nog liggen te rusten. De ziekte heeft hen beiden uitgeput, maar de koorts heeft ze niet meer in zijn greep. Wat ze eten, komt er niet langer meteen weer uit, maar wordt door het lichaam vastgehouden, brengt de kleur terug op de wangen van Lambertus en weerspiegelt zich in de glimlach van Maria. Jan streelt zijn zoon over het voorhoofd. Alles wijst erop dat ze er deze keer goed vanaf komen.

'Kom even naast me liggen,' zegt Maria terwijl ze zijn arm vastpakt. Hij doet wat ze vraagt en gaat tegen haar aan liggen met zijn gezicht naar haar nek toe, zoals hij altijd doet. Lambertus is tijdens het voeden in slaap gevallen en als ze hem zachtjes van haar borst losmaakt, beweegt hij zoekend even zijn hoofd. Dan is hij weer rustig en slaapt verder. Maria draait zich voorzichtig naar Jan toe. Hij aait met een vinger over haar voorhoofd en wenkbrauw en zij pakt zijn hand stevig beet, buigt haar hoofd naar voren en geeft hem een kus. Ze blijven een paar minuten stilletjes liggen, ingekapseld in een verrassende warmte. Abrupt valt Maria weer in slaap. Jan staat op en loopt zachtjes naar buiten.

Vlak buiten de tent stuit hij op Cornelius. Onmiddellijk merkt hij dat er iets aan de hand is.

'Kapitein. Heeft u even tijd?'

Jan knikt en pakt zijn pijp.

Cornelius wijst naar de bouwwerkzaamheden, waar de mannen met hakken en breekijzers aan het graven zijn.

'Het werk vordert te langzaam, kapitein. We hebben niet genoeg mannen nu er zoveel ziek zijn geworden.'

Met zijn duim stopt Jan zijn pijp met tabaksbladeren en geeft de tabakszak daarna aan Cornelius.

'Ik weet dat we met te weinig zijn, Cornelius, maar we moeten het doen met de mensen die we hebben. We kunnen alleen maar hopen dat er straks weer een aantal gezond is, ik ben bang dat er op dit moment niet meer op zit.

'Toch wel,' antwoordt Cornelius terwijl hij zijn pijp aansteekt. Hij blaast de rook zijwaarts uit en laat de woorden een poosje in de lucht hangen.

'Waar denk je aan, Cornelius?'

'De inheemsen, kapitein... Zouden we hen niet als slaven kunnen inzetten?'

Hij knikt in de richting van de halfnaakte mannen en vrouwen die pijp rokend en etend naar de bouwactiviteiten zitten te kijken. Harry doet een spelletje met een kleine jongen op zijn schoot. En terwijl het joch nog aan zijn armen hangt, kijkt hij ineens op alsof hij hoort waar ze het over hebben.

'De Compagnie heeft ons hierover strenge orders gegeven,' antwoordt Van Riebeeck zacht, naar Harry zwaaiend. 'Geen slaven. Niet van hier. Als we de oorspronkelijke bewoners hier tegen ons krijgen, zou het weleens slecht met ons kunnen aflopen, Cornelius.'

'Als u het zegt, kapitein.'

'Cornelius. Ze zijn maar met weinigen, deze Strandlopers, en ze hebben geen wapens. Dus ik begrijp je voorstel, ik ben het met je eens dat het ons werkelijk zou helpen en God weet dat we alle hulp kunnen gebruiken. Maar denk eens aan al die anderen die verder landinwaarts wonen. Aan alle andere stammen. Wij zijn met tachtig man. Hier wonen tienduizenden. Het is cruciaal dat ze aan onze kant staan, anders zijn we verloren.'

Hij legt zijn hand op de schouder van Cornelius en lurkt hard aan zijn pijp.

'Begrijpen we elkaar?'

Cornelius knikt, terwijl hij naar de grond kijkt.

'Ja, kapitein.'

*

16 juli – Met veel ijver werken we aan ons fort. Nog steeds behelpen we ons met tenten van oud zeildoek.

23 juli – De nieuwe tuin is helemaal ondergelopen, en alles wat we gezaaid hebben, is vernield. Een ellendig gezicht aangezien we tarwe, gerst, erwten, kool en andere land- en tuingewassen gezaaid en geplant hadden, waarvan sommige er mooi bij stonden.

Zware hagel en regen. Alles staat onder water. In ons pakhuis wel een halve voet, de grachten rondom zijn helemaal vol geregend. Een muur van klei, die een deel van de keuken moest worden, twee voet breed en acht voet hoog, is ingestort; maar de wanden van onze fortificatie, die van zoden zijn gemaakt, zijn godzijdank hecht en vast gebleven. We hebben ze met alle mogelijke vlijt zo sterk mogelijk gemaakt. 's Nachts begon het uit het Z.W. weer hard te waaien met zware hagel en regen en de rest van onze gewassen en moeskruiden werd onder de voet geslagen en bedierf.

24 juli – Regen en erg koud. Het werk vordert moeizaam. De vrouw van de chirurgijn werd ter aarde besteld. We zagen veel bavianen aan de voet van de Tafelberg lopen, maar we konden er geen een vangen omdat ze te snel voor ons waren.

25 en 26 juli – Nog even stormachtig, koud en guur, je zou er nog geen hond uit jagen.

27 juli – Heldere warme zonneschijn, maar bitterkoude nachten. We zagen opnieuw een groep bavianen aan de voet van de Leeuwenberg, groot en angstaanjagend om te zien. Soldaat Hendrik Ertman werd vandaag begraven. Het gebergte is de afgelopen dagen met sneeuw bedekt.

*

Zo verloopt de winter. Kou, regen en zonneschijn wisselen elkaar af en alles wat er gebeurt, wordt in het dagverhaal opgetekend. Je leest er over de gevechten die af en toe onder de mannen uitbreken. Over het eeuwige wachten, dag in, dag uit, week in, week uit, op de terugkeer van de Saldanharen, terwijl ze alleen maar naar het weer hoefden te kijken om te begrijpen dat die wegblijven om hun koeien op een andere plek in een beter klimaat te laten grazen.

Je leest in het dagverhaal ook over de strijd om de werkers gemotiveerd te houden en over de langzame vorderingen van de bouwwerkzaamheden. Over hoe Jan van Riebeeck bij het ontwaken op een ochtend in het begin van september hoort dat er vier mannen zijn gedeserteerd, iets wat al lange tijd zijn grootste vrees is. Hij weet dat hij iets moet doen om zijn mannen van meer en beter voedsel te voorzien. Alleen dan zullen ze aan het werk blijven.

Hij gaat op zoek naar Harry en vindt hem aan het strand waar hij een jongen laat zien hoe je een scherpe punt aan een stok kunt maken.

Van Riebeeck vertelt hem dat de voorraden bijna op zijn en dat ze snel vlees nodig hebben. Hij vraagt Harry of hij weet wanneer de Saldanharen weer terugkomen.

'Nee. Dat hangt van het weer af. Maar tot die tijd is er nog een andere mogelijkheid,' antwoordt Harry terwijl hij opstaat. Hij legt zijn hand op het hoofd van de jongen.

'Ja?'

Harry loopt om de tent heen en buigt zijn hoofd om onder een lage tak aan het strand door te lopen. Dan wijst hij naar het eiland vlak voor de kust.

'Ziet u dat eiland daar? Dat ligt vol zeehonden. Goed vlees, voor als je ze weet te vangen tenminste. Toen ik voor de Engelse schepen werkte, heb ik er een poos gewoond, maar die tijd is nu immers voorbij...'

Van Riebeeck reageert niet op Harry's verlangen naar de Engelsen, dat opnieuw bovenkomt. Hij concentreert zich in plaats daarvan op het eiland, een nauwelijks zichtbare zwarte streep land voor de kust. Een paar weken geleden was hij er met een sloep langs gevaren, hij had er de zeehonden aan het water zien liggen en het Robbeneiland genoemd. Maar het weer was te slecht geweest om aan land te gaan. Nu was het moment daar. Hij bedankt Harry voor de tip en roept een groep soldaten op het strand bijeen. Ze duwen een smalle houten boot het water in en beginnen te roeien. Na een uur komen ze in de buurt van het eiland. Het weer is deze keer beter en het krioelt er van de zeehonden, die met hun voorste flippers over het strand voorthobbelen, tussen pootjebadende zeevogels en rotsblokken in. Een eindje verderop zien ze een baai met een leeg strand waar ze aan land kunnen gaan zonder alle robben het water in te jagen. De soldaten hebben messen en stokken met scherpe punten bij zich. Ze zullen proberen het schieten te vermijden om de dieren niet af te schrikken. Ze leggen de sloep vast en waden aan land. Van Riebeeck kijkt over de rotsblokken die vlak bij het water liggen heen, maar ziet alleen zeevogels met zwart-witte vleugels op hun stelten rondstappen. Ze houden hen nauwlettend in de gaten, slaan hun vleugels uit wanneer de mannen te dichtbij komen, vliegen dan op en blijven krijsend boven hen rondcirkelen.

Het duurt niet lang voor ze midden op het eiland staan.

Dit is ook de plek waar een paar eeuwen later Noah en zijn klas in ongeordende slierten naartoe zullen lopen, grappend en elkaar duwend, helemaal vanaf de haven naar de bussen die hen naar de gevangenis zullen rijden. Dat is de plek waar Dag en ik door de gangen liepen in gezelschap van een gids die zelf ook op Robbeneiland gevangen had gezeten en ons vertelde over de rantsoenen en over de huidskleur van de gevangenen, die bepaalde hoeveel gram voedsel je per dag kreeg en hoe lang je broek mocht zijn. We kwamen langs het terrein waar de gevangenen gelucht werden toen we naar de cel van Nelson Mandela liepen. Een kleine ruimte met een betonnen vloer, blauwe muren, een eenzaam gloeilampje aan het plafond en een klein raam met tralies dat uitkeek op de binnenplaats. Een deken waarop een witte leeuw op het grijze vilt was afgedrukt. Een bruine kruk. Een rode wc-emmer met deksel. Later gepubliceerde notities die Mandela tijdens zijn gevangenschap schreef, geven een inkijk in het dagelijkse leven op Robbeneiland:

21 februari 1977
Inval door circa vijftien bewaarders onder leiding van onderofficier Barnard

2 maart 1977
Zware aardschok om 06.55 uur 's morgens

25 maart 1977
Droomde hoe Kgatho, George, ik en anderen een akker met groen gewas op renden en in volle vaart een heuvel af kwamen. Kgatho valt en krijgt hulp. Ik word wakker als ik tegen hem op loop.

1 juli 1977
Scheermesje

29 december 1977
2 100 ml Mentadenttandpasta
6 grote stukken Vinoliazeep
1 grote vaselinehaarolie
1 kg Omo [waspoeder]

Een ketting in de deuropening versperde de toegang tot de cel, zodat we om de beurt voor de ingang moesten gaan staan om de ruimte te bekijken, die niet alleen historisch voelde, maar ook als iets meer, bijna iets heiligs, het ontroerde me, net zoals het zien van de opgehoopte stenen, die er nog net zo bij lagen als destijds, toen de gevangenen ze hadden opgestapeld, me had ontroerd.

Nu keek ik de cel in waar Mandela achttien jaar lang had gewoond. De ruimte die ten slotte symbool zou staan voor apartheid. Een ruimte zo klein dat een volwassen man die zijn armen spreidt aan beide kanten de wand kan aanraken.

Op de plek waar Jan van Riebeeck op dit moment zijn laars neerzet, zal Nelson Mandela vele jaren later op zijn hurken zitten. Blootsvoets en zonder zonnebril zit hij steen na steen kapot te slaan, in de brandende zon die door de bodem wordt gereflecteerd en langzaam zijn zicht aantast.

De grot waar Van Riebeeck naar staat te kijken, is dezelfde grot waar Harry later in zal zitten, alleen, om beschutting voor de regen te zoeken, terwijl hij het koud heeft en alles wat er is gebeurd, vervloekt; het is dezelfde grot die door Mandela en de andere gevangenen 'de universiteit' zal worden genoemd. De plek waar ze zich in de pauzes terugtrekken om elkaar lessen in geschiedenis, rechten en talen te geven.

Maar dat is later.

Dit is de dag dat Van Riebeeck en zijn mannen met gebogen rug de heuvelrug passeren. Sluipend van rots naar rots naar de waterkant onder hen waar alle zeehonden liggen. Maar nu zijn ze gespot. Verschillende dieren hebben hen in het oog gekregen en Van Riebeeck wil net roepen dat ze naar de dieren toe moeten rennen om er zoveel mogelijk te vangen, als hij ziet wat er gebeurt. De robben vluchten niet, maar komen hobbelend op hen af, nieuwsgierig naar deze vreemde wezens. Met hun snorharen aan weerszijden en hun grote zwarte ogen komen ze steeds dichterbij onder het maken van geluiden die ze alleen zelf verstaan. Het is een verrassende en haast beangstigende aanblik. Van Riebeeck kijkt naar de zwarte zeehond die nieuwsgierig naar hem opkijkt en zijn laars likt. Dan geeft hij de mannen bevel om er op los te hakken. Ze steken hun messen en zwaarden in de dieren die het dichtstbij zijn gekomen, het bloed stroomt nat en donkerrood over hun pelzen. Toch keren de anderen niet om, maar blijven naar hen toe komen alsof ze niet begrijpen wat er vlak voor hun ogen gebeurt, alsof ze het bloed van de andere zeehonden niet ruiken, die met een verbaasde schreeuw reageren als de messen op hen insteken.

'Stoooop!' roept Jan terwijl hij zijn zwaard omhoogheft.

De mannen draaien zich een voor een naar hem om en trekken hun messen uit de slappe lijven. Om hen heen liggen veertig of vijftig dode zeehonden na te sidderen in hun doodskramp, met open wonden en hun flippers stijf omhoog. De mannen zijn buiten adem, hun witte hemden zijn tot bovenaan hun mouwen doordrenkt met bloed.

'Genoeg,' zegt van Riebeeck. 'Meer kunnen we nu toch niet op.'

De andere robben snuffelen nog aan de doden, draaien zich dan om en hobbelen weer naar het water. Van Riebeeck wacht tot ze op afstand zijn, dan beginnen ze met het slachten. Ze snijden de buik van de dieren open, trekken de glanzende ingewanden eruit en slepen de karkassen mee terug naar de sloep, terwijl een grote vlucht zeevogels boven hun hoofden cirkelt.

Op het strand maken ze van droge takken een groot vuur. Van Riebeeck geeft bevel de vaten wijn en brandy te openen en dan wordt er tot diep in de nacht gegeten en gedronken.

Wat kan het eenvoudig zijn, denkt hij, terwijl hij zijn mannen op het vlees ziet kauwen en observeert hoe de vermoeidheid verdwijnt en de gloed terugkeert in hun bebaarde gezichten. Zo eenvoudig kan het soms zijn. Als er binnenkort nu ook nog een paar van de Saldanharen terugkomen en ze schapen en koeien met hen kunnen ruilen, wordt het allemaal anders. Dan krijgen de mannen nieuwe krachten en kunnen ze het fort afbouwen. Als ze deze eerste, moeilijke winter door zijn gekomen en het fort er zal staan met echte wanden van balken en stenen, met een dak en vuurplaatsen, dan kunnen ze als het buiten stormt, binnen in de vlammen zitten staren. Dan kunnen ze hun natte kleren te drogen hangen en een brief lezen, een kaartje leggen en elkaar bij het licht van het haardvuur verhalen vertellen, terwijl de tabaksrook langs de dakbalken omhoogkringelt, de wijn hun wangen warmt en de gesprekken alleen worden begeleid door het geknisper van het houtvuur.

35

Jaren geleden kreeg ik op een dag in het najaar een heel bijzonder telefoontje. Ik liep naar het telefoontafeltje dat destijds in onze woning op de vierde verdieping van een huizenblok in Oslo stond, drukte de bakelieten hoorn tegen mijn wang en zei 'Hallo?' tegen niemand in het bijzonder, zoals iedereen destijds deed toen je nog niet kon zien wie er belde.

De telefoon was van exact hetzelfde type en model als het exemplaar dat thuis in de hoek bij mijn ouders stond, die ik opnam om iedereen te woord te staan die belde om te vragen hoe het met hem ging. Hoe het ging met mijn vader die in coma lag, en ik gaf zo goed mogelijk antwoord. Ik vertelde over de verschillende bloedwaarden die hoog of laag waren, over de testen die werden gedaan. Over het wachten. De resultaten. Opnieuw wachten. Slinkende hoop en deprimerend nieuws.

'Hallo?' zei ik ook toen de telefoon ging in onze woning in de wijk Sofienberg.

Het was mijn vader.

'Dag, jongen,' zei hij. 'Ik heb mijn belofte gebroken.' Die cryptische manier waarop hij zich uitdrukte, maakte zijn gesprekspartners altijd onzeker.

'Eh… Welke belofte?'

'Weet je nog dat ik je verteld heb dat ik lang geleden mijn biologische ouders een keer heb ontmoet, toen ik twintig was?'

Dat had hij jaren geleden een keer verteld. Toen hij naar het adoptiebureau in Oslo was gegaan waar hij ten slotte te weten kwam dat hij inderdaad was geadopteerd, had hij dat bureau gevraagd om contact met zijn ouders op te nemen, zoals de procedure in dergelijke gevallen was. Na een paar dagen wachten had hij het bericht gekregen waar hij op had gehoopt. Ze wilden hem ontmoeten, in de neutrale omgeving van het bureau. Een datum. Een tijdstip. Hij had mijn grote broer, toen nog een baby, meegenomen en was met de tram naar het centrum gegaan. In rap tempo was hij naar St. Olavs plass gelopen. Bij het adoptiebureau werd hij door een vrouwelijke medewerker terzijde genomen die hem vertelde dat zijn biologische ouders hun jongste zoon bij zich hadden. Die was vijftien en wist niet van het bestaan van mijn vader af. Ze had hem gevraagd of hij daar rekening mee wilde houden en niets zou verklappen. Mijn vader moet geknikt hebben, toegestemd hebben. Als dat ervoor nodig was, ging hij ermee akkoord. Maar tegelijkertijd werd die ontmoeting daardoor natuurlijk volstrekt onmogelijk. Ik weet niet waar ze het die keer over gehad hebben. Volgens mijn vader ging het alleen over vrij triviale dingen. Iets anders was niet mogelijk. Zijn biologische broer zat ernaast en frommelde wat aan de stof van zijn broek. Hij wachtte. Zijn biologische ouders waren beleefd en vriendelijk, maar op een manier die hem gedurende het hele gesprek op een afstand hield. Waarschijnlijk heeft hij verteld wat hij zoal deed. Dat hij aan de universiteit studeerde, getrouwd was en naar Oslo was verhuisd. Dat hij kinderen had gekregen. Aarzelend wees hij naar mijn broer die in de kinderwagen lag te slapen. Ten slotte liep het het gesprek ten einde en als laatste beloofde hij hen voortaan met rust te laten, tenzij ze zelf behoefte hadden hem nog eens te zien. Dan mochten zij contact met hem opnemen. Dat was de belofte waar hij tijdens dat telefoongesprek met mij op doelde.

Mijn vriendin verscheen in de deuropening.

'Ik heb mijn belofte gebroken,' zei hij. 'Ik heb ze gebeld.'

Hij moet er maandenlang mee hebben rondgelopen. Hij moet informatie hebben ingewonnen om hun adres en telefoonnummer te achterhalen. Toen had hij gebeld en gevraagd of hij nog eens op bezoek mocht komen.

'Daarom bel ik je nu... Wil je met me meegaan, Simon?'

Ik had geen tijd om erover na te denken. Dit was niet het moment om te aarzelen, niet het moment om te vragen waar ze woonden of wie ze waren. Hij wilde gewoon ja horen, en dus stemde ik toe.

'Natuurlijk ga ik mee,' zei ik.

'Zal ik je dan zaterdag om elf uur komen oppikken?"

'Goed,' zei ik, mijn vriendin aankijkend.

'Mooi,' zei hij, en hij hing op.

Met de hoorn in mijn hand bleef ik zitten terwijl ik probeerde uit te leggen wat er was gebeurd.

*

Verwantschap – Familie

11

ADOPTIEKIND	ACHTERNICHT
ADOPTIEZOON	GROOTOUDERS
PLEEGMOEDER	NABESTAANDE
SCHOONVADER	STIEFMOEDER
SPILLEZIJDE	ZWAARDZIJDE

*

De volgende zaterdag zaten we in zijn witte bestelwagen. Ik weet niet meer waar we het tijdens de rit over de drukke wegen bij de haven naar de voorsteden van Oslo over hadden. Vele jaren eerder waren zijn ouders daarnaartoe verhuisd vanuit de huurkazerne in het centrum waar ze op de vierde verdieping hadden gewoond, zonder stromend water. Mijn vader was het derde of vierde kind geweest, waarschijnlijk een niet-geplande baby. Het moet voor hen een moeilijke beslissing zijn geweest. Hadden ze dertig jaar later geleefd, dan zouden ze misschien voor een abortus hebben gekozen. In dat geval zou hij natuurlijk nooit zijn geboren en zouden ook deze woorden niet zijn geschreven. Mijn moeder zou een andere man hebben ontmoet, andere kinderen hebben gekregen en de wereld zou doorgegaan zijn met om zijn as te draaien, eindeloos.

Waar reden we heen? Ik weet het niet meer. Net zoals ik na al die jaren hun namen ben vergeten en dat niet opnieuw heb willen vragen om de wond niet open te maken, ben ik ook vergeten waar het was. Ergens ver weg van het centrum. Een van de vele voorstadjes met nieuwe, lage huizen. Mijn vader pakte het kaartenboek uit de bergruimte onder zijn stoel en vroeg of ik daarin het adres kon opzoeken. Ik vond de juiste pagina, zocht naar het goede huisnummer en wees. Papa zat met zijn gezicht tegen de voorruit gedrukt en keek naar buiten, een en al aandacht. Hij moet er enorm tegen op hebben gezien. Waarschijnlijk zal hij zich ook hebben voorgesteld hoe die ontmoeting in zijn werk zou gaan. Misschien had hij gehoopt dat ze ons hartelijk zouden ontvangen, hem zouden omhelzen. Misschien dat ze in huilen zouden uitbarsten en zeggen dat het enige wat ze al die jaren hadden gewenst, was dat ze de tijd hadden kunnen terugdraaien, een ander besluit hadden genomen en hem hadden gehouden. Is dat niet de bevestiging waar we allemaal naar op zoek zijn? Dat we gewenst zijn? Dat er van ons gehouden wordt?

Papa parkeerde langs de weg. Het was een laag, geel houten huis, met witte kanten gordijnen. De heg bij de weg bestond uit coniferen en de brievenbus was provisorisch op een houten paal vastgetimmerd, de klep amateuristisch beschilderd met een motief van witte bloemen met gele hartjes. Achter het keukenraam werd het gezicht van een oude vrouw met grijze krullen zichtbaar, dat even later weer verdween. We stapten uit en liepen naar het stoepje voor de voordeur, waar een metalen rooster met ruitmotief lag dat ik associeerde met instituties. We keken elkaar aan en zonder iets te zeggen drukte mijn vader met zijn brede wijsvinger op de bel.

Na een paar tellen werd de deur geopend. Mijn biologische grootmoeder deed open. Ze was klein en had een rond, rimpelig gezicht omkranst door grijze krullen. Haar lippen vertrokken in een onzekere glimlach, en toen zei ze: 'Welkom.' Ze stak haar oude hand uit en zei haar naam. Ik liep de gang in en snoof de geur op van ouderdom die in de muren zat. De geur van oude kleden. Van decennia gebakken uien, koffie en parfum. Ammonia, gehaktballen en stof.

Achter haar kwam mijn biologische grootvader tevoorschijn. Hij was een lange, forsgebouwde man en toen hij mijn hand drukte, voelde ik waar ik vandaan kwam. Het waren dezelfde grote handen als die van mijn vader. Ik ontmoette zijn blik, ijsblauwe ogen, nog steeds levendig en helder in een gezicht vol rimpels. Ook de vorm van zijn hoofd deed me aan papa denken.

Met een diepe stem stelde hij zich voor. Ik trok mijn schoenen uit en volgde hem de kamer in. Mijn biologische grootmoeder glimlachte nerveus en zei dat ze voor koffie zou zorgen, waarna ze naar de keuken verdween terwijl mijn vader en ik de rug van de oude man volgden.

Het was een klassieke woonkamer zoals je die bij een oud echtpaar zou verwachten, met hoge, donkere boekenkasten vol met oude boekseries als *Het Beste* en een geïllustreerde uitgave van *De sprookjes van duizend-en-een nacht*. Achter glazen ruitjes met kronkelige bloemmotieven stond een servies dat alleen bij bijzondere gelegenheden gebruikt werd. Kopjes van dun porselein met roze bloemetjes aan de rand en bijbehorende schoteltjes. Een zitbank van donkerblauw skai en in het midden twee lompe fauteuils met een glazen tafel ertussenin.

Mijn biologische grootvader ging in een van de fauteuils zitten, papa en ik namen plaats op de bank. Naast ons strekte een groot panoramaraam zich uit. Het was medio november en uitzonderlijk koud. Van het naburige huis waren de dakpannen verwijderd, stapels met nieuwe, zwarte dakpannen stonden ernaast, ingepakt in plastic dat klapperde in de wind. De oude man keek naar buiten en knikte snel in de richting van het buurhuis.

'Jaja, een hele onderneming om in deze tijd van het jaar nieuwe dakpannen te leggen,' zei hij.

Mijn vader en ik keken ook naar buiten.

'Jaja...' ging mijn grootvader door. 'Het kan nu elk moment gaan sneeuwen.'

'Ja, inderdaad,' zei ik. Zoals altijd wilde ik de plooien gladstrijken.

We hadden het over de plotselinge kou, die dit jaar abnormaal vroeg was. Na enkele minuten kwam de oude vrouw weer binnen, met een wit kanten schort om haar middel geknoopt. Ze leunde naar voren en keek door het panoramaraam.

'Jaja,' zei ze. 'Een hele onderneming om in deze tijd van het jaar nieuwe dakpannen te leggen, is het niet?'

Mijn biologische grootvader keek naar zijn sokken en veegde iets weg op zijn bovenbenen. Een pluisje waarvan hij misschien wilde dat het er was.

'Jaja,' ging ze verder. 'Het kan nu elk moment gaan sneeuwen...'

'Inderdaad,' antwoordde mijn vader met een knikje. Verder zei niemand wat.

'Nou, de koffie is klaar, dus ga zitten,' zei ze met een vriendelijke glimlach.

We namen aan tafel plaats. Papa en ik aan de ene kant, de twee oudjes aan de andere. De tafel was gedekt met het mooie servies. Wat mijn vader dacht, weet ik niet. We aten cake en dronken koffie, praatten over het weer, terwijl de kamer werd gevuld met alles wat er niet werd gezegd.

Hoe had mijn vader ook iets anders kunnen verwachten? Had een van ons werkelijk gedacht dat ze de wond zouden openen en de deur ook maar op een kier zouden zetten voor de gevoelens die daarachter verborgen lagen? Het duizelende verdriet dat een moeder moet voelen als ze haar pasgeboren kind afstaat?

Mijn vader was slechts vier dagen oud toen het kinderloze echtpaar uit Bergen hem kwam halen. Waar vond de ontmoeting plaats? In het ziekenhuis? In een kamer van het adoptiebureau dat nu is verdwenen? Ze moeten naast elkaar hebben gezeten, met het kind in een deken gewikkeld.

We konden toch niet verwachten dat ze het aan zouden durven zich weer voor dat verdriet open te stellen? Zou dat niet betekenen dat ze alles weer naar boven moesten halen? De herinnering aan het moment dat een jonge man of vrouw door de gang liep, vriendelijk groette en hun een formulier gaf dat ze moesten invullen. De herinnering aan het andere stel dat binnenkwam, zichtbaar nerveus. Mijn grootvader met gladgekamd brillantinehaar. Mijn grootmoeder met een knielange rok en slanke handen. Het ogenblik waarop de moeder het kind in de handen legde van de vreemde vrouw terwijl ze probeerde dapper te blijven glimlachen.

Vanaf dat moment veranderde het lot van het kind van koers.

Het kreeg nieuwe ouders. Alf en Aslaug Stranger Aamoth.

Stranger ging hij heten. Hij zou opgroeien in Bergen in plaats van in Oslo. Als kind van een gezin uit de middenklasse in plaats van de arbeidersklasse. Mijn vader zou pas weer in het Ullevål-ziekenhuis terugkeren toen ik werd geboren en daarna toen zijn lichaam werd belaagd door microben die hem van binnenuit probeerden op te eten.

Ze wisselden wat korte beleefdheden uit waarna de man zijn brede hand om het middel van zijn vrouw legde en met haar naar buiten ging. Ze openden de deur, voelden de zoele zomerbries op hun gezicht en liepen naar de bushalte. Moest ze huilen toen ze daar stonden te wachten? Waar hadden ze het die avond over toen ze tegen elkaar aan lagen in het piepkleine slaapkamertje in Gabels gate, terwijl de andere kinderen ernaast sliepen? Lagen ze beiden wakker in de zomerse warmte en zagen ze het gezicht van het kindje voor zich? Stelden ze zich voor hoe hij zou opgroeien, op wie hij zou lijken, wat hij zou worden?

Of verdrongen ze alles maar gewoon? Stopten ze alle beelden, alle gevoelens, alle voorstellingen die ze hadden, diep in zichzelf weg en praatten ze er nooit meer over?

Waarschijnlijk. Ik weet in elk geval dat het biologische kleine broertje van mijn vader pas van zijn bestaan op de hoogte werd gebracht na dat bezoek, op die ochtend in november toen de kou zich over Oslo had neergevlijd.

Na een halfuur gekeuvel dronken we onze koffie op en namen afscheid. Toen we de deur uit gingen, was de opluchting van hun gezicht af te lezen. Mijn vader herhaalde zijn uitspraak van twintig jaar geleden, dat ze contact konden opnemen als ze hem nog een keer wilden zien. Beiden knikten, met de deur op een kier.

We stapten in de auto, mijn vader stootte een wrange lach uit en we reden weg.

Slechts een paar jaar later kwamen ze te overlijden. Mijn vader had nooit meer iets van hen gehoord en werd evenmin uitgenodigd voor hun begrafenis.

Ik kan me niet eens meer herinneren hoe ze heetten.

Ik heb ooms en tantes die ik nooit heb ontmoet. Ik heb neven en nichten die ik nooit heb gezien, tenzij ik vroeger toevallig een keer naast ze heb gezeten in de bus of de tram, zonder het te weten. Misschien hebben ze op een vliegreis wel naast me gezeten. Misschien kan de vrouw die voor me in de rij voor de leeszaal stond of voor de toonbank van een supermarkt terwijl ze naar de diverse soorten kaas stond te kijken, wel mijn nicht zijn geweest. Misschien heb ik in het Frognerbad wel op een plaid gelegen naast mijn oudtante, of achter een van mijn neven op de duikplank gestaan. Misschien zijn sommige mensen die ik heb ontmoet, wel mijn naaste familieleden geweest, zonder dat ik dat ooit zal weten.

36

29 september (zondag) – Mooie dag. Onze assistenten en nog negen andere personen zijn samen met Harry op de top van de Tafelberg geweest. Moeilijk om te beklimmen. De top van de berg is helemaal vlak en omtrent zo breed en drie keer zo lang als de dam voor Amsterdam, hier en daar liggen plassen vers water verspreid.

9 oktober – De afgelopen dagen zijn opnieuw wel 10 à 15 man aan de rode loop geraakt. Harry kwam 's avonds met twee Saldanharen, die wij op wijn en tabak trakteerden. Ze beloofden binnenkort met veel van hun makkers en een overvloed aan koebeesten terug te komen, als wij maar genoeg koper, dat ze bras *noemden, hadden. Deze twee Saldanharen zijn veel kloeker gebouwd dan de Strandlopers, maar ze hebben dezelfde kleding en taal, om hun armen ringen van olifantstanden en om hun hals koperen platen. Ze hadden niets anders bij zich dan een paar struisvogeleieren en prei of jonge ajuin en look, die wij hier ook in het wild hebben gevonden.*

10 oktober – Harry kwam met nog 12 à 14 Saldanharen, die we met een dronk wijn en wat tabak vereerden. Ze beloofden binnenkort terug te komen en dat ze bij hun makkers zouden adverteren, dat wij hier zijn en hun vragen veel koeien, olifantstanden, muskus en civetkatten mee te brengen, in ruil voor tabak en koper. We zijn zeer vriendelijk tegen hen geweest.

Ondertussen doen we ons best om de fortificatie verder in defensie te brengen, maar het werk wordt erg door ziekte opgehouden. Hoop dat alles beteren zal als we de beesten krijgen. Amen.

*

Van Riebeeck hoort ze al voor hij iemand ziet. Ongeveer twintig mannen en vrouwen met een hele kudde schapen achter zich aan. De dieren blijven eerst dicht bij elkaar, springen dan plotseling weg en moeten telkens opnieuw bijeen worden gedreven. Hij haast zich naar hen toe, begroet Odesa, hun hoofdman, en nodigt ze daarna uit om in het fort te komen. Er zijn nog maar een paar huizen klaar, maar dat is genoeg.

Harry helpt ze door te vertalen en Van Riebeeck koopt alle schapen, ook al hebben ze stuk voor stuk zichtbare gebreken. Hij betaalt met tabak, koper en sterkedrank, en Maria gaat een feest voorbereiden. Om te vieren dat de winter voorbij is en dat ze eindelijk weer vers voedsel hebben.

Sommige zeelieden en soldaten sprokkelen hout en maken met twijgen en takken een grote brandstapel, anderen halen tonnetjes wijn en sterkedrank. Als het vlees wordt uitgedeeld, valt de schemering in. Oranje vonken stijgen op naar de hemel waar ze ergens vlak bij de sterren uitdoven, in de buurt van de melkwitte band die langs de hemel is getrokken. Gezichten glanzen goudgeel in het schijnsel van de vlammen. Ogen glinsteren tevreden. In het begin zitten ze allemaal op de open plek bij elkaar, vlak bij het eten. Maar als ze langzamerhand voldaan raken, trekken ze zich een beetje terug en vormen kleine groepjes. Sommigen hebben hun instrument erbij gepakt en zingen nu Nederlandse drinkliedjes. Anderen maken een dansje.

Jan van Riebeeck blijft samen met Harry en Cornelius naast Odesa zitten drinken. Een wondje aan zijn onderlip prikt bij elke slok die hij neemt, maar de warmte van de drank breidt zich in zijn lichaam uit en maakt zijn gedachten langzaam en taai. Ten slotte moet hij opstaan om te plassen. Dan pas merkt hij hoe dronken hij is, hoe weinig hij nog maar verdragen kan. Hij loopt langs twee mannen die naast twee inheemse vrouwen in het gras zitten te drinken. Hij ziet de begeerte in hun blik. Een eindje verderop ligt een van zijn mannen dicht naast een andere vrouw met zijn armen om haar heen. Het gonst van de stemmen. De vonken van het vuur stijgen op naar de donkere hemel terwijl Van Riebeeck onvast op zijn benen staand tussen de bomen verdwijnt.

37

1 mei 1993. Dat moet de datum zijn geweest, het moet die nacht zijn geweest dat ik aangeschoten over het gras van het Frognerpark waggelde, want ik weet nog dat het voorjaar was en dat het een van de traditionele data was voor de eindexamenfeesten, dus 1 of 16 mei. Overal zijn er mensen. In hun rode eindexamenkleren gehuld liggen ze op het grasveld te drinken. Een meisje plast gehurkt onder een boom. De standbeelden staan stil, bevroren in hun bewegingen, en ik loop er in mijn eentje rond, doe niet mee aan het feest, want ik zit nog maar in de eerste klas van de bovenbouw en ben nog maar net zeventien. Ik zoek mijn vriendin, maar ik zie haar nergens. Ik zie alleen vreemde gezichten met tevreden grijnzende monden, er klinkt gelach dat ik niet deel en niet begrijp, want er is niets om te lachen, vind ik. Niet voor iemand die naar de toekomst heeft gekeken, naar wat er met ons allemaal staat te gebeuren.

Waar is ze, denk ik. Ik blijf zoeken tussen de groepjes drinkende mensen, maar geef het dan op. Wankelend loop ik verder, ik voel de grond onder mijn voeten bewegen alsof ik in een wilde zee op het dek van een schip loop. Ik kijk op naar de Monoliet, de zuil met versteende lichamen, sommige jong, andere oud, om elkaar heen gewikkeld en meer dan tien meter hoog, recht naar de hemel. Een man zit met zijn rug tegen het enorme standbeeld, een man die eigenlijk een medeleerling is, maar een of twee jaar ouder dan ik. Hij lijkt wel veertig, met zijn donkere baard en halflange donkere haar dat golvend op zijn schouders hangt, op de jas met de dubbele rij gouden knopen die hij altijd draagt, een kledingstuk dat thuishoort in het achttiende-eeuwse Frankrijk of Nederland. Ondanks de baard heeft hij iets uitgesproken feminiens. Het zit hem in de manier van praten, in zijn blik en zijn gebaren. Hij is homo, dat weet iedereen. Hij roept naar me en ik ga zitten, waarom ook niet, alles gaat toch naar de bliksem, de wereld gaat ten onder, schenk maar in en drink maar op, lach maar, idioten. Ook al denken jullie dat jullie er wel zullen komen, dat jullie arts worden, advocaat of acteur, dat gaat mooi niet gebeuren. Jullie zullen verdampen, verbranden, smelten, want alles gaat ten onder, het wordt een hel, het is een hel, nu al. Drink maar, denk ik, neem nog een slok voor de wereld vergaat. Hij reikt me de fles rode wijn aan, de fles is van hetzelfde groene glas als de oude visnetdrijvers die ik ooit aantrof in de kelder van mijn grootmoeder aan de westkust, met belletjes ingekapselde lucht, en ik zet de wijnfles aan mijn mond, klok de wijn naar binnen, voel de grond onder me bewegen. Hij slaat zijn arm om me heen, drukt zijn gezicht tegen het mijne. Ik duw hem van me af en lach het weg, want die vent weet toch wel dat ik een vriendin heb? Een meisje dus? Dat denk ik, maar ik ga niet weg, ik kan nergens naartoe, ik neem nog een slok en we praten over muziek. Er komen nog anderen bij zitten. Hij probeert me te vleien, complimenteert me met mijn zangstem en opeens doet hij het weer. Hij drukt zijn gezicht tegen het mijne en ik laat het toe, want alles is naar de bliksem, alles zal vergaan en niets heeft nog betekenis. Dus ik laat het toe, ik laat hem me kussen en ik voel niets, geen afschuw, geen begeerte, niets. Ik voel de grond die voortdurend ronddraait en ik zie zijn tevreden blik, zijn toegeknepen ogen, en duw hem opnieuw van me af. En dan zie ik ze, een paar jongens van mijn school, uit de parallelklas. Daar staan ze en ze hebben alles gezien. Ik kom overeind en daar staat mijn vriendin ook. Vlak achter de granieten standbeelden van een oud echtpaar dat met de rug tegen elkaar aan zit, staat ze met een achterdochtige blik, en ik kijk haar aan, zie hoe ze zich omdraait en wegloopt. Ze rent niet, ze loopt gewoon weg met een vriendin. Ik kom overeind, hol achter haar aan en roep dat ik alles kan uitleggen, maar het heeft geen zin, het is te laat, want de vriendin houdt mij tegen, stelt zich midden op het pad op en vraagt me weg te gaan. Ik doe wat ze zegt, want het is te laat, alles is verpest, alles gaat naar de bliksem, zal verbranden. De man die me daarnet heeft gekust, komt overeind en steekt zijn hand naar me uit, maar die duw ik weg. Ik kijk naar de stad en loop wankelend de trap af, spring van de ene tree op de andere. Bij een van de smeedijzeren poorten, die ook met menselijke figuren zijn versierd, blijf ik staan en pak een van de uitgebeelde mannen bij de bovenarm vast. Hiervandaan heb je een weids uitzicht en ik kijk rond. De kerktoren. De oude bomen. De rest van het Frognerpark met al die standbeelden. Ik weet niet waar ik naartoe ga of waar ik heen moet, maar ik zet me weer in beweging en loop op de bonnefooi. Ik zie de jongens uit de parallelklas voor me die in een halve cirkel om me heen stonden en me met die vent zagen. Ik lach hard om mezelf, maar hoor meteen hoe hol die lach klinkt.

Ik passeer de fontein. Het enorme standbeeld van volwassen mannen in een cirkel, met een fikse schaal op hun schouders waar het water gelijkmatig vanaf stroomt. Er is daar een plek, een labyrint van witte en zwarte stenen, waar ik als kind regelmatig naartoe ging. Mijn moeder bleef er geduldig naast zitten wachten terwijl ik de slingerroute van witte stenen volgde. Nu waggel ik eroverheen. Ik heb te veel gedronken. Hoe moet ik dit aan mijn vriendin uitleggen? Dat het niets voorstelde? Dat die kus een kus des doods was?

Ik kijk omhoog naar de sterren, naar de maan. Ik loop de brug over met de vier zuilen waar vreemde schepsels met een reptielenhuid en een monsterachtige kop elk een mens omarmen, hun bek gedrukt tegen de schouder of de hals van de twee mannen en de twee vrouwen die daar staan, ieder op een hoek, ieder aan hun kant van de rivier. Ik kijk over de rand van de brug, zie het glinsterende water daarbeneden en de bronzen baby's die in verschillende houdingen bevroren liggen op een plateau dat uitsteekt in de rivier. Sommige beelden liggen ondersteboven, alsof ze nog steeds in de buik van hun moeder liggen, met hun hoofd omlaag en hun lichaam opgekruld, hun tenen naar de zwarte hemel wijzend. Andere liggen op hun rug met een arm opzij. Kleine handen. Grote, gladde hoofden. Alle beschenen door kleine lampjes.

Ik laat de leuning los en verdwijn onder de bomen, ben een tak die in een donkere, woeste rivier is gegooid en zich nu laat meedrijven. Ik loop onder de boomkronen een heuvel op en ineens sta ik voor een hoog gazen hek, met bovenaan twee rijen prikkeldraad. Het hek van het zwembad, het Frognerbad. Ik grijp me vast aan het gaas, dat metalig zingt terwijl het zachtjes heen en weer zwaait. Ik kijk omhoog, steek een hand uit naar de twee gevlochten draden, pak ze vast tussen twee uitsteeksels en hijs mezelf op waarna ik eroverheen klim. Mijn broek haakt vast in het prikkeldraad, ik voel een brandende snee in mijn dij, maar dat geeft niet. Takken en struiken opzij slaand worstel ik me uit het struikgewas. Ik bereik het kinderbad. Het staat nog leeg, het zwembad gaat pas over een paar weken open.

Ik loop door naar de ronde ramen.

In het donker zie ik de omtrekken van een leeg bassin.

Dan loop ik de trap op naar het volgende bassin, dat met de duiktoren, en klim naar de laagste duikplank.

Een betonnen toren, met daaronder een rond bassin van vijf meter diepte. Ik kijk omlaag. Daar ben ik vaak van de plank af ingedoken, ik neutraliseerde de druk in mijn oren door mijn neus met mijn vingers dicht te drukken en te blazen voordat ik de bodem bereikt had. Nu is het leeg en donker. Op de bodem liggen bladeren. Ik laat de trapleuning los, kijk omhoog naar het vijfmeterplateau, het zevenmeterplateau en het hoogste plateau, de tienmeterplank, die nu vijftien meter boven de betegelde groene bodem hangt. Dan loop ik naar de trap. Ik haal de dunne ketting met het bordje GESLOTEN eraan weg en klim omhoog. Tree voor tree. Naar de top.

38

‘Het blijkt duidelijk dat mensen gedurende de tijd dat ze niet onder een gemeenschappelijke macht leven die allen ontzag afdwingt, in een toestand verkeren die we oorlog noemen, en wel van een oorlog van allen tegen allen. (...) Het menselijk bestaan in de natuurtoestand is eenzaam, armoedig, afstotelijk, beestachtig en kort.’
– Thomas Hobbes, *Leviathan*, 1651.

*

Het moet wel mijn slechte geweten zijn geweest waardoor ik dacht dat de bevolking op de Kaap in een soort pastorale harmonie leefde tot het moment dat de Portugese, Engelse en Nederlandse zeelui er aan land gingen. Dat de verschillende bevolkingsgroepen er idyllisch zij aan zij woonden, hun grond bewerkten, jacht op antilopen maakten, visten en hun koeien hoedden. En dat de problemen pas begonnen toen de eerste witte kolonisten aankwamen en het land van hen afpakten, mensen tegen elkaar opzetten en anderen afhankelijk maakten van alcohol en tabak. Dat slechte geweten dat veel Europeanen sinds de kolonisatie van de derde wereld met zich meedragen. Resten van een schuldgevoel dat me sinds mijn jeugd heeft gekweld.

In werkelijkheid is de geschiedenis buiten Europa evenmin erg idyllisch. Zo waren het in het Caraïbisch gebied de Cariben, een indianenstam uit het Orinocogebied, die in de dertiende eeuw de oorspronkelijke Arawak bevolking van de Caraïbische eilanden verdreven. Toen de Europeanen op Puerto Rico aankwamen, kregen ze de gruwelverhalen over de Cariben te horen. Over hoe ze de mensen vermoordden en daarna op een kampvuur roosterden. Strafmethoden gebruikten die deden denken aan Europeaanse en die me herinnerden aan de bestiale foltermethoden waarover ik in mijn jeugd had gelezen.

Op Paaseiland, dat pas rond het jaar 1000 bewoond raakte, brak in 1668 een gewelddadige oorlog om de natuurlijke hulpbronnen uit toen de populatie te groot werd. Dat gebeurde zonder ook maar enige hulp van Europeanen, die pas honderd jaar later op het eiland aankwamen.

Ook het leven in Zuid-Afrika was geen idylle, maar een voortdurende territoriumstrijd. Misschien geldt het wel voor alle oorlogen, dat de conflicten in wezen neerkomen op een strijd om de toegang tot goud, ijzer, koper en tin. Tot diamanten en silicium, kolen, suiker, porseleinaarde en veldspaat. Tot koeien, weidegronden, schapen, huiden, pelzen en vis.

Misschien is vrede gewoon een ander woord voor volgegeten, warm, veilig. Een ander woord voor thuis. Hekken. Rivieren en bergen die het ene volk van het andere scheiden.

Zo was het in elk geval op de Kaap. Als ik de notities van Jan van Riebeeck zit te lezen, tekent zich langzamerhand een machtsstrijd af tussen al die verschillende volkeren die er woonden. De Gorinkhoina, de Goringchaicona. De Soanqua, Oengaijqua. De Chainouqua.

De vele namen voor al die volksgroepen scheppen verwarring, ook voor de Nederlandse zeelui die probeerden de namen te onthouden en op te schrijven. Langzamerhand werden de ingewikkelde namen voor eenvoudiger ingeruild. De groepen die om de baai van Saldanha woonden, op een paar dagen lopen van de Kaap, werden de Saldanharen. Het volk van Harry werd Strandlopers genoemd en degenen die boven in de bergen woonden Kaapmannen, tot op een dag al die groepen dezelfde naam kregen, een nonsenswoord dat was gebaseerd op het nabootsen van de klanken van de inheemse bevolking. Ze werden Hottentotten genoemd. In het dagverhaal wordt de benaming eigenlijk volstrekt neutraal gebruikt. Het was gewoon een eenvoudiger woord.

Latere historici hebben alle kleine stammen die in het zuidelijke deel van Afrika woonden in twee hoofdgroepen geclassificeerd, gebaseerd op hun leefwijze. De eerste groep wordt gevormd door de Khoisan-volkeren, jagers en verzamelaars die oorspronkelijk afstamden van een groep pygmeeën uit de regenwouden in Centraal Afrika.

De tweede groep wordt gevormd door de Khoikhoi, die schapen en koeien hoedden en met de jaargetijden meetrokken op jacht naar nieuwe weidegebieden. Beide volkeren bestonden uit een aantal kleinere gemeenschappen, stammen van ongeveer honderd individuen met een hoofdman. Sommige leefden vreedzaam naast elkaar, andere waren in oorlog, met elkaar en ook met een derde volk, die de kolonisten pas veel later zouden ontmoeten. Dat was de groep Bantoesprekende boeren die zich gedurende duizenden jaren zuidwaarts over het continent hadden verspreid. De Xhosa en de Zoeloes. Volkeren die voorwerpen van metaal smeedden, steden van steen bouwden en gierst en doerra zaaiden waar ze brood en pap van maakten. Het is een historische en geografische toevalligheid dat het zo lang geduurd heeft voor de kolonisten op hen stuitten. Pas na zes jaar op de Kaap vertelt Eva Jan van Riebeeck over hen:

30 oktober 1657 – (...) Voor de eerste keer kregen we te horen over een machtige keizer of koning die over alle Kaapse volkeren regeerde en die ze Chobona noemden. Hij woont ver weg in het binnenland en is rijk aan goud, dat ze hier 'chory' noemen en uit het zand halen. Ze weten ook hoe ze penningen van metaal moeten maken. Dit volk woont in grote huizen van steen en balken, en ze zaaien witte rijst en allerlei aardvruchten. Koning Chobona heeft een groot leger dat de verschillende stammen onderdanig moet houden en ervoor moet zorgen dat ze hem als hun leider zien. Niet iedereen wil de belasting die hij van hen eist, betalen, zegt Eva. Daarom leven ze altijd in een toestand van oorlog.

*

De enige reden dat ze elkaar niet ontmoeten en dat Jan van Riebeeck en zijn mannen niet worden gedood of gevangengenomen, is het verschil in klimaat en de verschillende regentijden. De Europese groenten die de Nederlanders bij zich hadden, gedijden het best op het zuidelijke deel van de Kaap, dat een bijna mediterraan klimaat heeft met regen in de winter. De graansoorten waar de Xhosa duizenden jaren van geleefd hadden, waren daarentegen afhankelijk van regen in de zomer om te kunnen ontspruiten en voorspoedig te groeien. Dat was de enige reden dat de Xhosa zich destijds niet ook op de hellingen rondom de Kaap bevonden. De dichtstbijzijnde Xhosa leefden ten oosten van de Visrivier, ongeveer honderddertig kilometer verderop. Toen de Engelsen de Xhosa in 1702 ten slotte tegenkwamen, stuitten ze op fel verzet en er zouden honderdvijfentwintig jaar en vier oorlogen aan te pas komen voordat de Xhosa zich gewonnen gaven. De Zoeloes, die verder naar het noorden leefden, werden uiteindelijk op 16 december 1838 in de Slag bij Bloedrivier verslagen, waarbij ongeveer tienduizend Zoeloekrijgers het leven lieten en de rivier rood kleurde. Tijdens de gehele duur van de apartheid was die datum een officiële feestdag. De viering van de overwinning door de witte bevolking.

Het ANC liet bij wijze van tegengeluid de eerste bom op dezelfde dag exploderen, op 16 december 1961. Een echo die door de eeuwen heen weerklonk.

*

Thomas Hobbes haalde de titel van zijn hoofdwerk uit de Bijbel. In het oude testament is Leviathan een monster dat in de diepten van de wereldzeeën leeft. Een van de zeven poortwachters voor de hel. Het dier wordt wel beschreven als een kruising tussen een slang en een draak. Op andere plekken doet hij denken aan een walvis. De langste beschrijving van het dier is te vinden in Job, hoofdstuk 41, vers 10-11:

Wanneer hij proest, flikkert het licht,
zijn ogen schitteren als de dageraad.
Brandende fakkels komen uit zijn bek,
vonkenregens vliegen door de lucht.

Een onverschrokken wezen dat de zee kan laten koken en een enorme muil heeft waar de verdoemden der aarde op de dag des oordeels doorheen moeten gaan. De naam Leviathan leeft op verschillende manieren voort. In modern Hebreeuws is Leviathan gewoon het woord voor walvis.

Enkele jaren geleden heeft een groep internationale onderzoekers een twaalf miljoen jaar oud fossiel van een potvis gevonden in een woestijn in Peru die ze de naam *Livyatan melvillei* hebben gegeven. Het dier van zeventien meter lang had enorme slagtanden en de onderzoekers denken dat hij waarschijnlijk op dolfijnen en andere walvissen heeft gejaagd. In het rapport in *Nature* staat dat dit fossiel de langste en scherpste tanden heeft die ooit in een walvis zijn gevonden.

39

Het Bloedbad van Sharpeville, 21 maart 1960.

Misschien is dat het moment geweest waarop de geschiedenis van koers veranderde, het moment waarop de vreedzame verzetsstrijd ophield en de gewelddadige begon.

In het township Sharpeville, in de provincie Gauteng, ten noordoosten van Kimberley, wil men een vreedzaam signaal afgeven. Een grote groep mensen is samengekomen om te protesteren tegen de pasjeswetten, die voorschrijven dat het illegaal is om de straat op te gaan zonder een pas met daarop je naam, persoonsnummer en werkgever. Het papier dat elke maand opnieuw ondertekend moet worden en doet denken aan een oormerk zoals koeien hebben. Er lopen duizenden mensen op straat, zonder pasje, op weg naar het kleine politiebureau met het doel zich te laten oppakken. De actie is geïnspireerd op de geweldloze demonstraties van Gandhi en de methodes van Martin Luther King. Burgerlijke ongehoorzaamheid. De wet gebruiken tegen de autoriteiten. Voor de politie is het onmogelijk om iedereen vast te zetten. Het wordt steeds drukker voor het bureau. Geleidelijk aan wordt de stemming grimmig. De politie probeert de aanwezigen op afstand te houden. Veel agenten zijn jong en onervaren. Bang.

Niemand weet wie het eerste schot heeft gelost, maar het zou zijn gebeurd vlak nadat een politieman tegen de grond was gegaan. Het schot werd gevolgd door een salvo. De paniek die ontstond, duurde veertig seconden, volgens het rapport van de Waarheidscommissie. Toen het weer stil was, lagen er negenenzestig mensen dood op straat. De meesten met een schot in de rug.

In zijn memoires beschrijft Nelson Mandela hoe deze gebeurtenis in eerste instantie resulteerde in een reeks opstanden in het hele land.

In tweede instantie leidde het er tevens toe dat hijzelf en sommige andere leiders van het ANC besloten om tot gewapend verzet over te gaan.

Vijftig jaar lang had het ANC geweldloosheid gehanteerd als het basisprincipe dat niet ter discussie stond. Vanaf nu zou het ANC een ander soort organisatie zijn. (...) De naam van de nieuwe organisatie werd Umkhonto we Sizwe (De speer van de natie), afgekort MK. Het symbool van de speer was gekozen omdat Afrikanen met dit simpele wapen eeuwenlang de invallen van de witte kolonisten hadden weten af te slaan. (...) MK oefende nu met explosieven. Op een nacht vergezelde ik Wolfie naar een steenfabriek in een buitenwijk om een demonstratie bij te wonen. Dat was een risico voor mijn veiligheid, maar ik wilde bij deze eerste test van MK aanwezig zijn. Er deden zich veel explosies voor in die steenfabriek omdat de maatschappij dynamiet gebruikte om de klei los te maken voordat de grote machines de klei opschepten om er bakstenen van te maken. Jack Hodgson had een paraffineblikje meegebracht, gevuld met nitroglycerine; hij had een ontstekingsmechanisme gemaakt van het binnenwerk van een balpen. Het was donker en we hadden maar een klein lampje bij ons. We bleven op enige afstand terwijl Jack zijn werk deed. Toen het klaar was, zochten we dekking, telden tot dertig en daar was het dan: een enorme knal en een heleboel aarde die omhoogspoot. De explosie was een succes en we haastten ons allemaal naar de auto's terug en reden in diverse richtingen weg.

40

Mijn allereerste herinnering is uit de tuin in Oslo, vlak bij de goudenregen. Ik moet ongeveer tweeënhalf zijn geweest, want het is zomer en ik speel samen met mijn broer Ruben en buurmeisje Marianne cowboy en indiaantje. Marianne was geadopteerd en kwam uit Colombia. Ik kan me alleen een kort, stilstaand ogenblik herinneren. Marianne en Ruben zijn indianen, ik ben cowboy. Mijn broer houdt een skistok van bamboe vast boven zijn schouder, als een speer, met de punt naar mij toe gericht, klaar om te gooien. De zon schijnt op hun hoofden. Ruben tilt de stok boven zijn hoofd en gooit. Het was vast niet zijn bedoeling om raak te gooien, maar dat deed hij wel. De metalen punt trof me in mijn gezicht, slechts een centimeter onder mijn oog, en het kleine litteken is nog steeds te zien als ik lach. Het spel was afgelopen. Ik bracht mijn hand naar mijn gezicht en liep gillend weg naar huis, het trapje op waar mijn moeder al vanaf kwam. Als hij maar één centimeter hoger had gericht, dan zou ik blind zijn aan mijn linkeroog, en was alles wat er later gebeurde anders geweest. Dan zou ik de rest van mijn leven met een afschrikwekkend blind oog hebben rondgelopen, vol witte vlekken.

41

In de zeventiende eeuw, de eeuw van Jan van Riebeeck en de tijd waarin de grote zeilschepen voeren, toen de wereldkaart nog vol witte vlekken zat, leefden er niet meer dan vijfhonderd miljoen mensen op aarde, in tegenstelling tot de zeven miljard die er vandaag zijn. Wat betekent dat? Dat een op de veertien mensen dezelfde voorvader en -moeder heeft als jijzelf? En als je nog verder terugrekent, naar de dertiende eeuw, naar de vierde eeuw of naar het jaar 94368 voor het begin van onze jaartelling, hoeveel mensen zijn er dan aan jou verwant?

Iedereen?

Mijn eigen biologische voorouders, behalve dan die van moederskant, ken ik niet. In het Engels betekent mijn naam 'vreemdeling' en in mijn jeugd koesterde ik die betekenis. Ik maakte zelfgenoegzame tekeningen van een man met een jas met daaronder de tekst '*A stranger in a strange world*'. Ik speelde gitaar en leerde mezelf *Lonely Stranger* van Eric Clapton spelen. Mijn achternaam achtervolgde me en doet dat nog steeds. Nog steeds zijn er mensen die me vragen of ik familie ben van Rolf Stranger, de oud-burgemeester van Oslo. In het naoorlogse Noorwegen was hij een bekende en geliefde figuur naar wie het plein voor het stadhuis van Oslo is genoemd. Wat moet ik zeggen? Tegen iemand die ik niet ken, zeg ik misschien, dat we in de verte vast wel verwant zullen zijn omdat onze naam niet veel voorkomt. Tegen iemand die ik beter ken, vertel ik dat mijn vader geadopteerd was en dat niet alleen hijzelf, maar ook zijn adoptievader, die Alf Stranger Aamoth heette, óók geadopteerd was, en dat niemand diens achtergrond kent.

Toen mijn vader het hem een keer vroeg, kreeg mijn opa een kleur, stond op en verliet de kamer. Sindsdien werd er niet meer over gesproken. De schaamte kleurt alles. Het verdriet en de schaamte. Het was een taboe, net zoals ik er al die tijd voor ben teruggeschrokken om mijn vader nogmaals te vragen hoe mijn biologische grootouders heetten, ook al heb ik die zelf ontmoet.

Van moederskant kan ik het spoor van mijn voorouders daarentegen helemaal volgen tot in de veertiende eeuw, tot Knud Nielsen Gyldenstjerne, die in 1360 werd geboren en in 1401 stierf. Ik stam af van Geert van Geelmuyden, die in 1660 vanuit Nederland in Noorwegen aankwam. Ik stam af van Honoré Bonnevie, die op 8 juni 1683 in het Franse Antibes werd geboren. Ik stam af van Gabriel von Cappelen (1674-1758) uit Denemarken, familie van de uitgever die boeken van mij publiceert, en van Claus Iversen Huitfeldt (1698-1749) uit Tronstad, wat betekent dat ik waarschijnlijk familie ben van de minister van Cultuur. Bovendien stam ik af van een aantal personen met rare, komische namen, zoals opa 'Kever', Bendt Torbensen Bille uit Denemarken (1440-1494), opa 'Boter', Jon Halvardsson Smør, die in 1327 in Oslo werd geboren en, niet te vergeten, mijn favoriet, de vrouw die door haar huwelijk waarschijnlijk de grootste naamsdegradatie moest meemaken: Karen Ottesdatter Gyldenstjerne, geboren in 1540 te Kopenhagen, die trouwde met Jørgen Pedersen Marsvin. Van een otter werd ze een cavia.

Van vaderskant kan ik niet verder terug dan mijn vader zelf. Hij is de eerste van zijn familie. Vóór hem is er niets. Ik heb dan ook geen idee hoeveel ooms en tantes ik heb, of, wat dat betreft, neven en nichten. Het familieverhaal van mijn vader begint pas bij zijn geboorte, op 19 juli 1950.

*

Meisjesnamen:	*Jongensnamen:*
5	3
ADELE	ALF
	DAG
	JAN

IV

42

In het huis waar ik ben opgegroeid, hadden mijn ouders een imposante bibliotheek opgebouwd. Mijn overgrootmoeder Villa Thrap Wahl, zelf schrijfster, was namelijk getrouwd met de eigenaar van een drukkerij in de wijk Majorstua in Oslo, die destijds een van de grootste in Noorwegen was: Aas & Wahl. De drukkerij werd verkocht toen ik klein was, maar de klok met de naam van de firma staat nog steeds op het dak van het gebouw. Een uit de kluiten gewassen, roterende wijzerplaat met daarop de naam WAHL in rode, oplichtende letters, waarvoor ik me helemaal opzijboog als we erlangs reden omdat ik er altijd een glimp van wilde opvangen. Het gebouw staat vlak bij het Frognerpark met al die naakte, zwijgende lichamen, staand, liggend of elkaar omhelzend terwijl de klok langzaam verder tikt in de nacht. Lichamen van graniet of brons, verstard in liefde, ruzie en eenzaamheid.

Na vele reizen en lange uitstapjes apart van haar gezin brak mijn overgrootmoeder in 1932 uiteindelijk met haar leven als echtgenote en moeder in een vrijstaand huis in Oslo en vertrok in haar eentje naar Zuid-Europa om daar te gaan schrijven.

Dat verhaal heeft me altijd verbaasd en het heeft veel indruk op me gemaakt. Hoe kon ze dat doen? Een paar jaar geleden kwam ik een van haar boeken tegen in een antiquariaat. *Brevene hjemmefra* oftewel 'Brieven van huis', een verzameling brieven aan haar oudste dochter, mijn grootmoeder, die elf of twaalf was toen haar moeder hen in 1932 verliet. De toon is vriendelijk, je kunt duidelijk merken dat ze veel tijd heeft besteed aan het schrijven ervan. Misschien omdat ze toen al wist dat ze wilde publiceren. Of omdat ze toen al wist dat ze haar gezin zou verlaten.

De eerste brief is gedateerd op maandag 11 juli 1927:

Lieve kleine schat van me!
Het laatste wat ik van jullie zag toen ik de deur van de slaapcoupé achter me dichttrok, was Zusje die naakt in de middelste kooi zat, Dada, die druk bezig was Zusjes kleren in de rozerode rugzak te proppen die mama voor de reis had gemaakt, en jij, klein, groot en flink, het dichtst bij de deur, dicht bij me maar tegelijk zo verschrikkelijk ver weg – omdat het nu heel lang zou duren voor ik je weer zou zien.

De kinderen zouden afreizen naar Gangstø, een groot landgoed in het uiterste westen van de Hardangerfjord. Dat was al generaties lang in het bezit van de familie en vroeger strekte het perceel zich tientallen kilometers in alle richtingen uit en omvatte het ook het stuk grond waar nu Valen ligt, het psychiatrische ziekenhuis waar de dichter Olav H. Hauge werd opgenomen. Zelf bracht ik in mijn jeugd elke zomer door in Gangstø en ik herinner me het geluid van de roffelende regen op het dak, de kampvuren op het strand en het lange, door hagen omsloten pad van het witte woonhuis naar de zee, met aan weerszijden struiken vol rinse rode bessen die wij als kinderen al hollend plukten om daarna weer terug naar de zee te gaan, of naar de grote schuur of het bos, en die zomer van 1927 zou ook mijn grootmoeder daarheen gaan. Haar moeder zou in Oslo blijven om te schrijven. Wat precies vermeldt ze niet. Misschien waren er wel grote problemen in het huwelijk die ervoor zorgden dat zij en haar man thuisbleven. Ik weet het niet. Een paar dagen later schrijft ze het volgende, kennelijk na ontvangst van een brief:

De volgende keer dat je schrijft, moet je eraan denken me te vertellen of het er weer net zo lekker naar zoute zee ruikt als vorig jaar. Gek toch, dat het op Gangstø altijd zo lekker naar frisse lucht ruikt? De zee is er altijd even zout, fris en gezegend schoon en mooi. Alleen de kleur verandert. Je weet dat die grijs kan zijn – bijna zwart – als het stormt. Met witte schuimkoppen. En stralend blauw als de zon schijnt en er geen zuchtje wind staat. Dan doet het bijna pijn om naar de zee te kijken, zo fel is de schittering.

Het is alsof ze dan al afscheid neemt en alle herinneringen oppoetst, optilt en ernaar kijkt.

Toen ik opgroeide, hadden we een omvangrijke bibliotheek waarin heel wat boeken uit de drukkerij stonden, met aan een van de wanden een portret van Villa Thrap Wahl, staand achter een oude, ronde zitbank. Een streng kijkende vrouw, in een zwarte jurk met een zwarte, breedgerande hoed op, een ovaal gezicht, ronde kin en ogen die me volgden waar ik ook naartoe liep. Als kind probeerde ik haar voor de gek te houden. Ik ging dan ergens staan, ving haar blik op en deed dan een paar passen opzij alsof mijn neus bloedde om me vervolgens ineens om te draaien. Hoe snel ik ook was, ze bleef me aankijken, elke keer weer. Wat dacht ik eigenlijk? Dat er onder het craquelé van de penseelstreken een echt levend mens verscholen zat? Een persoon die voor de eeuwigheid was verstard in een beledigde blik zonder de mogelijkheid iets anders te bewegen dan haar ogen?

Het was een groot vertrek op de begane grond, met boekenkasten van de vloer tot het plafond tegen de langste wand van de ruimte, gevuld met naslagwerken, klassiekers en theologische boeken uit mijn vaders studietijd. Papa wees me de weg in de klassiekers en voorzag me voortdurend van boeken, ook tijdens de jaren dat hij ziek was. Op die manier kon ik hem leren kennen, dacht ik, terwijl ik met mijn vingers de boekruggen streelde. Door te lezen wat hij had gelezen, me te verdiepen in gedachten die hijzelf had gehad, kon ik de weg naar hem vinden en hem beter begrijpen.

Overal las ik. In de bus. Tijdens het lopen. Ik las Freud. Ik las Nietzsche en obscure theologen, maar de meeste boeken die ik las, waren romans. In die tijd raadde mijn vader me een boek aan dat me voor het eerst dingen met nieuwe ogen leerde zien waardoor ik begon te beseffen dat er misschien iets pervers school in mijn opzet om me in alle ellende van de wereld onder te dompelen.

Ik zal een jaar of zestien zijn geweest en het boek heette ironisch genoeg *Speil,* wat 'Spiegels' betekent. Toen ik het opensloeg, leek het alsof het boek niet van papier was gemaakt maar van spiegels. Alsof ik op elke bladzijde mezelf zag, en naarmate ik verder las, werd dat gevoel alleen maar sterker. De roman was geschreven door Jan Kjærstad, een bekende Noorse schrijver, en ging over een kunstenaar die zichzelf kwelt met alle ellende die er op de wereld bestaat. Een man die afstand neemt van zijn omgeving door alle pijn en al het kwaad te ontleden totdat iedereen hem in de steek laat en hij van alles en iedereen verstoken achterblijft.

43

'Chief Harry?'

'Ja?' antwoordt Harry met een afwezige stem, alsof hij zich heel ergens anders bevindt.

'De prijs. Hoeveel willen ze voor hun koeien hebben?' vraagt Van Riebeeck nog een keer.

'Ja, de prijs...' antwoordt Harry. Zijn blik is gericht op een van de dieren die voor hen staan. Het is een volwassen stier met een witte vlek boven zijn oog en een witte vlek op zijn zij, alsof die de donkerbruine huid beter moet laten uitkomen. Hij fluistert naar de stier zoals Van Riebeeck dat ook de inheemsen heeft horen doen, en het dier draait zich werkelijk naar hem toe, doet twee stappen naar voren en gaat naast hem staan. Harry aait de stier over zijn kop. De grote, glanzende ogen nemen hem op.

'Het is een prachtige stier,' zegt Harry in het Nederlands terwijl hij naar een Saldanhaar kijkt. Hij zegt een paar korte woorden tegen de man en strijkt de stier over het droge, borstelige haar in zijn nek.

'Ze vragen wat u ervoor wilt geven, kapitein.'

'Ja? Hij lijkt me vrij oud. Zeg maar dat ze er een koperen plaat en wat tabak voor kunnen krijgen.'

'Een koperen plaat en wat tabak?' vraagt Harry. Zijn blik verscherpt zich als hij zich weer naar de Saldanhaar omdraait. Een schaap maakt zich los uit de kudde, maar wordt door een jonge man teruggetrokken.

'Ze gaan akkoord en vragen of u ook in schapen bent geïnteresseerd.'

Van Riebeeck knikt. Hij biedt ze een schaapslengte tabak per dier.

Harry herhaalt het aanbod. 'Dat is niet veel, Van Riebeeck.'

'De vorige keer hebben we te veel betaald, zo weegt het weer tegen elkaar op.'

De stier ademt door zijn vochtige bek en gooit zijn kop heen en weer. Een van de soldaten meet de lengte van de schapen met stroken bruine, grove tabak. De herders kijken toe.

'Niemand wordt graag voor de gek gehouden, kapitein,' vervolgt Harry. 'Het zijn eenvoudige lieden, maar ze werken hard voor elk dier.'

'Zoals ik al zei, hebben we andere keren veel te veel betaald, en maken we dat nu weer goed.'

Harry schudt mismoedig het hoofd. Hij bijt op zijn onderlip. 'Deze mannen horen niet bij het volk aan wie u de vorige keer te veel heeft betaald. Het zou zijn alsof ik u zou afzetten omdat de Engelsen me te weinig hebben betaald.'

Van Riebeeck vangt zijn blik op. Ze weten allebei wat er sluimert.

De pijpen worden opgestoken. De tabak gloeit oranje. Tevreden gezichten. Hoofden die achteroverleunen en de rook omhoogblazen. Een man met een pluizig baardje wijst op de kraal voor de dieren en stelt Harry een vraag.

'Hij vraagt hoelang die omheining voor de dieren daar bij het fort blijft staan,' zegt Harry.

'We zijn niet van plan om hem weg te halen,' zegt Van Riebeeck.

Harry vertaalt. De wijzende man kijkt verwonderd op. Snel zegt hij nog iets. Harry vertaalt.

'Hij zegt dat ze hier gewoonlijk met hun koeien naartoe komen, dat ze die altijd hier laten grazen.'

'Zeg hem maar dat ze nu andere plekken moeten zoeken. Er is immers genoeg land voor hun koeien.'

Harry vertaalt. Er breekt een gemompel uit onder de mannen die voor hen zitten. Een van hen wijst naar de schepen onder het uiten van felle woorden. Dan verzamelen ze hun spullen en vertrekken. De soldaten nemen de schapen mee. Harry geeft de stier nog een laatste aai over zijn rug waarna het dier wordt weggeleid.

44

Het is midden in de nacht en Adele en G rijden in zijn gammele auto de stad uit. De koplampen laten de witte strepen op de weg oplichten, evenals de lange grassprieten in de berm. Soms is tussen de boomstammen heel even de weerschijn in de ogen van een dier te zien. Een haas. Een bok. Een zwerfhond.

Ze overnachten op adressen die ze hebben doorgekregen en die veilig zouden zijn, ze slapen in chalets, garages en bouwvallige schuren tot ze de auto achter moeten laten om te voet de grens over te gaan. Adele strijkt met haar handen door het gras en steekt een grasspriet in haar mond. Ze waden door een rivier en wachten bij een vervallen put. Na een halfuur horen ze voetstappen. Een zaklantaarn verblindt hen en een ogenblik is ze bang dat het de politie is, dat ze zullen worden opgepakt, maar dan laat de man de lamp zakken en vraagt hun hem te volgen.

Ze bereiken een betonnen gebouwencomplex aan de rand van een grote stad. Adele wordt bij de vrouwen ingedeeld en krijgt een plek in een slaapzaal toegewezen. G moet ergens anders slapen.

De volgende dag begint de training. In groepen moeten ze hardlopen, als in een leger. Ze zingen verzetsliederen. Adele krijgt een pseudoniem dat als dekmantel moet fungeren: Eva. Niemand mag weten hoe ze in het echt heet. Ze houdt voor het eerst een geweer vast, mikt op een schietschijf, haalt de trekker over en voelt de terugslag, alsof iemand haar tegen haar schouder naar achteren trapt.

Ze krijgt les in politiek, wordt bijgespijkerd in de ideeën die ertoe doen. Ze leert de woorden die nodig zijn om te doden. Ze leert te denken aan de ZAAK. Aan de ONRECHTVAARDIGHEID. De TOEKOMST. Ze leert hoe ze de pin uit een handgranaat moet trekken voor ze die weggooit. De officiële politiek van het ANC is dat Zuid-Afrika een land moet zijn voor alle volkeren, voor alle rassen. Niet iedereen van MK is het daarmee eens. *One white, one bullet*, hoort ze iemand tijdens een discussie in de slaapzaal zeggen. De witten moeten worden teruggedreven naar de zee waar ze ooit vandaan kwamen. Anderen zijn het daar niet mee eens, zeggen dat dat niet het doel is van hun strijd. Dat het alles kapot zal maken en dat ze, als ze dat echt menen, dan maar bij het PAC (Pan-Afrikaans Congres) moeten gaan. Adele luistert. Ze leert bommen plaatsen. Ze leest manifesten. Ze rent tot ze bloed in haar mond proeft. Slechts één keer per week mag ze G zien en ze vrijen in toiletten, in verlaten steegjes.

Na zes weken staan ze met zijn allen op het open terrein voor het gebouw. Om hen heen staan bewakers met geweren.

'Zijn jullie bereid te sterven?'

'Ja!'

'Zijn jullie bereid te sterven?'

'JA!'

'Zijn jullie bereid te STERVEN?''

'JAAA!'

45

Khayelitsha. Noah en Joshua lopen een paar minuten in een straf tempo door om te ontkomen aan het groepje dat op hen afkwam. Snelle voetstappen, van het ene steegje naar het andere, zodat de wereld slechts bestaat uit schoenen, de stoffige weg en, als ze opkijken, een glimp van de huizen. Joshua vertraagt zijn snelheid en draait zich om. Geen achtervolgers. Nerveus pakt hij een sigaret, steekt hem aan en inhaleert diep als een soort van beloning.

'Wie waren dat?' vraagt Noah, nog steeds buiten adem.

'Geen idee,' antwoordt Joshua kort terwijl hij de rook uitblaast. Hij lijkt even de weg te moeten zoeken, maar wijst dan naar een steeg en vraagt Noah hem te volgen. Ze moeten bukken voor een waslijn met kleren die tussen twee huizen hangt en komen op een weg met steenslag terecht. Hier zijn meer mensen en Noahs angst verdwijnt. Een container is omgebouwd tot een kapsalon, de prijzen staan met een penseel op de metalen wand geverfd. Vlakbij staat een jongeman folders uit te delen. Noah gaat ervan uit dat het aanbiedingen voor een knipbeurt zijn, maar dat is niet zo. Het is een uitnodiging om mee te doen aan een fotosessie onder regie van Spencer Tunick, de Amerikaanse fotograaf die zijn moeder zo goed vond, maar van wie ze nooit iets had gekocht. Automatisch zegt hij 'Ja, graag' en krijgt een folder in de handen gedrukt. Op het vragenformulier staat een rubriek waarin je je huidskleur moet vergelijken met een kleurenkaart voor huid – een streep van vierkantjes, variërend van lichtroze, via lichtbruin tot alle nuances van zwart – en aankruisen welk het dichtstbij komt. Hij herkent de kleurenkaart van het fotoboek thuis en weet dat Tunick bij andere grote groepsfoto's hetzelfde heeft gedaan. Hier in Zuid-Afrika krijgt deze kaart een andere betekenis. Misschien denkt Tunick dat hij juist daarom wel te werk moet gaan zoals hij altijd doet.

'Kom, dan zal ik je wat laten zien,' zegt Joshua en hij blijft staan bij een steeg. Noah vouwt het papier snel op en stopt het in zijn achterzak. Joshua heeft nog steeds die zoekende blik in zijn ogen. Hij kijkt verschillende steegjes in en loopt dan snel verder. Plotseling blijft hij staan voor een kleine turquoise barak.

'Dit is het huis waarin ik ben opgegroeid,' zegt hij en hij laat zijn peuk op de grond vallen. Het huis lijkt leeg te zijn, maar de bloembak tegen de muur geeft aan dat er iemand woont. Joshua kijkt door het raam naar binnen en Noah kijkt om zich heen. Op hetzelfde moment komen de drie gangsterachtige types de hoek om, slechts een paar meter verderop, en blijven vlak voor hen staan. Noah voelt zijn hart in zijn keel kloppen. Zijn ademhaling versnelt en hij kijkt om zich heen. Het is alsof ze gevangenzitten, want nu kunnen ze geen kant meer op.

De man in het midden is lang en slank, zwart en gekleed in een donker pak. De man naast hem is iets kleiner, draagt jeans en een rode trui met gaten in de zoom bij de manchetten. Zijn ogen staan waterig, hij is zichtbaar aangeschoten. De derde man heeft een lichte ribcordbroek aan die net iets te nauw is, en een blauw overhemd met een gele vlek op de borst. Ook hij kijkt afwezig, alsof hij onder invloed is. Alleen de ogen van de man in het midden staan scherp en alert.

'Joshua,' zegt de man luid terwijl zijn gezicht zich in een lach plooit. 'Ik dacht al dat jij het was!'

Verward kijkt Noah de chauffeur aan die zijn best lijkt te doen om te glimlachen, dan een stap naar voren zet en zijn hand uitsteekt.

'Tshawe?! Ben jij het?'

'Ik? Nee,' antwoordt Tshawe. 'Nee, ik ben mij niet. Nee, nee, nee. Ik ben Nelson Mandela,' zegt hij, daarbij een gedistingeerd, koninklijk gezicht trekkend, maar het volgende moment barsten beide mannen in lachen uit. Hun handen ontmoeten elkaar in een serie bewegingen. Wat is dit nu? Kennen ze elkaar?

Ze gaan over in het Xhosa en Noah staat er niet-begrijpend bij te kijken. Als die lui hem maar niets vragen, denkt hij. Dan zullen ze snappen wie hij is. De mannen praten door. Tshawe lacht, kijkt Noah even onderzoekend aan, wijst dan en stelt een vraag die Noah niet begrijpt. Joshua draait zich om. Hij geeft antwoord. Wat zegt hij? Misschien is het allemaal een val? Misschien heeft Joshua dit wel expres zo gepland, denkt Noah opeens, maar op dat moment geven de mannen elkaar weer een hand en zeggen iets wat waarschijnlijk 'tot ziens' betekent. Dan keert het groepje hun de rug toe en loopt weg. Joshua wacht tot ze de hoek om zijn, legt dan een hand op Noahs rug en duwt hem voor zich uit, zoals je bij een klein kind doet. Hij zegt dat ze moeten maken dat ze wegkomen.

*

In de traditionele verhalen van de Xhosa's over het ontstaan van de wereld heeft de god Tshawe de eerste mensen geschapen.

*

Die avond blijft Noah lang wakker liggen. Hij probeert zich de winkel weer voor de geest te halen, maar merkt dat de details nu al verdwijnen, zoals een droom die oplost bij het wakker worden. Hoe zag het raam waardoor hij naar binnen keek er ook weer uit? Zat er niet een soort smeedijzeren ornament omheen dat deed denken aan een bloemenrank? En de deur, hoe zag die er ook alweer uit? Hij was zo in beslag genomen door de blik in het verleden dat hij volkomen vergeten was de verschillende onderdelen te bestuderen om voor zichzelf het beeld van de supermarkt te bewaren.

Toen was dat rare groepje mannen gekomen. Tshawe. Zodra de mannen uit het zicht waren, had Joshua gezegd dat ze zich uit de voeten moesten maken. Ze liepen snel terug naar de auto. Pas toen ze weer reden, had hij Joshua gevraagd wie dat was.

'Tshawe? Dat is een vriend van mij van vroeger. We zijn vlak bij elkaar opgegroeid. Jarenlang waren we een soort boezemvrienden, eigenlijk.'

'Wat is er gebeurd?'

Joshua bleef bij een kruising staan, boog zich naar voren om te zien of de kust veilig was en gaf toen antwoord.

'We zijn uit elkaar gegroeid. Ik wist het te redden, hij niet.'

Zo simpel had hij het uitgedrukt. Die woorden omvatten gebeurtenissen die Noah zich nauwelijks kon voorstellen.

Bij Joshua thuis kleedde hij zich om. Terwijl ze terugreden uit Khayelitsha en het hele stadsdeel na de bocht uit beeld verdween, leunde hij naar voren en zei dat hij graag nog een keer zou terugkomen. Hij vroeg wanneer dat zou kunnen. Via de spiegel wierp de chauffeur hem een harde blik toe en vroeg wat Noah bedoelde. Hij zei dat ze nu juist de afspraak hadden gemaakt dat het maar één keer zou zijn. Joshua had een verhaal afgestoken over de gevaren die er aan een bezoek aan de townships waren verbonden. Hij zei dat sommige mensen zo wanhopig waren dat ze iemand om niets konden vermoorden.

Dat was het. Alle vertrouwelijkheid was weg. De momenten van kameraadschap waren verdwenen en ze vielen weer terug in hun vaste rollen. De chauffeur en de jongen. Hij voelde zich gedwongen te zeggen dat hij het begreep. Dat Joshua gelijk had. Dat hij genoeg had gezien en er dankbaar voor was. Pas toen was Joshua tot bedaren gekomen en waren ze zwijgend verder gereden.

Noah ligt in bed en doet zijn ogen open terwijl hij zich omdraait naar het slaapkamerraam. Het rode licht van een vliegtuig knippert tegen de zwarte hemel, vlak boven de camera in de vensterbank, waar ook een lampje van knippert om aan te geven dat hij volledig is opgeladen. De videocamera. Waarom had hij toch naar Joshua geluisterd en het ding in de auto achtergelaten, in plaats van het mee te nemen? Anders had hij de supermarkt kunnen filmen. Dan had hij nu gewoon kunnen opstaan om alles nog een keer te zien.

Hij loopt naar het raam en trekt de stekker uit het stopcontact. Bedenkt dat hij nog een laatste keer terug moet gaan. Dat moet gewoon. Hooper vormt een centraal deel van zijn geschiedenis. Van zijn leven. Hij heeft er recht op, het is essentieel voor hem om verder te kunnen, maar hoe moet hij in Khayelitsha komen? Dat zal dan zonder de hulp van Joshua moeten gebeuren, denkt hij. Hij legt zijn hoofd op het kussen en voelt het antwoord naar de oppervlakte van zijn bewustzijn zweven. Hij moet alleen gaan. Op woensdag. Als hij zegt dat hij in de stad iets moet kopen, lukt het misschien. Niemand zal er iets van merken. Alleen maar snel een kijkje nemen. Dan heeft hij de plek op de film, voor altijd.

Het vliegtuig in de zwarte hemel knippert nog een paar keer en verdwijnt dan plotseling uit zicht.

46

Het is nacht en de hemel rond de romp van het witte vliegtuig dat duizenden meters boven de Atlantische Oceaan vliegt, is donker. Een stewardess overhandigt een blikje mineraalwater en een plastic glas aan fotograaf Spencer Tunick, die van New York op weg is naar Kaapstad. Hij heeft de kaart van de stad voor zich liggen en foto's van plekken die interessant voor zijn project kunnen zijn. Lang geleden, nog voor zijn doorbraak, was hij al eens in Kaapstad geweest om van individuele personen portretfoto's te maken. Daar was hij mee begonnen. Op de kunstacademie in Boston had hij tijdens het schetsen van de naaktmodellen die elke week voor hem poseerden, ontdekt hoe verrassend onerotisch blote lichamen konden zijn. Wanneer de modellen, slechts gehuld in een badjas, het atelier binnenkwamen terwijl de studenten klaarzaten met hun schetsboek of klembord met daarop vellen papier vastgezet, kon er weliswaar even sprake zijn van een zekere erotische spanning, maar die verdween op het moment dat de modellen hun badjas op de grond lieten vallen. Elke keer gebeurde dat weer, week na week, en het enige wat overbleef, waren de lichamen, die misschien een afgezakte buik hadden of een verschrompeld geslachtsorgaan of asymmetrische borsten, en daarnaast was er iets waar hij de vinger niet goed op kon leggen, een fascinatie die hij niet begreep maar die hem telkens weer verraste.

Hij had zich zo goed mogelijk geconcentreerd en langzaam maakte hij zich de snelheid eigen die nodig is voor het maken van een schets: voortdurend opkijken naar het model, zich nooit laten verleiden om verschillende delen van de tekening te perfectioneren, maar zich louter te beperken tot het snel schetsen van de man of vrouw in kwestie voordat die van houding ging veranderen en je weer opnieuw kon beginnen.

Het maken van een klassieke naakttekening is een oefening die op de kunstscholen al sinds de Oudheid wordt beoefend en tijdens het eerste jaar had Tunick die kunst geleidelijk aan beter dan wie ook leren beheersen. Toch begreep hij algauw dat zijn belangstelling niet zozeer de tekening zelf of de complimenten van de leraar en zijn medestudenten betrof als wel het ontklede lichaam, of liever gezegd de naaktheid zelf, en het gevoel dat hij daarbij kreeg. Als het model opstond om de badjas weer aan te trekken, was het afgelopen, en hij merkte dat hij dat gevoel ging missen. De wens om anderen te laten deelnemen aan zijn eigen beleving, om anderen te laten zien wat hij zag, werd steeds groter. De enige manier was waarschijnlijk het toevoegen van het onverwachte, van iets buiten het atelier en de kunstzaal. Hij begon te experimenteren met het buiten fotograferen van naakte mensen, 's avonds in New York. Om begrijpelijke redenen was het verboden om je in het openbaar uit te kleden – daarvoor was het effect te sterk. Hoewel er op elke straathoek en in elk metrostation reclameborden stonden met blote mensen die met hun gezicht naar de camera gericht, hun ogen verzaligd gesloten hielden vanwege een douchegel of een parfum, was het toch een andere vorm van naaktheid. Een erotische, fictieve schoonheid, gecreëerd in een studio, met kunstlicht en een hele rits visagisten, waarna de foto's nog eens geretoucheerd en mooier gemaakt werden. Dat was iets anders dan gewone naakte mensen. Dat laatste was veel schokkender, menselijker, zoals ze daar ineens zonder kleren aan stonden, midden op een trottoir in Manhattan of op het middenpad tussen de zitplaatsen van een metrowagon. Zo deed hij dat. Een snelle stunt, even gauw een serie foto's maken, waarna het model de jas weer aantrok en ze de metro uit sprongen, of op het trottoir in de mensenmassa opgingen. Meestal ging het goed en wisten ze weg te komen voordat de autoriteiten er lucht van kregen, maar een paar keer werden ze gesnapt door een beveiliger of een patrouillerende politieagent, gearresteerd en gedwongen om de nacht in de cel door te brengen. Om die zinloze nachten in een eenzame cel te voorkomen, ging hij op tijdstippen of plaatsen werken wanneer of waar er geen andere mensen zouden zijn, zoals bij zonsopgang in afgelegen steegjes. Dat had hij een aantal jaren geleden bijvoorbeeld in Kaapstad gedaan. Op een van de foto's zie je een bruine vrouw van een jaar of dertig met haar benen gekruist bij de ingang van een vervallen gebouw uit de negentiende eeuw zitten. Achter haar loopt de weg verder, tussen rijen oude huizen met kapotte ramen en versleten zuilen door. Op de achtergrond zie je vaag de groene helling van de Tafelberg in de ochtendzon.

Op een andere foto staat een naakte man van rond de vijftig rechtop op een grasveld in het centrum waar vroeger huizen hebben gestaan. District Six. De man op de foto heeft kort, grijzend haar, gespierde armen en een penis die slap omlaaghangt. Op de grond onder zijn voeten stond vroeger het huis waar hij woonde.

Op zichzelf was er niets mis met de foto's, maar ze waren niet honderd procent geslaagd. Er had iets aan ontbroken, net zoals bij de naaktfoto's uit New York het geval was, waarbij hij steeds vaker de drang had gevoeld er iets meer, iets groters aan toe te voegen. Op een bepaald moment kwam hij op het idee om op een foto meer mensen af te beelden. In plaats van 's avonds stiekem met een model de straat op te gaan en de hele tijd op zijn hoede te moeten zijn, alsof hij een graffitikunstenaar of een inbreker was, vroeg hij nu officieel toestemming aan. Hij had verschillende exposities. In New York en Berlijn. Hij nam deel aan de Biënnale van Istanbul en kreeg algauw de aandacht en de erkenning die nodig was om zijn kunstproject verder te kunnen ontwikkelen. Om meer mensen te kunnen engageren.

Aanvankelijk was het lastig om toestemming te krijgen voor een fotosessie. Later ging het vanzelf. In Mexico vulde hij een plein met duizenden naakte mensen. In Australië stopte hij een kunstmuseum vol met naakte mensen. In Zuid-Amerika, de VS en Europa vulde hij stranden, huizen, wegen en pleinen. Nu was Zuid-Afrika weer aan de beurt, maar anders dan de laatste keer dat hij in Kaapstad was geweest.

Ditmaal ging het niet om het fotograferen van individuen, maar om datgene waar hij bekend mee was geworden: foto's van honderden, misschien wel duizenden vreemde, ontklede individuen die samen een zee van huid vormden. Zijn team was al vooruit gereisd om vrijwilligers te ronselen. Niemand werd ervoor betaald, ze zouden alleen allemaal een gesigneerde foto krijgen. Als al zijn modellen ervoor betaald zouden krijgen, had hij het nooit kunnen bekostigen Maar hij had nooit gebrek aan vrijwilligers gehad.

Hij drinkt zijn glas leeg, kijkt uit het raam naar de zwarte zee in de diepte en is vervuld van de verwachting die hij altijd voelt als een nieuw project aanstaande is. Over een paar uur gaan ze landen. Het eerste wat hem dan te doen staat, is het sorteren van degenen die zich hebben aangemeld. Afbeeldingen bekijken van de plaatsen waar hij de foto's wil maken en een plek vinden waar de lichamen goed uit zullen komen, die ze tijdloos maakt, zoals de foto's uit Ierland, waar het groene gras en de oude stenen torens een volkomen natuurlijk contrast vormden met de naakte huid, waardoor de mensenmassa zowel vreemd als natuurlijk leek. Of zoals een van zijn vroege werken, op Central Station in New York. Golven van huid. Individuen samengeperst tot een massa, zodat ze een andere vorm aannemen, iets heel anders worden. Dat gevoel krijgt hij tegenwoordig nog maar zelden. Hij heeft het aan niemand verteld, maar die massafoto's begint hij beu te worden. Om die foto's überhaupt nog te kunnen maken en ermee bezig te blijven, moest hij de laatste jaren anders te werk gaan, er nieuwe elementen aan toevoegen. Hij heeft foto's gemaakt van een grote groep homo's en lesbiennes, van wie hij de lichamen in verschillende kleuren liet verven. Hij liet Israëliërs zich insmeren met modder uit de Dode Zee. Steeds iets anders, iets wat hetzelfde gevoel teweeg kan brengen als in het begin. Het gevoel door iets heen te dringen. Het lukt niet meer. Misschien omdat hij zich gevleid ging voelen door al die mensen die contact met hem opnamen. Toen hij eenmaal bekend was en internationaal was doorgebroken, kwam er geen eind aan de goede doelen die in zijn concept pasten. Aids. Het klimaat. Minderheden. In veel opzichten bevalt hem dat, hij wil graag betrokken zijn, een verschil maken. Als zijn foto's kunnen bijdragen tot minder verontreiniging of tot een humanere behandeling van aidspatiënten, hoe kan hij dan nee zeggen? Tegelijk voelt hij dat bij elke opdracht van dat type de magie verdwijnt, zodat het hele kunstproject in elkaar zakt en iets anders wordt. Oppervlakkiger, simpeler, uitgespeld, voorgekauwd, een kant-en-klaar product. Dat gevoel wordt steeds groter, een stoflaag die zich niet meer laat verwijderen. Hij heeft het aan niemand gezegd. Als het bekend wordt, zullen de investeerders zich terugtrekken. Dan zullen ook de kopers zich terugtrekken. Hij mag die enorme fotosessies tegenover derden niet problematischer maken door hun te vertellen dat het hem in de loop der tijd tegen is gaan staan. De enige die weet hoe moe hij ervan wordt, is zijn partner. Meermaals heeft ze hem gevraagd ermee te stoppen, iets anders te gaan doen. Het is hem niet gelukt. Wat moet hij dan gaan doen als hij dit opgeeft? Hij móét er wel mee doorgaan.

Spencer Tunick bladert weer door de foto's die het locatieteam heeft verzameld. Het oude fort bij de haven. Robbeneiland. De top van de Tafelberg. Dan probeert hij het voor zichzelf te visualiseren. De muren van Kasteel de Goede Hoop, vol naakte mensen, met kanonnen op de voorgrond, muren van oude stenen en grachten met stromend, groen water. Of het eiland. De gangen in de gevangenis waar Mandela heeft gelopen en de iconische plek buiten de gevangenis waar ze stenen moesten hakken die nergens voor werden gebruikt. Misschien was dat een idee? Een serie naakte lichamen die in de lucht zitten te hakken. Daarachter cipiers, naakt, zonder uniform, met de gevangenisarchitectuur als achtergrond. Maar toch. Het ligt te zeer voor de hand, denkt hij terwijl hij de stewardess een teken geeft en een whisky bestelt. Het is te banaal. Dat motief is te theatraal, de moraal te overduidelijk. Dat het iedereen had kunnen overkomen, dat iedereen in de gevangenis had kunnen zitten, dat het alleen om de huidskleur ging, en ga zo maar door. Dat de apartheid een blind en verwoestend systeem was, blablabla.

Hij zoekt verder. De volgende foto's laten de top van de Tafelberg zien, met het café, de trappen, het oude stenen gebouw en het uitzicht. Vooral het uitzicht.

De Tafelberg is anders. Daar is geen directe link met de politieke geschiedenis, maar de foto's zullen vermoedelijk veel lijken op ander werk van hem, de keus voor zo'n bekend motief is veel te gemakkelijk. Dat is ook de reden dat hij spijt heeft van de fotosessie bij de Opera van Sydney. De foto's van die Australische metropool waren ongelooflijk goed gelukt en met die duizenden vrijwillige modellen vielen ze in de smaak, maar toch is het niet goed genoeg. Dat gebouw is te vaak gefotografeerd, ontdaan van alle vorm en betekenis, zoals de *De schreeuw* of de *Mona Lisa*. Een foto van het Sydney Opera House refereert alleen maar aan duizenden andere foto's van het Sydney Opera House. Plat, levenloos en volkomen gespeend van enig verrassingselement. Daarom houdt hij zo van de foto's van het hoofdstation van New York. De onverwachte combinatie van een stationsgebouw, marmeren tegels en golven van huid. Vooral die ene foto waarop je in de hoek een vrouw naar de camera ziet kijken, zodat de toeschouwer er opeens aan herinnerd wordt dat al die andere lichamen – die slechts tot een vormeloze massa zijn samengeklonterd – ook individuen zijn, met ieder een eigen gezicht en specifieke kenmerken. Zo'n foto, op de top van de Tafelberg met de horizon, de wolken en de bergen erachter. Hij nipt van zijn glas en bladert verder. De Tafelberg. Het kan werken. Hij is er al eerder geweest en heeft de magie ervaren van het zich op zo'n grote hoogte bevinden, hoog boven de stad en de zee, en dan plotseling zien dat de wolken zich vlak onder de top verzamelen. Toch staat het idee hem niet voor de volle honderd procent aan.

Hij neemt nog een slok, voelt de drank branden op zijn lippen terwijl hij de stapel verder doorzoekt, maar eigenlijk verwacht hij er niets van. Hij heeft nog een paar dagen om te beslissen en moet dan maar iets kiezen. Doen alsof alles in orde is, voorwenden dat het idee van het project met het fotograferen van naakte lichamen nog steeds fris en vitaal is, denkt hij terwijl hij verder bladert. Dan ineens. De laatste foto. Dat is het. Een plaats die zich onderscheidt van alle andere plaatsen die hij heeft gefotografeerd. Hij gaat rechtop zitten en houdt de foto voor zich alsof hij een diamant zit te bekijken. Hij voelt een sprankje betrokkenheid. Zoals vroeger. Daar. Daar moet hij naartoe.

47

Terwijl de meeste monumentale gebouwen in Kaapstad betaald zijn met het goud dat door de eeuwen heen is gedolven in de groeves buiten de stad, staat het leven van Noah op een fundament van diamanten.

Het huis is gebouwd van diamanten. Het zwembad in de tuin is gemaakt van diamanten en dat geldt ook voor hun buitenhuis. Het eten dat ze opgediend krijgen, is gekookt, geflambeerd en gebakken van ruwe witte en roze diamanten en als June kleren koopt in het centrum of een vakantiereis boekt, zuigt de magneetstreep op haar creditcard diamantstof op. Het zijn de restanten van het fortuin dat Thomas' overgrootvader Ian McWarren had vergaard nadat hij zijn boerderij in Ierland de rug toegekeerd had en op reis ging naar de andere kant van de aarde, naar Zuid-Afrika, op zoek naar een nieuw en beter leven.

HET VERHAAL VAN DE GROTE DIAMANTRUSH IN ZUID-AFRIKA, ZOALS HET BINNEN DE FAMILIE MCWARREN VAN GENERATIE OP GENERATIE IS OVERGELEVERD

De eerste diamant werd bij toeval door een witte kolonist gevonden, in 1866. De man heette Schalk van Niekerk. Hij was op bezoek bij zijn buren op de naastgelegen boerderij in de buurt van de Oranjerivier, diep in het binnenland, toen hij op het stoffige erf stond te kijken naar kinderen die aan het bikkelen waren; daarbij moest je stenen de lucht in gooien en ze met dezelfde hand weer opvangen. Een van de stenen was anders dan de andere, grijswit, glad en half doorschijnend. Schalk van Niekerk vertelde de moeder van de jongen zijn vermoeden over de steen waar hij mee speelde en vroeg of hij die kon kopen. Zij dacht eerst dat hij een grapje maakte, maar ze liet zich overhalen.

Van Niekerk stuurde de steen naar Londen, waar werd vastgesteld dat het om een echte diamant ging die ongeveer vijfhonderd pond waard was, in die tijd een vermogen. Toch leidde dat niet meteen tot een diamantrush. Aangenomen werd dat het een incidenteel geval was. Puur geluk. Vooraanstaande geologen werden aangezocht om de grond te onderzoeken en al snel trokken zij de conclusie dat het om een toevalstreffer moest gaan, dat de geologische voorwaarden voor de vorming van diamanten in Zuid-Afrika ontbraken. Sommige experts beweerden zelfs dat het hele verhaal van de vondst was bedacht door grondeigenaren die de prijzen in het gebied omhoog wilden drijven.

Ze hadden het mis. Op dit punt van het verhaal aanbeland maakte Thomas altijd dezelfde opmerking. Hij had veel variaties van dit verhaal en elke keer dat hij het vertelde, veranderde hij er wat aan, afhankelijk van zijn publiek, maar deze opmerking zat er altijd in. *Ze hadden het mis.* Er zat een zekere moraal in die bij de McWarrens hoorde, een gebod om niet naar experts te luisteren, maar zelf na te denken. Je eigen mening te vormen.

In de eerste plaats hadden de experts het bij het verkeerde eind voor wat betreft de oorsprong van de stenen, vervolgde Thomas dan. Ze wisten bijvoorbeeld niet dat diamanten alleen kunnen ontstaan onder hoge druk en bij hoge temperaturen, op een diepte van honderdveertig tot honderdnegentig kilometer. Evenmin wisten ze dat ook diamanten uit planten zijn voortgekomen, net zoals steenkool: resten van stengels, takken, algen en hout worden door de tijd samengeperst onder de bergen. Eerst krijg je steenkool. Onder de juiste omstandigheden, de juiste temperatuur en druk zal dat ten slotte, na heel lange tijd, worden samengeperst tot de hardste stof die op aarde bestaat: diamant. Het zonlicht geconcentreerd in glanzende steen. Hierbij tilde Thomas meestal een diamantenring op of een halsketting, of, als het op een feest bij hen thuis was, heel simpel de pols van June met de diamanten armband die hij haar voor hun tiende trouwdag had gegeven, waarbij hij de aanwezigen vroeg of iemand wist hoe oud diamanten waren. Als iedereen dan het hoofd schudde of een getal noemde dat veel te laag was, trok hij een triomfantelijke glimlach, nog steeds met Junes pols omhoog, als een trofee, om vervolgens te vertellen dat alle diamanten ter wereld meer dan negenhonderd miljoen jaar oud waren en dat de meeste anderhalf miljard jaar geleden waren ontstaan. Souvenirs van de vroegste geschiedenis van onze aarde. Zo lang duurt het om zoiets prachtigs voort te brengen, voegde hij er nog aan toe.

Is er te weinig druk, of is het te koud, dan blijft de zwarte substantie gewoon steenkool, en als het ooit gevonden wordt, verandert dat in het licht van lampen en mobiele telefoons en in de warmte van kachels. Is het te warm in het gebied waar steenkool wordt samengeperst, bijvoorbeeld als het te dicht bij de kern van de aarde gebeurt, dan verbranden de diamanten en veranderen ze in gas. Op die manier werd in 1772 de aard van diamanten ontdekt. De Franse scheikundige Antoine Lavoisier – die ook als eerste het element zuurstof ontdekte en beschreef waar water uit bestaat – wist in een enorm apparaat met behulp van lenzen zonlicht te concentreren en richtte de straal op een reservoir dat alleen een schoongemaakte diamant bevatte, omgeven door zuivere zuurstof. De diamant vatte vlam en verbrandde totaal. Het enige wat in het reservoir achterbleef, was kooldioxide, hetzelfde gas dat wij uitademen en dat bomen inademen.

Hoewel er dus al theorieën over de samenstelling van diamanten bestonden, wist men niet hoe ze in de natuur tot stand kwamen en aangezien de meeste diamanten in die tijd in rivierbeddingen in India werden gevonden, dacht men dat diamanten in dat soort landschappen ontstonden en niet in een omgeving met vlakke, dorre vlaktes. Men luisterde naar de experts die verkondigden dat er in Zuid-Afrika niet zulke edelstenen konden voorkomen, en bleef doen wat men altijd had gedaan. Akkers bebouwen, oogsten, slaven houden en kinderen verwekken. Ook Van Niekerk.

Drie jaar later kreeg hij bezoek van een andere buurman die een eind verderop woonde. De man had een geborduurd servet bij zich waarin een witte steen was gewikkeld en hij vroeg of Van Niekerk die steen eens wat beter wilde bekijken. Eerst verontschuldigde hij zich, het speet de man dat hij hem stoorde en hij zei dat het vast niets was, maar dat hij deze steen had gevonden in de Oranjerivier. De steen uit de rivierbedding bleek een diamant te zijn van 83 karaat en werd uiteindelijk in Londen verkocht voor vijfentwintigduizend pond. Toen werd de wereld wakker. Uit alle windrichtingen kwamen mensen naar Zuid-Afrika toegestroomd. Leraren, dominees, dieven, religieuze vluchtelingen en gelukszoekers, op zoek naar een betere toekomst.

Een van hen was Ian McWarren, Thomas' overgrootvader. Samen met een aantal andere hoopvolle immigranten was hij met een schip naar Kaapstad gekomen. Wekenlang reisde hij te voet en met een kar door het land, onderweg kadavers van uitgemergelde paarden passerend, om uiteindelijk de plaats te bereiken die rond het winningsgebied was ontstaan: Kimberley. Niemand had hem voorbereid op wat hij zou zien. Achter de hoofdstraat, waar een elektrische tram reed en straatlantaarns en kroegen stonden, lag de groeve. Een kuil die al meer dan een kilometer in doorsnee was en meer dan honderd meter diep, alles met mankracht uitgegraven, met scheppen en houwelen. De meeste arbeiders waren jonge, zwarte mannen die betaald kregen om zich naar beneden te laten vieren en dag in, dag uit aan het graven waren.

Hij kocht een licentie voor een stuk grond aan de rand van de groeve, stak de schop in de modderige grond vol stenen en klei en ging aan de slag. Zijn vingers kwamen onder de wonden en de blaren te zitten. Na een week had hij nog niets gevonden. Nog steeds had hij geld voor eten, maar na twee weken zou dat op zijn, dus hij moest iets vinden. Daarna zou hij zijn geld op een andere manier moeten verdienen, maar hoe? Geld om terug naar Ierland te gaan, had hij ook niet meer. Hij moest hier wel blijven, in dit vreemde land, tussen al die vreemde mensen, met al die vreemde talen en geluiden, tot hij een diamant zou vinden die groot genoeg was. Opnieuw ging er een week voorbij. Verschillende keren dacht hij dat hij een edelsteen had gevonden die in de grond verscholen zat. Dan boog hij zich voorover, veegde de modder weg van een steen, spuugde op zijn vinger en wreef ermee over het veelbelovende oppervlak, om keer op keer tot de ontdekking te komen dat er onder de roodbruine aarde niets anders dan een waardeloze grijze steen verborgen lag.

Aan het einde van zo'n vruchteloze werkdag ontmoette hij aan de rand van de groeve een man in een net pak. De man stelde zich voor als Cecil Rhodes en vroeg Ian of hij geluk had gehad. Toen deze het hoofd schudde, bood de man aan om Ians licentie voor een zacht prijsje van hem over te nemen. Ian had nog maar voor twee dagen geld, daarna was het afgelopen. Op dat punt aanbeland laste Thomas altijd een pauze in om de toehoorders in spanning te houden. Hoe zou dit aflopen?

Natuurlijk wees zijn overgrootvader het aanbod af.

Hij zette alles in op de veronderstelling dat het geluk binnenkort aan zijn kant zou staan en liet alle andere gedachten over de toekomst los. Nu was Thomas aanbeland op het keerpunt, het grote ogenblik voor het hele geslacht: de dag waarop alles anders werd.

Het was avond, en van de duizenden arbeiders waren de meeste al teruggegaan naar de stinkende tentenkampen om te eten en uit te rusten. Ian werkte door met nog een paar honderd anderen. 'Wat zal hij een spierpijn hebben gehad,' *zei* Noahs vader dan altijd. Als het tijdens een diner was, zaten de gasten in volle verwachting aan tafel te luisteren en hielden op dit punt hun bestek stil en namen zelfs geen slokje wijn. Als het op de rand van Noahs bed was, zat de jongen met de deken opgetrokken tot zijn borst met grote ogen te luisteren en op het vervolg te wachten, want nu kwam het slot, dat deel van het verhaal waarin Ian zijn schop met grote kracht de grond in dreef, de aarde optilde en door zijn vingers liet glijden en opeens iets tussen de modderkluiten voelde! Een harde klomp die wit werd toen hij het zand wegveegde.

Een diamant.

De steen was even groot als zijn duimnagel en vele jaarsalarissen waard. Hij moet het hart in zijn keel hebben voelen kloppen toen hij de diamant in zijn binnenzak stopte, om zich heen keek en deed alsof er niets was gebeurd. Al bij de volgende schep vond hij nog een diamant. En nog een.

Een paar uur later verkocht hij in het geheim de kleinste steen en voor dat geld kocht hij de licenties voor de aangrenzende stukken grond. Hij gaf de anderen die in de rij stonden de indruk dat het om zijn laatste spaargeld ging, dat het nu of nooit was, buigen of barsten, maar in werkelijkheid investeerde hij twintig procent van zijn pasverworven vermogen in de hoop dat hij een grote diamantader had gevonden. Vervolgens huurde hij voor een schappelijk prijsje twee zwarte gravers in en begon zijn veld uit te breiden. De tweede dag al vonden ze verscheidene diamanten. Het was hem gelukt! Hij huurde steeds meer arbeiders in om voor hem te werken en hield zelf helemaal op met graven. Hij kocht een huis, had de vrouwen voor het uitkiezen en trouwde ten slotte toen een van hen zwanger werd.

De hele tijd werd dat gestolde zonlicht dus in die gigantische, donkere kuil aan het licht gebracht.

De bevalling naderde. Kimberley was – met al zijn bordelen en de chaotische aanblik van dronkenschap en wanhoop – geen plaats om een gezin te stichten, dat zag ook Ian in en zijn vrouw haalde hem over om in Kaapstad een huis te kopen.

Ze verhuisden naar de stad aan de kust en regelden van daaruit de diamanthandel, veilig voor de oorlogen die voortdurend uitbraken, zowel met diverse stammen als met andere kolonisten. Hij zette bewakers bij zijn veld, stelde specialisten aan die de waarde konden bepalen en boekhouders die zijn gestaag groeiende vermogen in goede banen moesten leiden. Na een paar jaar werden er zo enorm veel diamanten gevonden dat de marktwaarde daalde. Cecil Rhodes, de man in het nette pak die destijds aangeboden had om Ians licentie te kopen, nodigde hem uit in zijn gigantische villa een eindje buiten Kaapstad, op een afgelegen plek, om te bespreken wat ze eraan konden doen. Ian maakte er geen geheim van dat hij blij was hem weer te zien en trok zijn mooiste zwarte pak aan om daarna met paard en wagen naar het beroemde huis te rijden dat de naam Groote Schuur droeg, waar later een ziekenhuis werd gebouwd. Het ziekenhuis waar Noah werd gevonden.

*

De grote uitgegraven groeve bij Kimberley ligt er nog steeds. De grootste kuil die de mens ooit in de grond heeft uitgegraven. Hij is meer dan tweeduizend meter breed en bijna driehonderd meter diep. Een blind oog in het vlakke savannelandschap, dat leeg naar de sterren tuurt.

48

Het schilderij van mijn overgrootmoeder in de bibliotheek met die ogen die me achtervolgden, doet me denken aan een televisieserie waar ik als figurant aan meedeed: *Brødrene Dal og legenden om Atlant-is,* letterlijk vertaald 'De gebroeders Dal en de legende van het ijs van Atlantis'. Het was een komische serie waarin drie broers optraden als ontdekkingsreizigers van het klassieke soort, in kaki tropenpak en met een komische helm op, met daarop bij een van hen een propellertje, als in een tekenfilm. In een van de afleveringen komt een geschilderd portret voor waarvan de ogen zijn uitgesneden terwijl er een onbekende achter het doek verborgen staat die de hoofdpersonen begluurt als ze langslopen.

De aflevering waar ik aan meedeed, werd in het Nobelcentrum in Oslo opgenomen, waar elk jaar de winnaar van de Nobelprijs voor de Vrede bekend wordt gemaakt. Ik weet nog dat we voor het begin van de opnames naar binnen gingen en naar de portretten keken van alle Nobelprijswinnaars die daar aan de wand hingen. Albert Schweitzer. Albert Luthuli. Michail Gorbatsjov. De twee laatste portretten waren van Nelson Mandela en Frederik Willem de Klerk, die de prijs in 1993 kregen.

De aflevering begint ermee dat de drie ontdekkingsreizigers, gekleed in hun gebruikelijke tropendracht, vergenoegd binnenkomen om de Vredesprijs te ontvangen voor hun werk. In groten getale staat de pers hen op te wachten om foto's te maken en interviews af te nemen. Je kunt mij op de achtergrond nauwelijks onderscheiden, ik ben een van de journalisten met halflang haar, een wit overhemd, een zwart leren vest en een notitieblok in mijn hand. Dag staat naast me, ook hij met een notitieblok en een pen. Opeens gebeurt er iets merkwaardigs, de drie ontdekkingsreizigers worden achterwaarts het vertrek uit gezogen. De achterblijvers zien er zeer geschrokken uit, roepen en zwaaien overdreven met hun handen alsof het een stomme film is en elk gevoel met groteske grimassen en gebaren uitgebeeld moet worden.

49

Je vergeet maar al te gemakkelijk dat Zuid-Afrika niet het enige land was waar men aan rassenscheiding deed. In de VS was slavernij weliswaar na de burgeroorlog verboden, maar het duurde tot 1964 – een paar jaar voordat mijn ouders elkaar als jonge mensen in Bergen op straat ontmoetten – dat zwarte mensen dezelfde cafés mochten bezoeken als witte, op dezelfde bankjes mochten gaan zitten en met dezelfde bus mochten reizen. Als je de foto's ziet van drie wc-deuren in de VS uit de jaren zestig met drie verschillende bordjes voor *MEN*, *WOMEN* en *COLOURED*, lijkt het wel een beeld uit een andere tijd, een andere wereld. Alsof er voor zwarten niet eens een onderscheid bestond wat hun geslacht betrof.

De prijs om dit systeem tegen te werken was hoog. President Abraham Lincoln werd doodgeschoten tijdens een toneelvoorstelling, op 14 april 1865, slechts een paar dagen nadat de Amerikaanse Burgeroorlog was afgelopen. Martin Luther King, die de geweldloze verzetsstrijd in de jaren vijftig en zestig leidde, sprak verschillende keren uit dat hij niet oud zou worden en hij kreeg gelijk. Op 4 april 1968 werd King doodgeschoten toen hij op het balkon van zijn motelkamer stond.

Ook dat is eigenlijk een verhaal uit mijn tijd. Vanaf het moment dat ik aan deze roman begon, heeft het me verbijsterd dat de apartheid nog zo actueel was. Ook in mijn jeugd hadden mensen nog denkbeelden die ik eerder met de negentiende eeuw dan met de twintigste associeer. Voor de Zuid-Afrikaanse verzetsstrijd vond de ommekeer plaats in de zomer van mijn geboortejaar. Dat was in de ochtend van 16 juni 1976. Ik was toen vier maanden oud en lag waarschijnlijk in de wieg te slapen, of dronk aan de borst van mijn moeder. Terwijl zij die ochtend in de schommelbank onder de perenboom in de hoek van de tuin zat, verzamelden de demonstranten zich in Soweto, vlak bij Johannesburg.

De autoriteiten hadden een wet aangenomen die bepaalde dat er op school alleen in het Afrikaans en het Engels mocht worden lesgegeven, in alle vakken. Die wet leidde tot verschillende verspreide demonstraties en een deel van de leerlingen spijbelde, maar dat waren incidenten, er was geen sprake van een georganiseerde actie. Toen nog niet. In het diepste geheim werd er een grote actie voorbereid, op het schoolplein werd erover gefluisterd en leerlingen gaven aan elkaar briefjes door. Instructies waar ze zouden samenkomen. Wat ze zouden doen. Zelfs de ouders wisten nergens van. Het was woensdag 16 juni, in de winter. Op die koude ochtend liepen de kinderen juichend de straat op, op weg naar het stadion. Ze zongen strijdliederen terwijl ze van de ene school naar de andere liepen, ze lachten en geloofden in verandering. Uiteindelijk waren het er meer dan twintigduizend. Toen kwam de politie. Veel agenten waren zwart. Eerst schoten ze met traangas. Projectielen die door de lucht vlogen en over de weg rolden terwijl ze wolken grijze rook uit spuwden die zich in de lucht verspreidden en op de mensenmassa neerdaalden. Een van de jongeren gooide met een steen. De politie liet honden los. Sommigen draaiden zich geschrokken om en renden weg. Misschien dat ik op dat moment moest gapen, in de armen van mijn moeder, en mijn mond met de kleine lippen opendeed, als een stille kreet. Een agent schoot. Hoewel het als waarschuwingsschot was bedoeld, begonnen meer agenten te schieten, waarna het leek alsof er een lawine aan schoten was losgebarsten.

Misschien kwam mama overeind, of duwde ze haar beha opzij om haar kind aan te leggen terwijl op dat moment een fotograaf in Zuid-Afrika een foto maakte van een jonge man die met een dood kind in zijn armen wegrende. De dode jongen heette Hector Pieterson. Die foto ging de hele wereld over en maakte indruk zoals foto's van onrechtvaardigheid dat kunnen doen. In het hele land gingen mensen de straat op. Winkels werden in brand gestoken, politiebureaus bestormd. Een aantal zwarten werd doodgeschoten en in de daaropvolgende dagen stierven ook enkele witten. Onder hen was ironisch genoeg een witte hulpverlener die zijn leven lang voor de rechten van zwarten had gestreden. Hij werd levenloos aangetroffen, gestenigd door een groep zwarte opstandelingen. Om zijn nek hadden ze een papier gehangen waarop stond: *BEWARE AFRIKANERS!*

Mijn moeder voedde me tot ik genoeg had. Ze aaide over mijn rug terwijl ik boerde en een vage, groene omgeving zag. Ik hoorde haar stem en het gezoem van insecten, voelde de warmte van haar hals tegen mijn wang. Ze kwam overeind en droeg me de helling op naar het huis.

50

De vijfde brief van mijn overgrootmoeder is ook in de schrijfkamer geschreven en dateert van donderdag 21 juli 1927. Ergens halverwege de brief schrijft ze:

En hebben jullie veel mooie schelpen gevonden? Nu en dan zijn er ontzettend veel, maar sommige jaren kun je ze nauwelijks vinden. Je weet toch dat er in al die lege schelpen die jullie vinden kleine diertjes hebben geleefd? Net als de slakken die in de slakkenhuizen hebben gewoond, hebben er in schelpen andere levende dieren gewoond. Misschien heb je weleens schelpen gevonden die nog met z'n tweeën aan elkaar vastzitten, zodat er binnen plaats is; precies alsof je je handen tegen elkaar drukt, met de duimen langs elkaar en alle vingertoppen tegen elkaar aan, dan ontstaat er tussen je handen net zo'n ruimte als tussen twee van die schelpen als ze aan elkaar vastzitten en een huisje vormen voor het dier dat er woont. Maar als dat dier doodgaat, droogt het op en verdwijnt het, en dan blijft het lichte, droge omhulsel achter, en de zee werpt het op het strand, waar kleine kinderen het kunnen vinden om ermee te spelen en het rare namen te geven: schapen en geiten, paarden, kalfjes, koeien. (...)

Op de volgende bladzijde schrijft ze over het plantenleven onder water. Daar lijkt het net alsof ze haast heeft en alles wat er in de wereld bestaat, wil laten zien alvorens ze zal verdwijnen.

Als je op een dag aan het roeien bent, moet je goed opletten als de boot aan land komt. Want op de bodem van de zee ligt een grasveld, net als op het land, alleen noemen we het gras dat daar groeit zeegras. En er groeit zeewier – op Gangstø noemen we het ook wel blaaswier – dat als het heen en weer deint bijna op struiken en bloemen lijkt die met de wind meewaaien.

Datzelfde najaar vertrok ze. Na een paar maanden kwam ze terug, maar het daaropvolgende jaar ging ze vaker en langer op reis. In 1932 verliet ze het gezin voorgoed, alleen haar boeken bleven achter. Een leren koffer met papiertjes waarop ze steeds nieuwe woorden had genoteerd voor het enige boek van haar hand dat bekend was geworden. *Het grote kruiswoordpuzzelboek.* De wereld gesorteerd volgens categorieën en het aantal letters, in alfabetische volgorde waarbij aan elk ding, elke plaats en iedere persoon dezelfde neutrale betekenis wordt toegekend.

*

Het Shell Housebloedbad, op 28 maart 1994. Twintigduizend Zoeloes trokken op naar het grote Shell House in het centrum, het hoofdkwartier van het ANC. Ze droegen gewone kleren – jeans, T-shirts en schoenen – maar velen droegen traditionele speren, puntige stokken of ovale zwarte schilden met witte motieven. Ze wilden protesteren tegen de aanstaande verkiezingen, omdat ze dachten dat die niet op een verantwoorde manier zouden worden gehouden en geen eerlijk resultaat zouden opleveren. De bewakers hadden opdracht gekregen om het gebouw te beschermen, koste wat het kost. Ook deze keer is het niet duidelijk wat er precies gebeurde. De Waarheidscommissie die deze zaak op 4 mei 1998 behandelde, geloofde niet dat de demonstranten waren begonnen, zoals werd beweerd. Dat de demonstranten als eerste met het geweld waren begonnen. Op internet kun je de beelden zien. Eerst de blije, opgewekte demonstranten. Vervolgens de politie met revolvers, gehurkt achter geparkeerde auto's. Ten slotte het beeld van een man die met zijn gezicht naar beneden op de grond ligt met naast zich op de stoep een zwart schild dat er merkwaardig misplaatst bij ligt. Er vielen negentien doden.

*

Het Shellstation in Bislett. De geur van benzine, stof en droge tabak uit de schappen met sigaretten in open dozen. Sloffen met pakjes van tien of twintig sigaretten Prince, Prince Mild, Marlboro en Blue Master. De geur van gegrilde worst en filterkoffie in witte plastic bekers met een rond oor. De kou van het koelvak. De stoom die altijd uit de pannen met knakworst opsteeg als ik het deksel optilde, zodat ik mijn hoofd opzij moest draaien. De junks die 's nachts binnenkwamen, met wie mijn vader altijd praatte en die hij probeerde te helpen. De balie waar de binnenkomende taxichauffeurs altijd een in een krant gevouwen pornoblad neerlegden, sigaretten kochten of geld wisselden om verder te kunnen spelen in de achterkamer waar de geur hing van verschaalde rook, sigaretten en linoleum.

De vloer waarop mijn vader in elkaar zakte.

Allemaal weg. Ook de grote gele schelp aan de buitenkant van het gebouw, die ik op weg naar mijn werk altijd in het oog hield. Een oplichtende schelp in het zwart van de nacht.

51

23 januari 1653 – De afgelopen nacht hebben de leeuwen geprobeerd het fort te bestormen om de schapen, die 's nachts binnen zijn, te pakken te krijgen. Het was een afgrijselijk gebrul en gekrijs, alsof ze alles wat er was, wilden verscheuren, maar de wallen waren zo hoog dat ze die onmogelijk konden beklimmen.

Een van de foto's die Dag in Zuid-Afrika heeft genomen. De foto is gemaakt met een telelens in een particulier safaripark op een paar uur rijden buiten Kaapstad. Een kilometers groot gebied, helemaal omheind, waar olifanten, neushoorns, giraffes, antilopen en zebra's vrij rondlopen. Het was het eigendom van een Afrikaanssprekend gezin met rossig haar en bleek al generaties lang in het bezit van de familie te zijn. Met een hoofdgebouw en gastenverblijven vlak bij de omheining van de wilde dieren. Er werd gereden met grote, lompe safariauto's met rijen bankjes schuin omhoog lopend op de laadbak gemonteerd, zoals in een concertzaal. Het eten werd natuurlijk geserveerd door zwarten en kleurlingen. De jonge man die ons rondleidde, was in de twintig en had blond, bijna wit haar. Zijn vader moet een jaar of vijftig zijn geweest. Ze maakten een stugge indruk. Alsof ze eigenlijk wel wisten dat *zíj* nu de exotische dieren waren. De laatste in leven zijnde Afrikaners in dit land, die zich met tegenzin gemoderniseerd hadden en nu net als de leeuwen gevangenzaten.

*

Op oude kaarten van Nederland is de vorm van het land getekend als het profiel van de kop van het nationale dier: de leeuw. Een leeuwenkop met leeuwenmanen en een krachtige bek, de kaart lijkt echt goed. Ook op de vlag, in emblemen en op briefpapier was de leeuw te vinden.

In een traditionele Xhosagemeenschap is de koe het belangrijkste dier en wel zo zeer dat de dieren hun stempel op de taal hebben gedrukt. Tijdens een debat in het ANC over gewapende tegenstand beschrijft Mandela hoe sommigen zo'n uitdrukking in de taal gebruikten om druk te zetten: 'Kom op, lafaards! Ze hebben al onze koeien gestolen!'

De koeien verschaften de oorspronkelijke Xhosabevolking melk, vlees en huiden. Vanwege de koeien trok de bevolking met de seizoenen mee, altijd op jacht naar groene graasgebieden, waarbij leeuwen een voortdurende bedreiging vormden. In het dagverhaal van commandeur Van Riebeeck wordt beschreven hoe Odesa, de hoofdman van de Saldanharen, in zijn arm wordt gebeten als hij in opdracht van de Compagnie op zoek gaat naar nieuwe weidegronden. Er wordt ook beschreven hoe de Nederlandse soldaten en de inheemse bevolking in de korte vreedzame periode voor het uitbreken van een echte oorlog samenwerken om een leeuw te verjagen.

16 juni 1656 – Vanochtend had de staljongen de paarden vrij vroeg naar buiten gelaten. Een van hen – de kloekste hengst – werd totaal verscheurd door een roofdier gevonden. Voor ons is het een groot verlies, als je ziet hoeveel werk er door de paarden verzet wordt. Een paard alleen doet meer dan tien man als het erop aankomt een ploeg te trekken of klei, stenen en timmerhout uit het bos te halen.

Tijdens een wandeling halverwege de ochtend vond Commandeur van Riebeeck sporen van wilde dieren. Even later sprong er vlak buiten de tuin een wakkere leeuw tevoorschijn, op maar 40 tot 50 passen voor hem. Het dier liep kalmpjes verder in de richting van de Tafelberg. De sergeant en een paar jagers werden er met vier of vijf soldaten op uit gestuurd waarna ook dadelijk wel een paar honderd Hottentotten vlak achter hen aan gingen, hun koeien en schapen voor zich uit drijvend. Het lukte ze om de leeuw een diepe kloof in de helling van de Tafelberg in te dwingen, zodat hij nog maar één vluchtmogelijkheid had en dat was dwars door de kudde schapen heen die de Hottentotten als een borstwering voor zich hadden gezet. De leeuw lag onder een struik verscholen en de Hottentotten stonden achter de schaapskudde. Elke keer als de leeuw zich blootgaf, al brullende wilde uitbreken en probeerde een schaap te pakken te krijgen, wierpen ze onder luid geroep en geschreeuw hun assegaaien tot de leeuw zich weer terugtrok. Het was een bijzonder spectaculair gezicht. Aangezien de Hottentotten met hun speren de leeuw niet konden bereiken, schoot als eerste de sergeant, maar hij miste. Daarna schoot een van de jagers een schot recht in de kop van het dier – een uitstekend schot – en viel de leeuw dood om. Toen wilden de Hottentotten laten zien hoe moedig ze waren en ze zouden het dier honderden keren gespiesd hebben als we hun dat niet hadden belet om het vel niet te schenden, zodat we het fraai konden prepareren en in de grote hal die we als kerk gebruiken konden ophangen. Het lichaam werd daarna met een kar naar huis gereden en gewogen. Toen we het opensneden, vonden we in de maag nog veel vlees van het paard dat hij deze nacht verscheurd had en nog een paar pennen en poten van een Afrikaans stekelvarken.

V

52

Over het lied en de duisternis. Het moet 1933 of 1934 zijn geweest. Mijn oma, de moeder van mijn moeder, was een jaar of dertien en omdat mijn overgrootmoeder haar gezin in de steek had gelaten, had mijn overgrootvader haar en haar zusje meegenomen op een zakenreis naar Duitsland waar hij nieuwe machines voor de drukkerij wilde bekijken. Gigantische drukpersen en walsen van staal en hout. Een belangrijke reis voor de zaak en een grote investering. Ze gingen naar Dresden. Naar Hamburg en Berlijn. In haar laatste levensjaren vertelde mijn oma vaak over een voorval op een ochtend in Berlijn. Ze sliepen in een hotel en ze werd wakker doordat er buiten werd gezongen. Ze kwam uit bed en liep naar het raam. Daar stond een groep jonge mannen. Ze droegen een bruin overhemd, hadden kort geknipt haar, stralende ogen en ze zongen prachtig. Haar zusje kwam uit bed en liep op blote voeten in haar ochtendjas naar haar toe en keek ook naar buiten. Een paar soldaten zwaaiden naar hen. Wanneer mijn moeder dit verhaal aan mijn moeder of mijn oom vertelde, aan het einde van haar leven, toen de ouderdom het heden vertroebelde en alleen het verleden haar nog helder voor de geest stond, probeerde mijn oom haar weleens voorzichtig te corrigeren en vroeg hij of ze had beseft wie dat waren. Of ze wist dat het nazi's waren. Oma keek dan op en terwijl het licht in haar ogen doofde, gaf ze gelaten en met tegenzin antwoord: 'Ja, dat weet ik wel, maar ze zongen zo mooi.'

53

Tijdens de zeiltocht ben ik twee keer beroofd. Een keer was in het gedrang tijdens het carnaval, toen twee mannen me van achteren beetpakten en een derde man de zakken van mijn short doorzocht. Overal dansende mensen. Slanke armen in de lucht. Gesloten ogen. Zweet. Niemand zei iets. Ik had bijna geen geld bij me en bood geen verzet. Het duurde een paar seconden, toen verdwenen ze.

De tweede keer was in een park in het centrum van Fort-de-France, de hoofdstad van het Caraïbische eiland Martinique. Dag en ik liepen terug van een bar, een van die eenvoudige drankgelegenheden met slechts een houten plank als toog en oude, morsige mannen die op een houten bankje rum met limoen en bruine suiker zaten te drinken. We namen de kortste weg naar de jachthaven, door het grote park. Het was donker, door de subtropische hitte plakte mijn T-shirt aan mijn rug en mijn nek glom van het zweet. Tussen het gebladerte door kon je het licht van oude straatlantaarns zien. Het deed me denken aan de weg waaraan ik was opgegroeid, waar het licht spookachtige vormen aannam op avonden waarop er mist hing en er zuilen van grijs licht tussen de takken leken te staan.

Ineens kwam er een man vanachter een boom tevoorschijn die de weg versperde. Een jonge, zwarte man, gekleed in een vlekkerig bruin pak en met een overhemd dat aan één kant uit zijn broek hing. Zijn blik was intens, ik kreeg de indruk dat hij zich tot het uiterste moest inspannen om zijn roes te onderdrukken.

'Goedenavond! Mag ik deze aardige heren vragen of ze zo vriendelijk willen zijn iets van hun overvloed te doneren aan deze stumper?' vroeg hij met een theatrale buiging.

'Nee, sorry,' zei Dag.

'We hebben niets bij ons,' voegde ik eraan toe en ik gaf aan dat ik hem wilde passeren, om verder door het park naar de boot te lopen.

Teleurgesteld schudde hij het hoofd, alsof we kinderen waren die hij op een leugen had betrapt, en hij stak zijn handen voor ons op.

'Goed. We kunnen dit op twee manieren oplossen. We weten alle drie dat jullie geld hebben. Dus óf jullie geven het me uit vrije wil, óf ik moet helaas onaangenaam worden...'

'Onaangenaam?' herhaalde ik terwijl ik mijn hartslag voelde stijgen.

'Ja. Het is bijvoorbeeld denkbaar dat ik een mes heb...' zei hij met een lachje om zijn mond, een hand in de zak van zijn jasje stekend.

Stel dat hij echt een mes had. Wat dan?

'Hoeveel?' vroeg ik terwijl het hart me in de keel klopte.

'Vijftig franc,' zei hij.

Allebei openden we onze portemonnee en haalden er genoeg munten en biljetten uit om aan hem te geven. Het zal niet meer dan vijfenzeventig Noorse kronen zijn geweest. Zonde om daarvoor te worden neergestoken.

'Dank jullie wel,' antwoordde hij terwijl hij het geld aanpakte. 'En nog een goede avond, vrienden,' zei hij bij wijze van afsluiting, waarna hij het pad verliet en tussen de bomen verdween.

Snel liepen we door. Het liefst hadden we het op een hollen gezet, maar we hielden ons in en beperkten ons tot stevig doorlopen terwijl we om ons heen keken. Ten slotte kwamen we bij de uitgang en hoorden het vertrouwde getik van stagen tegen een mast.

*

In de tweedehandswinkel in Long Street rinkelt het belletje bij de deur als Noah met een tas over zijn schouder naar buiten loopt. Hij heeft oude kleren gekocht. Een goedkope Nokiatelefoon. Aan zijn ouders heeft hij verteld dat hij de stad in is om te winkelen. Dat hij met Joshua meerijdt die toch vroeg met zijn werk klaar was. Dit is het ogenblik waarop hij heeft gewacht. Met snelle pas loopt Noah verder, goed om zich heen kijkend. 's Ochtends is zijn moeder vaak in het centrum, in galeries of aan het shoppen. Als hij haar per ongeluk tegenkomt, zal ze hem vragen wat er in zijn tas zit en ze kent hem goed genoeg om zijn leugens te doorzien. Hij beent van kruispunt naar kruispunt en bereikt ten slotte het treinstation. Hier heeft hij veel over nagedacht. Het eenvoudigste en veiligste zou zijn om een taxi te pakken, maar het veroorzaakt wellicht opschudding als hij midden in de sloppenwijk zou uitstappen. Dus kan hij beter met de trein gaan. Bovendien was hij er vrijwel van overtuigd dat ook zijn biologische moeder een keer met de trein moet zijn gegaan, met hem op de arm. Hij wilde het zien. Hij wilde op dezelfde manier reizen als zij had gedaan.

Hij steekt het plein voor het station over, waar verschillende groepen jongeren rondhangen, rokend, pratend en zich vervelend. Hij vermijdt hun blikken en loopt linea recta de stationshal in, waar hij een kaartje koopt voor station Khayelitsha, waarna hij naar de toiletten gaat, zich in een wc opsluit en zich omkleedt.

De tas bergt hij op in een lege bagagekluis en de sleutel stopt hij in zijn broekzak. Dan begeeft hij zich naar het perron.

Nu gaat het gebeuren. Nu komt hij los van zijn leven, als een wegdrijvende boot waarvan het touw is losgeraakt.

Een paar minuten gaan voorbij, dan komt de trein, geel en grijs gestreept. Met een hydraulisch puffend geluid gaan de deuren open en stromen de arbeiders uit de townships naar buiten om naar hun werk te gaan.

Hoewel hij weet dat hij bijna niemand eerder gezien kan hebben, is het net alsof hij de gezichten herkent. Deze mensen heeft hij gezien in de kiosken, achter een schoonmaaktrolley in het kantoorgebouw van zijn vader of in de gangen van een hotel als ze op vakantie zijn. Dit zijn de mensen die hem bedienen in een café, en van deze mannen en vrouwen kan hij achter de klapdeuren van een keuken een glimp hebben opgevangen. Gebogen over de afwas, met een wit schort aan terwijl de damp uit de afwasmachines opstijgt. Het zijn zíjn mensen, zijn eigen vlees en bloed. Tegelijkertijd zijn het volslagen vreemden voor hem, zonder enig besef van het leven dat hij leidt. Dat is het dilemma van iemand die geadopteerd is. Je bent iemand anders, maar toch ook weer niet. Aan de ene kant is hij Noah. Gewoon de zoon van June en Thomas. Aan de andere kant is hij ook het kind van een onbekend stel en herinnert zijn huidskleur hem er voortdurend aan dat hij nog een andere geschiedenis heeft.

De andere mensen op het perron hebben haast om in te stappen en een zitplaats te bemachtigen. Ze wurmen zich de trein in zodra er ruimte is. Noah blijft wat achteraf staan, afwachtend. Het perron raakt leeg. Even aarzelt hij, dan springt hij de trein in. De deuren gaan dicht en een zweetlucht komt hem tegemoet. Hij draait zijn hoofd naar het raam aan de andere kant en ziet de lampen in de tunnel voorbijzoeven. Dan komen de stations. Verlichte grotten in de donkere tunnels. Hij heeft de namen uit zijn hoofd geleerd en kan ze nu opdreunen. Stock Road. Mandalay. Khayelitsha.

Daar stapt hij uit. Hij is een van de velen en geniet ervan. De betonnen brug die hem van het perron wegvoert, staat vol met kraampjes die zijn gemaakt van zwarte vuilniszakken en bordkarton. In de schaduw staan jonge mannen en vrouwen zij aan zij tassen, illegale films en gegrild vlees te verkopen. Hun kleren zijn opvallend nieuw en steken af tegen de vervallen façades eromheen. Merkwaardig nieuw, denkt hij, alsof je zou verwachten dat hun kleren net zo in elkaar geflanst zouden zijn als de huizen: gemaakt van oude jurken, kapotte truien en keukendoeken.

Noah volgt de mensenmassa over de brug naar de overkant. Hij steekt een plein over bij een supermarkt en loopt een straat in. Dan staat hij stil. Hij is weer terug in het hart van Khayelitsha. Van tevoren had hij thuis achter zijn pc gezeten om op de kaart en met behulp van satellietbeelden de beste route naar de vervallen supermarkt te zoeken. Terwijl hij een richting kiest en verder loopt, probeert hij zo min mogelijk de indruk te wekken dat hij nadenkt. Voor een huis zit een meisje van een jaar of drie in een roze jurkje te spelen met een teddybeer. Voor een ander huis zit een rokende man de krant te lezen.

Hier ergens, denkt hij. Hier ergens moet ze ooit hebben gelopen, zijn moeder, met hem als pasgeboren baby in de witte plastic tas. Of zou ze hem eerst op haar arm hebben gedragen? Ja, zo moet het zijn gegaan. Het was zinloos om hem hier al verborgen proberen te houden. Integendeel, het zou juist de aandacht hebben getrokken als iemand het had gezien, of hem had horen jammeren op de bodem van de tas, en de aandacht trekken was wel het laatste wat ze had gewild, denkt hij en hij slaat in een impuls af, een steeg in. Het moet 's ochtends vroeg zijn geweest, denkt hij, vóór de meeste andere mensen wakker waren geworden. Hoe zou ze die ochtend zestien jaar geleden de hele weg naar het ziekenhuis in het centrum van Kaapstad hebben afgelegd? Ze kan er in de auto naartoe zijn gereden door haar man, als ze die had natuurlijk, maar naar alle waarschijnlijkheid heeft ze een van de eerste treinen gepakt. Alleen, met de baby aan haar borst en de witte plastic tas met het dekentje in haar hand.

Had ze gehuild?

Was zijn vader erbij geweest?

Liet ze haar hoofd af en toe tegen het zijne rusten, sloot ze haar ogen en dacht ze dat ze het niet zou kunnen? Dat ze nog tijd had om op haar besluit terug te komen?

Waarschijnlijk was ze alleen, denkt hij, en waarschijnlijk was ze aan het twijfelen, als ze tenminste niet onder invloed was, van alcohol of drugs, maar om de een of andere reden weet hij zeker dat dat niet het geval was. Dat ze het deed omdat ze vond dat het voor iedereen het beste was, misschien vooral voor hem. Wat voor jeugd zou hij hier hebben gehad, denkt hij terwijl hij kijkt naar een man die een eindje verderop een winkelwagen vol met plastic tassen duwt. In 1990, het jaar van zijn geboorte, woedden er in Zuid-Afrika nog steeds grote politieke conflicten en braken er regelmatig grote vechtpartijen uit tussen aanhangers van Inkatha en leden van het ANC. Het was een tijd van grote wanhoop en nietsontziend geweld. Als hij hier was opgegroeid, zouden zijn peuterjaren vol angst zijn geweest en zou de angst van zijn moeder voor rellen en bendes hem hebben besmet via haar lichaamstaal en de blikken die ze om zich heen had geworpen als ze op straat liepen. In plaats daarvan was hij opgegroeid met een zwembad in de tuin, in de schaduw van een loofboom, denkt hij, en hij ziet de eerste foto's uit het album in de woonkamer voor zich. De foto's van hem op de arm van zijn moeder, op een zonnebedje onder een parasol, met zijn beentjes uitgestrekt in het licht. Zijn moeder in een bikini uit een andere tijd. Met blond haar, de zonnebril op haar voorhoofd geschoven, en een krijtwitte, gelukkige glimlach. Zijn moeder op de bank, met Noah slapend op haar borst en een dromerige blik. Een foto van zijn vader die hem in een plastic teiltje met water overeind houdt terwijl Noah met zijn handjes op het water slaat zodat het alle kanten op spat.

Wat voor kinderfoto's zouden er hier zijn gemaakt? Hijzelf voor een vieze muur met zijn duim omhoog in een *Star Wars* T-shirt ? Foto's met broers en zusjes?

Voor het eerst beseft hij dat hij vermoedelijk broers of zussen heeft. Dat er naar alle waarschijnlijkheid iemand is die dezelfde moeder heeft als hij, misschien ook wel dezelfde vader, als zijn ouders bij elkaar zijn gebleven. Misschien was hun situatie verbeterd. Kregen ze meer geld, werden de vooruitzichten beter en besloten ze om toch weer kinderen te krijgen. In dat geval moeten die in deze straten hebben gespeeld, tussen deze huizen, denkt hij, terwijl hij een stapel autobanden langs de weg passeert.

Hij loopt verder en zoekt naar een herkenningspunt van de afgelopen keer en dan opeens ziet hij die: een turquoise kapsalon op een hoek.

Vlak om de hoek vindt hij de supermarkt terug. Daar ligt de winkel, stil en verlaten, net als de vorige keer. Hij haalt zijn camera tevoorschijn, beweegt hem langzaam voor de versleten façade langs en probeert goede close-ups te maken. Een kapot raam, met alleen het smeedijzeren kozijn er nog omheen, metalen bloemen die ooit als bescherming tegen inbraak hebben gefungeerd. Een stuk afgebladderde muur met welig tierend groen gras en de omgevallen stellingen in de winkel zelf. Opeens hoort hij vlak achter hem iemand praten.

'Hallo, camerajongen. Wat is er aan de hand?'

Noah draait zich om terwijl hij de camera achter zijn rug probeert te verbergen, maar weet op dat moment al dat ze die gezien moeten hebben. Het is dezelfde groep die Joshua en hij hier de eerste keer hebben ontmoet. Het is Tshawe.

54

Het is nacht in Oslo, de nacht van 1 mei 1993, en ik ben op weg naar de top van de duiktoren in het Frognerbad. Het zwembad is gesloten en ik houd me vast aan het witte metaal van de trapleuning. Mijn stappen zijn anders nu ik schoenen aan heb. Geen natte kletsen van blote voetzolen. Geen donkere vlekken water op elke traptrede, die door het zonlicht langzaam worden uitgewist. Geen achtergrondgeluid van kinderstemmen, joelende jongens en watergespetter. Nu is het nacht. Stilte. Alleen het geluid van koerende duiven in de bomen achter het bassin. Het geluid van klimmende schoenen, tree voor tree.

Ik passeer het plateau van de driemeterplank. De turquoise springplank waar ik talloze keren vanaf ben gesprongen, al sinds ik nog vrij klein was.

Ik passeer het vijfmeterplateau, dat ik in het begin doodeng vond, maar waar ik ook algauw vanaf durfde te springen.

Ik loop langs het brede bordes van het zevenmeterplateau, waar ik vaak naar de rand ben gelopen en me dan omdraaide en weer naar beneden klom, tot ik er als tiener ten slotte vanaf sprong. Banger dan de anderen. Banger dan degenen die boven waren, die op het tienmeterbordes stonden, naar de rand renden en zich ervanaf stortten, met hun benen naar achteren gekromd en hun armen in de lucht rondzwaaiend tot ze het water troffen.

Ik had het nooit gedurfd om ervanaf te springen. Ik durfde er nauwelijks naartoe te klimmen. Nu neem ik de laatste draai van de trap, houd me stevig aan de leuning vast en klim dan de smalle trap op, de steile metalen trap, zoals de trap in de veerboot die we altijd naar Gangstø namen. Dan ben ik helemaal boven en kijk uit over de stad, zie de lichtjes fonkelen, de klok die boven op het dak van een huis ronddraait, de grote klok waar Aas & Wahl op staat. Namen die in de nacht oplichten. Ik kijk uit over het Frognerpark dat daar in het donker ligt, alleen langs de paden schijnen lantaarns. Van de zwarte standbeelden kun je net de omtrek zien, als waren het schaduwen. In de verte hoor ik geroep. Dan loop ik naar de rand.

*

Hoe bereikt de dood ons?

Hij arriveert in de vorm van een fax in de handen van een oude vriend, in een rubberen jol in het Caraïbisch gebied. Hij komt in de vorm van een telefoontje, zoals bij mijn vader toen hij te horen kreeg dat zijn biologische moeder en vader waren overleden, de een weken na de begrafenis van de ander; of hij wordt aangekondigd door geroep en geweerschoten, zoals de kinderen en jonge mensen hebben ervaren toen ze in de straten van Johannesburg demonstreerden tijdens de opstand in Soweto op 16 juni 1976.

Voor Jan van Riebeeck kwam hij in de gedaante van Cornelius, die voorovergebogen tijdens een eredienst in het fort naar hem toe kwam lopen en hem iets in het oor fluisterde. Een paar woorden maar, en op hetzelfde moment was het gedaan met de vrede, was de dienst voorbij en werd hun toekomst onzekerder dan ooit.

Van Riebeeck kende de dood als geen ander. Als chirurgijn had hij velen zien sterven, was hij getuige geweest van doodskrampen, open wonden en koortsfantasieën. Een paar jaar daarvoor, toen ze nog in Amsterdam woonden, had hij zijn overleden zoontje van pas een jaar oud de slaapkamer uit gedragen terwijl achter hem Maria nog in het bed lag. Ze had niets gezegd en hem nagekeken met een beangstigende, donkere blik, als de ogen van een hinde. Daarna had ze haar gezicht naar de wand gewend.

Het is zondag 19 oktober 1653, en in het fort wordt een eredienst gehouden. Jan zit naast Maria vooraan op de banken op een open plek in het fort naar de woorden over Christus te luisteren als Cornelius naar hem toe loopt en hem zegt dat hij moet komen. Dat er een jongen is vermoord. Hij fluistert Maria iets in het oor, staat op en loopt met Cornelius mee.

'We hebben David dood gevonden, kapitein, en alle koeien zijn weg.'

Van Riebeeck gaat mee het fort uit, en loopt met Cornelius op een drafje naar de kraal voor het vee. Maria is net bevallen van een jongetje dat nog maar een dag oud is, en nu dit. Dit kan toch niet waar zijn, denkt hij. Waar moeten ze nu van leven? Het spoor van de koeien die naar de wei werden gebracht, is modderig. Tussen de bomen maakt het een bocht. Naar een open plek waar het gras is afgegraasd, hier en daar liggen koeienvlaaien en aan de rand van de open plek ligt een lichaam. Het lichaam van David. Van Riebeeck herkent het blonde haar onmiddellijk. David was nog maar net volwassen. Hij had nog steeds iets van de onvoorwaardelijke vrolijkheid en openheid voor de wereld, waar kinderen mee geboren worden. Een grote glimlach. Heldere, blauwe ogen. Nu waren zijn lippen droog. De glans was uit zijn blik verdwenen, zijn ogen waren twee levenloze vlekken. Het bloed had zijn hemd rood gekleurd en donkere vlekken op zijn jasje gemaakt. Een zwarte kever kruipt over zijn voorhoofd. Jan strijkt hem weg. Hij vraagt twee mannen om terug te rennen en een draagbaar voor David te halen. Dan kijkt hij om zich heen. De sporen lopen van de open plek het bos in, in de richting van de bergen. Kleine takjes zijn geknakt en de hoeven hebben afdrukken op de grond achtergelaten. Ze zijn weg. Alle koeien die ze langzaam maar zeker, na lijdzaam afwachten en trage onderhandelingen hadden aangeschaft, ze zijn allemaal weg.

Cornelius staat naast hem en Van Riebeeck voelt de woede van de mannen om hem heen. Vreemd genoeg zorgt dat ervoor dat zijn eigen woede verdwijnt.

'Zullen we achter ze aan gaan, kapitein?' vraagt Cornelius.

'Ja. Neem tien soldaten mee en ga ze zoeken. En neem voldoende proviand mee.'

Twee jongens komen buiten adem aanlopen met de draagbaar van stokken en zeil die ze eerder die winter hebben gebruikt om de doden af te voeren. De stof ruikt zurig en zit onder de vochtplekken. Ze tillen David op de draagbaar en lopen over het pad met hem terug. Zijn dode lichaam zweeft boven de grond, onder de bewegende schaduwen van het gebladerte boven hen. Van Riebeeck loopt achter hen aan. Hij kijkt tussen de stammen en takken van het bos op zoek naar gezichten, handen, een speer, maar er is niemand. Het pad wordt wijder, ze naderen de open plek bij de zee, lopen langs de verlaten hutjes van de Strandlopers en komen bij het fort aan.

Vlak bij de muren van het fort staan mensen. Ze volgen de draagbaar met hun ogen, kijken eerst naar de dode jongen. Daarna naar Van Riebeeck. Ze willen weten hoe hij zal reageren.

Maria loopt naar hem toe.

'Wat is er gebeurd, Jan?' vraagt ze, terwijl ze hem vastberaden bij zijn mouw pakt. Hij had haar nog niet willen tegenkomen, nog geen antwoord willen geven, nog niet.

'Het is David. Hij is vermoord, Maria.'

Maria kijkt hem rustig aan, aandachtig. Langzaam laat ze zijn jas los, maar niet helemaal, ze houdt hem nog een beetje vast.

'Vermoord door wie?'

Dat weten we niet, maar Harry is weg.'

'Wat?'

En zijn volk ook. Iedereen. De koeien zijn gestolen.

'Allemaal?' vraagt ze. Op dat moment stapt Dada achter haar tevoorschijn, met een bundeltje in haar armen. Uit het pasgeboren jongetje komen zachte, klaaglijke geluidjes, als het piepen van een deur.

'Allemaal.'

Ze kijkt over de open plek uit. Haalt diep adem en kijkt hem weer aan. Er ligt een zwijgende aanklacht in haar blik. We hadden hier nooit naartoe moeten komen, zeggen die ogen. We hadden Holland nooit moeten verlaten.

Heeft ze gelijk?

'Waar moeten we nu van leven, Jan?'

'We hebben onze schapen nog, en als je me nu loslaat,' zegt hij zachtjes, 'dan ga ik achter hen aan.'

Maria schudt het hoofd.

'Jij niet,' zegt ze. 'Stuur Cornelius en een groep soldaten eropuit. We hebben jou hier nodig.'

We. Ze bedoelt niet alleen zichzelf en de baby. Ze bedoelt iedereen en hij weet onmiddellijk dat ze gelijk heeft. Hij knikt, zegt dat hij zal blijven en Maria laat hem los. Eindelijk neemt ze de ingebakerde zuigeling aan, maar ze houdt zijn blik nog even vast. Dan draait ze zich om en loopt zonder verder een woord te zeggen weg.

Van Riebeeck loopt mee met de soldaten, die hun kruitgordels vullen. Kleine leren zakjes die naast elkaar aan een riem voor hun borst hangen. De stemming op het plein is gejaagd, vrolijk haast, alsof de soldaten blij zijn dat ze eindelijk iets te doen krijgen, echt iets te doen, in plaats van graaf- of metselwerk. Van Riebeeck geeft hun het bevel Harry levend gevangen te nemen. Daar zijn ze niet blij mee, maar het wordt geaccepteerd. Dan vertrekken ze, in gelid lopen ze het fort uit. Van Riebeeck staat bij de poort te kijken hoe ze het bos in verdwijnen.

Hij wacht de hele avond. Rookt een pijp. Schrijft zijn dagverhaal. Drinkt wijn en loopt bij het minste geluid naar de deur, maar nee, geen soldaten. Ten slotte moet hij gaan slapen en pas als hij in bed ligt, krijgt de angst hem werkelijk te pakken. Dat dit misschien het einde is.

*

21 oktober 1653 – Alle koebeesten – 44 in getal – werden tijdens de preek door de Strandlopers weggevoerd. Vanaf het moment dat we hier zijn aangekomen, hebben we de dieven onder onze hoede genomen, vooral Harry de tolk, die dagelijks van onze tafel heeft gegeten, die zich in Hollandse kleren hulde en die we met een koperen ketting, een stok en koperen platen hebben uitgedost. Ook van alle anderen hebben we altijd de magere en hongerige buiken gevuld. We hebben hen als ons eigen volk behandeld en meenden dat ze ons goed genegen waren. We voelen ons bedrogen.

Ik ben bang dat dit de Saldanharen ervan zal weerhouden om met ons te onderhandelen, uit angst dat we op hen wraak zullen nemen. Ik heb daarom een plakkaat geschreven om elke vorm van aanval op de inheemse bevolking te verbieden, of het nu Strandlopers of Saldanharen zijn – ja, zelfs als het Harry is – aangezien er de Compagnie veel aan gelegen is dat we met de Saldanharen kunnen handelen.

*

De volgende ochtend keren Cornelius en de mannen terug. Ze hebben de hele middag en nacht sporen gevolgd tot ze de eerste tekenen van de Strandlopers zagen. Verse koeienstront. Een pas gedoofd kampvuur. Een paar uur later kregen ze hen in het oog en zijn ze sneller gaan lopen. De Strandlopers waren op de vlucht geslagen. Ze hadden zich dwars door het kreupelhout heen een weg gebaand en de koeien tussen twee klippen door gedreven, soms maar een paar honderd meter verderop. Zo dichtbij waren ze dat de mannen dachten dat ze hen konden inhalen, maar elke keer opnieuw hield het landschap Cornelius en zijn mannen tegen. De sporen hielden op en de Strandlopers vonden paden tussen de klippen door die de soldaten niet konden zien. Uiteindelijk hadden uitputting en gebrek aan voedsel de mannen gedwongen terug te keren.

Jan ziet ze al terwijl ze nog ver weg zijn. De nederlaag spreekt uit hun lichaamstaal, ligt in de gebogen ruggen en hoofden. Hij steekt een pijp op. Wacht tot hij hen zal horen vertellen wat hij al heeft gezien. Dat Harry met alle dieren is ontkomen. Dat ze aan de grond zitten en helemaal opnieuw moeten beginnen, zoals op de eerste dag dat ze aankwamen.

55

Uit de notities van Nelson Mandela (na overplaatsing naar de maximaal beveiligde gevangenis van Pollsmoor bij Kaapstad):

18 januari 1984
Heb in twee bakken tomaten gezaaid.

15 april 1986
De tragische film Paul Jacob and the Nuclear Gang *gezien, plus 'electric boogie', een verbijsterende nieuwe dans.*

*

De eerste dagen na hun terugkeer in Khayelitsha gingen Adele en G er vaak op uit om te dansen, ze omringden zich met zorgeloosheid, muziek en erotiek. Nu zijn er twee weken verstreken. Het is vroeg in de ochtend en Adele rekt zich uit in bed en ademt diep in, alsof de slaap een zwembad is waar ze uit opduikt om vervolgens haar ogen te openen. Ze legt een hand op het lege kussen naast haar. G is weer op pad. Hij is een paar dagen geleden vertrokken om een nieuwe opdracht uit te voeren. Waar weet ze niet en dat is ook maar het beste. Dan beschikt ze niet over informatie die de beulen uit haar kunnen trekken. Alleen zijn roepnaam, meer weet ze niet van hem.

G.

Ze heeft afscheid genomen van elk stukje van zijn lichaam. Ze heeft zijn knieën gekust. Zijn dijen. Zijn borst. Ze heeft haar neus in zijn nek geboord, met haar handen over zijn schouderbladen gewreven en de holtes tussen zijn rugspieren betast. De afgelopen paar dagen was ze alleen. Ze heeft gewerkt, wijn gedronken met Mandisa en haar geliefde.

Nu is het ochtend en is ze op weg naar de schappen en de klanten als ze vlakbij schoten hoort. Twee, drie harde knallen die maken dat ze ineenkrimpt en zich achter de dichtstbijzijnde hoek verbergt. Ze hoort iemand roepen, dan is het stil. Adele wacht nog een paar seconden, telt in zichzelf af en verlaat dan voorzichtig haar schuilplaats. Merkwaardig kalm is ze, alert, zoals meestal als er in de buurt wordt geschoten. De angst komt pas later. Ze loopt de weg op. Iemand roept dat er een ambulance moet komen. Ze loopt op het geroep af. Ze is er nu bijna, versnelt haar pas en slaat de hoek om.

Dan ziet ze het. Hooper.

Mensen drommen samen voor de ingang. Ze rent erheen, wurmt zich langs de mensen bij de deur. Stellingen zijn omgevallen. Melk stroomt over de vloer. Een man probeert haar tegen te houden, maar ze slaat hem weg en zegt dat ze er werkt. De winkel is leeg. Ze loopt naar binnen, passeert een omgevallen schap met chips. Dan ziet de Mandisa's voet onder de toonbank uit steken. Een enkel met een zwarte, hooggehakte schoen. Ze komt dichterbij. Mandisa is op haar buik gevallen, met haar gezicht naar de vloer. Kleverig bloed ligt rond haar middel en heeft een plas gevormd voor de plint bij de toonbank. Adele bukt en draait Mandisa's lichaam voorzichtig om. Haar slappe arm stoot tegen de schappen aan. Haar gezicht is verminkt door een schot hagel dat een van haar wangen heeft weggevaagd. Haar haar zit onder het bloed, dat glanst in het licht van de lampen en naar ijzer ruikt. Een ander schot heeft Mandisa in haar buik getroffen, gaten in haar jurk gemaakt en die aan haar huid vastgeplakt. Haar ogen zijn gesloten. Adele roept haar naam, controleert de hartslag in haar hals aan de kant die niet getroffen is, maar ze voelt alleen haar eigen hartslag. Ze buigt zich over Mandisa heen zoals ze op de overlevingscursus van MK heeft geleerd, legt haar lippen op die van Mandisa en blaast lucht naar binnen, maar die verdwijnt door het gat in haar wang en doet de gerafelde vleesresten trillen. Op dat moment verschijnt de politie die het overneemt. Adele begrijpt niet waarom de ziekenbroeders haar dwingen te gaan liggen. Ze snapt de bezorgdheid in hun ogen niet, ook niet waarom ze haar zo hard tegen de vloer blijven drukken, maar dan ziet ze al het bloed dat op haar handen is gekomen, op haar bloes en haar gezicht. Pas dan snapt ze het. Ze denken dat het haar bloed is.

56

1 maart 1654 (zondag) – Een dode walvis is op het strand aangespoeld, op ongeveer 15 kilometer van het fort. Het dier was ongeveer zo groot als een noordkaper, een walvis uit onze streken. We vonden de baarden te klein voor gebruik en we hadden ook geen vaten voor traan, anders zouden we het spek hebben kunnen koken. De Hottentotten hebben verschillende stukken spek in het zand begraven.

*

De walvis. Hij ligt op het strand, terwijl de golven van de zee langs zijn lichaam omhoogkruipen en zich daarna weer terugtrekken. Open plekken in de huid, waar de inheemse bevolking plakken spek heeft weggesneden. Nadat Van Riebeeck is weggelopen en de Goringchaicona zich hebben voorzien van wat er van hun gading was, komen de dieren uit hun schuilplekken tevoorschijn. Insecten kruipen onder stenen, uit struiken en onder verdorde planten vandaan. Onder de beschutting van de schaduwen van het gebladerte verschijnt een leeuwin. Vluchten vogels strijken neer en kronkelende pieren komen uit de grond. Vliegenzwermen en bacteriën slaan hun slag. Algauw zal al het vlees zijn verorberd en blijft alleen het enorme skelet achter, grote gebogen botten die uit het zand omhoogsteken, als de romp van een schip dat is vergaan.

57

Nadat mijn ouders naar Oslo waren verhuisd, woonden ze de eerste jaren in het huis van mijn overgrootvader in Holmenkollen. Een herenhuis, met grote kamers en uitzicht op de stad. Mijn overgrootvader was allang gestorven, maar de derde en laatste vrouw die hij had gehuwd, woonde daar nog steeds. Vroeger was ze zijn huishoudster geweest en volgens mijn moeder had ze jarenlang een geheime affaire met mijn overgrootvader gehad, tot ze er genoeg van had dat ze zijn geheime minnares was, haar spullen had gepakt en met de boot naar New York was vertrokken. Mijn overgrootvader reisde haar achterna en arriveerde er twee maanden later. Hij vroeg haar ten huwelijk en zij zei ja, waarna ze weer terugreisden om samen in het grote, witte huis te gaan wonen. Ik herinner me de geur van tabak en parfum die in de kamers hing. De grote deuren. De schrijfkamer waar Villa Thrap Wahl zat te schrijven, met uitzicht op de stad. Mijn ouders en broer woonden daar de eerste paar jaren in Oslo dus op kamers. Dat was voor mijn geboorte. Mijn moeder kreeg werk bij een peuterschool in de buurt en bleef daar werken, ook nadat ze naar het huis aan de Sollerudveien waren verhuisd en ik was geboren. Zo kwam het dat ik elke dag met mijn moeder meeging naar haar werk. Van het huis bij de fjord heuvelopwaarts naar de peuterschool die aan de rand van de stad bij een bos lag, waar hoge hekken de elanden tegenhielden die hun kop over de schutting wilden steken. Er is een foto uit die tijd, die mijn moeder heeft teruggevonden nadat Dag en ik op de middelbare school bevriend waren geraakt. We gingen toen misschien een halfjaar met elkaar om en speelden samen in een band. Zijn achternaam kwam haar op de een of andere manier bekend voor en toen vond ze die foto van de peuterschool weer terug. Ik zit met een plastic schepje in mijn hand, blij en tevreden, onder het zand. Naast me zit een ander jongetje, ook hij is gekleed in zijn buitenkleren en hij houdt een plastic zeef vast. Dat is Dag. Hij bleek erbij te zijn geweest op een van mijn verjaardagen, toen ik twee of drie werd, en samen hebben we heel wat af gespeeld. Daarna duurde het veertien jaar voor we elkaar weer zouden zien. Twee vreemden die elkaar van vroeger kenden.

*

Friedrich Nietzsche schreef dat je voorzichtig moet zijn als je te lang in de afgrond kijkt en dat je moet weten dat de afgrond terugkijkt. Misschien was dat wat de Zuid-Afrikaanse fotograaf Kevin Carter meemaakte toen hij van het ene conflict naar het andere trok om foto's van de ellende te maken. Carter was lid van de reportagegroep The Bang-Bang Club. Hij maakte veel foto's van de strijd in Zuid-Afrika toen het hele land na het opheffen van de apartheid in een chaos verzeild was geraakt. Mensen werden in brand gestoken of doodgeslagen met stokken, machetes of knuppels.

Daarna trok hij verder, op zoek naar nieuwe rampen. Een van zijn bekendste foto's is van de hongersnood in Sudan. Het is een foto waar ik als tiener mijn somberheid mee voedde. Op de foto zie je een uitgemergeld zwart meisje van een jaar of drie gehurkt en voorovergebogen op de grond zitten, haar hoofd omlaag en haar magere handjes tegen haar hoofd. Een paar meter bij haar vandaan staat een gier te wachten, doodstil en de vleugels gevouwen. Met die foto won Carter in 1994 de Pulitzerprijs voor de beste foto. Een paar maanden later pleegde hij zelfmoord. De schrijver Jens Bjørneboe hing zichzelf op in mei 1976, het jaar van mijn geboorte.

Waarom deed ik niets om te helpen of om een verschil te maken? Ik was geen lid van een natuurbeschermingsorganisatie, ik meldde me niet aan bij Save the Children of het Rode Kruis, omdat ik dacht dat dat alleen maar symptoombestrijding zou zijn en niets aan de oorzaken zou doen. Dat het dan voor mij alleen maar eenvoudiger zou worden om mijn huidige leven voort te zetten terwijl de onderliggende, structurele fouten die er de oorzaak van waren dat zoveel mensen op deze wereld in nood verkeerden, onveranderd zouden blijven.

Ik verachtte alle mensen die leefden voor hun huis en hun werk en zich alleen maar druk maakten om triviale zaken als kleren, meubels en hobby's. Iedereen die zich interesseerde voor oppervlakkige dingen als sporten, elektronica en design.

Nu ben ik zelf zo iemand.

Ik ben getrouwd en heb twee kinderen. Ik bezit een huis met een tuin, heb een auto en lees in interieurbladen over zitbanken en tips voor de slaapkamer. Mijn vrije tijd gebruik ik om op de hoogte te blijven van de nieuwste snufjes van Apple en via een ontwikkelingsorganisatie steun ik een kind van wie ik me de naam niet kan herinneren. Ik ben lid van Amnesty International en betaal een vaste bijdrage per maand, maar dat gaat automatisch, en hun jaarverslagen blader ik snel door om ze vervolgens in de papierbak te gooien en weer door te gaan met mijn bezigheden.

Als zestienjarige keek ik daar met grote minachting op neer.

Keer op keer dwong ik mezelf terug te denken aan de beelden van hongersnood en probeerde te voelen hoe het zou zijn als alle menselijkheid verdween en vervangen werd door het meest primaire gevoel van alles: honger. Bovendien was ik in die tijd een van de velen die bang waren voor de atoombom. Er was een periode waarin ik echt dacht dat we het armageddon zouden meemaken. Ik geloofde in het technologische imperatief, dat alles wat uitgevonden wordt, ook gebruikt zal worden, en dat het slechts een kwestie van tijd zou zijn tot een bepaald conflict ergens op de wereld uit de hand zou lopen en de fusiebommen de steden zouden veranderen in helse vuren. Wolkenkrabbers zouden als zandkastelen in elkaar ploffen. Het metaal uit hekken, uit vangrails langs autowegen en uit bruggen zou opstijgen en zich als een stalen wolk uitspreiden boven het zwartgeblakerde landschap. Alles wat was, zou verdwijnen.

Op school hadden we adviseurs die ons konden helpen bij het uitstippelen van de weg naar vervolgopleidingen. Wat had dat voor zin? Waarom zou je doorleren als de wereld binnenkort toch ten onder zou gaan? Zo zag ik het.

Op een dag liet mijn moeder me een foto zien van Tuva, het dochtertje van mijn broer. De foto was in de crèche gemaakt. Ze moet toen een jaar of twee zijn geweest, ze had blonde, warrige krullen, net zoals mijn dochter nu, helderblauwe ogen en ze glimlachte naar de camera. De tranen sprongen me in de ogen, maar ik probeerde het voor mijn moeder te verbergen, want hoe kon ik haar uitleggen waarom dat gebeurde? Ik kon toch niet zeggen dat ik voor me zag hoe Tuva's haardos door een atoombom vlam zou vatten en haar gezichtje zou smelten? Ik draaide me daarom om, lachte het weg en ging naar mijn kamer. Toen al begon ik te vermoeden waar het gewroet in alle ellende van de wereld toe zou leiden als ik er niet snel mee ophield, maar pas op die ene bewuste dag drong de ernst ervan werkelijk tot me door.

Het was een gewone schooldag, in de tweede klas van de bovenbouw. Ik maakte de zware houten deur open en liep de trap op, met mijn hand op de leuning. Ik dacht aan een fuga van Bach, hoe hij de thema's in de partituur simpelweg spiegelde, er variaties in aanbracht die van het ene instrument naar het andere overgingen, en ik hoorde de deur beneden dichtslaan toen het gebeurde. Zomaar, plotseling. Als uit het niets. Een knal. Er opende zich een scheur naar een andere werkelijkheid, en daar, vlak voor me, in een trappenhuis in Oslo, lagen broodmagere Afrikanen. Praktisch naakt. Tieners, kinderen en vrouwen, met ingevallen wangen. Sommigen staken hun hand naar mij uit. Smekende blikken. Een meisje van een jaar of twee lag opgerold voor mijn voeten, haar knokige handjes om haar hoofd. Anderen bewogen zich niet, ze waren dood of stervend.

Het was maar een flits, maar het beeld was zo echt en zo sterk dat ik me met beide handen aan de leuning moest vastgrijpen en een paar keer met mijn ogen moest knipperen om het te laten verdwijnen.

Toen pas kwam ik tot inkeer, het was de allereerste keer dat ik ging twijfelen aan waar ik me mee bezighield. Terwijl ik me aan de leuning bleef vasthouden en de beelden van dode mensen probeerde weg te knipperen, besefte ik voor het eerst dat het niet zou gaan, dat ik ten onder zou gaan als ik zo doorging en dat niemand erdoor gered zou worden.

58

Mandisa wordt begraven. Hoewel ze nooit in de kerk kwam, wordt er een mis voor haar gehouden. G is nog steeds afwezig. Halverwege de dienst moet Adele overgeven. Discreet komt ze overeind van de kerkbank en loopt naar buiten, naar het zonlicht en naar de achterkant van het gebouw. Daar blijft ze voorovergeleund tegen de muur staan terwijl ze braaksel en tranen laat lopen tot ze leeg is en er geen slijm, vocht of verdriet meer in haar zit. Ze vervloekt de schutters, wenst ze naar de hel. De politie heeft geen enkel spoor. Het lijkt een overval te zijn. Ze heeft ze verteld over de jongens die weleens langskwamen, maar wat helpt dat?

Ze heeft moeite met eten. Ze heeft geleerd te wachten en weet dat G niet altijd van zich kan laten horen. In de supermarkt koopt ze bier om zich laveloos te drinken, maar na twee flesjes moet ze opnieuw overgeven. Nooit eerder heeft ze zo'n verdriet gevoeld.

Op straat krijgt ze bericht dat G verdwenen is. Dat niemand weet waar hij is, of hij nog leeft. Het laatste wat men weet, is een explosie. Haar wereld stort in. Ze is voortdurend misselijk, sluit zichzelf op in huis. Nergens kan ze zich verstoppen voor wat ze denkt en zich voorstelt. Ze vreest het ergste. Opnieuw rellen in Johannesburg en Kaapstad. Door de wanden van golfplaat heen hoort ze de schoten.

Een paar dagen verstrijken. Dan gebeurt het. Een onbekende man loopt bij de waterpomp op haar af. Iets in zijn blik doet haar begrijpen dat hij daar niet is om water te halen of te drinken. 'Eva?' vraagt hij.

De naam haalt haar weg van de plek waar ze staat, van de persoon die ze normaal gesproken is. De chaos aan gedachten verdwijnt, als een radio die plotseling wordt uitgeschakeld en onmiddellijk is ze alert.

'Ik heb een boodschap voor je,' zegt hij zacht, terwijl hij een briefje in haar hand drukt. 'Succes,' zegt hij nog, en hij loopt weg. Adele steekt het briefje in haar broekzak en volgt zijn rug met haar blik tot hij om de hoek verdwijnt, dan tapt ze water en haast zich naar huis. Ze sluit de deur, denkt dat het misschien toch nog een bericht van G is. Ze vouwt het briefje open. Het is een telefoonnummer. Verder niets. Alleen maar getallen. Een onbekend handschrift.

Ze loopt naar een van de telefoonautomaten en zorgt ervoor dat ze afgeschermd is van de anderen. Ze draait het nummer en komt terecht bij een naamloos iemand uit het verzet. Die vraagt haar om naar de brug boven Khayelitsha te gaan en daar te wachten.

'Je wordt door een witte auto opgehaald, Eva,' zegt de stem aan de andere kant van de lijn. 'Trek iets vrouwelijks aan. Een korte rok. Make-up. Een wit topje. De chauffeur van de auto zal zeggen dat het bij de kust mooi weer lijkt te worden. Jij moet hem antwoorden: "Vanavond gaat het in Oslo sneeuwen."'

'Vanavond gaat het in Oslo sneeuwen?' herhaalt ze op neutrale toon, alleen om een bevestiging te krijgen.

'Ja. Succes.'

'Dank je.'

Adele keert terug naar huis en gaat in bed liggen. Ze heeft altijd geweten dat dit kon gebeuren. Dat ze contact met haar zouden opnemen. Er waren periodes dat ze dat wilde, dat ze het hoopte. Nu is het zover. Het is haar beurt. Het verleden is voorbij.

*

Vanaf 1976 pleegde 'De speer van de natie' ongeveer honderdvijftig aanslagen totdat in augustus 1990 al het gewapende verzet tegen de regering werd gestaakt.

Een van de bekendste acties was de Kerkstraatbomaanslag, een autobom die ontplofte bij het hoofdkwartier van de Zuid-Afrikaanse luchtmacht in Pretoria op 20 mei 1983, waarbij negentien doden vielen en tweehonderdzeventien mensen gewond raakten. Een van de gewonden was Kevin Carter. Ik had altijd gedacht dat Carter depressief was geworden door het extreme geweld dat hij had meegemaakt, wat ten slotte tot zijn zelfmoord leidde, maar dat is dus een te simpele voorstelling van zaken. Toen hij begon met fotograferen, had Kevin al een zelfmoordpoging achter de rug. Hij had pillen geslikt, maar werd gevonden en zijn maag werd leeggepompt. Men had hem terug naar het leven gebracht, naar het dagelijks leven, en in mei 1983 was hij net weer in dienst van de luchtmacht. Op die fatale vrijdagavond stond hij op wacht bij de ingang van het hoofdkwartier van de Zuid-Afrikaanse luchtmacht. Ineens kwam er een auto met veel te hoge snelheid op de poort af gereden. De auto kwam tot stilstand, aan beide kanten gingen de portieren open en twee mannen sprongen eruit en zetten het op een lopen. Dat het foute boel was, was duidelijk, maar Carter kon niet op tijd reageren, want plotseling was er een flits gevolgd door een enorme knal. Zijn lichaam werd naar achteren gesmeten, door een raam heen. De twee mannen waren van MK, en de bom moet te vroeg zijn afgegaan, beiden kwamen om. Carter krabbelde weer overeind. Hij liep naar de plek van de aanslag, laverend tussen verwrongen metaal, brandend plastic, bloed en glas. Overal lagen mensen op de grond. Met hun gezicht naar de grond. Het was doodstil.

De explosie veranderde zijn leven. Hij stelde zich de vraag wie die mensen waren. Wie er achter de aanslag zaten. Waarom ze het deden. Later kreeg hij de behoefte zulke ogenblikken te bevriezen, ze uit de tijd te halen en de buitenwereld te laten zien wat hij had gezien. Hij kocht een camera, ging de townships in. Door de gevaren tegemoet te gaan in plaats van ze te ontvluchten, leerde hij João Silva en Greg Marinovich kennen. De rest is geschiedenis.

Een andere bekende aanslag van MK was de bom die in een vuilnisbak bij een winkelcentrum in de provincie Natal was geplaatst. Door de explosie werden vijf burgers gedood en raakten er veertig gewond. Een bom in Magoo's bar in Durban in 1986 doodde drie burgers en verwondde er drieënzeventig.

Maar de meeste acties waren gericht tegen de infrastructuur, aanslagen op spoorlijnen en energiecentrales. Een uitzondering waren de aanslagen op fastfoodketen Wimpy, die werd beschouwd als een te fanatieke handhaver van de apartheidsregels en het zwarten onder andere verbood om het restaurant binnen te gaan.

De bommen kregen consequenties. Op 20 juni 1985 riep de regering de noodtoestand uit, waardoor arrestaties zonder gerechtelijk bevel, censuur van de pers en uitgebreide martelingen mogelijk werden. In eerste instantie gold dit slechts voor enkele delen van het land, maar het jaar daarop werd de noodtoestand voor het hele land uitgeroepen.

Paul van Vuuren, een van de beulen, vertelt in een interview met de BBC dat hij zich niet kan herinneren hoeveel mensen hij heeft gemarteld. De man geeft geen enkel blijk van berouw. Hij vindt dat hij zijn plicht heeft gedaan. Hij heeft zelfs nog een zekere beroepstrots die hij graag met de journalist wil delen.

Je kent die films over helden als Rambo toch wel, waar ze op hun hele lichaam stroomstoten krijgen toegediend en toch niets zeggen? Dat zijn verdomde leugens. Geen mens kan daartegen; ik heb niet één kerel gezien die uiteindelijk toch niet ging praten. Ik kan iedereen aan de praat krijgen, dat is geen probleem.

Van Vuuren was lid van een speciale eenheid die jonge activisten uit de townships ontvoerde.

Ik kan niet echt zeggen dat het me spijt. Dat zou een leugen zijn. Op dat moment was de desbetreffende een object en moesten we alles doen wat in ons vermogen lag om informatie uit hem los te krijgen.

Het moeilijkste van zijn werk was, zo vertelt hij, zijn dubbelleven. Hij had een vrouw en kinderen. Zijn gezin had geen idee wat hij deed.

59

24 april 1654 – Vandaag hebben we in de bergen een dood bosmanneken gevonden, die we op Batavia een Orang-oetang noemden. Hij was zo groot als een kalf, met handen en voeten als van een mens, maar met lange armen en poten, heel ruig en donkergrijs van kleur. De mannen hebben de rest van het karkas opgegeten, ze waren hongerig aangezien de groenten niet voldoende voeding geven.

De woorden in het dagverhaal doen me opstaan en naar het raam lopen. Wat een macaber beeld. Handen en voeten, en dan mannen die de ledematen boven een kampvuur roosteren. Deels is het natuurlijk vooral het onbekende, het andere, dat me schokt, aangezien ik nooit reageer op teksten waarin staat dat ze een koe of een schaap slachten, maar nog meer komt het door het woord bosmanneken, *bushman* in het Engels. Dat maakt het dier zo menselijk. Ik zie alle fouten in de Engelse uitgave die ik nu lees over het hoofd en vertaal de alinea. En ik ga ervan uit dat ze waarschijnlijk een gorilla hebben gevonden, omdat er in Afrika geen orang-oetangs zijn. Dan blader ik verder en lees de notities over het weer en de voorraden, bij elke pagina met meer verbazing en vol spanning omdat ik begin te vermoeden wat er gaat komen. Dat alles op het punt van instorten staat.

25 april – Harry's geallieerden weiden hun koeien op ongeveer een halve mijl van het fort, maar ze willen er niet een verhandelen. Ik had mijn handen eraan vol om onze mannen, die razend waren en honger hadden, ervan af te houden om de gestolen beesten terug te halen. We beloofden dat er spoedig nieuwe voorraden zouden aankomen en vroegen hun genoegen te nemen met het vlees van de pinguïns en verder de kool en andere groenten uit de tuin, en dat accepteerden ze, maar niet zonder gemor.

Zo gaat het de rest van het jaar verder. Ze versterken het fort. Verbouwen groenten. Zien nieuwe schepen in de haven aanleggen. Proberen steeds weer met de verschillende volkeren handel te drijven, maar die verkopen hun alleen maar oude of zieke dieren, als ze er al mee akkoord gaan om iets te verkopen. Er is een andere vijandigheid tussen hen gekomen. Waarschijnlijk omdat de oorspronkelijke bewoners van de Kaap de ernst van wat er komen gaat, beginnen te beseffen. Dat ze op het punt staan om hun eigen land op te geven, in ruil voor wat tabak, koperen platen en een paar glazen sterkedrank. De notities in het dagverhaal duiden daarop, zoals die van 10 februari in het daarop volgende jaar, in 1655:

Onze mensen kwamen uit het bos terug en rapporteerden dat er overal oorspronkelijke bewoners waren, die hen telkens aanvielen. We hebben om meer soldaten gevraagd om de mensen en hun timmergereedschap te beschermen. Ze wisten niet hoe ze hun gereedschappen voor de Hottentotten moesten verbergen, ze vertelden ook dat die zeiden dat ze in groten getale naar ons fort zouden komen om het aan te vallen en het koper te roven. We probeerden hun duidelijk te maken dat we het koper wel voor de koeien wilden ruilen en dat we in vriendschap met hen wilden handelen. Maar ze gaven ons te verstaan dat we op hun land zaten en dat we maar bouwden en bouwden alsof we volstrekt niet van plan waren ooit weer te vertrekken. Daarom wilden ze geen beesten meer met ons verruilen, omdat we de beste weiden hadden genomen en voor ons zelf hielden. Zulks hebben de Strandlopers ons hier in het fort in gebroken Engels voortdurend te verstaan gegeven. We moeten voortaan meer op onze hoede zijn, aangezien de diefstal van onze koeien het resultaat was van een al te groot vertrouwen van onze zijde. Ze zijn zo driest geworden dat we nu ons gereedschap met één hand en een geweer met de andere moeten vasthouden, of op zijn minst overal soldaten moeten posten om niet steeds te worden aangevallen. Gisteravond begonnen ongeveer vijftig van hen huisjes naast de gracht om ons fort te bouwen. Toen we hun vroegen om iets verder weg te gaan bouwen, gaven ze ons brutaal te kennen dat dit hun land was en dat ze konden bouwen waar ze dat maar wilden en als we hun dat niet toestonden, dan zouden ze met een groot aantal komen om ons dood te slaan, ons erop wijzend dat ze eenvoudig over de wallen konden klimmen en de stormpalen wel kapot konden breken. Het is duidelijk dat die schelmen steeds brutaler worden als wij hen goed behandelen. Het is moeilijk te weten wat Harry in het binnenland tegen ons aan het bekonkelen is.

Dat kan maar weinig goeds zijn, we moeten goed opletten zodat we niet plotseling worden overvallen.

Die laatste woorden die die dag in het dagverhaal staan: *we moeten goed opletten zodat we niet plotseling worden overvallen.*

Ze zijn gewaarschuwd. Ze weten dat er gevaar dreigt.

En toch zijn Jan van Riebeeck en zijn mannen geheel onvoorbereid als er op een dag daadwerkelijk oorlog uitbreekt.

60

Tijdens mijn gesprek met Tomm Kristiansen op die ochtend in Hotel Bristol liet ik de naam van Kevin Carter vallen, omdat ik wist dat ook Tomm als journalist in Sudan had gewerkt, van 2002 tot 2006. Hongersnood. Ellende. Het klassieke beeld van Afrika dat niet klopte, zoals Tomm en ik wisten.

Hij trok een weemoedige glimlach boven zijn koffiekop en vertelde dat hij na de goede jaren in Kaapstad de tijd in Sudan had beschouwd als een soort straf. Ik denk dat ik meteen begreep wat hij bedoelde. Het onbehagen dat je kunt ervaren over het feit dat je gelukkig en welvarend bent, terwijl er in de buurt armoede en hongersnood heerst.

Nu is het weer voorjaar. Ik blader door een van zijn boeken en blijf steken bij een passage uit het boek *Afrika – En vakker dag* (*Afrika – Een mooie dag*), uit 2006. De tekst gaat over Sudan en de beroemde foto die Kevin Carter had gemaakt, van het uitgehongerde meisje en de gier, maar zet die foto ook in een context. Dat die foto aangeeft hoe abnormaal het extreme is, ook in Afrika, en hoe weinig aandacht er in het nieuws is voor het gewone dagelijkse leven en de menselijke warmte die er ook is:

Zelf heb ik in Kevins Sudanese afgrond rondgereisd. Het is zwaar. Hoeveel ellende durf ik te zien? Het is de reis van een voyeur. Met als zakelijk argument om de wereld – of in elk geval Noorwegen – attent te maken op een tragedie moet ik het allerergste opzoeken. Waarom? (...)

Kevin wist dat Afrika niet was zoals Sudan zich die dag voordeed. Hij hield van de schoonheid, van de menselijke warmte. Waarom maakte hij daar geen foto's van? Ik had hem dat een keer willen vragen, als we toch samen aan het werk zouden zijn. Waarom alleen het lelijke, Kevin? Zover is het nooit gekomen. In juli 1994 reed hij met zijn auto een veld op, bevestigde een groene tuinslang aan de uitlaat en stak het uiteinde door het achterraam. Terwijl hij naar muziek luisterde, liet hij de motor lopen en schreef aan een stuk door:

'Ik ben aanbeland op een punt waar de pijn van het leven de vreugde overstijgt, een punt waar geen vreugde meer bestaat. Ik word achtervolgd door herinneringen die niet weggaan, over moorden & lijken & woede & pijn...'

'Maar het meisje uit Sudan bleef in leven,' schreef Tomm aan het einde van het hoofdstuk. Ik sla het boek dicht, stomverbaasd. Dit had ik eerder gelezen, maar was het vergeten. Het kleine Sudanese meisje op de foto, dat diep voorovergebogen op haar hurken zat, haar buik opgezwollen en haar handjes tegen haar hoofd. Ze bleef in leven en loopt nu waarschijnlijk ergens op de wereld rond als een volwassen vrouw met een plastic teil vol kleren die ze gaat wassen, een vrouw die vindt dat de zomernachten te warm zijn en die geniet van de geur van pasgemalen koffiebonen.

Een vrouw met een dagelijks leven zoals vele anderen.

61

Het alledaagse leven op het handelsstation, dat zijn de schepen die onder zeil en met veel touwwerk aanleggen en met verwachtingen en wensen komen. Stemmen die ver over het rustige water dragen. Krachtig en vurig geroep dat door de straten en tussen de huizen weergalmt. Mannen die ernaar verlangen om aan land te gaan, te eten, te drinken en weer eens een vrouw te zien.

Het alledaagse leven, dat is het getimmer aan nieuwe huizen. Dat zijn de ossenwagens die met nieuwe bakstenen aankomen zodat er een taverne, winkels en versterkingen van het fort kunnen worden gebouwd. Het alledaagse leven, dat zijn de kinderen die over karrensporen rennen, of in het fort rond de gebouwen spelen. Dat zijn de dampende kookpotten. Het vlees dat wordt geroosterd op een open vuur op het plein. Dat is het gezang van vrouwen die kleren wassen. Het gelach 's avonds laat bij het licht van de open haard, en het zijn de grote ogen van Lambertus, die nu vier jaar is en goudgele lokken heeft. Glanzende, blauwe ogen vol van verwondering en licht.

Plotselinge momenten van schoonheid. Tevredenheid. Geluk. Ogenblikken dat alles uit zichzelf lijkt te treden en iets anders wordt.

Wolken die zich aan de horizon oplossen.

Het schuim in de golven op het strand.

De haartjes die zich in de nek van Maria krullen als ze met de rug naar hem toe staat. De schoonheid van de vlammen in de haard. Van het gelach van de kinderen op het strand die met grote ogen samen naar de zee rennen. Of zo'n moment als dit, wanneer Jan zijn jongste zoon Abraham in het oog krijgt, die net twee is geworden. Een jongetje dat vrolijk rondstapt, gedragen wordt of diep geconcentreerd op zijn hurken zit, zoals nu.

Het kleine lijf koestert zich in het warme, goudgele licht van de namiddag. Jan staat in deuropening naar hem te kijken. Lambertus zit een paar meter verderop.

Dan maakt Abraham een abrupte beweging, gaat snel rechtop staan en valt bijna achterover van schrik terwijl een klein insect om zijn hoofd zoemt. Jan loopt naar hem toe en vraagt of het goed gaat. Het jochie draait zijn hoofd om en ze kijken elkaar aan. Hij heeft bolle wangetjes en grote, wijd open ogen.

Op dat moment komt Maria naar buiten met een grote pot in haar handen. In de pot staat een kleine boom die uit de aarde is opgeschoten, vol groene bladeren die trots alle kanten uit wijzen. Jan denkt aan de dag dat Maria en Eva het zaad geplant hebben. Hoe Eva met haar vinger in vier verschillende potten een gat in de aarde boorde en het woord zaad leerde terwijl ze dat in de gaatjes liet vallen. Nu is Eva weg. De zaden zijn ontkiemd en opgekomen. Maria heeft het grootste en sterkste boompje in steeds weer een grotere pot verplant. En in de loop van het afgelopen jaar is die boom boven Lambertus uitgegroeid. Jan reikt met zijn hand naar de plant en strijkt met een vinger over een blad.

'Ik vraag me af hoe het met haar is,' zegt hij.

'Met Eva?'

'Ja.'

'Ik denk wel goed. Ik denk eigenlijk dat we haar binnenkort terug zullen zien.'

Maria legt haar hand op zijn arm. Hij ziet een zacht licht in haar ogen. Lambertus komt naar hen toe en Abraham scharrelt achter hem aan, zijn wangetjes trillen bij elke stap die hij zet.

'Kom, Jan, dan gaan we samen de boom hierbuiten planten,' zegt ze.

Jan loopt achter haar aan. Dada graaft een gat in de grond. De kleine boom wordt in het gat gezet. Maria pakt de hand van Lambertus en laat hem zien hoe hij de aarde plat moet drukken.

'Wat is het voor boom?' vraagt Jan.

Lambertus draait zich om, hij wil het zeggen, maar Maria houdt met een speelse glimlach haar wijsvinger voor haar lippen ten teken dat hij zijn mond moet houden.

'Wacht maar af, Jan. Zorg maar goed voor de boom, dan zul je het wel zien,' zegt ze. Ze trekt Abraham naar zich toe, die haar handen vastpakt en op en neer gaat springen. De zon glinstert in hun ogen en alles lijkt in orde. Nu Harry en zijn Strandlopers er niet meer zijn, zijn alleen de Kaapmannen nog hier, een groep van ongeveer dertig volwassenen en kinderen die zich in de buurt van het fort ophouden. De inheemse bevolking lijkt dankbaar voor hun aanwezigheid. Ze komen graag bij hen eten en drinken, een pijp opsteken en een dansje maken. Ze dragen hout en takkenbossen aan en velen van hen leren een paar woorden Nederlands.

Een van de Kaapmannen onderscheidt zich van de anderen. Het is een jonge man die erg graag hun taal en geluiden wil leren en elke dag weer nieuwe woorden oppikt. Hij komt hen steeds in het fort opzoeken. Dan staat hij naar de gesprekken te luisteren en vraagt hoe de dingen heten. Hij noemt zich Doman. Van Riebeeck geeft hem onderricht. Zorgt ervoor dat hij hem elke dag een paar keer tegenkomt en nodigt hem af en toe voor de maaltijd uit. Ze hebben een nieuwe tolk nodig nu Eva en Harry er niet meer zijn. Hij geeft Doman een pijp. Wijst dingen aan en vertelt hoe ze heten. Na een paar maanden kan hij eenvoudige gesprekken in het Nederlands voeren en de r uitspreken. Jan neemt hem mee aan boord en ziet de ogen van de jonge man groter worden als hij de ruimten betreedt die zich onder dek bevinden.

'Het is een heel fort bijna,' zegt Doman in gebrekkig Nederlands. Van Riebeeck glimlacht, geeft hem een klopje op de schouder en vraagt hem mee te komen naar de hut van de kapitein. De hut waar op een grote tafel de kaarten liggen. Van Riebeeck wijst op de kaart de gebogen lijn aan die de omtrek van Afrika is.

'Hier zijn we nu,' zegt hij.

'Waar is Holland?' vraagt Doman.

Van Riebeeck gaat met zijn vinger langs de kust van Afrika naar boven en verder tot hij bij het moederland aankomt, dat op de kaart vlak onder de tekening van een leeuw ligt.

'Leeuwen in Holland zijn?'

'Nee. De leeuw symboliseert kracht. Zo is de tekening bedoeld. In Holland hebben we koeien en ook schapen.

'Zoals hier?'

'Ja. De schepen die je hier in de haven ziet, komen uit Holland,' zegt Jan terwijl hij met zijn vinger langs de Canarische Eilanden en verder naar beneden langs de kust van Afrika gaat. 'En dan stoppen ze hier, bij de Kaap, en gaan daarna over zee hierheen. Batavia.

'Was u daar Batavia?'

'Ja.'

'Mooi?'

'Het is er prachtig,' zegt Van Riebeeck. Hij leunt achterover voor hij verdergaat. 'Als je dat zou willen, Doman, kun je met een van de schepen meevaren.'

Doman kijkt hem onderzoekend aan, alsof hij erachter probeert te komen of hij het echt goed heeft gehoord.

'Ik kan?'

'Als je dat wilt.'

'Wanneer?'

'Wanneer je maar wilt. Op die manier kun je de taal en de gewoonten beter leren en als tolk voor ons werken als je terugkomt. We zullen je daarvoor goed betalen. Denk er maar over na.'

Doman kijkt afwezig. Hij gaat met een slanke, bruine vinger over de kaart heen, vanaf het fort over de Indische Oceaan. Van Riebeeck hoort het zachte geluid van de vinger over het papier, als een bries over een windstille oceaan. Dan kijkt Doman op. 'Ik wil,' zegt hij zachtjes terwijl zijn gezicht in een grote glimlach openbarst.

Een paar dagen later zal hij al met een van de schepen vertrekken. Hij wordt uitgerust met een stel kledingstukken. Krijgt een eigen kooi. Van Riebeeck ziet hem afscheid van zijn stamgenoten nemen. Ziet de verandering als hij hun kleren aantrekt. Men laat hem de rest van het schip zien, geeft hem een eenvoudige taak bij het losgooien van de trossen. Dan, als de wind uit de goede hoek komt, hijsen ze het zeil. Het schip glijdt zachtjes de haven uit en verdwijnt uit het zicht.

62

Vandaag is het zover. Adele is er klaar voor. Ze is een wapen dat lange tijd heeft liggen rusten, zoals een revolver die in een doek is gewikkeld. Nu wordt ze tevoorschijn gehaald. Klaar voor gebruik. Binnenkort, maar eerst moet ze wachten. Eerst moet ze ijsberen door het schuurtje waar ze woont, vlak bij het gebouw dat ooit Hooper was. Kleine passen, van het bed via het aanrecht naar het raam. De klok kruipt vooruit naar het tijdstip waarop ze moet gaan. Vandaag is het zover. Het heeft iets koels, iets simpels, maar is ook onbegrijpelijk. Vandaag gaat er iemand dood.

Weer kijkt ze hoe laat het is. Op dat moment wordt er aangeklopt. Ze zou ze toch op de brug ontmoeten? Misschien is ze te laat en zijn ze daarom naar haar toe gekomen? Tenzij ze verraden zijn? Weer wordt er aangeklopt. Drie voorzichtige klopjes. Geen hard gebonk, zoals de politie deed toen ze jaren geleden hun huis wilden doorzoeken. Ze loopt naar de deur, opent die op een kier. Het is haar moeder. Ze is oud geworden. Van de ene dag op de andere. Haar haar is grijs bij de slapen. Haar ogen staan afwezig, zijn vol schaduw. Haar moeder steekt haar hand uit en legt die op haar arm.

'Dag, Adele, hoe gaat het met je?'

'Het gaat goed, mama. En met jou?' zegt Adele, nog steeds met de deur op een kier. Ze houdt die tegen. Ze wil haar moeder vragen naar Sipho, maar ziet ervan af.

'Heb je bezoek of zo?' vraagt haar moeder terwijl ze over Adele's schouder naar binnen kijkt.

Adele schudt het hoofd, zegt dat ze weg moet.

'Waar ga je heen?'

'Ik heb met iemand afgesproken,' zegt Adele. Haar moeder kijkt haar onvriendelijk aan, vraagt of ze zelfs geen tijd heeft voor een kop koffie. Adele kijkt op haar horloge. Ze heeft nog twintig minuten, meer niet. Ze doet open, loopt snel naar het kleine fornuis en tapt water uit een emmer in een pannetje. Ze vraagt naar haar vader en probeert te glimlachen. Haar moeder zegt dat het beter gaat met Sipho. Dat hij weer aan het werk is. Adele merkt dat haar hand trilt als ze de koffie in de pan strooit. De korrels zinken naar de bodem. Ze schenkt in. Neemt een slok. Dan wordt het stil. Vandaag gaat er iemand dood. Bijna onmiddellijk komt haar moeder overeind en zegt dat ze haar niet wil storen als ze het zo druk heeft. In haar woorden ligt een verzoek besloten. De verwachting dat Adele haar zal proberen tegen te houden, zal zeggen dat ze iets langer mag blijven, dat ze er nog maar net is. Dat doet Adele niet. Zonder iets te zeggen kijkt ze naar haar moeders rug. De kop blijft achter met de damp er nog boven. Adele neemt nog een slok, kijkt hoe laat het is. Dan loopt ze naar buiten. Aan het einde van de weg slaat haar moeder de hoek om.

Adele klikt het hangslot op de deur dicht. Dan zet ze het op een lopen.

63

Uit Mandela's memoires:

Ik had een nachtmerrie die steeds terugkwam. In die droom was ik net uit de gevangenis ontslagen – alleen was het niet Robbeneiland, maar een gevangenis in Johannesburg. Ik liep het hek uit en de stad in en er was niemand om me af te halen. Eigenlijk was er überhaupt niemand, geen mensen, geen auto's, geen taxi's. Daarna ging ik te voet naar Soweto. Ik liep urenlang voor ik in Orlando West aankwam en sloeg toen de hoek om naar nummer 8115. Eindelijk zag ik mijn huis, maar het bleek leeg te zijn, een spookhuis, waarvan alle ramen en deuren openstonden, maar waar niemand was.

*

18 augustus 1989. Adele staat in Khayelitsha op de stalen brug boven de hoofdweg te wachten, in zichzelf herhaalt ze de code, steeds opnieuw. 'Vanavond gaat het in Oslo sneeuwen,' zegt ze. 'Vanavond gaat het in Oslo sneeuwen.' Ze heeft een gloednieuwe rok aangetrokken die tot boven haar knieën valt, zoals ze opgedragen kreeg, een strak topje en een beha die haar borsten omhoogduwt. Ze heeft lippenstift en oogmake-up opgedaan en leunt afwachtend tegen de brugleuning, kijkt naar auto's en vrachtauto's die haar passeren, zoals ze als kind deed. Ze kijkt op haar horloge, ze is iets te vroeg. Had ze misschien nog even moeten wachten? Stel dat er nu een politiewagen langs komt rijden? Zouden ze het aan haar kunnen zien? Zou ze er zo verdacht uitzien dat ze zouden stoppen?

Oslo. Sneeuw. Het moet een witte Datsun zijn. Ze kijkt opzij. Opeens komt de auto de brug op rijden, hij knippert en blijft vlak voor haar staan. Een oude Datsun met ronde koplampen en bloedende strepen roest op het portier. Het raampje gaat omlaag en een man op de achterbank neemt haar met een zwarte, ernstige blik op.

'Het wordt mooi weer bij de kust,' zegt hij.

Adele knikt. Voelt ineens een steek van angst dat ze vergeten is wat ze moet antwoorden.

'Vanavond gaat het in Oslo sneeuwen.'

Aan haar kant gaat het portier open en ze stapt in. De man achter het stuur geeft haar een hand en begroet haar.

'Welkom,' zegt de man op de achterbank. 'Ben je er klaar voor?'

'Ja,' antwoordt ze nerveus. 'Ik ben er klaar voor.'

De man tilt een tas op en zij neemt hem aan. Een zwarte nylontas. Ze voelt het gewicht van de explosieven op haar schoot. Vandaag gaat er iemand dood.

'Waar gaan we heen?' vraagt ze.

'Dat zul je zo wel zien,' zegt de chauffeur. Ze knikt en kijkt naar buiten. Vanavond gaat het in Oslo sneeuwen.

64

Van Riebeeck schudt Doman de hand en heet hem welkom thuis, maar hij merkt meteen dat er in de loop van het jaar dat hij weg is geweest iets met de jonge man is gebeurd. Hij is veranderd door wat hij heeft gezien of meegemaakt. Er ligt iets hards in zijn blik. Zijn stem klinkt sceptisch en afstandelijker. Hij heeft daar, aan de andere kant van de oceaan, de toekomst gezien.

Van Riebeeck had verwacht dat Doman door de steden, alle handel, al die onbekende gebruiken en al die andere mensen onder de indruk zou zijn geraakt, zoals hijzelf dat ooit was geweest. Maar dat was omdat hij keek met de ogen van een ontdekker en koopman. De ogen van de jonge man van de Kaap hadden iets heel anders gezien. Armoede. Onderdrukking. Slavernij.

Ooit had ook de bevolking van de landen die hij had bezocht, daar alleen geleefd, op hun eigen manier, met hun eigen tradities. Toen waren daar de schepen gekomen, met alles wat ze aan boord hadden. Met koper, tabak en sterkedrank, munten, dorst naar het onbekende en al die zeelui die erbij hoorden; en nu was al het eigene verdwenen, waren volwassen mensen tot loopjongens en verkopers gereduceerd, waren al zijn vrienden en familie hier druk doende met het dragen van hout voor de Compagnie, of de jacht op vogels en antilopen, tegen betaling van tabak, wijn en voedsel. Hier zou het net zo gaan. Hier ging het al net zo. Zoals de weidegronden die ze altijd hadden gebruikt, nu plotseling omheind waren, besefte hij.

Doman laat de hand van Van Riebeeck los en loopt in de richting van het fort. Hij ziet daar alle nieuwe gebouwen. Hij moet iets doen. Een manier vinden om hen kwijt te raken, hun grond terug te nemen, hen terug de zee op te drijven, naar het land waar ze thuishoren. Hij moest mensen bijeenbrengen. Een plan maken. Hen plotseling overvallen.

65

Uit mama's dagboek:

Zaterdag
Verbetering/stabiel.

Gedoe met de beademing 's avonds (buis gleed weg). Longen daardoor iets achteruitgegaan, maar verder geen verandering.

Zalm, roerei en een mooi gedekte tafel door Ruben + Simon.

Maandag
Hartritmestoornissen – elektroshocks – hartritme weer normaal.

Reductie morfine + Dormicum.

Eerste nacht alleen na opname. 1 mg Rohypnol.

Bloemen van Kirsten, Berit + Ellen.

Dinsdag
Inger-Johanne heeft gebeld.

Morfine gestopt.

Kin beweegt in de maat met de ademhaling. Ademt onregelmatig wanneer Simon en ik met hem praten. Hem vertellen waar hij is, dat Simon thuis is gekomen enzovoort. Krachtige schokken/bewegingen in het lichaam. Personeel denkt dat hij nu misschien bekende stemmen hoort en iets waarneemt.

Hartritmestoornissen. Elektroshocks. Nog steeds Dormicum + dialyse + catheter.

*

Het was weer ochtend en ik kwam samen met mijn moeder uit de wachtkamer in het ziekenhuis. Mijn vader lag uitgestrekt en stil op bed, als bij een lijkschouwing. Om zijn bed stond een groepje artsen in witte jassen, witte broeken en witte muilen. Ze waren druk aan het discussiëren en vroegen ons nog even te wachten. Specialisten uit verschillende vakgebieden probeerden erachter te komen wat hem scheelde. Het was een vorm van acute bloedvergiftiging, maar ze wisten niet welke vorm het was of hoe hij het gekregen had.

Uiteindelijk kwam een chirurg met kort, donker haar de wachtkamer in en zei dat hij helaas niet kon zeggen wat er met mijn vader aan de hand was, nog niet.

Er waren alle mogelijke tests gedaan, zei hij, en ze hadden wel theorieën, maar niets stond vast, dus we moesten maar afwachten en zien wat er gebeurde. De situatie was in elk geval stabiel. Ernstig, dat wel natuurlijk, maar voorlopig stabiel.

Na een paar dagen ging het plotseling slechter. Zijn hartritme veranderde en zijn infectiewaarden stegen. We konden het zien op de schermen om hem heen. We lazen de strijd af die in zijn lichaam plaatsvond in de vorm van cijfers en grafieken. Zijn nieren werkten niet meer. Zijn lichaam stond op het punt het te begeven. Ten slotte kwam het antwoord.

Gele stafylokokken.

Een bacterie die zich verschuilt in de bloedbaan om vervolgens verschillende organen binnen te dringen, waar hij zich vermeerdert en het lichaam van binnenuit verteert. Het werd ontdekt omdat de bacteriën in zijn milt waren gaan zitten, en we kregen te horen dat we de kamer moesten verlaten, zodat ze hem gereed konden maken voor de operatie en naar de operatiekamer konden brengen.

We kregen telefoontjes. Wachtten af. Het was februari en ik stond voor het ziekenhuis naar de auto's te kijken die voorbijreden, op weg naar de crèches, naar winkels terwijl de inzittenden zich bezighielden met wat ze wilden eten of wat er die avond op tv was. Een andere wereld, vlak bij de mijne. Het ziekenhuis is een toestand waarin ieders leven in de wacht wordt gezet en plotseling op een zijspoor belandt terwijl daarbuiten de wereld gewoon doordraait.

*

Ochtend, donderdag 29
Carnaval op de crèche. Het gaat mij niet aan, het is een andere wereld.

Dienst in de Frognerkerk voor het afscheid van Jorunn van de kamer hiernaast die dinsdag onverwacht overleed. Heftige ervaring. Op de terugweg in de auto liet ik mijn tranen stromen toen ik de cassettespeler aanzette en het lied Elska mig nu *van Björn Afzelius klonk. Toen pas voelde ik echt hoe erg ik hem miste.*

Stijve schouders, knoop in mijn maag, dus ik neem nu ½ rohypnol en ga naar bed.

Zware dag.

2 maart
Krampen als hij 's ochtends wordt gekeerd. Misschien omdat hij nu meer wakker is of...

Ogen open gehad.

Krampen bleven de hele dag doorgaan.

Donderdag
Operatie. Om 07.30 uur weggebracht.

Als ze de hart-longmachine na de operatie weer afkoppelen, moet blijken of het hart wel of niet werkt.

*

Vrijdag
Opnieuw geopereerd vanwege interne bloedingen. Nu is hij op de laatste trede – de trede voor de dood.

Heavy afdeling. Veel tragedies. Moeite om naar huis te gaan.

Om ca. 24.00 uur naar bed, maar om 01.00 uur weer naar het ziekenhuis geroepen.

Simon + Torunn + ik overnachtten daar.

Dinsdag 19 maart
Vannacht om ca. halfdrie gebeld door het ziekenhuis om te zeggen dat ze de milt moeten verwijderen vanwege interne bloedingen. Operatie via de buik. Gisteravond bijna twee liter bloed afgetapt uit de milt.

Weet niet wat ik nu denk/voel. Ik begin steeds meer te denken dat hij zal sterven. Eigenlijk hebben ze de infectie nog steeds niet onder controle.

De hele dag zware bloedingen die maar niet ophouden. Om 00.40 uur weer terug naar de operatietafel.

Opnieuw zei ik 'Succes, het ga je goed en houd vol, dikzak'.

Aan de overkant van de weg vlag halfstok. Tordis van hiernaast is vannacht op weg van de club naar huis gestorven, totaal onverwacht.

*

De operatie was geslaagd.

Ze hadden de milt moeten verwijderen, maar hij had het overleefd. In hoeverre de bacteriën verdwenen waren, was echter moeilijk te zeggen. We moesten maar afwachten. De beademingsmachine blies de lucht mechanisch in de longen van mijn vader. Nog steeds druppelde er van alles in en uit zakjes en slangen, onder regelmatig gepiep van de machine die zijn hartritme registreerde.

Een hele poos was het een achtbaan van verschillende berichten. Eerst het bericht dat er tekenen van verbetering waren, of misschien wel diezelfde middag nog een bericht dat zijn infectiewaarden weer waren gestegen en dat ze niet zeker wisten hoeveel zijn lichaam nog kon hebben. Het was een uitputtende tijd. Na een paar weken op de intensivecareafdeling te hebben doorgebracht kon ik niet meer. Ik had iets anders nodig. Iets wat aan een normaal leven deed denken.

Ik nam een baantje aan als uitzendkracht op een crèche, ging een paar avonden uit en bezatte me, en bezocht met een kameraad van de middelbare school een feest in een studentenflat in Blindern. Ik danste, werd versierd. Toen ik wilde vertrekken, kwamen er twee meisjes op ons af die met ons mee wilden en arm in arm gingen we op weg om nog een slaapmutsje te nemen. Een van hen studeerde verpleegkunde. Het was winter en we liepen door een park. Opeens bevonden we ons op het terrein van het ziekenhuis. Ze woonde in de zusterflat, vijftig meter van de kamer waar mijn vader lag. Ze hield me vast bij mijn arm, maakte grapjes. Ze was ouder en ervarener dan ik. We liepen onder zijn raam langs. Ik loerde naar boven, zag het licht en bedacht dat hij daar nu lag, drie verdiepingen hoger. Dat mijn vader daar nu lag te sterven met een slagveld in zijn lichaam en ik hier liep, met mijn arm om een vrouw heen, aangeschoten, op weg naar een of andere kamer. Ik kon het niet. Ik moest iets zeggen. Het suisde in de buizen van de ventilator. Onze voetstappen. Haar hand op mijn rug. Tot op dat moment had ik ergens anders aan kunnen denken. Had ik weer kunnen lachen, eindelijk, ik was niet alleen meer daar, bij de dood. In vertrekken waar alles alleen maar draaide om overleven en troost. Om hoop en morfine, verdriet en pijn. Knipperende rode lampjes en die ziekelijk gele huid van hem. Het gezicht dat daar de hele tijd maar lag. Het slapende gezicht dat zich nooit omdraaide, nooit door zijn oogleden heen gluurde of ons aankeek, maar daar gewoon lag te liggen, steeds weer ijzingwekkend stil, elke dag, elke nacht, elk uur en elke minuut.

'Gaat het wel?' vroeg ze.

Ik wendde mijn gezicht af van het raam, dwong mezelf tot een glimlach en knikte. We liepen verder, weg van het raam naar een andere plek, een flat in de buurt.

De volgende ochtend kwam het bericht dat de bacteriën weer een nieuwe plek hadden gevonden. Het hart.

66

De eerste geslaagde harttransplantatie in de wereld vond plaats in 1984, in het Groote Schuurziekenhuis in Kaapstad. Het gaf een enorm prestige om zo'n ingreep als eerste uit te voeren. Chirurg Christiaan Barnard had zich grondig voorbereid. Om te beginnen had hij geoefend op bavianen uit de buurt die door de tuinman waren gevangen. Hij had de enorme, harige dieren levend binnen laten brengen, ze onder narcose gebracht en ze geopereerd. De eerste bavianen stierven onder zijn handen, maar geleidelijk aan vond hij de rust en leerde hij de technieken beheersen om de bloedaderen aan elkaar te naaien. De laatste apen kwamen weer bij. Ze hadden hem met afwezige, gele ogen aangestaard, adem gehaald en onhandig een arm opgetild of geprobeerd overeind te komen in het witte bed, waarna ze opnieuw een injectie kregen, in slaap vielen en op een brancard naar buiten werden gedragen. Vanuit de verte had de chirurg toegekeken hoe ze wankelend gingen staan en wegliepen, aanvankelijk moeite hadden de takken vast te grijpen maar vervolgens langzaam weer de controle kregen over hun lange ledematen, waarna ze in het bos verdwenen. Het was hem gelukt.

Nu begonnen de voorbereidingen voor de echte test: dezelfde ingreep uit te voeren bij een mens. De eerste ter wereld te worden. Barnard had een dubbele operatiekamer klaargemaakt, die door groene deuren van elkaar gescheiden waren. Een ervan was voor de patiënt die gered moest worden: Louis Washkansky, een drieënvijftigjarige Joodse Zuid-Afrikaan met een verleden als bokser en een hart dat het dreigde te begeven. In de andere kamer stond een leeg bed te wachten op de juiste patiënt. Een gezond hart, bij voorkeur van een verkeersslachtoffer. Dat werd een jong meisje dat werd aangereden bij het ziekenhuis. Ze kwam hersendood de operatiekamer binnen, maar haar hart klopte nog. Nadat de volmachten door haar naasten waren ondertekend, begon de operatie. Het bloederige orgaan werd uit haar borst gesneden en naar de andere kamer gebracht. Een warm hart dat zweefde door de lucht om in het lichaam van de oude bokser geplaatst te worden. Hij overleefde de ingreep en werd wakker met het kloppende hart van een meisje in zijn borstkas. De chirurg werd wereldberoemd en in het ziekenhuis werd een museum ingericht.

Groote Schuur.

Daar, voor dat eerbiedwaardige ziekenhuis met de witgepleisterde muren en de hoge ramen, werd Noah gevonden, op de ochtend van 10 april 1990.

67

1990. Het was het jaar waarin Michail Gorbatsjov tot president werd gekozen. Het was het jaar waarin Oost- en West-Duitsland herenigd werden. Het jaar waarin Irak Koeweit binnenviel, Microsoft Windows 3.0 lanceerde en er bij de Filipijnen een onderzeese vulkaan uitbarstte. Het was ook in dat jaar dat de satelliet Voyager 1 – die geluidsopnames uit de hele wereld bij zich heeft – een foto maakte van de aarde op een afstand van zes miljard kilometer. Die foto staat bekend als 'Pale blue dot', omdat de aarde maar nauwelijks te onderscheiden is, slechts een kleine vlek in het zwart. Datzelfde perspectief eigende ik me rond die tijd, in 1990, toe: de aarde was slechts een piepklein puntje in het heelal en de mens niet meer dan een flits in de eindeloze duisternis.

Voor June en Thomas was 1990 het jaar waarin zij plotseling, volkomen onverwacht, ouders werden. Na diverse mislukte pogingen om met behulp van vruchtbaarheidsbehandelingen zwanger te worden had June tegen Thomas gezegd dat ze het niet meer kon opbrengen. Dat ze niet nog meer teleurstellingen aankon en dat hij de waarheid moest aanvaarden: ze konden zelf geen kinderen krijgen. Ze moesten een kind adopteren.

Ze namen contact op met het Zuid-Afrikaanse adoptiebureau, kregen de vraag of ze wilden adopteren uit een ver buitenland of uit de buurt, en ze vinkten de eerste optie aan. Geen van beiden wilde een kind uit Zuid-Afrika. Dat was zowel te dichtbij als te vreemd. Ook al was Nelson Mandela onlangs vrijgelaten en zou apartheid binnenkort tot het verleden behoren, de oude scheidslijnen bestonden nog steeds: wit, zwart, kleurlingen, Aziaten. Die bepaalden waar je mocht wonen, waar je mocht zitten, waar je mocht zwemmen en waar je kinderen naar school mochten gaan. Het echtpaar werd grondig onderzocht. Hun financiën werden nageplozen. Een vrouw van het adoptiebureau kwam bij hen thuis langs om de woonsituatie voor een eventueel adoptiekind te controleren en hen een aantal persoonlijkheidstesten te laten ondergaan die konden aangeven of ze geschikt waren om een kind op te voeden. Ze scoorden goed. Geen van beiden rookte. Ze gebruikten geen drugs. Geen van beiden had, nu of in het verleden, last van psychische problemen, waarvoor ze:

a) in een psychiatrische kliniek moesten worden opgenomen;

b) gedurende bepaalde periodes afhankelijk waren van rustgevende medicijnen/slaappillen of;

c) zelfmoord overwogen hadden.

Beiden konden zich laten voorstaan op een gewone, relatief harmonieuze jeugd bij kansrijke gezinnen. Het enige wat nadelig kon zijn, waren hun carrièreambities. Thomas was vaak op reis naar West-Europese of Arabische handelaren, of zat tot diep in de nacht in vergadering, en het adoptiebureau stelde de vraag of het leven van Thomas wel verenigbaar was met het hebben van kinderen. Of hij er wel tijd voor had en besefte wat dat inhield aan verplichtingen en opofferingen, zoals het verlaten van een vergadering als zijn zoon ziek was, of te laat op zijn werk komen omdat er babyvoeding op zijn nette pak was gemorst. Thomas antwoordde dat hij minder zou gaan werken op de dag dat hij zou horen dat ze ouders zouden worden. Hij meende het en ten slotte geloofden ze hem, of vonden ze dat het niet belangrijk genoeg was om hen af te wijzen. Dat ze een kind te veel te bieden hadden. June was farmacie gaan studeren, ook al geloofde geen van beiden dat ze in de toekomst veel zou gaan werken. Ze had een praktijkplaats gekregen bij een algemeen ziekenhuis. Ze klommen omhoog in de adoptierij, sloten zich aan bij verenigingen voor onvrijwillig kinderloze echtparen en hadden al contact met de directeur van een kindertehuis in Roemenië toen opeens alles veranderde.

Het was april, vroeg in de ochtend, en de bomen wierpen lange schaduwen op het plein voor het ziekenhuis. June had nachtdienst gehad en was samen met een oudere vrouwelijke collega op weg naar de deur van de hoofdingang. Ze hadden het over hun vakantieplannen en over een fantastisch strand aan de kust dat de collega warm aanbeval, toen June iets bijzonders zag. Op een bankje bij de hoofdingang had iemand een plastic tas achtergelaten. Een vrij grote, witte plastic tas. Haar collega bleef doorpraten over het eten in strandtenten en lome middagen in een hangmat, toen June in de zak iets zag bewegen. Een plotse stoot die het plastic deed uitstulpen. Ze liep naar de bank en schrok toen de zak opnieuw bewoog. Haar collega onderbrak haar relaas en liep achter haar aan.

'Jemig! Is dat een dier?'

'Weet ik niet.'

Voorzichtig bracht June haar handen naar de tas om de vouw in het plastic boven de opening recht te trekken zodat ze de inhoud kon zien. Ze verschoot van kleur toen ze zag wat het was.

Het was een kind.

Een pasgeboren kind met een lichtbruine huid, gewikkeld in een flodderige katoenen doek, en onder in de zak een geruit wollen dekentje als bescherming. De baby staarde haar met ongefocuste, zwarte ogen aan en nam de verandering gewaar. Dat er iemand in de buurt was. June keek om zich heen of er iemand was die het kind daar een ogenblikje had laten liggen, maar het plein voor het ziekenhuis was verlaten. De baby moest met opzet zijn achtergelaten.

'Mijn god, June, wat moeten we doen?'

June bracht haar hand voorzichtig onder het hoofdje van de baby, tilde hem op en drukte het kleine hoopje voorzichtig tegen haar borst. Ze drukte haar neus tegen zijn hoofdje, tegen de zachte zwarte haartjes en snoof de geur van een pasgeboren kind op waarna ze haar ogen sloot, zoals haar moeder dat destijds had gedaan en eertijds haar grootmoeder.

Vervolgens liepen ze door de schuifdeuren terug naar binnen. Ze passeerden de receptie, het café met de frituurwalmen en patiënten in ochtendjas, en betraden de koffiekamer. De andere verpleegkundigen kwamen op hen af en vroegen wat er was gebeurd. De collega legde het uit terwijl June de baby op een zitbank legde en hem voorzichtig uit de doek wikkelde. Het was een jongetje. Naakt lag hij voor haar, met het stompje van de navelstreng uit zijn buik stekend, stijf en zwart als een vermolmd takje. De kou deed hem huiveren en June wikkelde hem snel in een schone ziekenhuishanddoek terwijl ze dacht dat ze hem later maar moest wassen, waarna ze hem optilde en tegen haar borst aan drukte. Toen ze met haar vinger over zijn wang aaide, draaide hij zijn hoofd verrassend snel om en deed verwachtingsvol zijn kleine mondje open. Hij had honger. De groep verpleegkundigen die als betoverd om hen heen stonden, loste op en iedereen ging aan de slag. Iemand maakte een fles babyvoeding klaar, een ander zocht schone kleertjes. Weer iemand anders belde de politie om te vertellen wat er was gebeurd. June zat rustig op een stoel, hield het jongetje tegen zich aan en keek in de zwarte oogjes. Ze hield de fles tegen zijn mond en zag hoe hij de melk naar binnen werkte, in diepe concentratie, zonder haar blik ook maar een keer los te laten.

'Wat moeten we met hem doen?' vroeg haar collega, en voordat iemand antwoord kon geven, had ze zich al gewend tot de vrouw die de politie had gebeld.

'Wat zeiden ze op het bureau?'

'Dat ze zouden langskomen om hem op te halen en naar een kindertehuis te brengen.'

'Niemand haalt hem op,' zei June, zonder op te kijken.

Het werd stil. De baby zoog nog steeds geconcentreerd uit de fles en rond het rozerode mondje werd het langzaam wit.

'Hoe bedoel je?' vroeg haar collega. Met haar vrije hand haalde June haar agenda uit haar tas, maakte die open en pakte er een kaartje uit zonder de baby ook maar een ogenblik uit het oog te verliezen. 'Kijk,' zei ze. 'Kun je de telefoon pakken en dit nummer voor me bellen?'

Het was het telefoonnummer van het adoptiebureau.

'Serieus?'

June knikte, wachtte tot de vrouw de getallen had ingetoetst waarna ze de hoorn aanpakte en knipoogde naar de baby op haar arm. Het jongetje reageerde door met een armpje te zwaaien, die vervolgens weer naar haar lichaam te brengen en instinctief haar bloes vast te pakken. Er werd opgenomen en een vrouwenstem weerklonk. June noemde haar naam en legde uit dat ze zojuist een pasgeboren kind bij het ziekenhuis had gevonden, dat ze goedgekeurd was als adoptante en dat ze graag de mogelijkheid zou willen onderzoeken om het gevonden kind te adopteren. De receptioniste vroeg haar een ogenblik te wachten terwijl ze haar doorverbond met haar contactpersoon. Boven de deur van de koffiekamer ging een rood lampje branden ten teken dat assistentie van verpleegkundigen vereist was. De anderen namen snel afscheid en liepen naar buiten, naar de operatiekamer, waar zojuist drie tieners waren binnengebracht na een verkeersongeluk.

Na een hele poos kwam de contactpersoon aan de telefoon. June herhaalde het verhaal en wachtte op het antwoord van de andere kant. Wat ze moest doen. Of het mogelijk zou zijn. Het jongetje dronk nog steeds gulzig uit de fles. Zijn lipjes zagen bleek van inspanning.

'Oké, June, dus ook al zijn jullie goedgekeurd als adoptieouders...'

'Ja?'

'Je kunt niet zomaar...'

Stilte.

'Ik begrijp het. Natuurlijk begrijp ik het. Wat moeten we doen?'

'Eerst moet je hem naar een politiebureau brengen.'

'Ik heb de politie al gebeld en ze zeggen dat ze hem komen ophalen.'

'Om hem naar een kindertehuis te brengen?'

June voelde de tranen in haar ogen prikken bij de gedachte dat er iemand zou komen om dit mooie, kleine schepseltje van haar af te pakken, en ze wist er met moeite een ja uit te persen.

Aan de andere kant bleef het een paar tellen stil.

'Oké, June. Hoe oud schat je dat hij is?

'Een paar dagen, hooguit… In elk geval heeft hij nog een stukje navelstreng.'

'Lijkt hij in goede conditie te zijn?'

'Hij drinkt nu.'

'Oké. June, we doen het als volgt. Ik ken de directeur van het dichtstbijzijnde kindertehuis. Ik kan haar bellen en zeggen dat jullie eraan komen en zal haar vragen of je daar kunt blijven als de zaak behandeld wordt.'

June kneep haar ogen dicht van vreugde. Ze opende ze weer en keek neer op de onbegrijpelijk zachte huid van de baby die ze op haar schoot had. De piepkleine handjes. De lange, zwarte winpers.

'June? Ben je er nog?'

'Ja.'

De vrouw van het adoptiebureau stak een verhaal af over het kindertehuis en hoe deskundig de directeur was. June volgde maar half wat er werd gezegd en keek voortdurend naar de baby. Met grote, glanzende ogen probeerde het jongetje haar blik vast te houden. Opeens stopte hij met drinken en kneep zijn oogjes dicht. Hij perste. De melk had zijn maag gevuld en nu lag hij het eten zo hard door zijn darmen te persen dat zijn gezichtje van kleur veranderde en rood werd.

'Hallo? June?'

'Ja, ik ben er nog, Dank je wel, Helen. Heel, heel erg bedankt!'

'Geen probleem, June. Ik denk eigenlijk dat dit voor alle partijen de beste oplossing kan zijn.'

June hoorde geknal in de doek en rook de zoetige geur van ontlasting. Het kind haalde adem en begon weer te zuigen. June glimlachte naar hem. Ze probeerde alle liefde die ze had aan dit kleine mensje te geven.

'Hoelang moeten we daar blijven, denk je?'

'In het kindertehuis? Ik weet het niet. Hij moet geregistreerd worden bij de gezondheidsdienst en een geboortedatum en identiteitsnummer krijgen.'

'En dan?'

'Dan zal er een opsporingsbevel uitgaan naar de ouders.'

Stilte.

'Dat moet nu eenmaal, June.'

'Maar hij is hier toch met opzet achtergelaten, Helen? Ik bedoel... niemand zal toch... Denk je dat echt?'

'Nee, June, dat denk ik niet. Maar hoe dan ook zijn er procedures voor dit soort zaken.'

'Ik begrijp het. Natuurlijk begrijp ik het.'

June kwam overeind en droeg het kind naar de verschoonruimte en hoewel het er niet echt koud was, deed ze toch de warmtelamp aan boven de commode waar ze hem voorzichtig op neerlegde. Het jongetje strekte zijn armpjes en beentjes en kneep zijn ogen weer dicht, dus de valreflex was in elk geval intact. Datzelfde gold voor de grijpreflex. Ze wikkelde hem voorzichtig uit de handdoek en vertelde hem met tedere, zachte stem wat ze precies deed. 'Nu haal ik de handdoek weg, lieverdje,' zei ze en ze keek naar de zwarte ontlasting die aan zijn rug en de stof zat vastgeplakt. Als teer. De laatste resten van het leven in de buik van zijn moeder. Ze bevochtigde een papieren handdoekje met lauw water en voelde met haar pols hoe warm het was voordat ze hem begon te wassen. Voorzichtig wreef ze over de billetjes en maakte hem grondig schoon, waarna ze haar T-shirt uittrok en hem tegen de naakte huid van haar borst aan drukte. Instinctief draaide hij zijn hoofd om naar haar huid en begroef zijn gezichtje in haar ene borst, vlak bij de tepel. Ze kreeg een ingeving en liet zijn hoofd een paar centimeter zakken, zodat de tepel tegen zijn wangetje kwam. Ogenblikkelijk draaide hij zich om en sloot zijn mond om haar tepel. Het ene handje duwde tegen de onderkant van haar borst. Het andere stond strak naar buiten gekeerd, in een onnatuurlijke houding. Ze barstte in tranen uit, van geluk, en omdat ze geen melk in haar borsten had en omdat hij nog steeds honger had of behoefte had om te zuigen na zoveel gedronken te hebben. Zachtjes wiegde ze met haar bovenlichaam heen en weer. Ze neuriede een kinderliedje dat haar moeder vroeger voor haar had gezongen. Ze huilde en het jongetje zoog verrassend hard aan haar borst, maar ontspande zich toen. Ze bekeek zichzelf in de spiegel, draaide haar bovenlichaam half om en constateerde dat het kind sliep, waarna ze met haar vrije hand haar gezicht bette.

Ze liep terug naar de koffiekamer en met de hulp van iemand anders wist ze Thomas te bellen aan wie ze vertelde wat er allemaal was gebeurd.

Twintig minuten later liep hij opgewonden en buiten adem de koffiekamer binnen. Nooit eerder had ze hem zo ontsteld gezien, zo uit balans, als die ochtend toen hij haar een zoen gaf en zich over het jongetje boog. Hij stak een hand uit en liet het pasgeboren kind met het kleine handje zijn pink vastpakken. Alles was zo ontroerend klein. De piepkleine nageltjes. Het mondje. Het zachte dons op zijn wang. Thomas legde zijn gezicht tegen het babyhoofdje en begon te huilen, heel zachtjes alsof hij bang was dat een verpleegkundige het zou merken, dacht June, die haar hoofd naar het zijne bracht en haar ogen sloot. Dit was het begin van iets anders, iets nieuws. Het oude was voorgoed voorbij.

Weer een halfuur later kwamen twee politieagenten binnen met de mededeling dat ze hen naar het kindertehuis zouden brengen. Dat hadden June en Thomas best zelf kunnen doen, wat June ook aan Helen had gezegd, maar die had erop gestaan. Waarschijnlijk was dit de manier waarop de staat zich ervan verzekerde dat ze er niet met de baby vandoor zouden gaan.

Het kindertehuis lag aan de rand van de stad, in de buurt van de universiteit. Ze werden ontvangen door de directeur, een overdreven opgemaakte vrouw van een jaar of vijftig met een diep decolleté en goudkleurige oorknoppen. De politie zag erop toe dat de noodzakelijke papieren door iedereen werden ondertekend. Terwijl Thomas tekende, arriveerde Helen, de vrouw van het adoptiebureau. De politie vertrok weer en June werd gevraagd om op een bank te gaan zitten om te horen wat er verder zou gebeuren. De hele tijd lag de baby tegen haar aan te slapen, diep door het kleine neusje ademend.

De komende twee weken moest het jongetje in het kindertehuis blijven, totdat de politie klaar was met het onderzoek, legde Helen uit. Als de biologische ouders binnen die tijd geen contact hadden opgenomen, mochten ze ervan uitgaan dat de adoptie in orde kwam. In elk geval zou het adoptiebureau die aanbeveling doen, zoals Helen het uitdrukte. Ze bedankten haar, en June nam samen met de baby haar intrek in een kleine, leegstaande kamer van het kindertehuis. Daar aten en sliepen ze, huid tegen huid, gedurende dagen en nachten die zonder onderscheid in elkaar overliepen.

Sommige kinderen in het tehuis moesten veel huilen tijdens de uren dat ze wakker waren en hadden constant troost nodig. Andere speelden. Weer andere zaten stilletjes op de vloer, of lagen met open ogen in bed terwijl ze met hun vingers onzichtbare patronen in de lucht tekenden.

Thomas kwam elke middag langs als hij klaar was met zijn werk en bleef bij hen totdat het kindertehuis voor de nacht dichtging. Hij oefende met het geven van de fles, luiers verschonen en kleertjes aandoen. Taken waarvan June zich niet kon voorstellen dat wie dan ook maar in zijn familie zich daar gedurende ettelijke generaties van had gekweten, en het was goed te zien dat hij zich door de aandacht van de verpleegkundigen gestreeld voelde.

Ze overlegden over de naam van de jongen. June had er al enkele dagen over nagedacht en ten slotte vertelde ze haar man wat ze had bedacht. Noah. Vanwege de manier waarop ze hem gevonden hadden. Thomas keek haar glimlachend aan.

Noah.

Hij knikte en keek naar het jongetje. ‘Dag, kleine Noah,’ zei hij. ‘Dag, jochie van me.’ June sloeg haar arm om hem heen en sloot haar ogen.

Toen het veertiendaagse verblijf ten einde liep, begon de angst dat de biologische ouders van gedachten veranderd zouden zijn 's nachts aan haar te knagen. Urenlang lag ze wakker en zag scènes voor zich waarin een jong zwart koppel in een politiewagen naar het kindertehuis werd gereden en de bestuurder haar naam riep. Ze stelde zich voor dat ze naar de receptie toe moest komen om Noah af te geven. Dat de ouders er spijt van hadden gekregen en uit alle macht hadden geprobeerd hun zoon terug te vinden. Dat zij achter hen aan naar buiten liep terwijl de gekleurde vrouw met de jongen in haar armen in de politiewagen stapte. En dat het licht van de auto over de weg verdween en zij op de parkeerplaats instortte.

Dat gebeurde niet. Niemand kwam de baby halen. Niemand meldde zich bij de politie met een vraag over een meegenomen kind. Zij waren de enigen.

Op de veertiende dag van June en Noahs verblijf in het kindertehuis kwam de directeur met een tas vol gepakte kleertjes en een opgeluchte glimlach de kamer in. Even later werden moeder en kind door Thomas opgehaald. Vervolgens reden ze naar huis.

De straten waren anders. Elk huis, elke straathoek leek als nieuw met volop kleuren, posters, stickers en vuilnis. En al die tijd lag Noah in haar armen te slapen, diep ademend en de piepkleine oogjes gesloten.

68

Vier jaar nadat opa en oma mijn vader hadden geadopteerd, werd oma volstrekt onverwacht zwanger. Jarenlang hadden ze geprobeerd een kind te krijgen, ze waren naar artsen en specialisten geweest en ten slotte hadden ze zich ermee verzoend dat ze nooit zelf kinderen zouden krijgen en dat adoptie de enige oplossing was. En toen lukte het opeens toch, misschien omdat ze zich er niet meer druk om maakten, want nu hadden ze een kind. Ze hadden mijn vader. Oma werd dus zwanger en het jaar daarop beviel ze van een meisje. Torunn.

Tewijl ik dit schrijf is het medio maart 2012. De eerste versie van de roman is af, er ontbreken nu nog maar een paar stukjes. Een ervan is het verhaal over de adoptie van mijn opa. Zoals ik al schreef, was niet alleen mijn vader geadopteerd; mijn opa, bij wie papa dus is opgegroeid, was dat ook.

Wie waren zijn biologische ouders, over wie hij niets wilde vertellen?

Ik stuurde een mail naar mijn tante. Het meisje dat opgroeide als het kleine zusje van mijn vader en altijd mijn tante zal blijven. Tante Torunn. Mijn vader heeft nooit anders over haar gesproken dan als zijn zus. Nooit heeft hij zijn ouders anders genoemd dan *vader en moeder*. Dat zijn de variabelen bij een adoptie. Er is maar één moeder en maar één vader, dat zijn degenen bij wie je bent opgegroeid, die het kind voedsel, warmte, troost en een taal hebben gegeven. Dat zijn de ouders van het kind. Tegelijkertijd zijn er nog die anderen. Het bloed. Dat wat niet vergeten of verborgen kan worden, maar wat er altijd is, elke keer dat het geadopteerde kind zichzelf in de spiegel ziet. De schimmen van mensen die je nooit hebt ontmoet. Hoe zagen ze eruit? Hoe zien ze er nu uit? Hoe zou je leven bij hen zijn geweest? Dat zijn de vragen die de spiegel stelt.

Een gesprek met mijn neef had me op het spoor gebracht van opa's biologische familie. Hij zei dat Torunn misschien meer wist. Dus ik zoek haar adres op en stel een mail op waarin ik haar vertel over de roman waar ik mee bezig ben. Een dag later zit er een lang en ontroerend antwoord in mijn mailbox. Ik krijg de naam van zijn biologische familie. Alleen de achternaam. Ze komen uit Haugesund. Dat is alles wat ze weet en wat, naar zij denkt, ook het enige was wat hij wist.

Waarom heb ik zo lang gewacht ernaar te vragen? Dat komt doordat ik weet hoe erg het is voor iedereen die het betreft. Het gevoel dat je een vreemde in de wereld bent.

69

Het geluid van mensen doet Cornelius midden in het bos ineens stilstaan terwijl hij met opgeheven hand een teken geeft. Van Riebeeck blijft staan. Kindergelach. Een uitgelaten gieren. Stemmen van volwassenen. Welk volk zou dit zijn? De Strandlopers?

Terwijl ze naderbij sluipen, fluistert hij naar de mannen dat ze geen geluid mogen maken. Dan ziet hij hen. Autshumao. De jongste vrouw van Harry zit op haar hurken op de oever van de rivier en wast met het stromende water de billetjes van een baby. Harry staat naast haar met een jongen van een jaar of vier tussen zijn benen naar iets in het water te wijzen. Ze hebben geen idee dat ze hier, vlak bij hen, zijn. In het bos aan de overkant van de rivier ziet Van Riebeeck de omtrekken van een kamp. Bruine huid tussen de bomen. Is Eva er ook bij?

Cornelius zet het geweer tegen zijn schouder, neemt Harry op de korrel en vraagt Van Riebeeck met zijn blik of hij zal schieten. Van Riebeeck schudt het hoofd en schuift de loop van het geweer voorzichtig naar beneden. Dan tilt hij een tak op en loopt naar de rivier.

'Nee maar, ben je het echt, Harry?' zegt hij hardop. Autshumao draait zich onmiddellijk om, struikelt over de enkels van het jongetje terwijl hij angstig om zich heen kijkt. Van Riebeecks mannen leunen, toevallig als het ware, op hun geweer. De vrouw van Autshumao glimlacht nerveus, begroet hen en steekt dan vlug met de baby in haar armen de rivier over, zo snel dat het water langs haar benen spettert. Aan de overkant blijft ze staan en draait ze zich weer om. De mensen die zich achter haar bevinden, zijn blijven staan. Uit het bos komt een meisje aangelopen. Ze glimlacht breeduit. Het is Eva. Slordige haardos. Lange, slanke benen. Ze wuift en Van Riebeeck wuift terug.

'Waar ben je al die tijd geweest?' vraagt hij. Het antwoord van Harry staat in het dagverhaal:

Harry antwoordde dat hij op afstand was gebleven omdat de Compagnie de weiden rondom het fort zelf nodig had en hij niet wilde dat het gebied te kaal zou worden gegeten. Wanneer de regenmaanden kwamen en het gras weer lang werd, zou hij met zijn mensen en vee weer bij ons komen wonen.

Harry scheen erg bevreesd, hij beefde en stotterde zo erg dat hij maar nauwelijks stil kon staan en moeilijk kon spreken. Om zijn angst enigszins weg te nemen werd hij erg goed behandeld. Hij werd 's avonds aan tafel genodigd en kreeg eten en wijn en om hem minder wantrouwen te doen krijgen, werden er alleen maar grappige en vriendelijke onderwerpen te berde gebracht.

We konden echter wel zien dat hij bang was en de haat merkte die de mannen hier voor hem hebben omdat hij ons zo vals heeft behandeld. Velen zeiden dat ze hem niet konden verdragen en hem wel dood zouden willen slaan. De mannen spreken vanuit hun onwetendheid. We moeten de vrede met de bewoners hier wel bewaren om vee met hen te kunnen blijven ruilen.

Tijdens het gesprek aan tafel leek Harry ons ook te willen waarschuwen tegen een op handen zijnde dreiging, en vroeg ons onze koeien met minstens dertig of veertig soldaten te bewaken om de Saldanharen te kunnen afweren, die naar zijn zeggen van plan waren om hier te komen en ons de beesten afhandig te maken.

Wij houden het erop dat dit huichelarij en leugens zijn.

11 januari – Volle maan. 's Avonds werd er een maansverduistering geobserveerd die de maan gedurende enige tijd volledig deed verdwijnen.

12 januari – Harry maakte een ronde om nader te bekijken hoe de versterkingen rondom het fort en de kraal voor de koeien waren en het was duidelijk dat hij het allemaal nauwkeurig registreerde. We lieten hem zijn gang gaan, maar hielden hem op afstand goed in de gaten.

's Middags aan tafel werd Harry gevraagd wat hij van het werk vond. Hij antwoordde dat de Saldanharen onze koeien 's nachts gemakkelijk uit de kraal konden stelen, als ze ieder gewapend met twaalf assegaaien zouden komen. Ze konden het touw waarmee het hek van de kraal dichtgebonden wordt stuk snijden en er zo met de beesten vandoor gaan. Maar hij weet niet dat het hek 's nachts met een goed slot wordt gesloten. We hebben hem niet wijzer gemaakt en in zijn waan gelaten.

70

Het laatste verhaal dat Tomm Kristiansen me in Hotel Bristol vertelde, is ook het sterkste. We hadden het over de jaren voorafgaand aan de eerste vrije verkiezingen in 1994. Over de botsingen tussen verschillende politieke groeperingen, willekeurig geweld en over de diverse aanwijzingen dat er aanvallers betaald waren om rellen te trappen, te moorden en dat er met opzet scheve verhoudingen tussen de verschillende bevolkingsgroepen waren gecreëerd om ze tegen elkaar op te zetten.

'Kun je daar ook een voorbeeld van geven?' vroeg ik terwijl ik een lege bladzijde in mijn notitieboek opsloeg.

Tomm leunde achterover en tilde zijn koffiekopje op. Het was duidelijk dat hij de scène weer voor zich zag, dat hij bij zichzelf de beelden opriep en naar de juiste woorden zocht. Met de pen in de aanslag wachtte ik af.

'Soweto,' zei hij. De enorme krottenwijk bij Johannesburg. Een familie. Een meisje dat Esther heet. Haar vader is op weg om boodschappen te doen als hij de bendes ziet aankomen. In het stadion was een bijeenkomst geweest. Er werd gedronken. Verhitte toespraken. Nu zijn ze op jacht. De vader verstopt zich om de hoek van een huis en ziet ze lopen. Bij willekeurige huizen trappen ze de deur in. Een ervan is het zijne. Een man of vier, vijf gaat naar binnen. Ze doorboren de grootmoeder met een speer. Ze houwen Esther neer met een bijl en doorzoeken het huis. Esther verbergt zich in een kast waar ze trillend op de bodem blijft zitten terwijl het bloed uit haar borst stroomt. Haar oom, die in bed ligt, ontwaakt en wordt doodgeslagen. Haar moeder staat in de keuken. Ze wordt in haar buik en borst geschoten. Ook de hond op het erf wordt neergeschoten. Dan komen ze weer naar buiten. Esthers vader staat nog steeds om de hoek. Hij wacht tot de groep een eindje verder is gelopen. Dan zet hij het op een hollen en gaat door de deur naar binnen.

Tomm pauzeert even en denkt na. Ik probeer het me voor te stellen. Is er een manier denkbaar om je op zo'n schouwspel voor te bereiden? Op zo'n ervaring?

'Zijn hele familie is uitgemoord. Alleen Esther ontbreekt. Hij roept haar naam en hoort een geluid uit een slaapkamer. Haar vader haast zich naar binnen en kijkt om zich heen. De deur van de kast gaat open. Daar zit Esther op haar hurken, in een jurk, haar hals en bovenlichaam zitten onder het bloed.

Hij helpt haar naar buiten, bindt een trui om haar wond en huilt. Hij brengt haar naar het ziekenhuis. Ze overleeft het.'

*

Uit de dagboekaantekeningen van Mandela (na zijn vrijlating)

20-8-92

Gesprek met drie regio's van Natal

Geweld aantal doden

maart	*140 doden*
april	*91*
mei	*79*
juni	*82*
juli	*133*
augustus	*52*

21-9-92

Troika, onderzoek, massa-acties-gevoel

Aanklacht [besluit]. Zorgen over economie, het sociale netwerk van zwarten

NB

De bestuurskamer moet geveegd worden voordat we samenkomen om 1 uur pm [13.00]

71

Het aantal toevalligheden dat zich in de loop van dit project heeft aangediend, heeft me verbaasd. Waar ik ook heb gezocht, waar ik ook maar heb gekeken, steeds weer zijn er nieuwe draden, nieuwe puzzelstukjes opgedoken, die in verband met elkaar leken te staan. Zoals dat de man die voor de moord op David werd aangeklaagd, Simon werd genoemd, of dat het ANC het Shell House betrok en dat ik op de dag van de demonstraties tegen apartheid in Oslo aan het werk was. Nog niet zo lang geleden heb ik van mijn tante de naam gekregen van de biologische familie van mijn vaders vader. Toen ik de achternaam googelde, bleek dat die naam hoorde bij een bekende en bijzonder welgestelde rederijfamilie uit Haugesund. In de eerste link waar ik op klikte, vond ik de naam van een ten onder gegaan schip dat het eigendom van deze familie was geweest. Het schip heette de Mars, net als het schip dat Jan van Riebeeck en zijn gezin uiteindelijk weer van de Kaap wegvoerde.

Een andere toevalligheid komt uit het boek van Tomm Kristiansen. Zijn dochter Kaja, het meisje dat er als kind voor had gezorgd dat Mandela langer dan bedoeld op zijn hotelkamer was gebleven, heeft jarenlang met haar gezin in Zuid-Afrika gewoond. Ze werd verliefd op een musicus die afkomstig was uit het township Gugulethu, dat vlak bij Khayelitsha ligt. Ze verhuisden samen naar Noorwegen waar ze kinderen kregen. Hun zoon heet Noah.

*

Jan van Riebeeck zit in zijn kantoor in het fort. Tegenover hem zit Odesa, de hoofdman van de Saldanharen. Hij wil dat ze Harry wegsturen. Hij zegt dat er geen vrede kan zijn zolang hij daar is. Eva zit naast hen, in een hemelsblauwe jurk met een kanten kraag, ze zegt niets. Hoe zou ze ook iets kunnen zeggen? Ze hebben het over haar oom. Ze weet heel goed wat hij heeft gedaan, maar ze weet ook dat hij ooit haar leven heeft gered. Dat hij als een tweede vader voor haar is geweest.

Er wordt een raadsvergadering gehouden. Men weegt de argumenten tegen elkaar af. Ten slotte valt de beslissing.

Van Riebeeck spreekt met Cornelius. Dan loopt hij naar buiten. Hij heeft zijn pijp en een beetje extra tabak bij zich als hij over het pad naar de hutten van stro en twijgen slentert waar Harry met zijn gezin woont. Harry zit op een steen te zingen voor drie kinderen, die met grote ogen vlak voor hem zitten. Van Riebeeck groet. Hij wacht op de achtergrond tot het lied afgelopen is. Dan vraagt hij Harry of hij meegaat naar het fort om samen een maaltijd te nuttigen. Hij zegt dat er al voor hem is gedekt en dat er een lamsbout en brandy op hem staan te wachten. Merkt Harry dat er iets gaande is? Het lijkt niet zo te zijn. Hij trekt zijn Nederlandse kleren aan, knoopt zijn hemd open en wast zijn handen en gezicht in een kom water. Dan aait hij een van de kinderen over de bol en zegt iets in hun taal. Samen lopen ze over het pad naar het fort. Langs de kraal met koeien. Door de hoofdpoort het fort in. Dat is het teken. Zodra Harry en Van Riebeeck de hoek om zijn, wordt de poort gesloten en een groep soldaten gaat op weg naar het kamp om de dieren die de Strandlopers hebben gestolen terug te halen.

Ze lopen naar de zaal waar ze altijd de maaltijd gebruiken, aan een lange, gedekte tafel. Pas als ze de laatste deur zijn gepasseerd, begrijpt Harry wat hem te wachten staat, want er staat geen gedekte tafel. Het is een rechtszaal. Voor de lange wand zitten de schippers van de drie schepen. Naast hen zit Eva, gekleed in een jurk, met opgestoken haar en ogen die als hij binnenkomt een andere kant op kijken. Voor de korte wand aan rechterzijde zitten Doman, de hoofdman van de Kaapmannen en Odesa, de hoofdman van de Saldanharen. Harry wendt zich naar Van Riebeeck. Twee soldaten pakken hem bij de arm en leiden hem naar een lege stoel die midden in de ruimte staat. Hij vloekt en roept. De twee wachten blijven vlak achter hem staan. Harry krijgt te horen dat ze hem in de boeien zullen slaan als hij niet rustig blijft zitten. Dan begint de rechtszaak. De beschuldigingen worden voorgelezen. De herhaaldelijke diefstallen van koeien en schapen. De moord op David Jansz. Het verspreiden van de geruchten naar andere volkeren, met als doel de handel tegen te houden en het moeilijk te maken voor de Compagnie. Harry begint te praten, hij spreekt snel en onsamenhangend. Hij spuugt de woorden uit in de richting van Eva. De soldaten staan naast hem, een van de schippers slaat met een hamer op tafel en zegt iedereen zijn mond te houden. Dan neemt Eva het woord, ze spreekt vloeiend Nederlands. 'Ik zal vertellen hoe het allemaal is gegaan,' zegt ze. 'Het is waar dat het volk van Harry de dieren heeft gestolen en de jongen heeft vermoord, maar de Kaapmannen hebben ook een deel van de koeien gekregen. Ja, de Kaapmannen hebben daarna nog meer koeien van ons afgepakt, toen Harry de dieren al een paar dagen in zijn bezit had. Het is niet juist om alle schuld bij Harry te leggen!'

Het wordt stil. Iedereen kijkt naar Doman. 'Nu, Doman, wat heeft u hier op te zeggen?' vraagt Van Riebeeck.

'Het klopt dat we koeien van hen hebben gestolen. We waren toen met hen in oorlog, maar we hebben niet meegedaan aan de diefstallen.'

Eva lacht hoorbaar.

'Doman. Als jullie zo graag op goede voet met de Compagnie wilden staan, waarom hebben jullie de koeien dan niet teruggebracht? Want dat hebben jullie toch niet gedaan?'

De woorden blijven in de lucht hangen. Van Riebeeck geeft Harry het woord, hij zit ineengedoken op zijn stoel, alsof alle kracht hem heeft verlaten. Hij ziet er oud en moe uit.

'De moord op de jongen spijt me ontzettend,' zegt hij. 'Dat was niet de bedoeling. David kwam achter ons aan, probeerde ons tegen te houden, het ene leidde tot het andere. Maar de rest? Ja, we hebben de koeien meegenomen. Maar wat heeft de Compagnie hier eigenlijk gedaan? Die heeft alles gepakt wat ze wilden hebben!'

10 juli 1658 – Rond een uur of negen werd de gewezen tolk – of King Harry, zoals de Engelsen hem plachten te noemen – uit zijn rijk in deze uiterste hoek van Afrika naar Robbeneiland vervoerd, samen met twee van zijn consorten: Jan Cou, die 15 schapen van de Compagnie had gestolen en Boubo, alias Simon, over wie het gerucht gaat dat hij – zonder dat we dat met zekerheid weten – vijf jaar geleden David had vermoord.

De boot had ook twintig jonge ooien aan boord, waarmee op het eiland gefokt moest worden, en verder een partij groene zoden, gras, hooi, klaver en ander groen, zodat het eiland mettertijd zo mogelijk van een zanderige woestenij in een groen veld kan worden veranderd.

*

Op het eerste oog is dit het einde van die bijzondere samenwerking en van het conflict tussen de kolonisten en de oorspronkelijke bewoners.

In werkelijkheid is het slechts het begin. Niets anders dan een zee die zich van het strand terugtrekt, zich verzamelt, groeit en aanzwelt om zich daarna als een vloedgolf over het land uit te storten in een poging om alles omver te halen, alles wat zich daar bevindt op te slokken en met zich mee naar de diepte te sleuren.

72

Uit Mandela's memoires:

Op een nacht, tegen het eind van mei, kwam een bewaker mijn cel in en gaf me het bevel mijn spullen te pakken. Ik vroeg hem waarom, maar hij gaf geen antwoord. Nog geen tien minuten later werd ik naar het ontvangstkamertje begeleid waar ik nog drie politieke gevangenen aantrof: Tefu, John Gaetsewe en Aaron Molete. Kolonel Aucamp zei kortaf dat we werden overgeplaatst. 'Waarheen?' vroeg Tefu. 'Naar een prachtplek,' zei Aucamp. 'Waar?' vroeg Tefu. 'Die Eiland*,' zei Aucamp. Dat kon maar één ding betekenen: Robbeneiland.*

We werden aan elkaar vastgeketend en in een boevenwagen zonder raampje gezet, met een toiletemmer. We reden de hele nacht door en kwamen laat in de middag bij de haven van Kaapstad aan. Het is niet zo gemakkelijk of prettig om gebruik te maken van een toiletemmer als je aan elkaar geketend bent en in een rijdende wagen zit.

In de haven van Kaapstad wemelde het van de gewapende politiemannen en zenuwachtige politie in burger. Nog altijd aan elkaar geketend moesten we in de laadruimte van een oude, houten veerpont staan, wat moeilijk was omdat de boot hevig deinde in de branding, zo vlak voor de kust. Er was een klein luikje boven ons hoofd waar een beetje daglicht en frisse lucht doorheen kwamen. Maar het luikje had nog een doel: de bewakers gebruikten het om op ons te urineren. Het was nog licht toen we aan dek werden gebracht en voor het eerst het eiland te zien kregen. Het was groen en prachtig en leek in eerste instantie meer op een vakantieoord dan op een gevangenis.

Esiquithini. *Op het eiland. Zo beschreven de Xhosa's het smalle, winderige stuk rots vijfentwintig kilometer ten zuiden van Kaapstad. Iedereen wist over welk eiland je het had. Ik had als kind al van het eiland gehoord. Robbeneiland was bekend bij de Xhosa's nadat Makanna (ook bekend als Nxele), de bijna twee meter lange Xhosalegeraanvoerder tijdens de vierde Xhosaoorlog, daarheen was verbannen door de Britten nadat hij in 1819 met tienduizend gewapende krijgers een aanval had gedaan op Grahamstown. Hij probeerde met een boot van Robbeneiland te ontsnappen, maar verdronk voor hij het vasteland kon bereiken. De herinnering aan dat verlies zit verweven in de taal van mijn volk waarin men, als men het over 'verloren hoop' heeft, spreekt van* 'Ukuza kuka Nxele'.

Makanna was niet de eerste Afrikaanse held die naar het eiland werd verbannen. In 1658 werd Autshumao, bij Europese historici bekend als Harry de Strandloper, door Jan van Riebeeck verbannen tijdens een oorlog tussen de Khoikhoi en de Nederlanders. Ik troostte me met de gedachte aan Autshumao, want hij was de eerste en enige die ooit van Robbeneiland is ontsnapt door in een bootje naar het vasteland te roeien.

73

Adele voelt het gewicht van de zwarte tas op haar schoot. Ze kijkt naar buiten, naar een kapsalon in een schuurtje, ervoor zitten twee mannen te praten. Ze naderen het centrum. Bouwhandelketens. Tegelwinkels. Woningen. Dan knippert het licht ten teken dat ze afslaan. Haar hart draait zich om in haar borst terwijl de auto door een laan vol oude bomen met grijze stammen rijdt. Ze rijden langs het ene café na het andere en bij elke plaats die ze passeren, voelt ze opluchting. Het is niet daar, bij de man met de krant. Niet daar, bij dat hippieachtige meisje met haar dreadlocks. Niet daar. En daar ook niet. Dan rijdt de auto naar de kant van de weg en parkeert. Adele kijkt uit het raam. Ze staan bij een hamburgerrestaurant. Wimpy.

'Hier?' vraagt Adele.

'Ja,' antwoordt de man naast haar. 'Ga gewoon rustig naar binnen. Bestel een hamburgermenu met cola en friet. Zet de tas onder een tafel, of bij de muur. Loop rustig naar buiten terwijl ze het eten klaarmaken.'

Adele kijkt hem aan. Hij lijkt volkomen emotieloos, alsof dit iets heel normaals is. Misschien is het dat ook. Hoeveel doden heeft hij gezien? Ze kijkt weer naar het restaurant. Klein, van glas, staal en beton. Grote reclameposters. Wimpy.

'Maar… Wat nu als ze zeggen dat ik niet naar binnen mag?'

'Dan moet je een scène trappen. Roepen dat er geen wet bestaat die jou verbiedt binnen te eten. In het ergste geval moet je de tas gewoon neerzetten en wegrennen.'

'Oké.'

'Als alles goed gaat, bestel je eerst het eten en zegt dan dat je het geld in de auto hebt laten liggen. Ik zal twee keer toeteren en met de portemonnee zwaaien.'

'Oké.'

‘En lachen. Denk eraan. Lach naar hem alsof je zin hebt het met hem te doen. Oké? Gaat dat lukken?’

‘Ja.’

Ze opent het portier, voelt haar hart in haar keel kloppen. Dat is de angst die naar buiten wil, haar gedachten en haar angst die weg willen rennen, vluchten, maar ze kan niet meer terug, ze kan niet weglopen, ze moet het doen, ze moet het trottoir op. Ze hoort de man in de auto roepen dat ze een cola voor hem moet halen en ze draait zich glimlachend om, knikt en loopt dan het voetpad op. Ze ziet de hoofden daarbinnen voor het raam. Nog twintig meter, dan staat ze bij de deur. Met de tas in haar hand.

Lachen, Adele.

Lach naar hem alsof je hem wilt verleiden.

Lach naar hem alsof je verliefd bent.

Lachen.

74

Als ik de beschrijving van het bezoek aan mijn biologische grootouders overlees, merk ik dat er iets aan die scène schuurt, iets wat er niet bij staat, en wat ik om de een of andere reden ben vergeten: er was nog iemand bij. De biologische zus van mijn vader. Donker haar. Vriendelijk. Makkelijker om mee te praten dan de anderen, en toegeeflijk naar haar ouders toe. Nu pas, nu ik het dagboek van mijn moeder lees, schiet haar naam me weer te binnen. *Inger-Johanne heeft gebeld.*

Wat heb ik nog meer uit deze brokstukken weggelaten? Misschien is het wel net zoiets als de Zweedse schrijver Torgny Lindgren in zijn memoires heeft geschreven: niets kunnen we onthouden zoals het was. Het leven is een stroom, maar onze herinneringen bestaan alleen als brokstukken. Als versplinterde fragmenten, en als we ons iets herinneren, zetten we eenvoudig de stukken aan elkaar door de lege plekken op te vullen. We verzinnen alles wat verdwenen is.

*

'Hallo, camerajongen. Wat is er aan de hand?'

Tshawe zet een stap in Noahs richting en steekt zijn hand uit. De twee anderen staan vlak achter hem. Zwijgend en toch dreigend. Opeens herkent Tshawe hem.

'Hé, ben jij het? Wat leuk! Alles goed?'

'Ja,' zegt Noah en hij ziet zijn eigen gezicht weerspiegeld in Tshawes zonnebril.

'Mooi! Heb je ook een naam, camerajongen?'

Noah denkt na en merkt dat hij een paar keer met zijn ogen knippert.

'Hallo? Een naam. Of ben je die vergeten?'

'Ik heet Noah.'

'Oké?' zegt Tshawe. Hij paft erop los en blaast de rook langs Noah zodat hij die niet in zijn gezicht krijgt, waarna hij doorgaat. 'Wat doe je hier in je eentje, No Ah?' vraagt hij, het laatste deel van zijn naam uitsprekend als een kreun. De anderen grijnzen en een klapt spontaan in zijn handen.

'Ik wil hier wat filmen. Joshua is aan het werk.'

Tshawe knikt.

'Waar komt die camera vandaan?' vraagt hij terwijl hij naar Noahs hand wijst.

'Die heb ik cadeau gekregen,' zegt Noah zacht.

'Zo, dus jij bent een rijkeluiszoontje? Fijn voor je, camerajongen! Laat eens zien?'

Noah geeft hem de camera, denkend dat dit de laatste keer is dat hij die zal zien. Tshawe draait hem begerig in zijn handen rond en zegt iets tegen de anderen in een taal die Noah niet verstaat, maar die hij aan de geluiden herkent als Xhosa. De andere twee gaan er in een halve cirkel omheen staan en kijken er een poosje naar. Eentje steekt grijnzend een hand uit, maar Tshawe houdt hem tegen door met zijn hoofd te schudden. Hij geeft de camera terug aan Noah, die hem verrast aanpakt.

'Oké, Noah. Dit is de tweede keer dat ik je bij Hooper zie. Waarom vind je dat zo interessant?'

Noah kijkt Tshawe weer aan terwijl hij overweegt wat zijn mogelijkheden zijn en wat hij precies kan zeggen.

'Mijn ouders hebben hier ooit in de buurt gewoond,' zegt hij.

'Oké?'

'Maar vlak na mijn geboorte zijn ze vermoord.'

'O? Arme, kleine baby… *No more Ah for ma-ma*?' zegt Tshawe, die zijn handen voor zich uit houdt en met zijn heupen schokt als bij een wip. Deze beweging lokt de anderen uit tot klappen en lachen, maar dan verandert Tshawes gezicht van uitdrukking en legt hij zijn hand op Noahs schouder.

'Sorry, Noah. Dat was niet aardig.'

Noah antwoordt niet.

'Echt, ik meen het, dat was bot van me. Vrienden?'

Hij steekt zijn hand uit en Noah neemt die met een knikje aan.

'Mooooi! Waar ben je dan opgegroeid?' vraagt hij.

'Bij een tante in Pretoria.'

'Dus zij heeft het geld?'

'Ze heeft geen geld. Daarom moest ik verhuizen. Maar wel heeft ze wat opzij kunnen leggen voor die camera. Het is een tweedehandse.'

'Gesnopen. En nu woon je bij Joshua?'

'Ja.'

'Oké. Wat wil je nog meer filmen dan?'

'Weet ik niet. Gewoon hier wat in de buurt,' zegt hij terwijl hij willekeurig naar wat huisjes wijst.

'Ja? Wil je Khayelitsha filmen?' Tshawe knikt en schiet de sigaret weg die op straat valt, wegrolt en uiteindelijk stil blijft liggen. 'Noah, Noah, toch, je hebt de juiste man gevonden. Kom!'

'Waar gaan we naartoe dan?' vraagt Noah voorzichtig.

Tshawe grijnst.

'Naar het hart van de duisternis, mijn vriend. Een vriend van Joshua is een vriend van ons. Ik geef je een rondleiding, camerajongen. We moeten de camera toch een beetje amusement bieden, of niet? Kapotte ramen en doodsaaie huizen is niet genoeg, hoor. Dan verveelt die camera zich,' zegt hij. Hij buigt zich voorover en streelt de camera voorzichtig met zijn hand. De anderen kijken grijnzend toe. 'En we willen toch niet dat die kleine camera zich verveelt, of wel, camerajongen?' vraagt hij lachend.

Noah schudt zijn hoofd.

'Toch? Kom!'

75

'Van Riebeeck?'

Jan kijkt op van zijn bureau en ziet Cornelius voor zich staan. Hij kijkt hem in de ogen. Grijsblauwe ogen in een gezicht vol sproeten. Een rossige baard. Hij heeft kennelijk hard gelopen, want hij is buiten adem.

'Ja, Cornelius?'

'Er is een schip aangekomen, kapitein.'

'Ja? Waar vandaan?'

'Uit Holland.'

'Ja? Is er iets gebeurd, Cornelius?'

'Ze hebben slaven aan boord.'

Van Riebeeck staat op en loopt naast Cornelius door de gang naar buiten. Hun schoenen klikken op de stenen vloer. 'Ik heb geen bevel gegeven hier slaven heen te brengen.'

'Nee, de kapitein van het schip heeft ze overgenomen van een Portugees schip voor de kust van Brazilië...'

'En waar komen de slaven vandaan?'

'Uit West-Afrika.'

'En over hoeveel slaven spreken we hier?'

'Honderdzeventig, kapitein.'

Jan herhaalt het getal. Honderdzeventig.

'Honderdzeventig? Cornelius. Dan zijn ze met tweemaal zoveel als wij hier.'

'Ja, kapitein.'

Vier soldaten begeleiden hen de poort van het fort uit, langs de muur en naar de zee. Daar ligt het schip. Honderd meter verderop voor anker in de baai. Jan herkent het uit de haven van Amsterdam. Hij pakt zijn pijp en een zakje tabak. Een paar kinderen van de Kaapmannen zijn ook naar het strand gekomen, met hun tengere lichamen staan ze naast elkaar. Een naakt meisje van een jaar of vier pakt de hand van een ouder familielid en wil langs zijn dij omhoogklimmen.

'Wat doen we nu, kapitein?'

Van Riebeeck steekt zijn pijp op.

'Laat ze hierheen komen zodat ik ze kan zien,' zegt hij, de rook zijwaarts uitblazend.

Cornelius geeft zijn mannen een teken, een van hen wuift met de vlag van de Compagnie heen en weer. Een paar seconden verstrijken, dan ziet Van Riebeeck dat er aan boord lichamen in beweging komen. Doman slentert over het strand naar het water, zonder iets te zeggen. Een eindje verderop blijft hij staan toekijken.

Dan komen ze aan land. Zwarte, kromgebogen lichamen, uitgeput nadat ze heen en terug over de Atlantische Oceaan zijn getransporteerd. Met een aanklacht in hun ogen. Hun enkels zijn aan elkaar gebonden met kettingen die rinkelen bij elke stap die ze zetten. Van Riebeeck wendt zich tot Cornelius.

'Geef de slaven een plek in het fort en geef ze te eten en te drinken, maar verdubbel de wacht en zorg ervoor dat ze geketend blijven.

'Ja, kapitein,' antwoordt Cornelius en begint dan orders te roepen.

Eva komt op een draf naar hen toe. Haar jurk wappert om haar heen. Ze heeft het lichaam van een jonge vrouw. Haar gezicht is volwassener geworden, haar heupen zijn breder. Ze kijkt naar de wonderlijke rij mensen. Van Riebeeck legt zijn hand op haar schouder, maar voelt dan hoe misplaatst dat is en laat haar weer los. Ze vraagt niet wat de mensen verkeerd hebben gedaan.

De slaven worden opeengepakt in groepjes in het fort en in het stenen gebouw naast de akkers van de Compagnie ondergebracht. Na een paar dagen worden de sterksten van hen op de pas gebouwde boerenbedrijven aan het werk gezet. In de behuizingen van degenen die niet langer voor de Compagnie werken, maar zelfstandig zijn geworden. De vrijburgers.

Van Riebeeck rijdt rond om de gevangenen te inspecteren. Hij probeert ze vriendelijk te behandelen, maar krijgt slechts harde, verwijtende blikken. Een van de mannen kijkt naar hem omhoog en zegt zacht een enkel woord, in gebrekkig Nederlands: 'Vrij.'

*

Woensdag 28 augustus 1658 – Elke dag die verstrijkt maakt het duidelijker dat de slaven uit Guinea en Angola zeer genegen zijn om weg te lopen. Vooral nu 14 slaven van vrijburger Leendert Corneliussen zijn ontkomen. Vannacht zijn zelfs de slaven die in het stenen gebouw van de tuinier opgesloten zaten, uitgebroken. We zijn bang dat ze zich in een grotere troep zullen verzamelen en omdat ze slimmer, stoutmoediger en veel dapperder zijn dan de Hottentotten, heeft de Compagnie alle grond om hen te vrezen als we niet de juiste maatregelen nemen.

76

Adele voelt de zwarte tas vlak onder haar rok tegen haar benen stoten. Ze kijkt naar de deur, naar het bord met de enorme hamburger op het dak. Dan trekt ze haar mondhoeken omhoog en dwingt zichzelf tot een glimlach, ze dwingt zichzelf iemand anders te worden, want anders gaat het niet en zal ze dit nooit kunnen uitvoeren. Adele kan ze niet meer zijn. Ze moet die vrouw zijn met dat topje en die korte rok. Met ogenschaduw, mascara en knalrode lippen. Niet de vrouw die haar tas stijf langs haar lichaam vasthoudt en bang is om andere mensen aan te spreken, maar een ander, een imitatie van iemand die ze in een film heeft gezien. Ze laat de tas zachtjes heen en weer zwaaien, niet te veel, een beetje maar, en neuriet een liedje van de radio, niet te hard, maar alsof ze in gedachten is, en door het neuriën moet ze weer aan G denken. Aan zijn glimlach. Aan zijn arm om haar middel. Ze doet de deur open. Een man met goudblond haar staat achter de balie, hij draagt een geel T-shirt met een rood Wimpy-logo. Een oude man zit een hamburger te eten en als zijn blik de hare kruist, valt er een augurk op zijn bord. Achter hem zit een echtpaar van een jaar of veertig, waarschijnlijk academici, een ijsje te eten. Ze zijn allemaal wit.

Ze glimlacht breed nu, laat al haar stralende tanden zien. De man achter de balie glimlacht terug en werpt een snelle blik op haar borsten, die net boven de rand van het topje uitpiepen, zacht, jong en mals. Dan vraagt hij haar wat ze wil hebben. Ze vraagt naar een hamburgermenu, met een drankje en een extra grote portie friet. De man knikt en zegt: ‘Natuurlijk.’ Dan zegt hij de prijs. Ze zet de tas op de vloer. Perfect. Midden in het restaurant. Ze veegt met haar hand langs haar rok op zoek naar een zak die er niet is, glimlacht naar hem en zegt dat ze haar portemonnee in de auto heeft laten liggen. Dat ze er direct weer aankomt. Dan draait ze zich om en loopt naar de deur. Op dat moment, alsof het een spiegelbeeld is, steekt aan de andere kant een vrouw haar hand uit naar de deur. Naast haar een kind, een jongen van een jaar of zes. Ze wil het niet, maar haar blik kruist de zijne. Blonde lokken. Blauwe ogen. Een wit shirt met korte mouwen. Hij lacht naar haar. Een open, vriendelijke lach. 'Alstublieft,' zegt hij en hij houdt de zware deur met beide handen open met zijn lichaam ertegenaan om meer druk uit te oefenen. Zijn moeder schenkt hem een vertrouwelijke glimlach. Adele stamelt een dankjewel, glipt dan langs de jongen heen en haast zich naar de auto. Nu is alles verdwenen. Haar elegante loopje. Haar zelfverzekerde glimlach. Haar vertrouwen. Alles is verdwenen en de wereld komt haar opeens vreemd voor.

Het portier dat opengaat.

De muziek van een stereo-installatie in de buurt.

De man in de Datsun die haar vraagt in te stappen.

Dan rijden ze weg en nu geeft ze haar onzekerheid ruim baan. Haar woorden lijken een waterleiding die lek is geslagen, ze spuiten naar buiten, veel te hard, veel te snel. Ze vraagt hun te wachten, zegt dat er een kleine jongen was binnengekomen, dat hij hier geen deel van uitmaakt, dat hij onschuldig is, maar de man achter het stuur schudt vastbesloten het hoofd, geeft gas en zegt dat de jongen er nu misschien wel lief uitziet, maar later net zo harteloos zal zijn als de rest. Weer opent ze haar mond om te protesteren, maar ze weet niet wat ze moet zeggen, niets wat hout snijdt.

Ze stoppen voor een verkeerslicht, slechts honderd meter verderop. Ze draait zich om, ziet het Wimpybord hoog boven het grasveld voor het kleine, merkwaardige bouwsel uitsteken. De man op de achterbank heeft een pen in zijn hand. Hij draait aan de knop, drukt die in, telt tot drie en dan, net als het licht op groen springt, draait hij de knop weer terug. De explosie overdondert haar. De knal is zo krachtig dat het pijn doet aan haar oren. De drukgolf doet de auto trillen terwijl het rare gebouwtje van binnenuit opensplijt. Stukjes glas en metaal vallen neer op de motorkap en roffelen als hagelstenen op het dak.

‘Rijden!’ roept de man op de achterbank. De auto schiet vooruit, rechtdoor het kruispunt over. De man op de achterbank draait zich om, slaat met een hand op de zitting en stoot een juichkreet uit. Adele ziet de rook omhoogstijgen. Stukjes van kartonnen bekers en servetten dwarrelen langzaam neer op het gras. Witte stipjes tegen de grijze rook. *Vanavond gaat het in Oslo sneeuwen.*

Algauw zijn ze terug in Khayelitsha. Ze stoppen bij een treinstation. De chauffeur zegt dat ze trots kan zijn op zichzelf. Dat ze spoedig weer van hen zal horen. Dan stapt ze uit en ziet de auto wegrijden. Ze voelt niets. Geen misselijkheid. Geen verdriet. Niets. Als ze haar ogen sluit, ziet ze de jongen weer voor zich. Zijn lach. Zijn blauwe ogen. Zijn hoofd, te groot voor zijn lichaam. De lange, slanke arm die zich uitstrekte om de deur voor haar open te doen en de mond die zich verbreedde tot een glimlach vol witte tanden.

77

Het bos heeft ogen. Mieren die over de grond rondkruipen en de koeienpoten als zwarte zuilen langs zich heen zien stampen. Vogels die vliegend over de bomen de timmer- en bouwwerkzaamheden op de grond zien, en antilopen die tussen de boomstammen door glippen en met regelmatige tussenpozen in het hoge gras blijven staan. Ze draaien met hun oren van links naar rechts en luisteren naar elke beweging, om dan opeens om te draaien en ervandoor te gaan.

Ze worden opgeschrikt door een paar gestalten die zich tussen de boomstammen bevinden.

Vier mannen zijn het, bijna naakt liggen ze met hun slanke, bruine lichamen naast elkaar op een glooiing te kijken naar het getimmer aan een grote hooischuur die vlakbij op een grote open plek wordt opgericht.

'Daar is het,' fluistert een van hen tegen Doman. 'We probeerden hun uit te leggen dat onze koeien hier altijd grazen,' ging hij verder, wijzend naar de open vlakte. Hij tekent een cirkel van koeien voor zich in de lucht. 'Toen ze er plotseling zomaar aankwamen, zaten we er nota bene met onze dieren, maar ze zeiden dat ze een schuur wilden bouwen en dat wij ons uit de voeten moesten maken.'

Zelfs fluisterend klinkt zijn stem gejaagd. Doman pakt hem bij de arm en knikt hem geruststellend toe.

'We zullen er een eind aan maken.'

'Maar de handel dan?' vraagt een van de anderen voorzichtig. 'Zolang ze hier op deze plek blijven, gaat het toch goed?'

'Ze blijven niet hier op deze plek,' antwoordt Doman. 'Ik heb gezien wat ze in andere landen hebben gedaan. Ze beginnen klein, met een fort aan de haven en dan trekken ze het land in. En denk eens aan onze weidegronden hier, die altijd door onze koeien zijn gebruikt… Je hebt toch gehoord wat ze gezegd hebben.'

'Ja.'

'We moeten hen aanvallen, voor ze alles van ons afpakken.'

'Maar hoe dan? Ze hebben geweren.'

'Ja,' antwoordt Doman en glimlacht. 'Maar die hebben een zwakke plek. Een geheim dat ik ken.'

'Wat dan?'

Doman draait zich om en kijkt naar de donkere wolken die zich aan de horizon opstapelen. Een koele windvlaag waait over het vlakke land en doet de grashalmen buigen, een spel van gele en groene tinten die steeds in beweging zijn. De bladeren van de boom boven hen gaan in de wind heen en weer.

'Je zult het zien. We slaan toe zodra de regen komt. Misschien vannacht al,' zegt hij. 'Kom.'

Als hij naar achteren kruipt, stoot hij tegen een bloem aan. Een opgeschrokken bij vliegt verward uit de bloemkelk op en verder tussen de boomstammen door over de open plek voor de hooischuur heen.

Vannacht.

78

Uit een interview met een man die zich door Spencer Tunick naakt in District Six liet fotograferen:

'Om me in die setting naakt te laten fotograferen was een manier om te zeggen dat ik vrij was om te doen wat ik wilde en wanneer ik wilde. Er komt een nieuwe wereld aan. Ik kleed me uit en kijk naar de toekomst. Naakt als ik ben.'

*

De eerste weken na de opdracht houdt Adele zich schuil op een afgelegen plek in de provincie die MK heeft geregeld. Nog steeds wacht ze op bericht van G, maar niemand weet iets. In Kaapstad wordt een demonstratie gehouden die onmiddellijk wordt neergeslagen. Vlak daarna roept Desmond Tutu op tot een vredesmars. Dertigduizend mensen stellen zich achter hem op en lopen samen door de stad. Een deel ervan is wit. Als ze dat hoort, moet ze huilen. De politie grijpt niet in. In haar eentje luistert ze naar de radio. Ze hoort de toespraak van Desmond Tutu, op het grote plein in het centrum. Ze huilt. Ze weet dat ze veilig is in haar schuilplaats, maar verwacht toch dat de politie zal komen. Dat het gewoon een kwestie van tijd is. Hetzelfde gebeurt als ze terug naar huis gaat. Ze stelt zich voor dat er bij aankomst politiemensen voor haar huis paraat staan. Dat is niet zo. Enkele weken verstrijken. Ze is misselijk. Ze denkt aan de jongen. Ze wil niet eten, maar het moet en ze gaat naar de dichtstbijzijnde winkel, waar ze een oude vriendin ontmoet. Ze vertelt over haar misselijkheid, dat ze zich al wekenlang voortdurend beroerd voelt en niet begrijpt waarom het niet overgaat. De vriendin lacht geheimzinnig en antwoordt dat Adele zich misschien moet voorbereiden op het moederschap. Door die woorden lijkt de grond onder haar voeten weg te zakken. Ze snapt niet dat ze daar niet eerder aan heeft gedacht. Ze zet de mand met groenten neer. Opeens rollen de tranen over haar wangen. Ze schudt de hand van haar vriendin op haar schouder van zich af, mompelt een excuus en loopt weg. Ze is zwanger. In haar lichaam zit een mens. G's kind.

Wat nu? Ze mag het niet houden. Ze kan het niet houden. Ze moet het laten weghalen, het moet haar lichaam uit. 's Avonds vertelt ze zichzelf dat dat het enige juiste is. Dat er geen andere oplossing is dan naar die vrouw met haar kromme vingers te gaan, haar te betalen en bij haar op bed te gaan liggen terwijl de vrouw water kookt en zingt om vervolgens het kind uit te drijven. Ze moet het doen, denkt ze, en voelt met haar hand op haar buik, die nog helemaal plat is. Maar als het ochtend wordt, is die gedachte onmogelijk. Elke dag stelt ze het uit. Niet omdat ze bang is voor de pijn of om de risico's die ze dan loopt. Het is omdat ze niets anders heeft. Deze foetus is alles wat ze heeft. De rest is weg.

*

In de daaropvolgende weken begint haar buik te groeien en wordt die langzaam zichtbaar. Adele voelt afwisselend een vorm van blijdschap die solide is, als de grond waarop ze staat, maar ook angst voor de toekomst en spijt over alles wat ze heeft gedaan.

Ze ziet de jongen voor zich. Zijn kleine gezicht. De blonde krullen en de blauwe ogen. Ze zou zichzelf het leven moeten benemen, denkt ze. Ze verdient het niet te leven. Niemand van hen verdient te leven, denkt ze, want hun levens zijn verwikkeld met elkaar. De apartheid heeft het voor iedereen afzonderlijk verpest. Voor witten en zwarten. Voor rijken en armen. De apartheid heeft hen gescheiden van alles wat betekenis heeft, en iedereen schuldig gemaakt, zelfs de kinderen, denkt ze.

's Nachts huilt ze, overdag lacht ze.

*

Weken worden maanden. Haar buik groeit door en onbekenden op straat lachen haar vriendelijk toe. Ze gaat naar het ziekenhuis van Khayelitsha. Het is een bescheiden gebouw, maar de apparatuur lijkt modern, misschien gedoneerd door het buitenland. De verpleegkundige zegt dat ze vierenhalve maand op weg is. Halverwege. Dwars door haar buik heen maken ze foto's van het kind. Voor Adele is het slechts een chaos van zwarte en witte vlakken, totdat de verpleegkundige het beeld bevriest en het haar laat zien. Daar is het hoofdje, zegt ze, en ze laat Adele de schedel zien. Ze heeft door het hoofd van haar ongeboren kind gekeken.

Daar zijn de armpjes, zegt ze. En daar zie je het plassertje. Ze glimlacht warm en wijst met haar vinger naar een streepje tussen het bekken. Het is een jongen. Opnieuw komen de tranen zomaar los. Een jongen.

*

Dit geluk verdien ik niet, denkt ze. Ik verdien het niet zo wakker te worden en in bed te liggen terwijl ik hem in me voel bewegen. Ze zingt voor hem. Het zonlicht schijnt door de kieren van het dak en doet haar terugdenken aan Mandisa. Ze probeert zich Mandisa op haar mooist te herinneren, de keren dat Mandisa zich in de winkel lachend naar haar omdraaide, maar elke keer dat ze zich omdraait, is haar halve gezicht weggeschoten. Mandisa probeert met de ene helft van haar mond en met haar ene oog te glimlachen, maar het lukt niet en Adele keert haar hoofd vol afschuw af terwijl ze haar ogen dichtknijpt om het beeld kwijt te raken.

Het bloed.

Het bloed dat door haar heen stroomt, ook door de piepkleine adertjes van de baby. Bloed dat door zijn hartje wordt gepompt.

Het bloed dat ze vasthoudt en dat niet meer uit haar wegstroomt. Nu is het allemaal ingekapseld en dat alles doet haar denken aan Mandisa en de jongen. Mandisa met haar stralende lach. De jongen met het blonde haar.

Adele zegt tegen hem dat het haar spijt. Ze vertelt hem alles over het verdriet waarmee ze heeft moeten leven. Ze vertelt hem over District Six en de bulldozers. Over Sipho, over haar vader. Ze vertelt over G die verdwenen is en misschien vermoord, maar het helpt niet. De jongen zegt niets. Hij glimlacht alleen. Diezelfde vriendelijke glimlach.

*

Het geluk was een vakantie, denkt ze. Een kort verblijf in de zonneschijn, met gedachten die licht waren als gordijnen in de wind. De jongen in haar buik is niet alleen maar een geschenk, iets wat haar kan redden, iets vrijblijvends wat gewoon ergens in de verre toekomst naar buiten zal komen en dan iets anders, meer, zal eisen. Hij is echt. De bevalling komt elke week dichterbij, en daarmee de vragen.

Hoe moet ze voor hem zorgen?

Stel dat de politie haar vindt?

Wat zal er dan met hem gebeuren? En zelfs als dat niet gebeurt, als ze haar niet vinden en ze erin zal slagen met de angst te leren leven, zoals ze met zoveel andere dingen heeft leren leven. Wat moet ze de jongen vertellen als hij opgroeit en groter wordt? Dat ze een moordenaar is? Dat ze een jongen van zijn leeftijd heeft vermoord? Dat ze een bom heeft geplaatst in een restaurant waar zijn moeder en hij naar binnen gingen, die hen in stukjes heeft geblazen? *Kom, jongen, we gaan eten! Kom, kom, kom!*

Het gaat niet, denkt ze. Het moet gaan, denkt ze. Ze heeft niemand aan wie ze iets kan vragen. Ook niemand meer om mee te praten. Haar ouders zijn weer verhuisd, naar een ander deel van het township. Een keer kwam haar moeder haar op straat tegen zonder zich om te draaien, zonder haar te herkennen. En Adele zei niets, ze liep gewoon door. Ze moet alles alleen doen. Eten. Wassen. Denken. Het duurt niet lang meer of haar buik is zo zwaar dat ze af en toe moet stoppen als ze water haalt.

Ze voelt de kleine armpjes en beentjes langs de binnenkant van haar lichaam dwarrelen. Het kietelt en 's avonds ligt ze lang met een blote buik te wachten tot ze de beweging van zijn lijfje ziet. Een voet die tegen de binnenkant drukt. Een hand die zachtjes kietelend haar buik streelt, vlak onder haar vingers. Als het ziekenhuis gelijk heeft, is het nog maar vier weken tot de bevalling. Ze aait met haar hand over haar buik en valt in slaap.

VI

79

Lange tijd dachten wetenschappers dat de kern van de planeet Jupiter uit een enorme edelsteen bestond. Een diamant. Stel je eens voor hoe het moet zijn geweest om aan het begin van de negentiende eeuw in een observatorium door een enorme sterrenkijker naar de verre planeet te kijken en te denken dat daar een enorme diamant rondzweefde die vele malen groter was dan de aarde. Oneindig waardevol, oneindig ver weg.

Ik geloof dat de duisternis in onszelf kan veranderen. Met de juiste druk en de juiste temperatuur kan die worden samengeperst tot het meest solide materiaal ter wereld.

Is het mogelijk om op een andere manier aan Nelson Mandela en zijn jaren op Robbeneiland te denken? Als een jonge, actieve bokser kwam hij daar aan, een man uit het verzet. Toen volgden de jaren in de cel. In isolement. De systematische onderdrukking. Het verlangen naar de vrijheid. *Onder de juiste druk. Het hardste materiaal ter wereld.*

80

Vervolg uit mama's dagboek:

Vrijdag 22 maart
'Trek'-grimas op rechterdeel van gezicht, het leek een korte pijnreactie te zijn vanavond.

De man tegenover hem is vandaag gestorven, 60 jaar oud.

Nederlandse jongens in goede shape terug naar huis gestuurd met ambulancevliegtuig.

Zondag 24 maart
Langzaam brengen ze de adrenaline terug en vervangen dat door dopamine. De vrouw naast hem naar de andere kamer verplaatst (de 'dodenkamer').

Woensdag
Ophoping van pus bij hoofdslagader. Een onontplofte bom.

*

De minuscule bacteriën die onder de microscoop op goudklompjes lijken, drijven in de bloedaderen willoos mee met de stroom. Ze worden almaar rondgepompt om zich dan plotseling ergens vast te zetten. Sommige hechten zich vast aan mijn vaders milt en beginnen te groeien. Een uitdijende kolonie van ronde, gele klompjes, totdat de scalpels er korte metten mee maken. Andere drijven verder door de allergrootste aderen, die voor de blinde schepseltjes als tunnels fungeren, ze komen steeds dichter bij de pomp en bereiken een ruime kamer. Daar, op die stevige spier- en weefselbundel, waar het bloed doorheen spoelt, vindt een van de klompjes houvast. Het hecht zich vast en begint zich te vermeerderen, voedt zich met het hart van de slapende man.

Voor ons aan de andere kant was dit allemaal onzichtbaar. Het uitte zich alleen in een plotse verandering van de CRP-waarden, die de door het lichaam gemobiliseerde tegenstand aangeven.

Na het afnemen van enkele tests keerde de arts terug in de wachtkamer, waar wij als naasten van patiënten op de ic zaten te wachten. Een kale, eenvoudige ruimte. Blauwe zitbanken en stoelen, met houten armleuningen, neutrale aquarellen aan de muur en een groene kamerplant in de hoek. Aan de gelaatsuitdrukking van de arts was te zien dat hij slecht nieuws had. Hij ging op de leuning van een bank zitten, zodat zijn witte jas eroverheen hing.

'We hebben de bacteriën in een nieuw orgaan aangetroffen,' zei hij kalm. 'In het hart.'

'Zo,' zei mijn moeder. 'Is zijn hart niet belangrijker voor hem dan zijn milt?'

Haar gevoel voor humor liet haar nooit in de steek, dat heeft ons altijd gered en was ook hier paraat, op de ic van het Ullevålziekenhuis; het kon er bijvoorbeeld toe leiden dat ze zei dat zijn lichaam nu zo stijf was dat ze het zouden moeten breken om het in de kist te leggen. Wat je niet allemaal doet om het hoofd boven water te houden. De arts deed met de grap mee. Hij was nu aan ons gewend, aan onze omgangsvormen en de manier waarop we met verdriet omgingen. Hij was nog niet zo oud, maar met de meeste uitingsvormen van verdriet was hij al vertrouwd geraakt. Zijn glimlach was vriendelijk, maar ging gepaard met een zorgelijke uitdrukking op zijn gezicht, alsof hij de ernst van de situatie wilde benadrukken.

'Ja,' zei hij. 'Een goed functionerend hart is altijd handig...'

'Wat kunnen jullie doen?' vroeg mijn moeder weer. Haar gezicht stond strak. Haar huid zag valer, de lippen waren smaller.

'De bacteriën hebben zich nog maar aan één hartklep vastgehecht.

Dat is niet ongebruikelijk als het om zo'n ernstige aandoening gaat. We moeten proberen een nieuwe hartklep aan te brengen.'

'Een nieuwe hartklep? Kan dat dan?'

'Ja. Dat is absoluut mogelijk. Het is een operatie die we tamelijk vaak uitvoeren, maar meestal niet bij iemand die al zoveel te verduren heeft gehad als uw man, aangezien het risico op complicaties aanzienlijk is. Bovendien hebben we een aangeboren gebrek ontdekt.'

'Wat?'

'Hij mist een hartklep. Het is niet zeker of zijn lichaam de operatie wel aankan.'

Ik keek naar mijn moeder.

'Juist. Hoe groot schat u de kans dat hij het overleeft?'

'Ik weet het niet. Twintig procent misschien,' zei hij.

Twintig procent.

'En de kans dat hij het zonder operatie overleeft?'

'Nul. Als we niets doen, zullen de bacteriën zich verspreiden naar de rest van zijn hart. De hartklep zal bezwijken en het bloed in zijn lichaam houdt op met stromen. Dan sterft hij.'

'Beste dokter, dan zit er maar een ding op, of niet?'

*

Een voor een gingen we naar hem toe om afscheid te nemen. Ik hield zijn grote knuist vast en keek naar zijn gezicht dat er stil en vredig bij lag, niet wetend dat zijn lichaam zou worden opengesneden. Zo meteen zou een elektrische zaag zich een weg door zijn borstbeen banen. Ik liep zijn kamer uit en ging naar een toilet op de gang, waste mijn handen en dacht dat dit waarschijnlijk de laatste keer was geweest dat ik hem levend had gezien. Toen ik de deur opende om terug te keren naar de wachtkamer, kwam die hard in botsing met een ziekenhuisbed dat net op dat moment voorbij werd geduwd. Er klonk gerammel van het metalen bedframe en de statieven met druppelende medicijnen die door een groep verpleegkundigen werden voortgeduwd. Van de patiënt zag ik maar een glimp. Het was mijn vader. Hij had zijn ogen gesloten en zijn mond halfopen, zijn armen lagen langs zijn zij. Toen stak een verpleger snel zijn hand uit om de deur met een beslist gebaar dicht te doen.

81

Van Riebeeck doet de deur met een besliste beweging achter zich dicht en sluit wind en regen buiten. Het water drupt van zijn hoed en de mouwen van zijn jas en verzamelt zich op de planken vloer van het kleine huis. Een kleine boerenbehuizing, een eindje van het fort verwijderd.

'Hang uw jas maar bij het vuur, dan haal ik iets te drinken voor ons,' zegt de man van wie het huis is. Het is Pieter Jacobsen. Een van de eerste vrijburgers.

Op de Kaap is het herfst geworden en Van Riebeeck en zijn soldaten zijn door een regenbui overvallen. Ze waren na een inspectie van de bouwwerkzaamheden aan de Grote Schuur op de terugweg naar het fort. Het was zo'n dag in de herfst dat het weer opeens omslaat, van milde zonneschijn die je rug verwarmt naar een bijtend koude wind en zwartgrijze wolken die plotseling vanachter de bergen tevoorschijn komen. Toen ze over het karrenspoor reden, begon het te waaien. Bladeren ritselden in de wind en de kleur van het gras werd nog groener in de korte periode die het duurde voor de zon helemaal door de wolken was bedekt. De eerste zware regendruppels kwamen uit de lucht vallen. Van Riebeeck keek over de helling uit en kreeg een paar honderd meter verderop het huis van een vrijburger in het oog. Er kwam rook uit de schoorsteen en een koe kwam schokkerig en moeizaam van de grond omhoog toen ze dichterbij kwamen. De druppels werden zwaarder, vermeerderden zich en algauw stortte de regen op hen neer.

'We stoppen hier tot de bui over is,' had hij naar de twee anderen geroepen en hij was naar het huis gereden.

Binnen ruikt het naar tabak, open haardvuur en gebraden vlees. Hij hangt zijn natte jas op een haak aan de muur. Hij accepteert het glas brandy dat hem wordt aangereikt en gaat voor het haardvuur zitten op een zelfgetimmerde stoel die hem wordt aangeboden. Van Riebeeck neemt een slok. Hij voelt de warmte van de sterkedrank door zijn lichaam gaan. Ze spreken over het weer. Over de oogst. De koeien. Plotseling ziet hij een donker gezicht vlak voor het raam. Witte, bijna lichtgevende ogen in het donker.

'Wat was dat?' vraagt Jacobsen.

'Het is een van de inheemsen,' antwoordt Van Riebeeck terwijl hij opstaat. Op hetzelfde moment suist er een speer door het raam heen. Brekend glas. De speer komt op de grond terecht en glijdt verder tot hij door de muur naast de open haard wordt tegengehouden.

'Weg bij die ramen!' roept Van Riebeeck. Hij zoekt bescherming bij de wand naast het raam en trekt een mes uit zijn gordel. De twee soldaten die hij bij zich heeft, hebben hun geweer al in de hand. Een van hen loopt naar de deur. Hij wijst op de deurkruk en kijkt vragend naar Van Riebeeck. Deze kruipt aan de kant, gebaart naar de anderen dat ze uit het schootsveld moeten gaan en knikt dan.

De soldaat doet de deur open. Meteen als die opengaat, schieten de pijlen de kamer in. De man gooit de deur weer dicht. Ze horen de stemmen van de inheemsen buiten. Een koe die loeit, terwijl de regen over het dak en langs de wanden stroomt. Jacobsen pakt een mes van het aanrecht en loopt naar het raam. Hij kijkt snel naar buiten en knielt dan onder het raam. Hij schudt het hoofd.

'Ze gaan achterom,' fluistert hij.

Achterom. Dat betekent dat ze naar buiten moeten, door de deur heen. Van Riebeeck beveelt de ene soldaat naar de deur te gaan en de andere naar de wand ertegenover.

'Zodra de deur opengaat, schiet je,' fluistert Van Riebeeck terwijl hij eerst naar de ene en dan naar de andere soldaat kijkt. Een van de twee legt zijn hand op de deurklink, trekt dan de deur open en springt aan de kant. Hij wacht op de knal, die niet komt. Alleen maar een zachte, metalen klik. Hij draait zich om en ziet de soldaat nerveus naar zijn geweer kijken.

‘Het is te nat, kapitein! Het is de regen. Het gaat niet af!’

Van Riebeeck schopt de deur weer dicht. Jacobsen staat naast de deuropening klaar met zijn mes, voor het geval een van de inheemsen naar binnen zal stormen, maar er komt niemand. De regen valt met bakken uit de hemel. Ze kijken elkaar aan. De soldaat zet zijn musket neer. Op dat moment suist er weer een pijl door het raam die hem achter in zijn bovenbeen raakt.

Ze stormen naar de wand en gaan op hun hurken zitten. Ze wachten en luisteren. Het duurt niet lang voor het geluid van de indringers verdwenen is. Van Riebeeck kruipt naar de soldaat, die de pijl al uit zijn been heeft getrokken.

Het is geen ernstige wond, maar wel een diepe snee. Ze maken de wond schoon. En wachten.

De soldaat schudt zijn hoofd. ‘Als het geweer maar was afgegaan, dan had ik hem geraakt, daar durf ik op te zweren,’ zegt hij.

‘Doen de geweren het niet als het regent?’ vraagt de vrijburger.

‘Nee. En Doman weet dat. Hij heeft ook geleerd hoe je een wapen moet gebruiken.’

‘Is dat waar?’

‘Helaas. Kom. We moeten naar het fort om de anderen te waarschuwen.’

Ze doen hun jassen aan, lopen voorzichtig naar buiten, bestijgen hun paarden en rijden weg door de regen.

82

10 februari 1990. Het is middag en Adele waggelt met een hand onder haar buik door de kleine straatjes, op weg naar het ziekenhuis voor onderzoek. Ineens komt er iemand uit een hut aanrennen. Euforisch geroep. *Madiba komt vrij! Madiba komt vrij!*

Adele hoort het geluid van een tv die op volle sterkte staat. Ze blijft bij een raam staan en kijkt naar binnen. Ze ziet de tv. Daar is de gevangenis waar hij zit en ze hoort de verslaggever zeggen dat het nu vaststaat. Nelson Mandela wordt morgen vrijgelaten. De mensen die binnen op de bank zitten, juichen en steken hun armen in de lucht. Verschillende mensen komen naar buiten. Ze dansen, omhelzen elkaar. Mandela is vrij, roepen ze. Een gemurmel van stemmen. Dit is het begin van het einde.

De straten stromen vol met blije mensen, er komen er steeds meer. Adele draait zich om en keert terug naar huis. Ze krijgt steken in haar buik en moet even rust nemen. Een oud echtpaar omarmt elkaar. Een verward meisje zit op de schouders van haar vader. Een eindje verderop begint een magere man in een oud pak te dansen. Adele gaat naar haar huis, ze doet de deur dicht en sluit de wereld buiten.

De jongen. Hij had niet hoeven sterven. Die gedachte doet de tranen over haar wangen lopen. Ze begraaft haar gezicht in het kussen en zegt sorry tegen hem, steeds opnieuw.

83

27 mei 1659 – Donker weer, regen. Gisteravond werd Cornelius in zijn bos vlak bij Bosheuvel op ongeveer drie uur hiervandaan door 50 of 60 Hottentotten aangevallen. Hij kwam er met een kwetsuur van een assegaai in zijn nek vanaf, omdat zijn mannen met geweren juist weer terugkwamen.

29 mei – In de namiddag werd een soldaat van Van Riebeecks boerderij in Bosheuvel thuis gebracht. Hij had twee wonden van assegaaien in zijn dijbeen en rapporteerde dat zo'n vierhonderd Hottentotten de boerderij hadden bestormd, die door vier soldaten werd bewaakt. Na een strijd van een halfuur waren ze er met de dieren vandoor gegaan. Doman had de groep aangevoerd en hij had vijf assegaaien naar de soldaat geworpen. De soldaten hadden niemand van de aanvallers weten te raken.

17 juni – Erg onstuimig weer. Een harde noordwestelijke wind. Hagel en zware regen. Rond het middaguur heeft Doman samen met van 50 tot 60 Hottentotten het vee van de Compagnie aangevallen, terwijl het zo fel regende dat je nog geen vijf voet voor ogen kon zien. Onze soldaten konden door het natte weer maar twee of drie schoten lossen.

We hebben alle dieren naar de kraal bij de korenschuur gebracht en wachten uitgezet. De vrijburgers zijn weer in dienst van de Compagnie. Veel van hen zijn met hun gezinnen terug naar het fort verhuisd, omdat ze bang zijn gedood te worden. Vrijburger Otto werd gisteren aangevallen toen hij 's nachts lag te slapen, maar hij wist de aanvallers met schoten weg te jagen. Ze hadden vlak bij het huis werktuigen gevonden waarmee ze vuur maken. Het zou catastrofaal zijn geweest als ze het huis en al het koren in brand hadden gestoken.

*

Van Riebeeck staat in de regen op het plein in het fort. Het is nacht. De mannen staan in rijen opgesteld, ieder met een zwaard. De geweren zijn nu onbruikbaar, behalve die van de soldaten die Cornelius binnen achter de ramen heeft opgesteld, om de vrouwen en kinderen te beschermen.

De regen druipt van hun gezichten. Van Riebeeck rilt. Hij denkt aan de straten van Amsterdam en ziet de inheemsen voor zich. Dat ze over de muren klimmen. Een boerderij was door een man of vierhonderd aangevallen. Zij zijn maar met zeventig man. Stel dat Doman nu nog meer mannen bijeen heeft gebracht? Dat hij Odesa en alle andere stammen achter zich heeft gekregen? Een van de mannen neemt zijn hoed af en laat het water van de rand af lopen. De man naast hem schudt het hoofd. Zo blijven ze staan wachten, gespannen in het donker. Speurend naar bewegingen in het terrein. Wachtend tot iemand zich uit het donker zal losmaken.

Van Riebeeck bidt tot God.

De uren verstrijken. Opeens ziet hij een schaduw op de muur. Hij stoot Cornelius aan. Dan sluipen ze dichterbij. Plotseling komt de schaduw in beweging, slaat zijn vleugels uit en vliegt over het plein heen. Een grote vogel. Van Riebeeck kijkt opgelucht om zich heen. De mannen nemen hun posities weer in. Ze wachten terwijl de regen over hun ruggen, schouders, gezichten stroomt. Er komt niemand.

Ten slotte zijn de wolken leeg geregend, aan de horizon komt de zon op en werpt haar stralen over het landschap. Van Riebeeck gaat met Cornelius naar binnen. Hij zegt dat Doman geen betere kans had kunnen hebben. Nu moeten ze hem en zijn mannen aanvallen voor die zich opnieuw hebben kunnen groeperen. Voor het weer gaat regenen.

84

Als Adele met een plastic emmer vol klotsend water van de pomp naar huis loopt, voelt ze haar buik samentrekken.

Er drukt iets op haar heupen. Iets in haar lichaam wil naar buiten. Het kind.

Ze zet de emmer neer en strompelt kromgebogen terug naar huis. Onder haar rok voelt ze langs haar dijen iets naar beneden stromen. De buurman holt weg om de vrouw te halen die vaak bij bevallingen helpt, een oude vrouw met gele tanden. De vrouw zingt, een zachte melodie, in een bijna eindeloze herhaling terwijl ze water kookt op het fornuis, een doek vochtig maakt en voor zichzelf iets te drinken maakt.

Adele vaart op golven van pijn. Ze probeert ze te herkennen, aan te voelen wanneer ze komen. De kamer verdwijnt en uit haar mond klinken geluiden die ze nooit eerder heeft gehoord, dierlijke, jankende geluiden. Het voelt alsof ze uit elkaar zal scheuren, alsof het kind door de anus naar buiten zal komen, maar dan doet een witte flits van licht de pijn verdwijnen.

Het kind is eruit. Ze tilt haar hoofd op en ziet hoe de oude vrouw de baby met een hand omhooghoudt terwijl ze aan de navelstreng trekt die om de nek van de boreling zit gedraaid. Een schreeuw. Kleine armpjes. Een open mondje.

De oude vrouw lacht haar toe. 'Het is een jongen,' zegt ze. Ze mag een paar minuten rust nemen, dan moet de placenta eruit. De oude vrouw trekt aan de navelstreng, zegt streng tegen haar dat ze moet persen en ze blijft trekken totdat de moederkoek eruit floept en in een plastic teil neerploft. In de kamer hangt een zweem van vloeibaar, stromend ijzer.

Adele blijft in bed liggen. Aanvankelijk komen er mensen op bezoek, maar ze geeft nauwelijks antwoord als ze haar wat vragen en algauw gaan ze weer weg, zodat ze daar rustig in haar eentje kan liggen, met het pasgeboren kind.

Het wordt avond en ze valt in slaap, maar wordt weer wakker van het geroep en geschreeuw een eindje verderop. Schoten. 'Wat heb ik gedaan, in wat voor wereld ben je terechtgekomen?' fluistert ze zachtjes terwijl ze het rimpelige ruggetje streelt. Hij slaapt nog steeds, met zijn hoofd tegen haar kin en met zijn ene handje op haar borst. Bestaat er iets mooiers dan een pasgeboren kind?

De hele nacht ligt ze wakker. Ze luistert naar zijn ademhaling. Ze legt hem naast zich en kijkt naar de donkere oogjes en aait met haar hand over het zachte dons op zijn hoofdje, dat bedekt is met roosachtige huidschilfers. Plotseling plast hij, ze ervaart het als een warmte die zich over haar buik verspreidt.

Het wordt ochtend. De jongen slaapt op haar borst. Ze ziet sterretjes, maar het lukt. Ze eet biscuitjes uit een pak en een banaan. Ze drinkt water. Dan gaat ze weer liggen. De hele dag blijft ze in bed, naakt, met het kind op haar borst. Ze kijkt naar de plastic teil met water die de vroedvrouw heeft laten staan. Ze had het kind daarin kunnen verdrinken. De genadigste manier om een kind om te brengen. Ze gaat staan, houdt het kind tegen zich aan en kijkt naar de teil, drukt haar neus tegen zijn hoofdje. Een sirene doet haar opschrikken en het kind spreidt zijn armpjes, alsof hij valt. Geklop op de deur. De buurvrouw komt binnen met eten en iets warms om te drinken, en zegt dat ze mag toetasten. Ze eet en krijgt hulp bij het verschonen.

'Ik kan hem wel vasthouden als jij slaapt,' zegt de vrouw.

Adele sluit haar ogen en valt in slaap.

De volgende nacht ligt ze te sluimeren. Het kind weet eindelijk hoe het moet drinken. Het is een vredige nacht, maar hoelang zal het duren? Hoelang duurt het voordat er weer iemand in de buurt gaat schieten? Of totdat een paar raddraaiers naar binnen stormen om in te breken of haar te verkrachten? Ze woont in een huis van golfplaat. Zelfs een kind kan daar binnenkomen.

Als het ochtend wordt, heeft ze haar besluit genomen. Ze staat op. Nog steeds duizelt het haar, alsof er zwermen piepkleine vliegjes voor haar ogen dansen, maar ze strompelt naar het aanrecht en eet de rest van het koud geworden eten op. Rijst en tomaten. Dan kleedt ze zich aan. Ze maakt zich op. Ze pakt een lange omslagdoek waarmee ze het kind op haar buik kan dragen. Ze is een hele tijd bezig om die goed om zich heen te wikkelen. Ze tilt hem op en wast hem nog een keer. Hij kijkt haar aan. Stil ligt hij in het water te drijven. Hij hoort haar stem.

Ze doet hem een stoffen luier om en stopt wat eten in een tas die op het aanrecht staat.

Gouden ochtendlicht. Ze staat op het treinstation van Khayelitsha op het perron te wachten. Het kind ligt warm tegen haar borst aan. Zachtjes neuriet ze voor hem en houdt haar handen boven zijn hoofd als de trein komt. De sfeer op het perron is gespannen, wat te wijten is aan een gemeenschappelijk gebrek aan slaap, voedsel en plaats. Maar als ze is ingestapt, staat er toch een man op om zijn zitplaats bij het raam aan haar af te staan.

Uit het raampje ziet ze de daken in Khayelitsha. Een lappendeken van golfplaten daken die zich naar alle kanten uitstrekt. Op het station in het centrum stapt ze uit. Bendeleden zijn nog niet wakker en de straten zijn leeg. Ze zijn vol licht. Ze loopt de trap op naar de eindhalte voor de minibustaxi's, op het dak van het treinstation, en neemt er een naar de wijk Observatory. Als ze uitstapt, beschermt ze het hoofdje van het kind met haar hand. De warmte van zijn lijfje tegen haar borst. Ze haalt de meegenomen fles water tevoorschijn en neemt een slok. Opnieuw drukt ze haar neus tegen het hoofdje van het kind. Dan loopt ze de helling op naar het ziekenhuis.

Een laan met loofbomen. Een groot, wit gebouw met stucwerk rond de ramen en de richels onder het dak. Voor het gebouw staan moderne bankjes.

Op een ervan gaat ze zitten. Ze tilt haar kind uit de doek en legt hem aan haar borst. Een auto komt aangereden. Er stapt een wit echtpaar uit. De vrouw lijkt halverwege haar zwangerschap te zijn en houdt haar ene hand onder haar buik. Een paar verpleegkundigen komen naar buiten om te roken. Dan verdwijnt iedereen weer naar binnen. Het kind is klaar met drinken, uit een mondhoek loopt een dun straaltje witte melk. Ze tilt hem op en wiegt hem voorzichtig. 'Mooi, lief jongetje van me,' zegt ze, 'laat maar een boertje, lieverd, dan krijg je geen buikpijn.' En op dat moment komt het: een boertje op haar schouder. Ze veegt het vocht af van zijn mond en haar schouder en drukt haar neus tegen zijn gezichtje. Ze snuift de geur op van zijn wang, hals en schedel. Dan tilt ze de tas op en zet die rechtop naast zich op de bank. Ze kijkt om zich heen. Vlakbij hipt een zwarte vogel in het gras, verder is er niemand die ziet dat ze het kind van haar borst haalt en voorzichtig in de tas legt. Hij kijkt haar aan, terwijl zijn armpjes naast zijn lijfje liggen. Adele staat op en loopt met snelle pas naar de weg, hoeveel pijn dat ook doet in haar bekken. Na een paar meter hoort ze het geluid van zijn arm die tegen het plastic slaat. Ze schrikt en verhoogt haar tempo. Onderaan de helling draait ze zich om. Ze ziet twee witte vrouwen in uniform uit de schuifdeur komen. Zo meteen zullen ze hem zien en horen. Hij is veilig.

Haar benen gaan hun eigen gang. Haar blik is gericht op het asfalt. Snelle passen. Het doet pijn in haar onderlichaam, in de wonden die nog niet zijn geheeld, maar dat is haar verdiende loon, denkt ze, en ze loopt door. Plotseling is ze weer daar. In het deel van de stad dat verdwenen is. Alleen maar graspollen en hier en daar stukken beton. Hier hebben haar benen haar naartoe gebracht. Naar de plek waar ze is geboren. Naar District Six. Ze loopt over paden die mettertijd zijn gevormd. Het is onmogelijk te herkennen waar ze is en de plek aan te wijzen waar haar huis destijds stond. Ze loopt een poos rond, gaat dan op de grond liggen en kijkt naar de lucht. Een dunne, witte wolk drijft voorbij, als een sluier. Een politieagent loopt op haar af en vraagt hoe het met haar gaat. Waarom ze daar ligt.

Adele kijkt naar de wolk die zich oplost, die door de winden in de hoge lucht uit elkaar wordt getrokken en zonder een spoor verdwijnt.

Hij herhaalt zijn woorden, nog steeds vriendelijk, en zegt dat ze daar niet kan blijven liggen. Ze haalt diep adem. Het voelt goed om iemand te horen praten. Het voelt goed om haar aandacht ergens anders op te richten, om overeind te krabbelen uit het kreupelhout, haar hol te verlaten en weer terug te keren naar de mensenwereld.

Ze draait haar hoofd naar hem toe en kijkt hem recht aan. 'Ik ben hier om me door u te laten arresteren,' zegt ze.

'Dat is niet nodig, *ma'am*, u hoeft alleen maar weg te gaan.'

Voorzichtig komt ze overeind en gaat voor hem staan. 'Weet u nog, die aanslag op de Wimpy in Rondebosch? Ik heb de bom daar geplaatst,' zegt ze terwijl ze haar handen uitsteekt. 'Ik ben daar om tien over een 's middags naar binnen gegaan, op 18 augustus 1989. De bom bestond uit nitroglycerine en zat in een zwarte nylontas met reclame voor Yoga. Mijn codenaam is Eva. Ik wil graag dat u me arresteert.'

De man kijkt haar achterdochtig aan. Hij is jong, onervaren. Via zijn portofoon neemt hij contact op met een collega. Ze blijft voor hem staan terwijl hij het gesprek afsluit. Hij vraagt haar haar handen op haar rug te doen waarna hij nerveus een paar handboeien pakt. Hij klikt ze vast. Even later zit ze in een politiewagen. De auto rijdt weg. Dan sluit ze haar ogen.

85

De zon schijnt op het plein en de sinaasappelboom werpt lange schaduwen waar Van Riebeeck overheen stapt op weg naar een vergadering van de Raad. Ze besluiten een strijdkracht van vijftig bewapende soldaten in te zetten, het kamp van de Kaapmannen te zoeken, een verrassingsaanval te doen en zoveel mogelijk mannen te doden of gevangen te nemen. De vergadering is voorbij voor hij zijn pijp heeft kunnen oproken. Hij spreekt met Cornelius, vraagt hem de mannen bijeen te brengen. Op hetzelfde moment wordt het teken gegeven dat er iemand naar de poort toe komt. Het is Odesa. Eva loopt naast hem en twee mannen voeren een os met zich mee. Het is een van de dieren die een paar dagen geleden van de Compagnie werden gestolen.

Van Riebeeck begroet Odesa. Hij neemt een afwachtende houding aan en geeft geen hand.

Achter hen wordt de poort gesloten.

'Ik heb een van de ossen bij me,' zegt Odesa.

'Dat zie ik. Hoe komt u daar aan?'

'Ik... kwam een Kaapman tegen en heb hem overgehaald de os terug te geven.'

Van Riebeeck kijkt hem aan, kijkt daarna naar Eva, die naar de grond kijkt. 'Dank u.'

'Ik ben ook gekomen om u te vertellen dat ik een poos op reis ga.'

'Waarom?'

Op dat moment komt Maria naar buiten en Lambertus rent naar Eva, die zich naar hem toebuigt en vraagt hoe het met hem gaat.

'We hebben problemen met de schapen,' gaat Odesa verder.

'Problemen met de schapen?'

'Ja. Ze gaan dood, zomaar,' zegt hij, zijn handen tegen elkaar slaand om te illustreren hoe de dieren omvallen. 'We hebben besloten naar het noorden te gaan. We moeten proberen betere weidevelden te vinden.'

'En de Kaapmannen dan?'

'Wat ons betreft mogen jullie ze in de pan hakken,' antwoordt Odesa.

Eva gaat rechtop staan. Ze heeft het laatste stukje van het gesprek gehoord, terwijl Lambertus naar de sinaasappelboom is gerend die midden op het plein staat. Dada komt met een mand wasgoed aangelopen en ze hangt de witte lakens, hemden en tafelkleden op aan een waslijn tussen de huizen. Het ruikt naar zeep, water en zee.

Odesa kijkt nerveus naar Van Riebeeck en vraagt of hij een beetje tabak kan krijgen in ruil voor de os. Van Riebeeck knikt langzaam, onwillig.

In het dagverhaal staat dat Eva naar Jan van Riebeeck toe loopt en vlak voor ze wegloopt nog iets zegt. De woorden zijn opgeschreven: 'Mijnheer Van Riebeeck. Pas wel op. Ik zal nu lange tijd niet terugkomen. Uw land zal nu spoedig vol oorlog zijn.'

Dan vertrekken ze. De poort wordt met een aanhoudend geknars achter hen gesloten. Van Riebeeck kijkt naar Maria. Ze heeft gehoord wat Eva heeft gezegd.

'Wat gaan we nu doen, Jan?' vraagt ze.

'We hebben hulp nodig.'

'Van wie dan?'

'Van Harry.'

'Ben je gek geworden?'

'Hij kent het gebied als geen ander. Hij kent hun manier van denken en hun taal. Het is onze enige mogelijkheid.'

Lambertus rent langs hen heen en verdwijnt tussen het wasgoed aan de drooglijn. Hij wordt een wapperende schaduw op het witte tafelkleed.

'Goed, Jan. Je moet doen wat je moet doen.'

86

Noah volgt Tshawe die de ene hoek na de andere omstaat. Terwijl ze onder volle waslijnen doorlopen, probeert hij de route vanaf de voormalige winkel te onthouden, maar bij elk kruispunt wordt het moeilijker en ten slotte geeft hij het op. Hij zal de weg moeten vragen. Als hij maar weet terug te komen voordat het donker wordt. Ze leiden hem naar een soort bar. Hij wordt gedwongen te drinken terwijl de anderen filmen. Voortdurend die afwisseling tussen nu eens een klap op zijn schouder en dan weer een blik die hem dwingt te doen wat hem verteld wordt. Ze legen hun glas en gaan weer verder. Noah voelt de alcohol naar zijn hoofd stijgen. Hij krijgt het gevoel dat hij valt.

'Waar gaan we heen?' vraagt hij en hij krijgt als antwoord dat hij de plek te zien zal krijgen waar Tshawe is opgegroeid en hij en Joshua in hun jeugd rondbanjerden. Noah kan niet zeggen dat hij naar huis moet, hij voelt dat dat niet zal helpen, dat hij nu moet doen wat hem verteld wordt. Maar misschien lukt het nadat ze Tshawes huis hebben gezien, dat hij het dan kan zeggen. Ze lopen langs een waterpomp en dan tussen twee huizen door.

Een tengere man met een gebreide muts op en gekleed in een T-shirt komt hun vanuit een steegje tegemoet, in elke hand een plastic tas. Zodra hij Tshawe ziet, laat hij de tassen vallen en rent terug de steeg in. 'Pak hem!' roept Tshawe, waarna de andere twee hem achternagaan. Tshawe houdt Noah vast bij zijn arm en zegt dat hij nog wat zaken te regelen heeft. Dan trekt hij hem met zich mee langs de huizen, langs een pallet die tegen een huis aan staat, springt over een plastic teil en bereikt dan weer de weg aan de andere kant. De andere twee hebben de vluchtende man ingehaald, grijpen zijn T-shirt vast en werken hem tegen de grond. De man roept iets en houdt zijn handen boven zijn hoofd. De overige mensen op straat slaan snel een zijstraat in.

'Breng hem hier,' roept Tshawe.

Ze doen wat hij zegt, hijsen hem overeind en brengen hem terug naar de steeg. Noah weet zich met zijn houding geen raad. De camera hangt nog steeds aan zijn hand.

'Hierheen,' zegt Tshawe en hij duwt de anderen voor zich uit. De ogen van de man stralen grote angst uit. Ze bereiken de plaats waar de achtergebleven tassen staan. Tshawe loopt op de man af en gaat zo dicht bij hem staan dat zijn neus hem bijna raakt.

'Waarom ben je ervandoor gegaan? Nou?'

'Genade, Tshawe,' antwoordt de man zacht, met gebogen hoofd. Zijn ogen puilen uit, alsof ze te groot voor zijn schedel zijn. De andere twee houden hem nog steeds vast, ze wachten kennelijk op bevelen.

'Je bent me geld schuldig. Waarom ben je ervandoor gegaan? Nou?'

'Ik zal je terugbetalen! Ik zweer het!'

'Je had me vorige week al moeten betalen. Waarom heb je dat niet gedaan?'

'Ik heb geen geld, Tshawe. Het spijt me!'

'Dat is *kak!* Hoe heb je dit dan allemaal kunnen kopen als je geen geld hebt?' vraagt Tshawe, die een van de draagtassen met eten optilt. Hij haalt er een sinaasappel uit en gooit hem omhoog.

'Deze sinaasappel, bijvoorbeeld? Heb je die soms tevoorschijn getoverd? Nee?' vraagt hij, en hij slaat zo hard met de vrucht in het gezicht van de man dat de schil barst en het hoofd van de man naar achteren klapt. Zijn wangen zitten onder het sap en hij knijpt een oog dicht.

'Of dit meel?' zegt Tshawe en hij haalt een pak meel uit de tas. 'Hoe kun je dat betalen als je geen geld hebt?'

'Het spijt me, Tshawe, maar ik had niet genoeg en ik moet toch ook eten...'

Meer kan hij niet uitbrengen, want Tshawe smijt het hele kilopak in zijn gezicht, zodat zijn hoofd opnieuw naar achteren klapt. Het papier scheurt en een wolk van wit stof wervelt op rond zijn hoofd.

'Dacht je soms dat ik je dat geld voor de lol heb geleend? Nou?' zegt Tshawe weer, hij pakt het pak meel en smijt het op de grond.

De man schudt zijn hoofd. Zijn oogleden zijn wit, zijn wangen zijn wit, net als zijn voorhoofd.

'Nee, dat doe ik inderdaad niet voor de lol!'

Tshawe pakt een blik tomaten. De man sluit zijn ogen en Noah kijkt als in trance toe. Als Tshawe de man met dat blik in zijn gezicht slaat, breekt hij zijn neus of krijgt hij een gat in zijn hoofd, als hij het al overleeft. Noah moet iets doen, hij moet Tshawe tegenhouden, maar hoe?

'Je hebt tot maandag,' zegt Tshawe, terwijl hij het blik openmaakt door aan de metalen ring op het deksel te trekken. 'En zo niet, dan weet ik je te vinden en dan wordt het niet zo prettig als nu,' zegt hij, waarna hij het deksel met de scherpe rand tegen de wang van de man drukt. De huid wijkt terug en de man knijpt zijn ogen dicht. Tshawe maakt een snelle haal met de deksel. Een dun straaltje bloed sijpelt tevoorschijn. De man doet zijn ogen open en Tshawe zet een stap terug.

'Oké. Nog één ding, puur voor de lol. Pak je camera, Noah.'

Noah doet wat hij zegt.

'Filmen!'

Noah knikt, haalt de dop voor de lens weg en begint te filmen.

'Mooi. Nu heb je de keus,' zegt Tshawe weer tegen de man. 'Wil je jezelf met het blik tegen je kop slaan of wil je dat ik het voor je doe?'

Geschrokken kijkt de man Tshawe aan. 'Tegen mijn hoofd?'

Tshawe knikt.

'Ik doe het zelf,' zegt de man zacht terwijl hij recht in de camera kijkt.

'Mooi,' zegt Tshawe en hij slaat de man vriendschappelijk op de schouder. 'Maar je moet het wel goed doen, hoor. Want anders moet ik het alsnog zelf doen.'

De man knikt en pakt het blik aan. Tshawe vraagt zijn twee makkers de man los te laten en opzij te stappen. Dan gaat hij achter Noah staan en tuurt door het cameraschermpje. Hij klopt Noah op zijn schouder en zegt dat het er heel goed uitziet.

'Oké. Camera klaaaaar… en toe maar!' roept hij en hij klapt voor de camera in zijn handen. De man knijpt zijn ogen dicht. In zijn eentje staat hij voor de turquoise golfplaten muur, met het blik tomaten in zijn hand. De uitdrukking op zijn gezicht zegt alles. Hij wacht nog even en stoot het blik dan hard tegen zijn wang. Zijn hoofd klapt opzij en de tomatensaus golft over zijn gezicht en blijft in zijn haar plakken. Stukjes tomaat vallen op de grond. Tshawe loopt eropaf, neemt het blik van hem over, draait zich om naar de camera en neemt er een slok uit. 'Fresco's *tomato soup,*' roept hij. 'Je kunt geen dag zonder!' Tevreden grijnzend veegt hij zijn mond af. De man zakt op zijn hurken en houdt een hand tegen zijn slaap.

'Maandag!' zegt Tshawe ter afsluiting en hij loopt weg. Noah volgt hem, maar draait nog even zijn hoofd om en ziet in een flits de man zitten die zijn hand tegen zijn wang drukt terwijl het bloed tussen zijn vingers door druppelt. Tshawe slaat een arm om hem heen.

'Het spijt me echt dat je deze shit moest zien, Noah, maar die vent is me al meer dan twee maanden geld schuldig. Het is prima om geld te lenen, en als je niet op tijd kunt betalen, is dat ook nog niet zo erg, maar heb dan wel de moed om er eerlijk voor uit te komen, vind je niet?'

'Ja…'

'Dat is toch niet meer dan fatsoenlijk?'

'Ja.'

'Ik ben blij dat je het met me eens bent,' concludeert Tshawe en hij knijpt nog eens goed in Noahs schouder. 'Maar je hebt nu in elk geval een machtig mooi eindshot,' zegt hij en hij barst dan in lachen uit.

'Ik geloof dat ik zo langzamerhand maar eens moet gaan,' zegt Noah, maar het lukt hem niet om Tshawe aan te blijven kijken. Zijn blik flitst onrustig heen en weer.

'Wat?' Tshawe schudt zijn hoofd en legt zijn hand weer op zijn schouder. 'Waar moet je dan naartoe? Joshua is aan het werk. Vind je het niet leuk bij ons? Zijn we soms niet goed genoeg voor je?'

'Natuurlijk wel,' zegt Noah.

'Zie je wel. Dan blijf je gewoon nog even,' zegt Tshawe, die Noah met zich meetrekt tussen de huizen.

'Waar gaan we heen?' vraagt Noah.

'Naar mijn huis om het te vieren,' antwoordt Tshawe.

Opnieuw slaan ze een hoek om en lopen door een steegje, waarna ze bij een schuurtje met een rode houten deur aankomen. De muren bestaan uit roestige, ongeverfde stukken golfplaat die met grote spijkers aan elkaar zijn bevestigd. Voor de ramen zitten twee stalen tralies. Tshawe maakt de deur open, laat de anderen eerst naar binnen gaan en doet de lamp aan het plafond aan. Het is maar een klein hok. Een versleten zitbank van imitatieleer. Een matras, een stoel en een aanrecht met een kookplaat en een paar vieze pannen. Tshawe zet een kleine cd-speler aan die op de grond staat en terwijl de muziek door de hut stroomt, maken de anderen de tassen met bier open en geven de flessen door. Opeens wordt de muziek van de cd onderbroken door een indringende toon. Het is de elektronische ruis van het magneetveld van een mobiele telefoon, een geluid dat Noah onmiddellijk herkent. Tshawe drukt op de stopknop van de cd-speler. Op dat moment voelt Noah de telefoon trillen tegen zijn dijbeen. Iemand belt hem en de vibraties zijn duidelijk te horen. De anderen draaien zich naar hem om.

'Geef hier die telefoon,' zegt Tshawe en hij steekt zijn hand uit.

Noah aarzelt. Hij is bang om hem tevoorschijn te halen, bang voor waar dat toe kan leiden.

'Geef hier die kleretelefoon, zeg ik!' roept Tshawe en zijn blik wordt dreigend.

Noah haalt de telefoon uit zijn zak en overhandigt hem aan Tshawe. De naam van degene die belt, blinkt hem tegemoet als hij hem afgeeft. Tshawe kijkt naar het display en leest hardop voor.

'Mama?'

Het wordt doodstil. Alleen het geluid van de trillende telefoon in zijn hand is te horen. Noah zwijgt.

'Ik dacht dat je moeder en vader dood waren. Dat heb je toch gezegd?' vraagt Tshawe. Hij doet alsof hij verbaasd is, maar kan de opkomende grijns niet onderdrukken.

Noah geeft geen antwoord. Hij stelt zich voor dat hij zijn bierfles tegen de tafel stukslaat en dat als wapen gebruikt, de anderen bedreigt en wegrent. De telefoon houdt op met trillen.

'Jaja, Noah. Nu is het speelkwartier voorbij, voor ons allemaal, nietwaar? Het spel is uit.' Tshawe pakt nog twee flessen bier en geeft er een aan Noah.

'Neem maar een grote slok, vriend, dan kun je me daarna de sleutel van de kluis geven.'

Noah kijkt hem wantrouwend aan.

'Wat bedoel je?' vraagt hij verward.

'De bagagekluis op het station! Hallo?' gaat Tshawe door terwijl hij met zijn wijsvinger tegen zijn slaap drukt. 'Of weet je dat soms niet meer?'

Hoe weten ze dat? Heeft er soms iemand in zijn zak gezeten en de sleutel gevonden zonder dat hij het heeft gemerkt?

Tshawe neemt een flinke teug, steekt zijn arm uit naar de open zak met chips en haalt er een handvol uit.

'Ik zal je geheugen even opfrissen,' zegt hij terwijl de chips tussen zijn tanden kraken. 'Een knappe jongeman loopt het station binnen. Hij is zwart, draagt mooie kleren en heeft schone, slanke handen. Maar de tas die hij bij zich heeft, past niet bij hem. Een goedkope tas van een markt in Longstreet of zo. De jongen gaat naar de wc, blijft daar een hele tijd en als hij eruit komt, ziet hij er zó uit,' zegt hij, terwijl hij naar Noah wijst. 'Hij draagt townshipkleren. Dan gaat die jongen naar de bagagekluizen, koopt een treinkaartje en vertrekt naar Khayelitsha. Wat moet hij daar? Waar komt hij vandaan? En niet in de laatste plaats: wat heeft hij in die bagagekluis verstopt? Wat zit er in Noahs eigen kleren? Dat vragen we ons af. Het kunnen schatten zijn. Maar, Noah, misschien zit de grootste schat wel hier bij ons, in deze kamer. Het verklede rijkeluiszoontje. Drink maar, jongen, terwijl wij gaan bespreken wat we met je zullen doen.'

Noah brengt de fles naar zijn mond.

Ze hebben het de hele tijd geweten. Ze hebben hem de hele weg vanaf het station gevolgd, zonder dat hij het in de gaten had.

Hij zakt op de stoel ineen.

Wat nu? Wat zullen ze nu met hem doen?

Tshawe grijpt de telefoon en opent het scherm.

'We kunnen natuurlijk beginnen met iemand te bellen. Dat zou leuk zijn.'

Hij scrolt door de contactenlijst.

'Eens even kijken... Elisabeth... Simon... Training... Zullen we eens beginnen met MAMA?' vraagt hij en hij draait de telefoon om zodat Noah het kan zien. 'Het is toch netjes om terug te bellen... Nee, trouwens, ik heb een beter idee. Laten we maar een telefoontje plegen naar de baas van het geld. De man met de rands: PAPA?'

Noah kijkt naar de deur. De ruimte om hem heen wordt steeds kleiner. Een mier kruipt over de vensterbank naar een van de tralies. Het geluid van een krachtige motor, als van een jeep, komt dichterbij en blijft een paar tellen in de vrijloop staan. Plotseling hoort hij buiten, vlakbij, iemand Engels praten met een Amerikaans accent en even flikkert er bij hem de hoop op dat hij als vermist is opgegeven en gevonden is, dat het zijn ouders zijn, de politie of Joshua, maar dan wordt de motor weer in de versnelling gezet, de auto rijdt weg en het geluid sterft weg in de sloppenwijk.

Noah sluit zijn ogen en buigt het hoofd.

87

10 juli 1659 – Na rijp beraad is besloten om Harry weer hierheen te halen om te horen of hij ons kan helpen aangezien hij met elk pad en elke schuilplaats bekend is. Harry kan ons ook vertellen wat we van Odesa moeten denken, of het waarschijnlijk is dat hij wil samenwerken met de Kaapmannen of oorlog tegen hen wil voeren.

Zaterdag 12 juli – Vandaag hebben we een Hottentot van de Gorachouquastam opgepakt. Met dreigementen en geholpen door de vertalingen van Harry hebben we hem zover gekregen dat hij ons een beschrijving heeft gegeven van waar de Kaapmannen zich bevinden. Hij heeft beloofd om onze legermacht daarheen te leiden. De Raad heeft eenstemmig besloten om deze kans aan te grijpen, en heeft tachtig man uit de voor anker liggende schepen en zeventig mannen uit het fort bijeengebracht om de vijand bij dageraad te verrassen. Besloten werd ook om een beloning van honderd gulden uit te loven aan degene die Doman levend gevangen zou nemen en veertig gulden voor iedere gevangengenomen Hottentot. De Raad heeft het ook goed gevonden om zes tot acht slaven, met assegaaien gewapend, mee te laten gaan.

*

Ze lopen in nette rijen de poort van het fort uit. Honderdvijftig man in de schemering, met geweren en zwaarden. Een voorhoede te paard rijdt in de richting die door de gevangene wordt aangewezen en ze komen inderdaad bij hun kamp aan, maar dat lijkt verlaten. Overal liggen etensresten. Een koeienvlaai ligt ernaast, nog niet helemaal ingedroogd. Ook het kamp van Odesa is leeg. Waar zijn ze, waar zijn ze allemaal? Wat zijn ze van plan?

De man die ze gevangen hebben genomen, zit ineengedoken tegen een boom en weigert om iets te zeggen. Cornelius komt naar Van Riebeeck toe en vraagt zachtjes of hij de gevangene zal laten praten. Van Riebeeck knikt. Het moment van de waarheid. 'We hebben de gevangene een beetje gemarteld om te weten te komen waar ze heen waren gegaan,' staat in het dagverhaal geschreven. Van de rest kun je je wel een voorstelling maken.

Daarna wordt in het dagverhaal de laatste slag beschreven. Hoe ze het volk van Doman besluipen, aan de kust aan de rand van een bergkloof. Dat ze de mannen naast elkaar laten aantreden, schouder aan schouder, opdracht geven hun geweer te laden en dan gelijktijdig de aanval in te zetten. Schoten. Speren die door de lucht zwiepen. Vrouwen en kinderen die tussen de koeien wegrennen. Sommige Kaapmannen storten over de rand naar beneden en komen in de diepte neer. Doman raakt gewond, valt, staat weer op en verdwijnt achter een rotsblok. Als Cornelius probeert achter hem aan te gaan, duwen de Kaapmannen grote rotsblokken in hun richting. Stenen zo groot als paardenhoofden rollen langs de helling naar beneden en veroorzaken een lawine van kleinere stenen die over de klifrand heen in zee vallen. Van Riebeeck geeft bevel zich terug te trekken, de aanval te stoppen. De Kaapmannen zijn op de vlucht gedreven. Al hun eigendommen hebben ze achtergelaten. Hun hutten. Hun dieren. Al hun assegaaien en andere gereedschappen. Velen zijn naakt de bergen in gevlucht.

De soldaten verwoesten de hutten en verzamelen de wapens van hun tegenstanders. Ze gooien alles op een grote brandstapel, steken die aan en gooien de rest in zee. Van Riebeeck gaat op zijn hurken zitten en kijkt voorzichtig over de rand van de klif naar de zee in de diepte. Een duizelingwekkende hoogte. Daar ligt een dode man met zijn gezicht naar beneden. De golven tillen zijn arm op en bewegen die zachtjes heen en weer.

Van Riebeeck staat op, geeft Cornelius een klop op zijn schouder en zegt dat ze klaar zijn.

Dan nemen ze de koeien met zich mee en gaan naar huis, naar het fort.

88

Het Frognerbad. Een witte trapleuning leidt het hele stuk omhoog naar de top van de duiktoren, waar de tienmeterplank zit. Boven aangekomen houd ik me goed vast aan de leuning en ga op mijn hurken zitten terwijl ik de kokosmat onder mijn voeten voel. Dan kruip ik naar de rand, ik ga liggen en steek mijn hoofd over de rand. Ik kijk naar beneden, naar de bodem van het lege bassin. Het is alsof ik val, alsof de bodem me naar zich toe zuigt. Ik leg mijn wang op het plateau, op de houten planken en steek mijn armen naar voren zodat ze recht voor me uit zweven. Uit een oude voorbijrijdende bus vol feestende scholieren klinkt technomuziek. Het gedreun sterft weg in de nacht en het wordt weer stil. Ik doe mijn ogen open en kijk vijftien meter omlaag naar de groene tegels. In de diepte zie ik een donkere vlek, vlak bij het rooster in het midden van het bassin. Boombladeren. Op dat moment hoor ik iemand de trap op klimmen. Wie zou dat zijn? De bewaker? De politie? Laat ze maar komen. Laat ze maar komen en me hier wegslepen, me opsluiten. De voetstappen komen naderbij. Dan een bekende stem.

'Simon?'

Het is Dag.

Voorzichtig loopt hij op me af. Ook hij gaat op zijn buik liggen, met zijn hoofd over de rand.

'Alles oké?'

Ik knik.

'Ik heb gehoord wat er gebeurd is.'

'Ja?'

'Morgen moet je met haar gaan praten. Het komt wel goed.'

Ik schud mijn hoofd, laat de lucht langzaam door mijn neusvleugels naar buiten stromen.

'Het is te laat.'

‘Denk je?’

‘Ja.’

‘Hoe dan ook, je moet weer naar beneden. ’

Een onverwachte beweging en een geluid uit de diepte doet me opschrikken. De donkere vlek, waarvan ik dacht dat het boombladeren waren, is een zwarte vogel die zijn vleugels uitvouwt en plotseling opstijgt van de bodem om boven de boomkruinen weg te vliegen. Ik volg hem met mijn blik totdat hij achter de waterglijbanen en de almaar ronddraaiende klok uit het zicht verdwijnt. Dan richt ik mijn blik weer op de bodem en wijs naar het lege bassin.

‘Heb je het bad al eerder zo gezien?’ vraag ik. ‘Zonder water?’

‘Nee. Het is hier niet voor niets gesloten, weet je,’ zegt hij.

Met een glimlach draai ik me naar hem om.

‘Is het bad dan gesloten?’

‘Ja. Water is nu eenmaal een essentieel onderdeel van de hele zwem- en duikbeleving, weet je.’

‘Echt waar? Ja, dat zou je wel zeggen, hè?’ antwoord ik en ik kijk hem recht aan. Ik kan een lach niet onderdrukken. Misschien is het inderdaad zo simpel. Lachen scheurt de duisternis aan flarden.

‘We moeten gaan,’ zeg ik, voorzichtig achteruitkruipend naar het rekwerk. Ik kom overeind. Dag volgt me. Zonder een woord te zeggen dalen we de trappen af, klimmen over het hek en drentelen naar de tramhalte.

89

Adele. In de gevangenis lijken alle dagen op elkaar. Routines voor het aankleden. Eten. Slapen. De beelden van de Wimpy blijven terugkomen. De jongen met het blonde haar en de helderblauwe ogen. Door het isolement kan ze de beelden moeilijk van zich afzetten. Dode mensen achtervolgen haar. Zowel 's nachts als overdag dringen ze haar cel binnen, overdekt met bloed, om haar te vragen wat ze verkeerd hebben gedaan. Ze probeert zich te verdedigen. Ze denkt weer aan Mandisa, ze wil haar voor zich zien en met haar praten, maar Mandisa zit zwijgend tegen de muur, haar halve gezicht weggeschoten.

Elke dag opnieuw denkt ze aan haar zoon. Een stukje van haar lichaam is weg. Ze raakt uit balans. Geen enkele beweging kan ze meer moeiteloos uitvoeren. Zelfs het door de cel lopen kost moeite. Eten en ademhalen. Hij is voortdurend in haar gedachten. Is dat wat je voelt als je een kind verliest?

Soms ligt ze de hele avond in bed met de trui tegen haar gezicht gedrukt, alleen om de laatste restjes van zijn geur in zich op te nemen. Nooit had ze kunnen denken dat het zo overweldigend zou zijn. Dat het krijgen van een kind zulke sterke gevoelens bij haar zou opwekken. De dagen bespotten haar. Maar toch verstrijken ze, ze rijgen zich aaneen tot weken en maanden.

Na een paar jaar krijgt ze de vraag of ze haar zaak aan de Waarheidscommissie wil voorleggen. Als ze de criteria leest, barst ze in tranen uit. Het is de eerste keer dat ze huilt sinds de geboorte van haar zoon. Dat komt door één woord: vergeving.

Adele zit op de achterbank van een politiewagen. Buiten ziet ze mensen bezig met hun tuin. Sommigen zijn aan het joggen. Zwarte en witte mensen door elkaar, althans in het centrum. Elders zal het wel net als vroeger zijn. Ze komen aan bij het gerechtsgebouw. Een groep journalisten dromt samen bij de auto. Ze fotograferen als gekken en stellen schreeuwend hun vragen. 'Heb je spijt?' roepen ze. 'Hoe behandelen ze je in de gevangenis?' 'Waarom wil je voor de Waarheidscommissie komen? Is het strategie of heb je oprecht berouw?'

Wat moet ze antwoorden? Dat ze overal spijt van heeft? Dat het haar spijt dat de witte mannen zich op de Kaap hebben gevestigd? Dat het haar spijt dat ze is geboren? Dat ze elke avond voor het slapengaan een kleine jongen voor zich ziet met een weerbarstige blonde kuif en een witte, met bloed besmeurde bloes?

Het tribunaal is er klaar voor. Als iedereen heeft plaatsgenomen, wordt haar naam omgeroepen. Ze gaat staan. De familie van de dode slachtoffers zit in de zaal en kijkt naar haar. Ze vertelt het hele verhaal, vanaf het begin. Dat hun huis werd gesloopt. Dat haar vader werd gearresteerd. Dat ze G ontmoette. Dat ze zich haar hele leven, van jongs af aan, al in een hoek gedrukt heeft gevoeld. Totdat ze geen kant meer op kon. Totdat ze aan de rand van een afgrond stond en de aanval de enige uitweg leek te zijn. Ze vertelt over de brug in Khayelitsha, over de witte auto. Dat ze niet mocht weten waar ze heen gingen en dat ze het pas doorhad toen ze voor het restaurant stil bleven staan.

Drie dagen verstrijken. Getuigen worden gehoord. Dan wordt ze vrijgelaten. Het lucht haar niet op. Integendeel. Ze wil niet voor zichzelf verantwoordelijk zijn. Liever was ze er gebleven, in de gevangenis, als een kind. Slapen als ze zeiden dat het moest. Eten als de maaltijd werd gebracht. Met cipiers om haar heen die op haar letten, haar tegenhielden, haar op de been hielden. Nu is ze vrij en mag ze zichzelf straffen.

Ze keert terug naar Khayelitsha, naar een nieuw huisje.

Ze hoort dat G dood is. Vlak nadat hij een bom in een kolencentrale had laten ontploffen, is hij door de politie doodgeschoten. De jaren gaan voorbij. Ze trekt zich terug in de stilte. Een leven van herhalingen en boetedoening. Ze dwingt zichzelf zich te wassen met iets te koud of iets te warm water. Ze dwingt zichzelf 's ochtends vroeg op te staan, ook al hoeft ze nergens naartoe, en alle dagen gaan in elkaar over, tot die ene dag, de dag waarop ze haar zoon weer zal zien, dat ze Noah weer zal tegenkomen, zonder dat een van beiden dat beseft.

90

In de weken en maanden na de aanval op Doman staat in het dagverhaal van Van Riebeeck beschreven hoe er wordt gewerkt aan een muur van doornstruiken en houten palen. Een grens die zich over kilometers uitstrekt, van het fort tot aan de haven, rond alle boerenbehuizingen van de vrijburgers tot aan het gebied dat nu Constantia heet. Een restant van dit verdedigingswerk is nog te vinden in de botanische tuin Kirstenbosch, een eindje buiten het centrum van Kaapstad. Dag en ik hebben het bezocht en werden er door een zwarte chauffeur heen gereden. Hij zou ons eigenlijk alleen maar die ene rit rijden, maar vroeg beleefd waar we daarna naartoe wilden en verzekerde ons dat het geen probleem voor hem was om op ons te wachten. En zo is het gegaan. Hij wachtte op ons terwijl we in de oude wijnboerderij Groot Constantia waren, en hij wachtte op ons terwijl we lunchten. Twee tafels verderop, geduldig met een kop koffie, zoals slaven en bedienden altijd op hun meesters hebben gewacht, en terwijl we zaten te eten moest ik voortdurend in zijn richting kijken. Het restaurant heette *Simon's* en is genoemd naar de Nederlander Simon van der Stel, die de boerderij in 1684 heeft laten bouwen. Hij was de eerste gouverneur van Kaap de Goede Hoop. Simon van der Stel staat op verschillende schilderijen en heeft een Europees uiterlijk, maar zoals Tomm Kristiansen schrijft: 'De portretten liegen. Van der Stel werd bewust zo afgebeeld om een verschrikkelijk geheim te verbergen.' Zijn moeder was een vrijgemaakte slaaf.

Simon van der Stel stichtte ook de wijnstad Stellenbosch en legde de prachtige wijngaard Groot Constantia aan, waar Dag en ik nu zitten te lunchen. Toen we betaald hadden en waren opgestaan, stond de chauffeur meteen weer voor ons klaar. We reden verder, langs al die grote, mooie huizen, omgeven door muren en hekken met stroomdraad.

We betaalden het entreegeld voor Kirstenbosch, liepen langs klassen in schooluniform, langs witte pensionado's en zwarte arbeiders in groene auto's, en vonden toen wat we zochten. Een metershoge heg van wilde amandelbomen, vol scherpe uitsteeksels en met daaronder een bordje. *VAN RIEBEECK'S HEDGE.*

Het was destijds de uiteindelijke oplossing van de problemen met de oorspronkelijke bewoners. Een natuurlijke muur tegen de rest van het continent. Een af-scheiding. *Apart-heid.*

91

Het is twee maanden na de strijd tegen Doman. Harry is teruggestuurd naar Robbeneiland. Ze oogsten hun eerste wijndruiven. Dan, op 20 september 1659 komt Odesa terug. Hij zwaait met een witte lap stof voor de ogen van een van de nieuwe wachtposten en zegt dat hij vrede wil sluiten. Eva loopt het fort in en vertelt dat de anderen haar als boodschapper hebben gestuurd. Doman zou zwaargewond zijn door een kogel die hem in de schouder heeft getroffen en zijn lichaam door zijn borst heeft verlaten. Daarom is het zo rustig geweest. Ze zegt dat de anderen hem de schuld geven. Dat hij hen tot de oorlog heeft aangezet. De andere stammen zijn bij hem weggegaan. Ook Odesa. Nu vraagt hij om vergiffenis en of ze opnieuw handel met elkaar kunnen drijven. Ze lopen het fort uit en ontmoeten Odesa. Van Riebeeck zegt dat hij akkoord gaat, maar dat de voorwaarden zijn veranderd. Vanaf nu moeten ze buiten de poort blijven en ze mogen alleen voor de handel naar het fort komen.

'Wat gebeurt er met de weidegronden?' vraagt Odesa.

'Die zijn nu van ons.'

Odesa buigt met een kleine knik het hoofd, de lichaamshouding van de overwonnene.

Er is een nieuw land gesticht. Met een nieuwe alledaagse werkelijkheid, waarin gehandeld wordt, groenten worden verbouwd en er steeds weer nieuwe schepen aanleggen. Dan blijkt op een dag dat Harry spoorloos is verdwenen.

8 december 1659 – Het is Harry gelukt om er met de gevangengenomen Hottentot in een van onze sloepen van Robbeneiland vandoor te gaan. Het bootje was echter zo lek dat er niet aan getwijfeld wordt dat ze zich niet drijvende hebben kunnen houden en op de plek waar de branding tegen het strand slaat wel verdronken moeten zijn, vooral omdat de golven nu zo hoog zijn en er zo'n stijve wind staat. Ik heb vijf mannen bevel gegeven om morgenvroeg langs de strandlijn te zoeken.

13 december – De mannen zijn teruggekomen en hebben gerapporteerd dat ze een bootje met twee riemen hoog op het strand hebben gevonden, alsof die daar door mensenhanden heen was getrokken. Ze hebben een riem mee terug genomen, die volkomen bewijst dat dit het bootje is waarmee Harry van Robbeneiland is gevlucht. De tijd zal ons leren wat hij nu zal uitrichten.

26 december 1659 – Eva is weer naar het huis van de Commandeur verhuisd, heeft haar dierenvellen achtergelaten en zich in onze kleren gestoken om weer als tolk te kunnen fungeren. Het is alsof ze genoeg heeft gekregen van haar eigen volk en nu onze taal en cultuur helemaal tot de hare heeft gemaakt.

Zo verloopt het leven in de nieuwe kolonie in de zomers van 1659 en 1660. Tot de herfst van 1660, als Doman en Harry weer opduiken, nu zonder wapens. Het is 5 april, op de dag af acht jaar geleden dat Jan van Riebeeck aan land ging. Doman en Harry tekenen opnieuw protest aan tegen de uitbreidingen van de Compagnie. Ze zeggen dat het niet vreemd is dat ze hebben geprobeerd de handel in koeien te verijdelen, aangezien dat ertoe heeft geleid dat ze steeds meer gebied hebben verloren. In het dagverhaal schrijft Van Riebeeck:

Ons antwoord was dat we het land in een defensieve oorlog op rechtvaardige wijze met het zwaard hebben gewonnen en dat we voornemens waren dat land te behouden.

Dit is het einde van de eerste oorlog die later als de Khoikhoi-Nederlandse Oorlogen de boeken in zijn gegaan.

De tweede oorlog begon in 1673, nadat Van Riebeeck het land had verlaten en zijn positie aan zijn opvolger had overgedragen. De Nederlanders ontdekten grote vruchtbare gebieden ten noorden van de Tafelberg. Onenigheden over de handel leidden ertoe dat er een troepenmacht te paard op uit werd gestuurd, die het Cochoquavolk overmeesterde en in totaal achttienhonderd koeien en ossen van hen afnam.

De derde en laatste oorlog was te wijten aan een verdere gebiedsuitbreiding. De strijd was het vervolg op de tweede oorlog en duurde van 1674 tot 1677. De Nederlanders namen alle wapens en vijfduizend verschillende dieren van de inheemse bevolking in bezit. Aan de vreedzame samenwerking was een eind gekomen.

92

Het Ullevålziekenhuis. Voorjaar 1996. Het was de dag waarop hij weer naar de operatiekamer werd gebracht. Terug naar de lampen, de zaag, de scalpels. Wij zaten in de wachtkamer op de eerste verdieping. Die ruimte is alleen gemaakt voor het wachten. Een klok waarvan de wijzers langzaam ronddraaien. Onbekenden die nerveus glimlachen. Korte gesprekken en stapels belachelijke tijdschriften. Een hele dag ging voorbij, maar eindelijk verscheen de chirurg door de witte dubbele deur. Met een voorzichtige glimlach en een knikje. Het was goed gegaan. Hij leefde. Mijn vader leefde nog steeds.

'Je hebt een sterke man,' zei hij glimlachend tegen mijn moeder. 'Hij heeft een sterk hart. De operatie is geslaagd, dus nu moeten we afwachten en de ontwikkelingen in de komende dagen aankijken.'

Voortdurend die achtbaan aan emoties. De constant tegenstrijdige berichten over wat we konden verwachten, waarop we konden hopen of waarvoor we ons moesten schrap zetten.

Nog steeds had ik niet gehuild. Sinds mijn terugkomst uit het Caraibische gebied waren er zes weken verstreken. De sneeuw begon in Oslo alweer te smelten en glanzende waterdruppels dropen van de ijspegels onder de dakgoten. Korsten van ijs lagen schots en scheef op het trottoir en leken wel als wolken boven het asfalt te zweven, terwijl het water eronder wegsijpelde.

Enkele dagen verstreken. Elke dag bracht ik een aantal uren in het ziekenhuis door. Ik zat naast zijn bed, luisterde naar het mechanische geluid van het beademingsapparaat en hield zijn grote hand vast in de mijne. Al bijna twee maanden had ik de ziekenhuismonitoren in de gaten gehouden. De grafieken en de cijfers gevolgd en geleerd hoe ik ze moest lezen. Een nieuwe taal voor een nieuw bestaan. Een infectiewaarde voor blijdschap. Een aritmie voor verdriet. Misschien kwamen de bergachtige lijnen van het hartritme nog wel het dichtste bij een woord voor hoop. Een paar dagen na zijn operatie kwam een blonde verpleegster vertellen dat ze de slang in zijn arm die voor de morfinetoevoer zorgde, zouden afkoppelen. Ik keek haar aan. Vol achterdocht.

'Afkoppelen?'

'Ja,' antwoordde ze rustig.

'Maar dan komt hij toch bij kennis?!' vroeg ik.

Ze knikte vriendelijk, zwijgend. Ze stond vlak bij me in haar witte ziekenhuisuniform.

'Betekent dit dat hij het gaat redden?' vroeg ik terwijl mijn borst zich samensnoerde, en mijn ogen gingen prikken.

Glimlachend knikte ze weer.

Het was alsof er een golf door me heen spoelde, door mijn keel naar mijn ogen. De tranen bleven maar vloeien en de kamer loste op. Ik lachte en huilde en gaf de verpleegkundige een langdurige omhelzing. We waren erdoorheen. Hij zou het overleven. Hij zou wakker worden.

*

Vrijdag 29 maart
Hij knipperde eerder vandaag met zijn ogen toen Knut P. op bezoek was en tegen hem praatte, en toen ik met hem sprak. Elke dag komt hij meer bij kennis volgens de arts, maar voor mij is het moeilijk te zien. Kneep hij maar in mijn hand of zo, ten teken dat hij me hoort.

Toen ik zei 'Hou je taai, dikzak! Na de koffie kom ik terug', knipoogde hij en kreeg op de ene helft van zijn gezicht een echte uitdrukking. De eerste keer dat ik echt het gevoel had dat hij me hoorde.

Maandag 1 april 1996
Vandaag is het zes weken geleden dat hij werd opgenomen. Ongelooflijk! Meer dan 39°C koorts. Zijn hart slaat goed.

Polsslag hoog (ca. 130), CRP 173 (te hoog).

Grimassen. Minieme tekens van contact m/open ogen beweging van tong/lippen (probeert te praten). Zijn blik is leeg, maar zoekend.

Ongelooflijk hoe sterk hij is en wat hij heeft doorstaan.

Rechter thoraxdrain verwijderd.

Knipperde licht met zijn ogen maar die zijn deels lange tijd wijd open. Een goede dag!

Dinsdag 2 april

We zien duidelijke signalen dat hij hoort wat we zeggen, maar hij staart met een lege blik omhoog. Als we grapjes maken, glimlacht hij voorzichtig. Toen ik bezoekers wilde uitlaten, kreeg hij een ontevreden uitdrukking. Toen ik zei dat ik ze alleen maar naar de uitgang wilde brengen en daarna weer terug zou komen, glimlachte hij niet alleen voorzichtig met zijn lippen, maar ook met zijn ogen. Het is waanzinnig om hem zo te zien; met zulke duidelijke uitdrukkingen/mimiek voor wensen en behoeften.

Ader in zijn pols rechts bij het thoraxgat gesprongen. Veel bloed. Eén hechting zonder plaatselijke verdoving. Målfrid en ik draaiden hem om en ik hielp tijdens de bloeding en het hechten. Ik reageer niet meer op bebloede handschoenen van de chirurgen of op bebloede lakens.

3 april

Dit is de dag dat ik besef dat hij blijft leven.

10 april

In alle vroegte wakker geworden… De hele nacht goed geslapen.

Simon naar Fornebu gebracht voor vlucht om 07.15 uur.

93

Toen mijn vader tot het leven terugkeerde, waren al zijn spieren verdwenen. Het vocht had zijn lichaam weer verlaten. De man die eens een sterke kerel van honderd kilo was geweest, leek nu een overlevende uit een concentratiekamp. Zijn gezicht was totaal veranderd. Zijn wangen waren ingevallen. Zijn armen en benen lang en knokig en vanaf zijn borst liep in een bocht tot voorbij de navel die brede, bloedrode snee. Met daaromheen grove zwarte steken, als het borduurwerk van een kind.

Toen opende hij zijn ogen.

Hoe zou het voor hem zijn geweest om zo te ontwaken, zonder enig idee van wat er allemaal was gebeurd? Zonder te weten waar hij was of wat er met zijn lichaam was gebeurd?

Het laatste wat hij zich herinnerde, was dat het winter was, begin februari. Na hun terugkeer uit Rome was hij in de kerk van Snarøya als koster aan het werk geweest. Tijdens het avondmaal had hij gemerkt dat er iets niet goed was, dat alles opeens zo ver weg leek. De stemmen, de hosties, de handen die de bekertjes wijn aanpakten, alles leek in watten verpakt te zijn en heel ver weg. Ondanks dat hij daarna nog alles in de kerk moest hebben opgeruimd, met de auto naar huis gereden was en voor het huis geparkeerd had, was dit zijn laatste herinnering. Hij ging naar bed, merkwaardig moe en vanaf dat moment verdween hij in zijn ziekte.

Twee maanden verstreken. De sneeuw smolt. Er kwamen groene uitlopers aan de bomen. Nu werd hij wakker. Ik geloof niet dat ik me die schok kan voorstellen. De schrik bij het ontwaken in een vreemde kamer, zonder zich te kunnen verroeren of te spreken.

Het enige wat hij behalve zijn ogen kon bewegen, was zijn ene pink. Ernstige, vragende ogen, als van een baby. Na een paar dagen een zachte, rasperige stem. Toen moest ik weer op reis. Met het vliegtuig terug naar de Caraïben om Dag en Jan te helpen bij het terugvaren over de oceaan.

*

Het prettige reisgevoel was voorbij. We voeren noordwaarts naar Bermuda en van daaruit over de Atlantische Oceaan naar de Portugese Azoren. De eilanden van de walvisjagers. Na twee dagen met zon en gunstige wind sloeg het weer om. Een storm kwam ons tegemoet. Het water werd zwart. De toppen van de golven kwamen boven de mast uit, meer dan tien meter hoog, en steil als de duinen die je langs de Nederlandse kust vindt. De boot besteeg elke golf en stortte dan aan de andere kant weer omlaag om zich vervolgens recht in de volgende golf te boren. We hadden oranje reddingsvesten aan en werden volkomen overspoeld door de zee. Alles om ons heen werd een speelbal van de elementen. De kleine wc die je met een handpomp moest bedienen, kreeg het zo hard te verduren dat de inhoud weer naar boven borrelde. Ik weet nog dat ik uitgeput en zo hard ik kon aan het pompen was terwijl het bruine water steeg tot aan de rand.

Ik zie het fornuis weer voor me, dat slechts aan de zijkanten was vastgemaakt, het zwaaide als een hangmat bij elke golf heen en weer. Tijdens het koken kwam het fornuis omhoog en bleef vaststeken aan de wand, schuin achterover hellend. Toen de boot vanaf een tien meter hoge golftop naar beneden stortte, werden de pannen met de kokendhete inhoud gelanceerd. Jan gaf een schreeuw en trok zijn hand terug, waarna hij het fornuis een ferme trap met zijn voet gaf zodat het weer op zijn oude plaats terugkwam. De labskous spoot langs de wanden omhoog en de pannen gleden weg over de vloer.

Aan de dagen leek geen eind te komen. Praten deden we nauwelijks meer, we probeerden het vol te houden. Ik lag in de achterkajuit, zo ver mogelijk achter in de boot. Wanneer de golven over ons heen sloegen, stroomde het water via de kieren van de ventilatiegaten naar binnen en regelmatig werd ik wakker door een koude douche, maar ik draaide me gewoon om en probeerde verder te slapen in een kooi die constant omhoog- en omlaagging zodat ik me stootte aan de houten randen of met mijn hoofd tegen de motorbak aan kwam. Op een nacht hoorde ik, vlak nadat ik om vier uur klaar was met mijn dienst, het grootzeil scheuren. Ik was te moe om weer op te staan. Mijn eerste gedachte was dat het niet mijn wacht was en dus niet mijn probleem. Alsof de kooi waarin ik me bevond niet in diezelfde boot zat. Ergens boven hoorde ik de stemmen van Dag en Jan en ik sukkelde weer in slaap.

Zo gingen de dagen voorbij. De boot klom omhoog en stortte neer, de hele tijd moesten we onze benen gespreid en gebogen houden en ons met minstens een hand, liefst met twee, vasthouden om niet door de kajuit gesmeten te worden. Elk uur van de dag volgden we het ritme van de zee. De golven bepaalden wanneer we ons konden voortbewegen en wanneer we ons stevig vast moest klampen. De golven bepaalden wanneer we een lepel met blikvoer naar onze mond konden brengen en wanneer we ons bord moesten omklemmen en onszelf tegen de zitbank aan moesten drukken.

Op een middag, midden op zee, raakte de fok in de knoop. Het voorzeil had zich verstrikt in de voorstagen en kon niet meer ingehaald worden. Als er iets knapte, kon het gevaarlijk worden. Met deze wind konden de stagen scherp als messen zijn die stuurloos over het dek slingerden. We moesten iets doen, en Jan zei dat hij in de mast moest zien te klimmen. Hij moest proberen de fok weer los te krijgen. De boot klom ondertussen bijna loodrecht omhoog, scheerde over de top van de golf en viel weer omlaag.

Jan trok het harnas aan, dat wel lijkt op wat bergbeklimmers gebruiken, met brede nylon riemen die het lichaam omsluiten en een metalen ring op de buik waar een karabijnhaak aan vastgemaakt wordt.

Dag zat aan het roer. Jan en ik wachtten totdat het water van boord was gespoeld waarna we om de glazen ruit heen liepen die om de stuurhut zat en vandaar met wankele tred naar de mast. Jan hield zich vast aan de reling. Hij wachtte op de volgende golf. Toen ging hij snel te werk, maakte de karabijnhaak los van de boot en klikte die aan zichzelf vast. Een nieuwe golf. Nu takelde ik hem omhoog. Ik was zelf ook wel in de top van de mast geklommen en had daar, op twaalf meter hoogte, foto's van de boot gemaakt, maar dat was in de Caraïben geweest, in de luwte van de haven, met turquoise water en op een dag dat er geen aasje wind stond. Nu waren we midden op de Atlantische Oceaan en ook nog tijdens een storm, zoals dat op de schaal van Beaufort wordt genoemd, met windsnelheden van 20 meter per seconde. Alles was koud, nat, hard en angstaanjagend. Jan klampte zich vast aan de mast terwijl ik hem omhooghees. Bij elke golf werd hij tegen het staal aan gebeukt. Halverwege kwam er een forse golf aanzetten, een van die monstergolven die met wisselende tussenpozen ontstonden. Golven die het water om hen heen leken op te slokken waardoor ze steeds groter werden. De boot klom steil omhoog, lag bijna loodrecht in het water. Jan klampte zich vast, met zijn armen en benen om de mast geslagen, zo'n meter of zes boven het dek. Toen viel de boot weer omlaag. De klap die de romp kreeg, dreunde door in het staal en in Jan. Alsof hij werd aangereden. Zijn lichaam werd opzijgeslingerd. Vanaf de top van de mast hing hij aan een stag, maar zijn lichaam zwaaide ver opzij uit, als de slinger van een ouderwetse klok. Daar hing hij dan, uit balans en recht boven het water, terwijl de boot weer een nieuwe golf besteeg. Ik zag al wat er ging komen, maar kon niets doen. Jan spartelde met zijn benen. Hij probeerde zich om te draaien om de bewegingen van de boot tegen te gaan, maar botste zijwaarts tegen de mast aan en zwaaide door naar de andere kant, ver boven de golven. Hij riep iets, wendde zijn hoofd naar de boot, maar bleef ronddraaien. Hij sloeg nog eens twee keer tegen de mast aan, maar toen had hij eindelijk beet. Hij sloeg zijn benen om de mast, bleef hangen en klampte zich met dichtgeknepen ogen vast. Vanaf die positie takelde ik hem verder omhoog, stukje bij beetje, tot hij de top had bereikt. Twaalf meter boven het dek ging hij met beide handen aan de slag terwijl hij zijn benen als bij een worstelwedstrijd om de mast geslagen hield. Jan won. Hij wist de knoop te ontwarren en riep dat ik hem weer naar beneden kon laten vieren. Toch viel de overwinning niet van zijn gezicht af te lezen toen hij uiteindelijk weer bij ons in de luwte van de kajuit was teruggekeerd. Waarschijnlijk had hij te veel pijn. We streken de fok en voeren verder.

Het duurde twaalf dagen voordat de storm het eindelijk opgaf. De golven kwamen tot rust, werden lager. De donkere wolken verdwenen. De zon liet zich weer zien. Het was 17 mei, de Noorse nationale feestdag. We vierden het met een glas bier en rendiergehaktballen uit blik. Twee dagen later bereikten we de Azoren. En na de Straat van Gibraltar gepasseerd te hebben voeren we langs de Spaanse kust. Daar ergens had Jan een auto staan, bij zijn zus, en het laatste stuk zou hij rijden. Zo kwam het dat alleen Dag en ik het laatste traject met de boot aflegden. Op een ochtend was de zee volkomen kalm. Geen rimpeling te bekennen. Ik hield het niet voor mogelijk dat de zee zo spiegelglad kon zijn. Opeens dook naast de boot een schildpad op die vervolgens weer onder water dook. Na dat lange jaar was het een waardig en vreedzaam afscheid van de zee. We zetten muziek op en bleven de rest van de dag op het dek liggen, in de stilte en de zonneschijn. Op een zee die de hemel weerspiegelde.

De volgende dag zetten we koers naar Frankrijk. Een paar dagen later zagen we de haven weer. De laatste notitie in het logboek is in mijn handschrift.

15-6 – 07.00. SAINT-CYPRIEN. WE ZIJN WEER TERUG!

Opnieuw werd de boot op het land getild door een hijskraan met brede riemen die onder de romp door waren gehaald. Terwijl de boot werd weggereden en naar zijn plaats gebracht, vielen er glinsterende druppels zout water vanaf. De tocht was ten einde. We pakten onze spullen in en reden naar het vliegveld. Terug naar Noorwegen. Naar Oslo. Naar mijn vader.

*

Maandag 17 juni 1996
Ruben ging mee om Jan op te halen uit het ziekenhuis. Daarna linea recta naar het vliegveld. Veel mensen zwaaiden met vlaggetjes. Een warm welkom met een paar tranen voor twee jonge, bruinverbrande mannen met door de zon gebleekt haar.

Ruben, Simon, Jan en ik gingen naar de Sollerudveien en de jongens wisten hem de bibliotheek in te manoeuvreren. We aten vers brood met kaas en hamburgers. Simon en ik brachten hem om 24.00 uur terug naar het ziekenhuis. Hij zag er zo mooi uit in zijn gele overhemd en lange broek (gewone kleren).

Foto genomen in de bibliotheek.

Ontslagen 13 juli 1996
Naar huis gereden, de halve hulpmiddelcentrale in de Volvo geladen en naar Gangstø gereden (Simon, Jan en ik).

Aslaug en Alf zwaaiden ons uit op het erf.

94

Met gebogen hoofd en zijn gezicht tussen zijn handen zit Noah op de stoel.

Tshawe kijkt hem over de tafel aan, blaast twee kolommen rook door zijn neusgaten en drukt de sigaret uit in de asbak. Het filter krimpt in het midden in elkaar, als een man die een stomp in zijn maag krijgt.

'Noah?'

Tshawe neemt een slok uit zijn bierfles. Met de manchet van zijn overhemd veegt hij het schuim van zijn mond.

Noah kijkt op en staart hem recht aan. 'Ja?'

'Ik zag je op het treinstation. In een schooluniform uit Constantia. Daar woon je zeker?'

Hij knikt en bevestigt het. Iets anders heeft nu geen zin meer.

'Hoe zit dat nou met jou en Hooper, Noah?'

Noah kijkt Tshawe aan. Zijn uitdrukking is nu veranderd, het harde pantser is weg, het is een opener en rustiger blik.

'Ik ben als baby gevonden in een tas die daarvandaan komt. Ik wilde gewoon zien hoe het er hier uitzag.'

Tshawe knikt.

'Dus je moeder heeft hier ergens gewoond?'

'Ja.'

Tshawe leunt achterover. Hij tikt een sigaret uit het pakje, steekt hem aan en blaast de rook uit over tafel.

'Ik kan me die overval herinneren. Ze schoten de vrouw dood die daar werkte.'

Noah kijkt hem aandachtig aan.

'Dus jij kende Hooper?'

'Natuurlijk. Het was een mooie vrouw, herinner ik me.'

Een wolk sigarettenrook zweeft naar het plafond. Noahs gedachten cirkelen rond en hij opent zijn mond om iets te zeggen, maar hij bedenkt zich dan en houdt zijn mond. Tshawe morst as op de vloer. Een van zijn vrienden heeft een bundeltje zilverpapier gepakt en op de tafel geopend. De ander haalt een lepel. Nu zit hij het blokje hasj te bewerken terwijl zijn kameraad verschillende vloeitjes aan elkaar vastmaakt.

'Ik weet wat je denkt, Noah,' zegt Tshawe terwijl hij zijn hand uitsteekt om een nieuw flesje bier te pakken. Met zijn aansteker maakt hij het open. 'Je denkt dat zij het kan zijn, of niet?'

'Ja.'

'Dat denk ik niet. Ze was lesbisch.'

'Weet je ook hoe ze heette?'

'Nee. Het is allemaal al lang geleden. Maar de overval kan ik me nog wel herinneren.'

'O?'

Een schalkse glimlach. Een slok bier.

'Ja.'

'Was je erbij dan?'

'Nee. Echt niet. Joshua en ik jatten daar weleens een paar chocoladerepen, maar dat was alles. Toen ze stierf, zal ik een jaar of dertien zijn geweest. Heeft Joshua je verteld wie hem het geld heeft gegeven om zijn rijbewijs te halen?'

'Nee.'

'Typisch,' antwoordt Tshawe en hij leunt weer achterover. 'Misschien heeft hij er niet eens bij nagedacht. Joshua heeft altijd iets aparts gehad. Iets zuivers. We zagen het allemaal. Het was alsof de viezigheid geen vat op hem kon krijgen. Niet zoals bij de rest. Hij gebruikte nooit drugs en had altijd een soort rechtvaardigheidsgevoel. Tot hij ten slotte een kans zag die hij niet kon weerstaan.'

Noah luistert. Voortdurend denkt hij erover na hoe hij zich hieruit kan redden, kan ontsnappen. Hij stelt zich weer voor dat hij een fles tegen de tafelrand kapotslaat, er Tshawe mee in zijn buik steekt en wegrent, maar hij weet dat het niet zal gaan, dat hij dat niet kan. Daarom vraagt hij Tshawe over welke kans hij het heeft. Wat er met Joshua is gebeurd.

'Het was een paar jaar na de overval op Hooper. We waren allebei zeventien, waren wat uit elkaar gegroeid en hadden niet meer zoveel contact. Joshua praatte veel over wat hij wilde worden. Over zijn dromen, waar alleen hij in geloofde. Niemand anders. Hij had het erover dat hij zijn rijbewijs wilde halen. Autorijden kon hij wel, dat konden we allemaal, maar hij had geen geld. Met een rijbewijs kon hij misschien werk krijgen, zei hij. Waarom ik het deed, weet ik niet, maar ik zei dat hij het van me kon lenen. Ik nam de trein naar de stad, overviel een witte man en dwong hem me zijn pincode te geven. Ik nam geld op en gaf het aan Joshua. Een paar weken later had hij zijn rijbewijs. Vlak daarna had hij een baan als taxichauffeur. Hij heeft me terugbetaald. Maar toch. Dat was het begin. Nu is hij zeker jullie chauffeur?'

'Ja.'

'Het begin van het leven dat hij nu leidt, eigenlijk het hele fundament onder zijn bestaan, is een overval. Dat zou hem toch wat nederiger moeten stemmen.'

Weer zo'n donkere blik in zijn ogen. Vergif van zwarte gedachten. Hoever zijn ze bereid te gaan, denkt Noah. Het zal niet lang duren of Tshawe gaat zijn vader of moeder bellen. Om losgeld vragen. Hij sluit zijn ogen. Was hij hier maar nooit naartoe gegaan.

Dan horen ze iets. De metalige klank van de stem van een man door een luidspreker. Noahs eerste gedachte is dat het de politie moet zijn. Dat zijn ouders op de een of andere manier erachter zijn gekomen waar hij is. En dat ze nu gekomen zijn, met alles wat ze hebben, maar dan hoort hij het accent. Een Amerikaan. 'Oké, mensen, super. Nu nemen we de laatste foto, dus kom nog een stukje verder deze kant op.'

Tshawe kijkt door het raampje, lacht verbaasd en doet de deur naast hem open. 'Dit moeten jullie echt zien,' zegt hij grijnzend. De andere twee gaan naast hem staan. Noah leunt naar voren en kijkt onder hun benen door naar buiten. De weg staat vol mensen. Allemaal naakt.

Dit is de fotosessie waar hij over gelezen had. Die is nu. En daar komen ze aangelopen.

Witte mensen, zwarte mensen, bruine mensen. Volwassen lichamen. Jonge mensen. Slanke mensen, met magere armen en een kromme rug. Dikke mensen, met een grote buik die over hun geslacht hangt. Oude mensen, met rimpels en een huid die in plooien aan de binnenkant van hun armen en dijen ligt, als gestolde golven vet van een brandende kaars. De drie mannen zeggen iets tegen elkaar in het Xhosa, maar lijken wat minder zelfverzekerd nu. Eerder stomverbaasd.

Noah komt overeind en trekt zijn trui uit. De anderen staan met hun rug naar hem toe.

Hij trekt zijn ene joggingschoen uit.

Tshawe draait zich om. Hun blikken kruisen elkaar.

Hij tilt zijn voet op en trekt zijn andere schoen uit en laat hem op de vloer vallen.

'Uitstekend,' hoort hij buiten roepen. 'Stop maar, hier blijven staan.'

Tshawe keert zich weer om alsof er niets is gebeurd. Hij doet geen poging Noah tegen te houden.

Noah knoopt zijn broek los. Hij trekt hem uit en het geluid van het textiel tegen zijn benen doet een van de anderen zich omdraaien.

'Hé, wat doe je?' roept hij uit. Tshawe steekt zijn hand uit en houdt hem tegen, zegt dat het oké is. Dan richt hij zijn aandacht weer op de mensenmassa. Noah trekt zijn sokken uit. Zijn T-shirt. Nu heeft hij alleen nog een onderbroek aan.

Tshawe schenkt hem een glimlach. Buiten wordt weer iets geroepen. 'Ga maar liggen, op je rug. Goed uitkijken, let op dat er geen scherpe dingen op de grond liggen!'

Noah trekt zijn onderbroek uit. Naakt staat hij voor de drie mannen. Ze blokkeren de uitgang.

'Oké, Noah,' zegt Tshawe vriendelijk. 'Het ziet ernaar uit dat het hiermee eindigt. Wat heb je voor ons?'

'Jullie hebben de videocamera,' zegt Noah, terwijl hij naar de tafel knikt.

'Dat is niet genoeg.'

'De sleutel van de kluis zit in mijn broekzak.'

Tshawe doet twee stappen naar voren en legt een hand op zijn schouder. Een warme hand. Zijn adem ruikt naar sigarettenrook en bier.

'Wat is de code van de creditcard?'

'1862. Ik wacht vierentwintig uur met blokkeren als jullie me laten gaan.'

Tshawe buigt zich over de tafel en pakt de camera, wipt het schermpje naar buiten en zet hem aan. Hij richt de camera op Noah en drukt op de opnameknop.

'Ga je gang, Noah.'

'Dank je,' zegt Noah. Dan gaat hij. Twee stappen en hij is bij de deur. Hij kijkt naar de weg. Huid. Stof. Golfplaten. Haar. Sommigen zoeken nog een plekje, ze drentelen rond alsof ze er niet bij horen, maar dan gaan ook zij op de grond liggen.

'Mooi! Nu heel stil blijven liggen!'

Noah loopt naar de weg en kijkt om zich heen. Er komt geen einde aan, de hele straat ligt vol mensen. Vlak naast elkaar. Armen en benen. Voorhoofden. Haar. Schouders, Kleine, verschrompelde geslachten. Borsten die slap opzij hangen. Glimlachende monden.

Aan het einde van de weg staat de man met de luidspreker op de laadplank van een jeep. Met zijn andere hand houdt hij het statief van een camera vast. Dat is hem. Spencer Tunick. Als Tunick Noah ziet staan, helemaal alleen, als het enige staande lichaam tussen duizenden liggende mensen, zet hij de luidspreker weer aan zijn mond.

'Mooi! En jij die daar staat, kun je even stil blijven staan, alsjeblieft?' roept hij en hij haast zich naar zijn camera. Noah voelt de blikken van alle anderen op zich gericht. Hij blijft staan. Rechtop. Hij ziet dat de Amerikaanse fotograaf driftig op diverse camera's afdrukt, met een telelens inzoomt en een serie foto's van hem maakt. Dan roept hij 'Dank je wel!' door de luidspreker en vraagt hem te gaan liggen. Noah kijkt zoekend rond.

Daar ziet hij een vrij plekje. Een zwarte man en een witte vrouw van een jaar of zestig schuiven op om ruimte voor hem te maken.

Tshawe staat nog steeds in de deuropening te filmen. Hij tilt zijn vrije hand op en wuift naar Noah, met zijn halve gezicht verborgen achter de camera. Noah gaat op zijn hurken zitten en vlijt zich dan voorzichtig languit neer. Hij glijdt tussen de anderen neer. Aan alle kanten warme huid. Boven de weg hangt een samenhangende warmte. Zes lichamen verderop ligt een zwarte vrouw van halverwege de veertig op de grond. Het is zijn moeder.

Het is Adele. Ook zij draaide zich om om die jongen te zien die daar in zijn eentje stond. Ze heeft hem gezien en vond dat het er zo vreemd uitzag, dat ene staande lichaam tussen al die duizenden liggende.

Adele woont een halve kilometer verderop. Ze stond gebogen over de afwasteil toen ze het vreemde geluid van een sterke automotor hoorde. Als van een jeep die ze bij MK gebruikten. Ze hoorde de stem uit de luidspreker, maar de toon was anders dan in het kamp. Ze keek door het raam, zag de auto stapvoets voorbijrijden en vervolgens, vlak daarachter een optocht van naakte mensen. Allerlei soorten lichamen. Witte, zwarte, oude en jonge. De hoeveelheid maakte de naaktheid natuurlijk. De mensen bleven maar toestromen. Ze liet een bord terugvallen in het sop en liep naar de deur terwijl het afwaswater van haar vingers druppelde. Wat was dit? Een demonstratie? Waarvoor dan?

Een witte man van een jaar of twintig keek haar vriendelijk aan. Hij was helemaal naakt, had blauwe ogen, blond haar. Hij lachte. Net als hij. Alsof hij nooit was doodgegaan.

'Doe ook mee,' zei hij zacht en hij draaide zijn hoofd weer om en liep verder. Een wit lichaam tussen al die bruine. Zijn lach was doorslaggevend. Ze had haar T-shirt uitgetrokken. Ontdeed zich van haar joggingbroek en slipje. Daar stond ze dan, naakt en gegeneerd, heel even, toen stapte ze naar buiten en trok samen met de anderen verder. Een optocht van mensen.

Noah ligt op zijn rug. Hij voelt kleine steentjes in zijn huid. De warmte van de huid van mensen om hem heen. Langzaam lost een wolk op in de stralend blauwe lucht.

'Perfect! Ogen dicht, allemaal.'

Duizenden ogen sluiten zich. Stil. Een jong meisje voelt het zand en de steenslag tegen haar rug en denkt dat ze haar buik moet intrekken, dat de kleine welving die nu zichtbaar begint te worden, niet op de foto mag komen.

Een jongen luistert naar de ademhaling van de vrouw naast hem en voelt een schouder tegen zijn ene been, een dijbeen tegen zijn voorhoofd terwijl hij denkt aan de eerste keer dat hij zich voor een meisje uitkleedde.

Een dikke witte man voelt het dijbeen van een zwarte vrouw tegen zijn schouder. Hij ruikt de geur van al die mensen om zich heen en denkt terug aan de eerste keer dat hij na het opheffen van de rassenwetten weer naar het strand ging. Het rare van die plotselinge aanblik van bruine lichamen op het witte zand.

Een vrouw met een piercing in haar onderlip pakt de hand beet van haar vriend die naast haar ligt terwijl ze denkt aan zijn kamer, vlakbij, en wat ze daar met hem zal doen.

Een oude zwarte vrouw ligt naast een jonge witte man en voelt voor het eerst witte huid tegen haar lichaam.

Een jongen met de naam Noah ligt met zijn ogen open te kijken naar de wolken die zich oplossen en naast zich hoort hij een vrouw hoesten terwijl hij luistert of hij het geluid van de camera kan horen, het geklik. Hij denkt dat hij vrij is, dat hij klaar is met zoeken, dat hij rust gevonden heeft, en dat hij geluk heeft gehad, serieus geluk deze keer, want dit is misschien de eerste keer in zijn leven dat het hele idee van een vreemde te zijn hem verlaat, verdampt, en vervangen wordt door de gedachte dat hij zoveel geluk heeft gehad en wat voor geschenk zijn moeder hem heeft gegeven toen ze hem ergens achterliet waar hij veilig kon opgroeien, in schoonheid en weelde. Wie zou hij in Khayelitsha zijn geworden? Joshua? Tshawe? De man die het pak meel in zijn gezicht gedrukt kreeg? Ten slotte sluit hij zijn ogen. Hij luistert naar het bevel van de fotograaf die iedereen vraagt een arm op te steken, een knie op te tillen of het gezicht naar hem toe te draaien.

Een vrouw met de naam Adele hoest even. Ze sluit haar ogen en denkt dat ze boete heeft gedaan, dat ze nu vrij is, dat de lach van de jonge witte man die voorbijliep als een teken was, en dat ze nu vrij is om te glimlachen, om te gaan en staan waar ze wil, om haar leven in de jaren die ze nog voor zich heeft, te leiden zoals ze wil, dat er hoop is, ook voor haar. Dat er vergeving bestaat. Verzoening. Een glimlach die zo breed is dat het pijn doet aan haar ogen breidt zich uit op haar gezicht. De tranen lopen over haar wangen en een hand grijpt de hare. Ze draait zich ernaar om en het is een man, een gekleurde man van haar leeftijd, even oud als G zou zijn geweest als hij nog had geleefd, en ze laat haar hand in de zijne liggen, voelt de warmte van zijn huid terwijl de tranen over haar wangen rollen en in het zand wegzinken.

Een man met de naam Spencer Tunick kijkt uit over de weg, naar de daken van golfplaat, naar al die lichamen, en hij hoopt gespannen, zoals altijd het geval is, dat het iets zal worden. Dat de foto's die vandaag tot stand komen, het allemaal waard zullen zijn, alle moeite, al het geld, alle uren die het reizen en plannen hebben gekost, dat het iets zal worden, foto's die hij tentoon kan stellen, waar hij boeken mee kan maken, die hij kan laten zien. En nog belangrijker, dat ze hem het gevoel kunnen teruggeven. Zoals daarnet. De foto's van die jongen die daar helemaal alleen stond. Iets onverwachts. Iets nieuws. Eindelijk, denkt hij en hij voelt zich voor het eerst sinds lange tijd bijna nerveus. Hij drukt een laatste keer af en kijkt over al die lichamen uit. Golven van huid die in elkaar over lopen. Zo dadelijk zullen ze allemaal weer overeind komen, weggaan en hem met een leeg gevoel achterlaten. Hij richt weer op de massa, maakt een close-up en denkt, voor het eerst, dat het eigenlijke kunstwerk niet de foto's zijn die in de camera worden opgeslagen. Voor het eerst beseft hij dat het eigenlijke kunstwerk zich in alle individuen bevindt, in het geheugen van de mensen die meedoen, die voor hem liggen. Eén stukje in het geheugen van ieder afzonderlijk individu. Op dat moment verdwijnt al het praktische uit zijn gedachten. Alles wat gaat over sponsors en rekeningen. Alles wat met prestige en galerieën te maken heeft, het verdwijnt gewoon. Hij legt de camera neer en kijkt uit over de massa. Dan knoopt hij zijn geruite overhemd los. Zijn assistenten kijken hem verbaasd aan terwijl hij zijn broek en ondergoed uittrekt en van de laadplank klimt. Hij loopt naar de mensenmassa toe. Zoekt een vrije plek en gaat liggen en wanneer de anderen om hem heen hun hoofd optillen en beginnen te klappen, sluit Spencer Tunick zijn ogen en denkt aan het interview met de man die hij de vorige keer dat hij in Kaapstad was, heeft gefotografeerd.

Er komt een nieuwe wereld aan. Ik trek mijn kleren uit en kijk naar de toekomst. Naakt als ik ben.

95

Het toevoegen van gebeurtenissen uit je eigen leven betekent ook dat je die bewerkt. In het echt was de jongen die in het Frognerbad naar de tienmeterplank klom niet Dag, maar een andere klasgenoot. Ik weet zelfs niet meer of het wel in diezelfde nacht gebeurde. Ik kan me alleen de rand van het duikplateau nog herinneren. De duizelingwekkende diepte. In het echt heb ik pas de daaropvolgende ochtend met Dag gesproken en terwijl de rest van de klas volop roddelde over wat ik had gedaan, bleef de vriendschap met hem intact alsof er niets was gebeurd.

Op een meer onderliggend niveau was hij wel degelijk degene die die avond naar boven klom. Die me overhaalde om gewoon door te blijven gaan. Daarom laat ik het staan. Fictie bevat meer waarheid dan de werkelijkheid.

Zijn er meer fragmenten die ik aangepast heb?

Ja.

Ik heb de periode in het ziekenhuis altijd zo onthouden dat de bacteriën eerst mijn vaders milt aanvielen en daarna zijn hart. Pas toen ik de dagboeken van mijn moeder doornam, begreep ik dat het omgekeerd was. Toch heb ik het zo laten staan. Zo herinner ik het me nu eenmaal. De milt was de eerste beproeving. Het hart de tweede, de grote.

Zijn er nog meer van zulke fragmenten?

Nog een laatste dan.

Toen we de Azoren hadden bereikt, betekende dat nog niet het einde van het zeilen in stormachtig weer. Op de dag dat we vanaf de Azoren koers zetten naar Spanje, kwam ons opnieuw een storm tegemoet. Opnieuw acht tot tien dagen met reddingsvesten aan en golven die over de stuurhut sloegen. Weer een week van uitputting. Ik heb het alleen niet opgeschreven omdat de stormepisode zo beter tot zijn recht komt. De storm en de thuiskomst. Zoals het ook een beter verhaal is dat mijn vader bijkwam en opnieuw leerde lopen en dat daarna alles weer goed kwam. In het echt kwam ook daar een nieuwe storm opzetten. Ongeveer twee jaar later begon zijn hartklep te lekken. Hij had een nieuwe baan gekregen, als afdelingshoofd in een revalidatiecentrum, een oord waar mensen hun lichaam na een ziekte of een ongeluk trainen. Het zag er allemaal veelbelovend uit. De operatie werd als eenvoudig beschouwd, maar opnieuw raakte hij in coma. Hoelang het ditmaal duurde, weet ik niet meer. Ook deze keer verdwenen zijn spieren en moest hij weer helemaal opnieuw beginnen. Een nieuwe ronde in een rolstoel. Leren lopen. Vechten tegen de pijn. Met magere beentjes in een zwembassin heen en weer bewegen. Dat is gebeurd, maar vrijwel uit mijn herinnering verdwenen. Wat ik nog wel weet, is die eerste keer, de lange slaap. De eerste storm. De rest is weg. Alsof het nooit is gebeurd.

96

25 juli 1661 – Deze namiddag plukken Commandeur Van Riebeeck en zijn vrouw de twee eerste sinaasappels van een kleine boom die midden in het fort staat. Het zijn fraaie, gele vruchten van een mooie omvang en ze zijn afkomstig van de bomen die we uit Sint-Helena hebben gehaald.

Dat is het einde. Jan en Maria die onder de sinaasappelboom staan. Maria legt haar arm om zijn middel en strekt zich dan uit om de gelige vrucht te plukken. Het ruikt naar citrusvruchten. Insecten zoemen. Jan trekt een tak naar zich toe, terwijl Maria de sinaasappel ronddraait en van de boom lostrekt. Ze blijft staan met de vrucht in haar hand.

'Zo, Jan. Zijn we dan klaar hier?'

Jan draait zich naar haar toe.

'Ja, Maria. Het wordt tijd dat we verder gaan. Wil je naar huis?'

'Nee, niet naar huis. En jij?'

'Nee.'

'Je hebt me al zoveel moois over de Oost verteld, Jan. Zouden we niet naar Batavia kunnen gaan?'

Jan laat zijn hand over de rug van haar jurk omhoogglijden. Hij streelt met zijn duim haar nek en legt zijn voorhoofd tegen de hare.

'Jazeker. Hierna kan ik elke baan krijgen die ik wil hebben. Ik zal de Compagnie bericht sturen.'

Maria drukt haar lippen op de zijne. Het is een tedere kus, daarna strekt ze haar arm weer uit en trekt ook de tweede sinaasappel met een harde ruk van de boom af. Een opgeschrokken bij vliegt van dezelfde tak uit een bloem op en zoemt boven hun hoofden. Dan verdwijnt hij over de muur en de hellingen in de richting van de Tafelberg.

97

De klep die ze in het hart van mijn vader aanbrachten, is gemaakt van titanium. Een metalen poort die het bloed doorlaat en die hard tikt, als een klok, dwars door zijn borst heen, alsof ze er een uurwerk in hebben gezet, een ouderwetse klok die altijd tikt, elke keer dat we elkaar ontmoeten, zoals de afgelopen keer in 2012, vlak na de jaarwisseling. De delen van de roman die over hem gingen, had ik al lang klaarliggen zonder ernaar omgekeken te hebben. Ik wist alleen dat ze er waren en had gevoeld hoezeer die paar bladzijden de rest van het boek beïnvloedden, er de benodigde ernst aan gaven. 'Daar hebben we de sleutel,' had mijn redacteur gezegd toen hij ze las. Ik wist dat hij gelijk had, maar wat zou de prijs ervoor zijn? Zou mijn vader er eigenlijk wel mee akkoord gaan?

Via kleine toespelingen gaf ik hem hints over waar ik mee bezig was en zei dat hij het uiteraard mocht lezen voordat het in druk zou verschijnen, wanneer en als de tijd ervoor rijp was. Op kerstavond was het zover. Ik had alle delen waar hij in voorkwam uitgeprint en ingepakt aan hem gegeven. We maakten een afspraak voor wanneer hij het allemaal gelezen zou hebben. Wat zou hij zeggen? Zou hij weigeren me dit te laten publiceren? Ik zou het begrijpen als dat zo was.

Een week later ontmoetten we elkaar in Hotel Continental, tegenover de schouwburg, ook een eerbiedwaardig etablissement waar lithografieën van Edvard Munch aan de muur hangen. Ik was nerveus toen ik erheen liep. Wat stond me te wachten? Wat zou hij zeggen?

Toen we de plaats en tijd afspraken, had hij het manuscript met geen woord genoemd en ik had er evenmin naar gevraagd. Ik vond dat die onzekerheid in zekere zin mijn verdiende loon was.

Mijn vader zat er al toen ik arriveerde, op een stoel bij het raam. Ik ging naast hem zitten. De eerste minuten babbelden we wat over koetjes en kalfjes, maar eigenlijk kon ik maar aan een ding denken:

zou hij me toestemming geven voor publicatie? Zo niet, dan zou de hele roman uit elkaar vallen. Het moest erin. Ik kon gedeeltes schrappen, herschrijven, maar van die gedeeltes over hem was ik afhankelijk, anders zou de energie uit het boek verdwijnen. En zijn naam kon ik evenmin veranderen, want dan zou ik ook die van Jan van Riebeeck moeten wijzigen. Het zou gewoon niet gaan.

Ten slotte kwamen we ter zake en hieven ons glas met witte wijn.

'En? Heb je het nu gelezen?' vroeg ik.

'Twee keer,' zei hij en hij stak twee vingers omhoog alsof het het overwinningsteken was dat hij in het verleden geregeld maakte als ik met hem basketbalde en hij de bal op het asfalt liet stuiteren om hem vervolgens rechtstreeks in het net te gooien.

'En?' vroeg ik.

'Het is goed, Simon,' antwoordde hij.

Dat had ik gehoopt, ik had het bij binnenkomst al gemerkt aan de stemming. Nu was het beslist. Hij had een paar voorstellen, een paar opmerkingen over dingen die ik me verkeerd had herinnerd, maar dat waren slechts details en ik verbaasde me over zijn ruimhartigheid. Niet alleen trakteerde hij me op wijn, hij liet me ook nog schrijven over uiterst persoonlijke gebeurtenissen uit zijn eigen leven.

Daarna kwam het gesprek op gang. We kregen het weer over zijn adoptie. Over zijn grootvader van vaders kant en ik vroeg hem de naam van mijn biologische grootouders en welk huis het was waar we destijds naartoe waren gegaan, vele jaren geleden.

Ik noteerde de namen. Hij wist zelf niet in welk jaar ze waren gestorven of waar ze begraven lagen. Een paar uur later kwam mijn neef Jan-Egill langs, die over was uit Bergen. De jongste zoon van tante Torunn, het kind dat mijn grootouders uiteindelijk hadden gekregen nadat ze papa hadden geadopteerd. Ik vroeg Jan-Egill naar opa, of hij wist wie diens biologische ouders waren. Hij vroeg me Torunn te bellen of haar een mail te sturen. Ik geloof dat we tijdens de uren dat we daar zaten, alle drie sterk ontroerd waren. Het gesprek had ons allen diep geraakt, we waren tot de kern van de zaak doorgedrongen. Wie we waren. Waar we vandaan kwamen. Licht aangeschoten vertrokken we. Ik stapte in een taxi. Op mijn schoot had ik de map met mijn manuscript en daarop stonden de namen van mijn biologische grootouders, met pen geschreven. Eindelijk, dacht ik, terwijl de gebouwen en de lichten voorbijgleden. Eindelijk.

*

Een paar dagen later, half januari 2012, was ik op bezoek bij mijn schoonmoeder en haar man, die zich bezighield met stamboomonderzoek. Hij is degene die de familie van mijn moeder tot ver in het verleden heeft kunnen traceren en de afgelopen jaren heeft hij meermaals gevraagd naar de namen van mijn biologische grootouders om meer over hen te weten te komen. Wat voor soort leven ze hadden geleid. Elke keer had ik geantwoord dat ik het niet wist. Dat ik het niet wilde vragen. Nu had ik de namen. Hij keek ernaar, ging achter zijn toetsenbord zitten en tikte ze in. Er was nog geen minuut verstreken of op zijn scherm verscheen een foto van een grafsteen. Een ronde grafsteen met hun namen erin gegraveerd, met de woorden 'Maar de herinnering leeft voort' en twee bronzen vogels op de bovenkant van de steen.

Het waren mensen geweest zoals ik. Ze hadden een leven gehad, gedachten en dromen, net zoals ik. Zij zijn de oorzaak van mijn bestaan en ik wist zelfs niet hoe ze heetten. Nu zie ik het op het scherm voor me staan:

Esther Adele Olsen

*28-7-1923 † 5-12-2000

Erik Johan Olsen

*30-12-1923 † 3-10-2005

Epiloog

I

7 mei 1662 – (zondag). Weer en wind zoals gisteren, met regen tot na de middag. Toen het opklaarde, ging Commandeur Jan van Riebeeck met zijn vrouw en zijn gezin aan boord van het schip de Mars om naar Batavia te vertrekken. Hij werd op gepaste wijze door ons uit het fort en de vrijburgers uitgeleide gedaan.

II

Het is een dag in februari en mijn ouders zijn op weg naar het vliegveld. Mijn vader heeft weer leren lopen. Eerst door zich in zijn rolstoel koppig naar voren te bewegen. Vervolgens door niet naar de artsen te luisteren die hem vertelden dat hij altijd zo zou blijven zitten. In het zwembassin heeft hij het lopen geoefend. Hij hield zich vast aan een rek terwijl hij zijn voeten met zich meesleepte, als de draden van een kwal. Hij dwong ze naar hem te luisteren, zich te gedragen, beetje bij beetje, met kleine stapjes. Nog een keer werd hij geopereerd aan zijn lekkende hartklep, en opnieuw lag hij wekenlang in coma. Hij moest weer opnieuw leren lopen.

Dan is het zover, de grote dag is daar. Ze zijn uitgenodigd voor de bruiloft van Tomm Kristiansen. Ze stappen in het vliegtuig. Mijn vader maakt zijn veiligheidsriem vast. Over een paar uur zullen ze aan de andere kant van de aardbol landen. Dan zullen ze met een taxi naar Khayelitsha gaan om deel te nemen aan het feest. Ze zullen door de straten van het township lopen, op de voet gevolgd door een schare nieuwsgierigen.

De motoren starten en het vliegtuig begint te rijden. Mijn vader sluit zijn ogen. Dan stijgen ze op.

III

Een jonge man. Door de grote houten deur loopt hij naar buiten, hij haalt diep adem en ziet het zonlicht door de takken van de grote bomen schijnen. Hij passeert de andere leerlingen, gaat een beetje aan de rand van het schoolplein staan en leunt tegen de oude muur. Dag komt op hem af, de zwarte gitaarkoffer langs zijn lichaam bungelend.

'Hoi Simon.'

'Hoi.'

Dag zet de gitaar tegen de muur, steekt een sigaret op en blaast de rook uit.

'Zeg,' zegt hij.

'Ja?' antwoord ik en ik kijk hem aan.

'Mijn vader heeft zijn hele leven een droom gehad om een jaar lang te gaan zeilen. Naar de Caraïben en weer terug.'

'Oké?'

'Ik ga mee en hij heeft gezegd dat ik één iemand mag vragen om ook mee te gaan.'

Ik blijf doodstil staan, laat zijn woorden tot me doordringen.

'Dus hier komt de vraag. Wil je mee, Simon?'

'Natuurlijk,' antwoord ik zacht. 'Dat wil ik heel graag.'

Op dat moment gaat de bel.

'Dat is dan afgesproken,' zegt Dag, die zijn sigaret over het asfalt wegschiet.

'Dat is dan afgesproken,' antwoord ik, en ik begin te lachen.

Verantwoording

De in dit boek opgenomen fragmenten uit de dagboeken van Jan van Riebeeck zijn een hertaling uit: Jan van Riebeeck, *Dagverhaal* (ed. Historisch Genootschap, Utrecht). Kemink & Zoon, Utrecht /Martinus Nijhoff, Den Haag 1884-1893 (3 delen). Het origineel verscheen in 1652-1662. Het *Dagverhaal* en een verantwoording daarvan zijn te vinden op: http://www.dbnl.org/tekst/rieb001dagv02_01/colofon.php.

De inleidende citaten van Thomas Hobbes van hoofdstuk 38 zijn ontleend aan *Leviathan*, vertaald door Wessel Krul en uitgegeven door Boom, Amsterdam, 2002.

De Bijbeltekst in hoofdstuk 38 in deze uitgave is ontleend aan *De Nieuwe Bijbelvertaling*, Nederlands Bijbelgenootschap 2004. p. 831.

De in dit boek opgenomen fragmenten uit de memoires van Nelson Mandela zijn overgenomen uit: *De lange weg naar de vrijheid*, vertaald door Rita Gircour en Zsuzsó Pennings en uitgegeven door Atlas/Contact, Amsterdam, 1995/2008.

De in dit boek opgenomen fragmenten uit de dagboekaantekeningen van Nelson Mandela zijn overgenomen uit: Nelson Mandela, *In gesprek met mijzelf*, vertaald door Rob de Ridder en uitgegeven door Spectrum/Lannoo, Houten 2010.

De tekst van het lied *Lay Lady Lay* is geschreven door Bob Dylan en overgenomen van diens album *Nashville Skyline* uit 1969.

De foto van een leeuwin op bladzijde 280 is gemaakt door Dag Scheve.

Aangrijpend familieverhaal in de nasleep van de Tweede Wereldoorlog

Simon Stranger

Blijf hun namen noemen

ISBN: 978 94 027 0351 1

Het is 1941. Een doodgewone woning in Trondheim, Noorwegen, wordt in beslag genomen door de nazi's en omgedoopt tot hoofdkwartier van de gehate Gestapo-agent Henry Oliver Rinnan. Het huis met de bijnaam 'Het bendeklooster' wordt bezet door de Rinnan gang, die in de kelder honderden gevangenen op gruwelijke wijze verhoort, martelt en vermoordt.

Vijf jaar na de oorlog, krijgt het huis nieuwe bewoners: een jong, Joods stel met hun kinderen, die al zingend en verstoppertje spelend opgroeien in dezelfde kamers waarin slechts enkele jaren daarvoor nog gruwelijke taferelen plaatsvonden.

Waarom betrok dit gezin een huis dat symbool stond voor het kwaad? Hoe groeide de rustige en bescheiden schoenmakerszoon Henry Rinnan uit tot een van de grootste criminelen uit de Noorse geschiedenis?

'Aangrijpende oorlogsroman.' - *De Telegraaf*

Voor meer informatie: **www.harpercollins.nl**